원더풀 랜드

원더풀 랜드

초판 1쇄 발행일 2024년 10월 15일 │ **초판 3쇄 발행일** 2024년 11월 19일
지은이 더글라스 케네디 │ **옮긴이** 조동섭 │ **펴낸이** 김석원 │ **펴낸곳** 도서출판 밝은세상
출판등록 1990. 10. 5 (제 10 - 427호) │ **주 소** (10881) 경기도 파주시 문발로 119, 202호
전 화 031-955-8101 │ **팩 스** 031-955-8110 │ **메일** wsesang@hanmail.net
블로그 blog.naver.com/balgunsesang8101 │ **인스타그램** www.instagram.com/wsesang
ISBN 978-89-8437-492-8 (03840) │ **값** 19,800원 │ 잘못된 책은 구입한 곳에서 교환해 드립니다.

일러두기 각주는 모두 옮긴이 주입니다.

원더풀 랜드
FLYOVER

더글라스 케네디 장편소설

Douglas Kennedy

조동섭 옮김

밝은세상

추천의 말

장강명(소설가)

이 추천사는 특히 지금 서점이나 도서관에서 이 책을 집어 들고 뒤표지 문구를 보고 있거나 인터넷서점에서 소개 글을 읽는 중인 분들을 향해 쓴다.

'보수와 진보로 미국이 쪼개져 두 나라가 된 근미래 설정이 황당하네' 혹은 '그 설정은 참을 수 있는데 뭘 얘기 하려는지 알겠어, 트럼프가 나쁘고 정치적 극단주의 조심해야 한다는 얘기 아니야' 하면서 망설이는 분들에게.

"걱정 말고 읽으십시오! 진짜 재미있습니다. 그리고 '어쩌면 진짜로…' 하는 생각을 떨칠 수 없을 정도로 설득력 있습니다."

스파이 소설로서의 짜릿한 재미, 그리고 '어쩌면 진짜로…' 하는 설득력은 물론 일정 부분 더글라스 케네디의 필력에서 나온다. 그런데 케네디는 이야기와 설정을 극적으로 잘 조리하는 수준에 그치는 작가가 아니다. 케네디는 지금 미국과 한국에서 벌어지는 기괴한 현상들의 밑바닥에 어떤 힘들이 있는지 간파하고 그 힘이 사회에 어떤 압력을 가할 것인지, 그런 압력을 받을 때 개인들은 어떻게 타협하거나 굴복할 것인지를 통찰력 있게 내다본다. 나는 케네디가 탁월한 심리학자를 안에 품은 이야기꾼이라 생각했는데, 그의 마음속에 심리학자뿐 아니라 실력 있는 사회학자가 있다는 사실도 이 작품을 읽으며 깨달았다.

※ 경고: 이 소설은 진보 진영에도 썩 우호적이지 않다.

그리스도의 왕국보다 많은 전쟁을
일으킨 왕국은 없다고 확신할 수 있다.
_몽테스키외, 《페르시아인의 편지》

"공산주의자요?"

"아뇨. 저는 파시스트 반대파요."

"언제부터?"

"파시즘을 잘 알게 된 때부터."

_어니스트 헤밍웨이, 《누구를 위하여 종은 울리나》

플라이오버(FLYOVER)

: (새 용법) 속어, 비하어. 미국 중부 지역을 이르는 말. 서부나 동부 해안

지역에 비하여 덜 중요하다는 뜻에서 붙은 명칭

예) 플라이오버주

_《옥스퍼드 아메리칸 영영사전》

2045년 구(舊) 미국 연방공화국

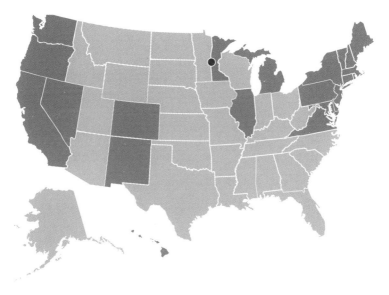

■ 연방공화국   ■ 공화국연맹   ■ 중립지대

• 연방공화국은 24시간제 표기법을, 공화국연맹은 12시간제 표기법을 따른다

제1장

독립기념일에 불꽃놀이 대신 화형식이 열렸다. 예전에는 같은 나라였지만 이제는 갈라진 나라에서 내 친구를 공개적으로 불태워 죽였다. 화형당한 내 친구의 이름은 막심 레프코비츠다. 막심은 우리 일을 돕는 정보원이었다. 내가 일하는 곳에서는 동료 사이 친분도 직업윤리에 위배되지만 나는 막심과 친하게 지냈다. 막심이 화형당한 이유는 공개적으로 예수님을 불경스럽게 언급했기 때문이다.

막심은 큰 소리로 떠들어댔다. "만약 예수가 십자가에 매달렸을 때 똥을 쌌다면 어떻게 되었을까요?" 그는 마치 예수가 십자가에서 변을 본 게 기정사실인 양 계속 말했다. "아마 모르긴 해도 로마군 장수가 예수의 똥 기저귀를 벗기다가 대변을 보고 성욕을 느끼는 대변기호증이 생기지 않았을까요."

내가 좋아하는 스타일의 유머는 결코 아니었다. 사실 막심의 저속한 풍자는 황당하기 그지없었지만 적어도 내가 살고 있는 연방공화국에서는 그런 언사를 했다고 화형에 처하지는 않는다. 반면 공화국연맹에서는 그 누구든지 신성 모독에 가까운 발언을 할 경우 가차 없이 엄벌에 처한다. 게다가 막심이 공화국연맹에서 체포될 수밖에 없었던 결정적인 이유가 몇 가지 더 있다. 막심은 원래 남성이었으나 성전환 수술을 받고 여성이 된 트랜스젠더고, 뉴욕 출신 유대인이다.

나는 대형 스크린 화면을 통해 화형대로 끌려가는 막심을 보았고, 심란하다는 말로는 부족할 만큼 마음이 착잡했다. 땅이 꺼질 듯이 비감했지만 내 감정을 밖으로 드러내는 건 절대 금물이었다. 나는 여러 상관들과 함께 중세에나 존재했던 화형식을 지켜보고 있었다. 회의실 한쪽 벽면을 가득 채운 스크린에서는 막심의 화형식 장면이 생중계되고 있었다.

나는 정보국 요원이고, 막심의 직업은 작은 무대에 오르는 코미디언이었다. 내 정보원이었던 막심은 더없이 영리하고, 용감하고, 개성 넘치고, 두려움 없이 관습에 저항하는 인물이었다. 그러하기에 나는 막심이 위험에 처하지 않도록 극도로 조심시켰어야 마땅한데 결과적으로 소홀히 하는 바람에 어마어마한 불상사를 겪게 되었다.

공화국연맹의 법을 제정하고, 사회문화적 판결이 필요할 때 결정권을 가진 12사도가 화형식에 반대 의견을 피력하는 척해하마터면 속아 넘어갈 뻔했다. 그들은 언제나 이성과 상식에 위배되지 않는 판단을 내리고, 무엇보다 공정성을 중시한다는 듯이 위선을 떨어대다가 결국은 뒤통수를 때리는 개자식들이었고,

빌라도 같은 위선자들이었다. 12사도는 대중들이 화형식이라는 잔혹 행위를 혐오해 반대하기보다는 은근히 이 야만적인 장면을 보고 즐기게 되리라 예상하고 공개 화형 제도를 만들었다. 정작 내막이 그럼에도 막상 화형식을 열기로 결정되자 12사도는 중세 시대의 처형 방식에 반대한다는 의사를 피력하면서 여론을 탐색했다.

공개 화형 제도는 공화국연맹 사람들에게 선을 넘으면 혹독한 대가를 치르게 된다는 메시지를 효과적으로 전달했다. 12사도가 화형식에 반대한다는 의견을 내자 국경지대에 사는 사람들은 막심이 혹시라도 목숨을 잃지 않을 수 있겠다는 기대감을 품게 되었다. 많은 사람들의 바람과 달리 12사도는 이내 다른 입장을 내놓았다. 공화국연맹에서 절대다수의 국민들이 '그 남자'를 화형에 처해야 한다고 강력하게 요청하고 있기에 더는 외면할 수 없는 실정이라고 하루아침에 입장을 선회했다. 12사도가 굳이 트랜스젠더 여성인 막심을 '그 남자'로 지칭한 건 군중심리를 자극하려는 매우 의도된 화법이었다.

며칠 전, 격주로 열리는 정보국 전략회의에서 나는 특공대를 조직해 막심을 구출해야 한다고 주장했다. 내 직속상관인 브루스 브레이머 부장이 고개를 절레절레 저으며 말했다.

"잠자코 있으라는 지시가 내려왔어."

나는 답을 알면서도 되물었다. "어디서요?"

브레이머 부장도 내가 괜히 묻는다는 걸 잘 알고 있으면서 말했다. "정보국 최고위원회의 결정 사항이니까 무조건 따라."

"막심은 우리에게 매우 중요한 정보원입니다."

"실수를 자주 저지르는 골칫거리이기도 했어. 예수님이 십자가에서 똥을 싸다니? 정말 멍청한 농담 아닌가? 그런 농담을 라이브 스트리밍으로 했으면 실수를 깨닫고 말조심했어도 모자랄판에 며칠 뒤에 똑같은 망언을 또 하다니? 하필이면 공화국연맹 비밀 요원들이 쫙 깔려 있는 중립지대에서."

"제 잘못이 큽니다. 진작 주의를 줬어야 마땅한데 그냥 관망하고 있었으니까요."

"막심이 스스로 무덤을 판 거야. 우리가 희생양이 되어달라고 등 떠민 적 없잖아."

"저에게 요원 두 명만 붙여주십시오. 막심은 틀림없이 화형장 바로 옆 교도소에 있을 겁니다. 교도소 부소장과 연줄이 닿는 우리 정보원이 있습니다. 부소장을 매수해 교도소로 들어가 막심을 빼내오면 됩니다. 어떻게 구출할지는 이미 작전을 세워두었습니다."

브레이머 부장이 손을 들어 내 말을 가로막은 뒤 냉담한 목소리로 말했다. "작전을 세우기 전에 직속상관인 나와 먼저 상의했어야지."

"그냥 머릿속으로 구상했을 따름입니다. 최소한의 인원으로 막심을 구할 자신이 있습니다."

"막심을 구한다는 건 대단히 힘든 일이야. 정보국 최고위원회도 이미 포기하기로 결정했어."

"잘못된 결정입니다." 나도 모르게 목소리가 커졌다.

브레이머 부장이 놀란 눈으로 나를 쳐다보았다. 지금껏 나는 감히 브레이머 부장 앞에서 목청을 높인 적이 없었다.

"왜 그렇게 생각하지?"

"막심은 우리를 위해 많은 일을 했습니다."

"막심은 제멋대로 굴다가 덫에 걸렸어. 한심한 짓거리를 하다가 화를 자초한 거야. 막심에 대해 더는 할 말이 없으니까 이제 그만하지."

"막심은 다양성과 개방성, 자유를 상징하는 인물입니다. 막심을 구출하는 건 연방공화국이 얼마나 국민의 생명과 안전을 소중히 여기는지 널리 알릴 수 있는 기회입니다."

"이미 결정된 일이니까 더는 왈가왈부하지 마. 무슨 말인지 알겠나?"

브레이머 부장의 얼음장 같은 말투를 듣고 나서야 나는 선을 넘은 사실을 깨달았다. 정보국에서 상관의 명령은 절대적이다. 무엇을 시키든 토를 달지 말고 무조건 복종해야 한다. 일을 할 때 사사로운 감정을 개입시키지 말아야 한다는 건 내가 몸담은 조직에서 가장 우선시하는 직업윤리다. 나는 방금 전 중대한 규칙을 어겼다. 물론 드라마나 영화에서 보듯이 감정이 격해져 상관에게 삿대질하거나 목청을 높이지는 않았다. 만약 그런 짓을 했다면 즉시 강등 조치를 당해도 할 말이 없었다. 상관의 말에 이의를 제기하고, 사사로운 감정을 내비친 행위는 명백한 잘못인 만큼 반드시 대가를 치러야 한다.

내가 잘못을 시인했다. "죄송합니다. 제가 주제넘었습니다."

"무슨 잘못을 저질렀는지 알기는 한 건가? 막심에 대해 두 번 다시 언급하지 않겠다고 약속하면 이번 일은 그냥 넘어가주지."

"결코 언급하지 않겠습니다."

"방금 한 말을 끝까지 지키는지 두고 보겠어."

내가 요주의 인물이 되었다는 뜻이다.

15년 전, 나는 연방공화국 정보국에 지원했고, 그 당시 채용면접관으로 있으면서 나를 뽑아준 사람이 바로 브루스 브레이머 부장이다. 정보국은 중립지대의 치안도 담당한다. 정보국의 주요 임무는 공화국연맹이 연방공화국에 가하는 모든 위해와 위험으로부터 국민의 생명과 안전을 지켜내는 것이다.

정보국 면접을 볼 때 브레이머 부장이 나에게 말했다. "나는 가방끈이 긴 사람은 일단 의심 어린 눈으로 바라보는 편이야. 자네는 아버지에 대해서도 반감을 품고 있고, 어릴 때부터 여자답지 못하다고 잔소리를 자주 한 엄마에게도 반항심을 품고 있어. 내가 제대로 파악한 건가?"

나는 그 자리에서 자신 있게 말했다. "피도 눈물도 없는 요원을 뽑길 바라십니까? 그렇다면 제가 바로 적임자입니다."

브레이머 부장이 말했다. "요원이라고 했나? 자네는 아직 요원이 되기에는 부족한 점이 많아. 다만 자네는 요원이 되는 데 꼭 필요한 자가당착적인 요소를 갖추고 있어서 마음에 들어. 앞으로 자가당착적인 요소를 잘 단련하면 유용하게 써먹을 수 있을 거야."

면접을 보고 나서 15년이 지난 지금도 브레이머 부장은 여전히 내 상관이다. 내 직책은 브레이머 부장의 부관이다. 브레이머 부장과 내가 부녀처럼 친근한 사이일 거라고 생각하면 오산이다. 나는 브레이머 부장의 사생활에 대해 전혀 알지 못한다. 정보국에서 일하는 동안 익히 보아온 모습 그대로 그가 다독가이자 대식가이며 오로지 일밖에 모른다는 걸 알고 있을 뿐이다. 브레이머 부장도 내 사생활에 대해 일절 물어보지 않지만 나를 훤히 꿰뚫고 있다. 내가 가끔 낯선 남자와 잔다는 사실도 알고 있지만 내 앞에서는 결코 내색하지 않는다. 나는 남자들을 만날 때 '투나잇 온리' 앱을 이용한다. 투나잇 온리는 정교한 알고리즘과 까다로운 신원 확인을 통해 뒤탈 없는 하룻밤 잠자리를 보장해준다. 정보국에서는 투나잇 온리를 암암리에 권장한다. 정보국 요원도 애인이나 배우자를 둘 수 있지만 그 경우 승진이 제한되고, 그다지 중요하지 않은 감시 업무나 행정직을 맡아야 한다.

일을 마치고 집에 돌아갔을 때 애인이나 배우자에게 업무 관련 얘기를 전혀 하지 않는다고 보장할 수 없기 때문이다.

브레이머 부장은 내가 정보국에 첫발을 내디딘 날부터 대놓고 말했다. "정보국에서 계속 일하려거든 연애나 결혼은 포기해."

내 직속상관인 브레이머 부장은 체중이 140킬로그램이 넘는다. 브레이머 부장의 상관인 필 플렉 부국장이 그에게 살을 빼라고 명령하며 말했다. "자네는 걸어 다니는 똥 덩어리 같아."

그 말을 들은 브레이머 부장은 상관인 필 플렉 부국장에게 '크래커'라는 별명을 붙여주었다. 필 플렉 부국장에게 너무나 잘 어울리는 별명이었다. 텍사스주 외딴 지역에서 폭력적인 아버지와 매 맞는 엄마, 탈선한 형들 사이에서 자란 필 플렉 부국장은 백인 쓰레기의 전형적인 성장기 시나리오를 갖춘 인물이었다. 필 플렉 부국장은 야망을 품고 북부로 올라와 대학교를 다녔고, 미국이 분리될 때 연방공화국 정보국에 남아 끈질기게 계급 사다리를 타고 위로 올라갔다. 과묵하고, 영리하고, 무자비한 필 플렉 부국장은 정보국에 딱 맞는 캐릭터라고 할 수 있었다. 그는 일단 숙고 끝에 내린 결정은 절대로 바꾸지 않는다. 브레이머 부장이 위에서 막심을 포기하기로 결정했다고 말하기 전부터 나는 이미 내 뜻이 받아들여지지 않으리라 직감했다. 필 플렉 부국장이 결코 그 일을 허락할 리 없다. 그래도 내가 브레이머 부장 앞에서 목청 높여 따지고 든 이유는 이제 곧 막심이 야만적인 중세 방식으로 화형당하게 되는 걸 받아들일 수 없었기 때문이다.

　내가 막심을 정보원으로 쓴 가장 중요한 이유는 정체를 들킬 까닭이 없어서였다. 타인의 시선을 전혀 의식하지 않고 제멋대로 살아가는 막심이 정보국 첩자일 거라고는 그 누구도 상상하기 어려울 테니까. 내가 정보원으로 섭외할 당시에도 막심은 이미 언더그라운드 문화계의 유명 인사였다. 막심이 즐겨 꺼내는 우스갯소리의 수위가 높아 주류 매체에 출연할 수는 없었지만 언더그라운드 무대에서는 열성 팬들이 많이 생겨날 만큼 높은 인기를 구가했다.

　막심은 주로 작은 클럽에서 공연했다. 그는 연방공화국 정권과 우리의 삶을 좌우하는 대기업 집단과 세상의 모든 권력자들을 조롱하며 사람들에게 웃음을 선사했다. 막심이 공연할 때마다 전하고자 하는 주제가 있다. 연방공화국 정권은 국민에게 충분한 자유를 보장한다고 자랑하기 일쑤지만 사실은 쇠주먹을 부드러운 벨벳 장갑 속에 감추고 우리를 제멋대로 조종하고 있다고 주장했다. 물론 나도 정권의 부속품에 불과하다는 생각이 들긴 하지만 계속 나 자신을 타일러가며 불만을 다스린다. 연방공화국 정권이 여전히 부도덕하고 불완전한 모습을 보일 때도 있지만 그나마 사제들이 정치권력을 움켜쥐고 기독교 원리로 통치하는 공화국연맹보다는 형편이 낫다고 위안 삼으면서.

　정보국에서 함께 일하는 동료 요원들도 나랑 똑같지는 않아도 얼추 비슷한 인식을 갖고 있다. 막심은 4년 전에 성전환 수술을 받고 트랜스젠더 여성이 되었다. 뉴욕에서 활동하는 언더그라운드 예술가들 가운데 막심을 모르는 사람이 없을 만큼 유명 인사였지만 딱히 돈이 되는 일을 하지 않아 경제적으로 어려웠다. 막심은 정보국에서 매달 지급하는 돈을 기꺼이 받아 쓰는 대신 가끔 유용한 정보를 제공해주었다. 아는 사람들이 많다보니 전해들은 정보도 다양했다. 나는 격주로 막심을 면담하는 일은 부하 요원에게 맡기고, 그가 집에 있을 때에 함께 어울리기로 약속했다. 막심이 집에 있는 날은 일주일에 한 번씩 로어이스트사이드에 있는 클럽 무대에 설 때뿐이었다. 그는 일주일 동안 여러 지역을 전전하며 공연을 펼쳤다.

막심이 사는 아파트는 이스트 브로드웨이 지하철역 근처에 있었다. 아파트는 비좁고, 전혀 정리 정돈이 되어 있지 않았다. 나는 막심이 좋아하는 진을 들고 아파트를 찾아가 밤늦도록 이야기를 나누었다. 정보국 일과 관련해서는 항상 입을 굳게 다물었고, 내 신상에 대해서도 말을 아꼈다. 그 반면 막심은 거리낌 없이 자기 이야기를 쏟아냈다.

막심이 정보원으로 일하기 시작한 지 얼마 되지 않았을 때 나에게 물었다. "누군가가 저지른 행위를 정보국에 일러바치는 건 그 사람에 대한 배신행위 아닐까요?"

"나라를 위한 행위라고 생각하세요."

"내가 욕실에서 섹스한 상대를 밝히는 게 나라를 위한 행위라고요?"

"벌써 잊었어요? 작년에 당신이 만난 사람이 스파이라는 사실을 알아냈잖아요. 당신이 그 사람과 하룻밤 자고 나서 수상쩍다고 말한 덕분에 스파이를 잡은 거예요."

"그다음에 요원님은 뛰어난 설득력을 발휘해 그에게서 유용한 정보를 아주 많이 빼냈겠죠."

"일 얘기는 안 합니다."

"요원님도 나만큼 외롭고 비밀이 많은 분이네요."

"내 신상 얘기도 안 합니다."

"그건 좀 불공평해요. 나는 매일이다시피 내 얘기를 쏟아내잖아요. 내 인생이 얼마나 엉망진창인지, 심지어 부모에게 정신병자 취급당하다가 끝내 절연한 얘기도 했어요. 요원님은 개인적인 얘기는 일절 한마디도 안 했잖아요. 그나마 요원님이 옛날 영화나 뮤지컬, 소설 얘기를 들려줄 때마다 재미있게 듣고 있긴 해요. 전혀 속내를 내비치지 않는 분인데 어쩜 그리 재미나게 이야기를 풀어나가는지 깜짝 놀랄 때가 많아요."

"내 신상 얘기를 털어놓지 않는 건 직업윤리 때문이니까 이해해줘요."

"내가 여태껏 만나본 사람들은 정말 많지만 요원님만큼 내 얘기를 귀 기울여 들어준 분은 없었어요. 가끔씩 해주는 조언도 큰 도움이 되더군요. 술도 잘 마시고, 친구로 지내기에는 부족함이 없는 분이죠."

막심이 선을 넘는 발언을 하지 못하도록 사전에 막지 못한 건 내 불찰이었다. 내가 진작 조심해야 한다고 단단히 다짐을 받아 두었더라면 공화국연맹에 체포되어 화형을 기다리는 처지가 되진 않았을 테니까. 나는 죄책감을 떨쳐버릴 수 없어 브레이머 부장 앞에서 언성을 높였고, 총격전이 벌어졌을 때 결코 냉정을 잃지 않고 적에게 타격을 가하는 요원이라는 명성을 위험에 빠뜨렸다.

비록 속마음을 털어놓는 사이는 아니었지만 서로 가깝게 지낸 친구가 있는데 절체절명의 위기에 봉착한 그를 구하면 안 된다는 명령을 받아들여야 하는 입장이었다. 격주로 열리는 전략회의를 마치고 모두 제자리로 돌아가고 있을 때 브레이머 부장이 내 소매를 잡았다. 사람들이 모두 회의실 밖으로 나간 뒤에야 브레이머 부장이 나에게 말했다. "스텐글 요원, 내 말 새겨들어. 앞으로 다시는 정보원이랑 개인적인 친분을 쌓지 마. 곤혹스러운 문제가 생길 수도 있으니까."

나는 눈물을 참으며 브레이머 부장이 기대하는 대답을 해주었다. "잘 알겠습니다."

이제부터 나는 입 닥치고 내 친구가 화형당하는 모습을 지켜봐야 한다.

21시 55분, 대형 스크린 앞에 우리 부서 요원 열두 명이 모여들었다. 브레이머 부장은 화형식 생중계를 열외자 없이 봐야 한다고 요원들에게 미리 공지했다.

"놈들이 무슨 짓을 저지르는지 두 눈 똑바로 뜨고 봐야 해."

공화국연맹 국영방송 화면 하단에 '15세 이하 시청 불가'라는 자막이 보였다. 국영방송 뉴스 앵커가 시청 연령 제한을 고려해 밤늦은 시각에 화형식을 거행하게 되었다고 말했다. 십자가에 매달린 예수님을 불경스럽게 언급했다는 혐의를 받는 막심의 발언이 여과 없이 흘러나왔다. 막심이 예수님에 대해 언급한 말 가운데 일부를 삐 소리를 내 들리지 않게 하거나 삭제하지 않은 상태로 방송에 내보낸 건 이번이 처음이었다. 패널로 나온 법률전문가 두 사람이 성경 구절을 인용해가며 막심의 발언을 끔찍한 '신성 모독 행위'로 규정했다. 그들은 공화국연맹 헌법에서 신성 모독 행위를 법정 최고형으로 다스리고 있다고 강조했다. 뒤이어 연방공화국에서는 이 사건을 어떻게 바라보는지 반응을 소개했다. 연방공화국에서는 막심의 화형을 반대하는 운동이 대대적으로 벌어지고 있고, '하나님이 부여한 성 본연의 역할을 믿지 않는 사람들' 사이에서 반대 운동이 더욱 격해지고 있다고 보도했다.

뉴욕, 로스앤젤레스, 샌프란시스코에서 화형 반대 시위를 하는 장면들도 뉴스 화면에 등장했다. 연방공화국에는 공화국연맹 국영방송국의 공식 특파원이 주재한다. 공화국연맹에도 연방공화국 뉴스 특파원이 파견되어 있다. 특파원들은 스파이나 다름없다는 사실을 양쪽 모두 알고 있다. 연방공화국에 주재하는 공화국연맹 뉴스 특파원은 막심의 화형식을 가장 격렬하게 반대하는 성소수자들을 인터뷰해 내보냈다. 화면에 '로네트'라는 이름을 가진 트랜스젠더가 등장했다. 로네트는 마스카라가 번져 검게 변한 눈물을 흘리며 '막심을 불태워 죽인다면 공화국연맹 국민 모두가 손에 피를 묻히는 형국'이라고 주장했다.

화면 구석에 처형 시간을 알리는 시계가 등장했다. 처형 16분 전, 공화국연맹의 대법원이 막심 변호인단의 탄원서를 반려했다는 보도가 흘러나왔다. 어차피 공화국연맹 대법관들은 12사도가 임명한 권력의 꼭두각시일 뿐이다. 처형 6분 전, 12사도는 난데없이 성명을 발표했다. 대법원 결정과 국민의 뜻을 받들어 부득이 화형식을 거행하게 되었다는 성명이었다. 이제 화면은 켄터키주 주도인 프랑크푸르트의 광장을 비추었다. 일천여 명에 가까운 사람들이 광장에 운집해 있었다. 패스트푸드와 티셔츠, 켄터키주 깃발, 종교 기념품을 파는 노점들이 눈에 띄었다.

브레이머 부장이 말했다. "레니 리펜슈탈 감독*이 이 야만적인 화형식 장면을 촬영했어야 하는데."

어색한 웃음소리가 흘러나왔다. 브레이머 부장이 말을 이었다.

*제2차 세계대전 당시 나치 독일 선전 영화를 만든 영화감독

"다들 잘 알겠지만 공화국연맹은 화형식 생중계 판권을 외국에 팔아넘겨 한 해에 수십억 달러를 벌어들인다네. 올해는 화형식 중계권 수입이 작년보다 19퍼센트 더 늘었다는군."

필 플렉 부국장이 말했다. "6분에 불을 붙일 거래. 자, 대법원 발표나 12사도의 성명 발표나 화형식이 모두 정각에서 앞뒤로 6이라는 숫자가 들어간 시각에 이루어지는 이유를 알고 있는 사람이 있나? 나에게 그 이유를 설명해주는 사람에게 20달러를 주겠네."

20달러는 기껏해야 선술집에서 파는 맥주 한 잔 값에 불과했지만 나는 손을 번쩍 들었다. 필 플렉 부국장이 턱으로 나를 가리켰다.

"666 때문입니다."

"무슨 뜻인지 설명해봐."

"요한계시록을 보면 666은 머리가 일곱 개, 뿔이 열 개 달린 괴물 이름입니다. 이 괴물이 바다에서 666마리가 나옵니다. 요한계시록에서 그 내용이 세 번 언급됩니다. 이 괴물은 정치 체계의 상징으로 요한계시록 구절을 그대로 인용하자면 '각 나라와 족속, 백성과 방언'을 지배합니다. 666은 지옥을 다스리는 존재의 상징, 즉 악마의 표식이기도 하고, 적그리스도를 따르는 자들을 괴물로 규정하는 낙인이기도 하죠."

필 플렉 부국장이 나지막이 휘파람을 불었다.

"큰 감명을 받을 정도는 아니지만 스텐글 요원이 성경 공부를 열심히 한 모범생인 건 확실해 보여."

"우리가 공화국연맹의 도발을 막으려면 저들이 어떤 길로 나아가고자 하는지 알아야 합니다. 저들이 이런 방식으로 666을 사용한 건 우리에게 '너희들 모두는 적그리스도 같은 존재들이다. 우리는 그중에서도 가장 전형적인 적그리스도 한 명을 불태워 죽이는 즐거움을 누리고 있다'라는 걸 우리에게 보여주려고 하는 겁니다. 아주 역겨운 발상이죠."

스크린 안에서 사람들이 흥분해서 소리치기 시작했다. 막심이 형장으로 끌려오고 있다는 신호였다. 잠시 후, 제복 차림의 덩치 큰 군인들이 분열 행진을 하듯 군중들 틈에서 앞으로 나왔다. 그들 가운데 있는 막심이 보였다. 나는 사전에 브레이머 부장의 허락을 받아야 한다는 사실을 깜박 잊고 말했다.

"막심 레프코비츠를 클로즈업해."

사람이 아니라 음성 인식 소프트웨어에게 한 말이었다. 화면에 막심의 얼굴이 나타났다. 막심의 눈을 보니 초점 없이 흐릿했다. 약물을 강제로 투여한 게 분명했다. 막심이 아무런 저항도 하지 못하고 형장으로 맥없이 끌려가는 이유를 이제야 알 수 있었다. 막심이 저항을 포기한 게 아니라 약물이 강제로 정신을 마비시킨 탓이었다. 비뚤어지고 오염된 이 시대를 향해 주저 없이 할 말을 하던 여자, 나에게 '정보국에서 아무리 연애를 금지하더라도 요원님은 꼭 누군가를 만나 사랑에 빠져보길 바랍니다'라고 말했던 여자, 반골 기질을 숨기지 않으면서도 항상 밝게 웃고 떠들던 여자가 약에 취한 상태로 죽음의 화형식장으로 끌려 가고 있었다.

나는 다시 말했다. "클로즈업을 중단해."

브레이머 부장이 옆에서 고개를 절레절레 흔들며 말했다. "막심에게 약을 먹이다니? 하긴 그리 놀랍지도 않아. 공화국연맹 놈들은 막심이 화형대에서 무슨 말을 할지 모르니까 두려웠던 거야. 약물을 투여해서라도 막심의 입을 틀어막고 싶었겠지."

막심이 화형대에 도착했다. 군인들이 둘러싸고 있어 막심의 모습이 보이지 않았다. 일 분 뒤, 군인들이 절도 있는 자세로 뒤로 돌아 막심에게서 벗어났다. 비로소 화형대에 묶인 막심의 모습이 눈에 들어왔다. 광장 곳곳에 대형 스크린이 여러 개 설치되어 있었다. 화형대에서 멀리 떨어져 있는 사람들도 화형식 장면을 놓치지 않고 자세히 볼 수 있도록 전략적으로 설치해둔 스크린이었다. 흰색 로브를 입은 남자가 손에 마이크를 들고 화형대 쪽으로 걸어갔다. 남자는 스스로 루이스 플랫 사도라고 밝히고 나서 광장에 운집한 관객들과 전 세계 시청자들을 향해 말했다.

"막심은 비록 타락한 죄인이지만 지금이라도 주 예수님을 구원자로 받아들이면 영생을 누릴 기회를 부여하겠습니다."

루이스 플랫이 막심에게 질문할 때 나는 말했다. "막심을 최대한 클로즈업해."

사도가 막심에게 물었다. "화형이 집행되기 전에 주 예수님을 구원자로 받아들이겠는가?"

막심은 약물에 취해 고개를 제대로 가누지 못했고, 마치 성에라도 낀 듯이 눈빛이 희미했다. 질문에 대답할 수 있는 몸 상태가 아니었다. 막심이 끝내 질문에 답하지 않자 사도는 과장된 몸짓으로 고개를 절레절레 흔들었다. 치밀하게 계산된 몸짓으로 사전에 연습한 게 분명했다.

루이스 플랫 사도가 그 자리를 떠나자마자 군인들이 행진해 들어왔다. 군인들 모두가 방열복 차림이었다. 군인들의 신원을 식별할 수 없도록 방열복에서 얼굴을 가리는 투명한 유리를 어두운 색으로 진하게 칠해놓은 상태였다. 군인들은 등에 기름통을 메고 손에는 금속관을 들고 있었다. 지휘관으로 보이는 장교가 군인들을 막심 앞에서 멈춰 세웠다. 장교가 뭐라고 명령을 내리자 군인들이 손에 들고 있는 금속관 네 개가 일제히 막심에게로 향했다. 금속관에서 뿜어져 나온 액체가 막심의 몸을 흠뻑 적셨다.

브레이머 부장과 나는 서로 눈빛을 교환했다. 2년 전, 브레이머 부장과 나는 공화국연맹의 공개 화형식을 분석한 적이 있었다. 그때 우리는 불을 붙이기 전에 희생자의 몸에 액체 질소를 뿌린다는 사실을 알게 되었다. 불을 붙이자마자 활활 타오르게 하려는 의도였다. 나는 저들이 강력한 인화성 물질을 막심의 몸에 뿌린 걸 차라리 다행이라고 생각했다. 액체 질소는 인화성이 높아 막심의 몸을 순식간에 불태워버릴 테니까. 나는 혹시 저들이 막심을 잔 다르크처럼 서서히 고통을 가하며 태워 죽일까 봐 우려했다. 브레이머 부장도 나와 비슷한 생각을 하는 표정이었다. 화형당하는 사람이 미처 고통을 느낄 새도 없이 순식간에 불타 죽게 한 건 자비라고는 전혀 찾아볼 수 없는 이 사건에 끼어든 유일한 자비였다.

임무를 마친 군인들이 돌아서서 화형장을 빠져나갔다. 긴 정적이 이어졌다. 군중들은 다음에 이어질 장면을 숨죽여 기다렸다. 루이스 플랫 사도가 카운트다운을 하는 소리가 들려왔다. 5, 4, 3……. 사도가 1을 외치는 소리는 들리지 않았다. 화형대에 불이 점화되기 무섭게 불길이 삽시간에 치솟으며 요란한 굉음을 발했기 때문이다. 곧이어 커다란 폭발음이 들려왔고, 막심은 불기둥 속으로 사라졌다. 불과 몇 초도 지나지 않아 커다란 불덩이만 남았다.

필 플렉 부국장이 말했다. "이제 그만."

대형 스크린을 가득 채우고 있던 화형식 장면이 모두 사라졌다.

나는 착잡한 심사를 가라앉히려고 숨을 크게 들이쉬었지만 별 효과가 없었다. 방금 대형 스크린에서 본 이미지들이 머릿속에서 결코 떠나지 않으리란 걸 알면서도 눈을 감았다.

브레이머 부장이 팔꿈치로 나를 쿡 찌르면서 말했다.

"꼬맹이, 이제 뭘 좀 먹으러 가야지."

제2장

브레이머 부장은 40번가 서드 애비뉴에 위치한 스테이크하우스로 우리를 데려갔다. 그 식당에서 일하는 웨이터와 바텐더, 지배인은 브레이머 부장을 잘 알았다. 식당 주인 아들이 테러 사건에 연루되어 식당 영업이 정지될 위기에 처했을 때 브레이머 부장이 많은 도움을 베풀었기 때문이다. 그 당시 식당 주인 아들은 스물세 살이었고, '국민의 삶을 끊임없이 감시하고 규제하는 정부에 대항'하려고 조직된 혁명 위원회에 가입해 활동했다. 정보국에서도 혁명 위원회의 존재를 파악하고 은밀히 감시해오고 있었는데 급기야 테러 사건이 터졌다. 혁명 위원회 조직원들이 정보국 보스턴 지사에 폭탄 테러를 가했지만 다행히 인명 피해는 없었다. 정보국은 즉각 혁명 위원회 소탕 작전에 돌입했고, 식당 주인은 브레이머 부장을 찾아가 아들의 목숨을 살려달라고 애걸복걸했다. 브레이머 부장은 아무런 약속도 해주지 않았으나 정보국 특공대가 혁명 위원회의 은신처를 습격했을 당시 식당 주인 아들을 은밀히 빼내주었다. 식당 주인 아들 새미 카팔디는 브레이머 부장이 쏜 마취총을 맞고 쓰러져 대기하고 있던 밴에 실렸다. 새미가 정신을 차려보니 메인주 북부의 숲속에 위치한 정보국 산하 기관인 갱생교육 캠프에 와 있었다. 새미는 정보국에서 운영하는 갱생교육 캠프에서 5년 동안 힘든 노동을 하며 회계사로 일할 수 있는 교육을 받았다. 집으로 돌아온 새미는 아버지 식당에서 회계를 담당하게 되었다. 새미가 갱생교육 캠프에서 5년 만에 집으로 돌아왔을 때 식당 주인 마티 카팔디는 아들이 이전과 많이 달라진 걸 느꼈다. 새미는 정보국의 신경학자들은 '인식력 안정'이라고 부르지만 비판적인 시각을 가진 사람들은 '전두엽 절제술'이라고 부르는 첨단 외과 수술을 받았다. 지적 능력에는 전혀 해를 미치지 않으면서 분노를 억제하게 만드는 수술이었다. 그 결과 혁명 위원회의 과격한 조직원이었던 새미는 회계사가 되어 돌아왔다. 마티 카팔디는 아들의 목숨을 구해준 것만으로도 고마운데 회계사 자격증을 딸 수 있게 해준 브레이머 부장에게 머리 숙여 감사를 표했다. 〈마티 앤드 말 스테이크 하우스〉에서 브레이머 부장을 각별히 대접하는 이유였다.

브레이머 부장이 나에게 물었다. "오늘도 마티니를 마실 건가?"

"마티니는 늘 정답이죠."

"마티가 내가 오면 주려고 맛이 기막힌 와인 한 병을 준비해두었다는군. 2029년산 아마로네*야. 자네, 이번 달 '육식 한도'는 얼마나 남았나?"

---

*정식 명칭은 아마로네 델라 발폴리첼라. 이탈리아 발폴리첼라 지역에서 생산되는 깊고 진한 맛으로 유명한 고급 레드와인

몸에 삽입되어있는 마이크로칩이 육식 한도를 계산해준다. 마이크로칩은 체내에서 일어나는 모든 활동을 진단한다. 매달 육류를 얼마나 섭취하는지, 콜레스테롤 수치는 얼마인지, 음주량은 얼마인지, 지방 섭취는 얼마나 하는지 매주 진단해 한도를 정하고 제한한다. 정보국에서는 계급과 나이, 근무 연차에 따라 육식 한도가 다르다. 브레이머 부장처럼 높은 '기습' 성공률을 유지하는 부서장은 한도에 구애받지 않는다. 정보국 용어인 기습은 정보국 요주의 대상에 올라 있는 인물들을 사전에 '교화'시키거나 범죄 행위를 저지르기 전에 미리 막는 행위를 뜻한다. 연방공화국 형사 사법제도는 범죄 행위를 사전에 막아내는 걸 최고의 성과로 간주한다.

브레이머 부장은 뛰어난 실적 덕분에 과식과 과음을 맘껏 즐겨도 무방했다. 그 반면 마른 체구인 나는 엄격한 제한을 받고 있다. 육류는 일주일에 한 번, 술은 두 잔까지 허용된다. 그날 나는 여드레 일하고 사흘간 휴일을 앞두고 있었다. 48시간 전에 인사부에 72시간 휴가를 신청했다. 인사부에서는 휴가가 시작되고 나서 12시간 이내에는 술, 육류, 담배를 자유롭게 즐길 수 있도록 허용했다. 막심의 화형식을 본 직후라 나는 술이 절실히 필요했다.

브레이머 부장은 그런 내 마음을 잘 알고 있었다. 마티니가 나오자 브레이머 부장이 잔을 들어 올렸다. 몸에 삽입된 마이크로

칩에 우리가 나누는 모든 말이 기록된다는 걸 알기에 우리는 가능한 한 암호를 주고받는 형식으로 대화를 나누었다.

"스텐글 요원, 잘 대처했어. 지난주에 잠깐 뻐딱한 모습을 보이긴 했지만 마음을 잘 다스렸으니 칭찬받아 마땅해. 필 플렉 부국장도 자네를 눈여겨보더군. 자네는 오늘이라도 화형식이 취소되길 바랐지? 우리도 다 알고 있어. 달갑게 들리지는 않겠지만 막심의 희생 덕분에 우리는 선전전에서 놈들을 크게 이겼어. 다음번에 놈들과 스파이를 교환할 때 우리가 유리한 입장에 설 수 있게 되었어. 이미 한 건은 서로 합의되었대. 자네도 알다시피 첩자 교환은 중립지대에서 이루어져. 아주 중요한 임무인 만큼 필 플렉 부국장은 자네가 그 일을 맡아주길 바라고 있어."

중립지대라면 이전에 미니애폴리스였던 곳으로 이제는 둘로 갈려서 한쪽은 공화국연맹, 다른 한쪽은 연방공화국이 관리하고 있었다. 중립지대인 미니애폴리스는 이제 미국의 베를린 같은 곳이 되었다.

나는 브레이머 부장의 말에 고개만 끄덕였다. 자세한 이야기를 나누려면 도청 방지기가 필요했다.

브레이머 부장이 말했다. "마티가 도청 방지기를 가져오면 좀 더 자세히 얘기하지."

도청 방지기는 〈마티 앤드 말 스테이크하우스〉처럼 공인된 식당에서는 소금 통 같은 물건으로 위장해 나온다. 도청 방지기가 있으면 우리 몸에 삽입된 마이크로칩에서 나가는 전파 신호가 교란되어 적들이 우리 대화를 엿들을 수 없게 된다. 물론 우리 정보국 내부에서도 요원들의 대화를 감시하는 만큼 도청 방지기를 사용할 필요가 있을 경우 상부의 허가를 받아야 한다. 다만 부서장들은 미리 허가를 받지 않아도 도청 방지기를 쓸 수 있다.

브레이머 부장도 부서장인 만큼 나는 내 왼쪽 귀 위쪽에 삽입된 마이크로칩이 내 생각까지도 읽는 건 아닌지 종종 의심할 수밖에 없다.

브레이머 부장이 설마 내가 마음속으로 하루에 몇 번이나 분을 삭이는지 세어보진 않겠지?

물론 큰 의미를 둔 의심은 아니었다. 하지만 의심은 인간의 기본 조건이 아니던가?

브레이머 부장이 잔을 들어 건배를 제안했다.

"내가 자네를 부관으로 두는 이유는 똑똑하기 때문이기도 하지만 어느 누구보다도 입이 무거워서야. 지금 자네 심정은 '마음속으로 분을 삭인다'는 말로는 턱없이 부족하겠지. 우린 다 그래. 지금과 달랐던 나라, 달랐던 생활을 기억하거나 잠시라도 겪은 사람이라면 더욱 그래."

∞

나도 예전의 미국, 예전 생활, 예전 세상을 기억하고 있다. 내가 태어난 2002년에 이곳은 미합중국이었다. 버락 오바마가 대통령에 당선된 2008년 밤이 지금도 희미하게나마 기억난다. 아버지와 엄마는 거실에서 몹시 기뻐하며 춤을 추었고, 아버지가 나에게 말했다.

"나중에 어른이 되면 오늘을 기념하게 될 거야. 미국이 새로 태어난 날이니까."

12년 뒤, 내가 대학에 입학할 때, 백악관에 부자 악당이 들어앉았고, 미국은 분열되었다. 아버지는 나에게 이메일을 보냈다. '이제 미국은 둘로 갈라져 서로를 미워하고 있어.'

아버지와 나는 서로에게 다정했다. 나는 아버지가 56세에 얻은 늦둥이였고, 하나뿐인 자식이었다. 아버지는 나이 드는 걸 두려워했고, 젊음을 유지하는 데 집착했다. 아버지의 인생은 롤러코스터 같았다. 직업이 작가였던 아버지는 슬럼프와 실패, 큰 성공이 뒤범벅된 삶을 살았다. 아버지는 작년에 98세로 생을 마감했다. 숨을 거두기 전까지 29년 동안 책을 출간하지 않았다. 글은 계속 썼고, 뉴욕에 있는 대학교에서 학생들을 가르쳤다. 가끔 짧은 글을 신문이나 잡지에 기고했다. 언젠가 지난 30년 동안 출간한 열다섯 편의 장편소설이 재평가받아 크게 각광받으리라는 희망을 버리지 않았다.

아버지의 바람은 이루어지지 않았다.

도널드 트럼프가 대통령으로 취임하고, 2년 동안 지속된 코로나 바이러스 팬데믹을 생각할 때마다 내 머릿속에서는 자연스레 아버지가 떠오른다. 그 당시 아버지의 삶은 이전에 비해 몹시 피폐해졌다. 정신과 의사인 엄마가 동료 의사와 눈이 맞아 아버지를 버리고 떠났고, 일 년 뒤 애인과 함께 교통사고를 당해 세상을 하직했다. 아버지가 쓴 장편소설은 출판사와 계약하지 못했고, 그 후 다시는 책을 내지 못했다. 아버지는 반복적으로 상대를 바꿔가며 연애에 몰두했지만 외로움을 떨쳐버리기 힘들었다. 현실을 견디다 못한 아버지는 자주 바다로 몸을 던지고 싶은 유혹에 빠져들었다.

　아버지의 삶은 상처투성이지만 흥미로운 부분이 많았고, 나는 그런 아버지를 사랑했다. 엄마와 달리 아버지는 나에게 무조건적인 사랑을 베풀었다. 나는 이십 대 초반에 재즈 뮤지션을 만났다. 재즈 뮤지션들이 대부분 그랬듯이 그 남자 역시 안정된 성격과는 거리가 멀었다. 어느 날 나는 눈물을 흘리면서 아버지에게 조언을 구했다. 아버지는 나에게 위스키를 건네며 말했다.

　"누구나 한번쯤 매력적인 미치광이와 힘든 연애를 하게 마련이지. 좋은 경험을 했다고 치고 잊는 게 최선이야. 정신적으로 많이 힘들겠지만 그럭저럭 견딜 만할 거야. 신체적으로 상해를 입지 않은 상태로 그 몹쓸 연애에서 벗어날 수 있다면 매우 만족스러운 결론을 얻었다고 할 수 있지. 그 경험이 앞으로 너에게 좋은 유산이 되어줄 테니까. 어쨌든 네가 회계사랑 결혼하지 않는다면 아빠는 괜찮아."

나는 회계사와 결혼하지 않았다. 몇 년 동안 실연의 상처로 고통받았고, 아직도 머릿속에서 떨쳐버릴 수 없는 상대를 만나기도 했다. 그러는 사이 정보국에서 일하게 되었고, 10년이 지나지 않아 최상급 요원으로 진급했다. 아버지는 정보국 요원을 우리가 살고 있는 이 '독재적 민주 국가'의 경호원이라 칭했다. 독재적 민주 국가라는 모순어법은 아버지가 일부러 쓴 말이었다.

아버지는 두 나라로 분리되기 전의 미합중국을 몹시 그리워했다. 미합중국은 오래전에 사라졌으니 아버지는 고대 유적지에서 유물이 사라진 걸 아쉬워하는 고고학자나 다름없었다. 아버지가 책을 내고 나서 일 년 동안 휴식을 취하면서 베를린과 파리에서 지내다가 파타고니아로 떠났던 시절은 이제 다시는 경험하기 힘든 환상이 되었다. 미국 분리가 시작될 당시 유럽연합(EU)은 예전과 달리 유명무실해졌고, 나라 간 자유 왕래도 크게 제한되었다. 2032년에는 하마터면 미국과 러시아 사이에 핵전쟁이 발발할 뻔했다. 러시아가 몽골을 침략하자 중국은 무역으로 러시아를 압박했다. 러시아의 몽골 침략 이후 푸틴 정권과 통합러시아당은 와해되었다.

그로부터 10년이 지나지 않아 자유로운 세계 여행은 옛일이되었다. 연방공화국 정부는 중국 정부와 손잡고 '스탄'으로 끝나는 중앙아시아의 이슬람 국가들, 중동 국가들, 모로코 국경 동쪽의 북아프리카 국가들, 이스탄불 동쪽의 튀르키예 등을 고립시켰다. 이 지역에 살고 있는 주민들은 극소수의 고소득자를 빼고 외국으로 나가는 게 금지되었다. 원천적으로 여행을 금지하는 봉쇄 정책이 지속되면서 국제 테러는 사라졌다. 물론 〈마티 앤드 말 스테이크하우스〉의 아들이 몸담았던 혁명 위원회 같은 조직이 일으키는 소규모 테러 사건들은 여전했지만 어디까지나 국내에서만 이루어졌고, 국제적인 테러는 없었다.

아버지는 여든 살 생일을 맞아 파리로 여행을 떠났다. 그때만 해도 아버지는 정정했지만 아버지의 마지막 해외여행이 되었다. 아버지는 미국의 자랑이던 개인의 자유가 사라지자 크게 불평했다. 마지막 눈을 감는 순간까지 아버지 옆에는 애인이 있었지만 엄마를 결코 잊지 못했다. 부부 사이가 좋아서는 아니었다. 엄마의 갑작스러운 죽음에 너무 큰 충격을 받은 탓이었다. 아버지는 몇 년 전부터 가끔씩 치매 증상을 보였다. 정보국 안에는 요원들의 정신 건강을 담당하는 정신과 의사들이 있다. 모든 요원은 매달 자신을 담당하는 정신과 의사의 상담을 받아야 한다. 나를 담당한 정신과 의사는 유전자 치료법의 발전으로 치매는 이제 미리 예방할 수 있는 질환이 되었다고 했다.

정신과 의사가 말했다. "2030년부터 치매 예방이 가능해졌는데 치매를 앓게 되었다면 치매 예방 치료를 의도적으로 회피한 탓으로 보입니다." 정신과 의사가 말을 이었다. "슬픔을 견딜 수 없는 노인이 치매를 앓는 경우가 흔히 있습니다. 치매라고는 하지만 스스로 전두엽 절제술을 시행한 거나 다름없죠."

그 빌어먹을 정신과 의사가 나에게 그렇게 말한 이유를 나는 정확하게 알고 있었다. 그런 도발에 내가 어떻게 반응하는지 보기 위해서였다. 아버지의 질환을 두고 그런 개소리를 늘어놓은 정신과 의사를 향해 나는 소리 지르고 욕설을 퍼붓고 싶었지만 겨우 평정심을 잃지 않고 말했다. "흥미로운 가설이네요."

내 아파트는 정보국의 감시를 받는 만큼 정신과 상담을 마치고 집으로 돌아가 울 수도 없었다. 센트럴파크에 설치된 수많은 보안 카메라들 사이에서도 몸을 숨길 수 있는 곳이 몇 군데 있다. 그날은 기온이 38도이고, 숨이 막힐 만큼 습도가 높은 7월의 어느 여름날이었다. 무료로 셰익스피어 연극 공연을 하는 야외극장 앞을 지나갔다. 〈리어왕〉 연극 공연을 보려고 이천 명쯤 되는 사람들이 줄을 서 있었다. 나도 모르게 갑자기 눈물이 차올랐다. 코델리아에게 감정이입한 탓이 아니었다. 아버지가 리어왕처럼 광기 속에서 표류하고 있다는 생각 때문이었다.

전날, 요양원에 찾아갔을 때 아버지는 나를 전혀 알아보지 못했다. 2년 전, 아버지와 함께 브런치를 먹었던 날이 떠올랐다. 그때만 해도 아버지는 정신이 맑았고, 연방공화국의 일간지 《내셔널 리퍼블릭》에 실린 기사 이야기를 나에게 들려주었다. 공

화국연맹에서는 '정화 위원회'를 만들어 모든 예술 작품과 대중
문화 콘텐츠를 사전 검열했다. 〈리어왕〉도 결말을 완전히 바꿔
〈리틀록의 리어왕〉이라는 제목으로 다시 만들었다. 고네릴 부부
와 리건 부부가 사실은 악마의 하수인으로 밝혀진다. 코델리아
는 목이 졸려 죽음을 맞이하지만 아직 말을 할 수 있을 때 리어
왕을 만난다. 코델리아는 아버지인 리어왕을 용서할뿐더러 그
를 설득해 죽기 전에 기독교로 개종하게 만든다.

아버지는 그 내용을 보더니 배를 잡고 낄낄거렸다.

"나를 공작원으로 댈러스에 잠입시켜줘. 댈러스에 고대 그리
스 에피다우로스 반원형 극장을 본떠서 만든 야외 공연장이 있
으니까. 공화국연맹 놈들이 대형 교회 옆에 그 공연장을 만들었
고, 거기서 〈오이디푸스왕〉을 공연한다는 거야. 그놈들이 소포
클레스 연극에 기독교를 어떤 방식으로 집어넣을지 상상이 안
돼. 오이디푸스가 제 엄마와 동침하려고 할 때 요한계시록의 네
기사가 나타나 하늘로 끌고 가려나?"

나는 아버지의 말에 키득거리며 웃었다. 아버지는 특유의 슬
픈 미소를 짓고 나서 말했다.

"세상 돌아가는 꼴을 볼 때마다 차라리 당장 죽는 게 좋지 않
을까 하는 생각이 들어."

"제발 그런 소리 좀 하지 말아요. 아빠는 앞으로도 수십 년은 더
살 수 있어요. 요즘은 100세가 넘도록 사는 사람이 정말 많아요.

아빠도 계속 건강하게 살 수 있을 테니까 다른 얘긴 하지 마세요."

"내가 계속 살고 싶은 마음이 없다면? 이 나라는 민주주의의 탈을 쓴 파시즘 국가가 되었어. 모든 면에서 합리적이고, 대단히 유연하고, 제대로 된 선거를 통해 선출된 국가의 대표가 열심히 일하던 미합중국이 그리워. 지금은 나라가 구심점 없이 두 조각나 있어. 나는 이런 세상을 볼 때마다 몹시 화가 치밀어."

나는 손가락을 입에 대고 쉿 소리를 냈다. 이런 대화는 위험했다.

아버지가 씩씩거렸다. "아마도 놈들이 듣고 있겠지. 그럼 해외여행을 금지당할 거야."

우리가 나누는 대화는 감청되고 있을 가능성이 컸다. 나는 이럴 때 어떻게 처신해야 하는지 잘 알고 있었다. 내가 말했다. "새로 출범한 나라니까 아직은 방향성을 찾고 있다고 봐요. 공화국연맹과 대치하고 있는 현재 상황에서 우리의 자유를 지키려면 어느 정도 규제를 감수할 수밖에 없어요. 그러니까……."

"우리의 자유라고? 너만 없었더라면 나는 이미 아파트 창문으로 뛰어내렸을 거야. 내가 태어났을 때부터 누린 자유, 너도 삼십 대에 들어설 때까지 누린 자유야. 지금 이 나라에 자유가 조금이라도 남아 있다고 생각하니? 내가 아무리 늙었어도 그건 분명하게 기억하고 있어. 지금 우리가 사는 현실을 절대로 미화해서는 안 돼."

아버지가 작년에 세상을 떠났을 때 나는 특별 휴가를 받아 메인주에서 장례식을 치렀다. 그때 나는 해변을 걸으며 아버지의 죽음을 애도했다. 장례식에서 온갖 위로의 말을 들었지만 아버지를 잃은 내 상처에는 아무런 도움이 되지 않았다. 내 슬픔은 하염없이 깊었다. 열흘 휴가를 마치고 정보국에 돌아왔을 때 나는 슬픈 감정을 내색하지 않았다. 내 상사인 브레이머 부장도 내 앞에서 아버지 이야기를 꺼내지 않았다.

〈마티 앤드 말 스테이크하우스〉에서 마티니를 마시며 내 정보원이자 친구였던 막심의 공개 화형식을 지켜본 뒤에 엉망이 된 정신을 수습하려 애쓰고 있는 지금 미국 대통령이 지미 카터이던 시절에 태어나 이제 일흔 살을 바라보는 브레이머 부장이 사라진 세상에 대한 향수를 갑자기 드러냈다.

"지금 자네 심정을 말로 표현하자면 '속으로 분을 삭인다'는 정도로는 부족할 거야. 지금과 달랐던 나라, 달랐던 생활을 기억하거나 잠시라도 겪은 사람이라면 더욱 그럴 거야."

나는 그 말에 아무런 대꾸도 하지 않았다. 나는 브레이머 부장을 잘 알았고, 그는 지금 내가 그의 말을 조용히 듣고 있길 바랐다. 브레이머 부장은 웬만해서는 감정을 드러내지 않았다. 정보국 안에서도 완벽한 포커페이스였다. 나는 브레이머 부장의 무심한 태도를 배우려고 애썼다. 며칠 전, 막심 사건이 터지기 전까지 나 역시 입이 무겁고 감정을 드러내지 않기로 유명했다. 그렇지만 마음속으로는 나를 안심시킬 사람이 필요했다. 아버지는 내가 정보국에서 일하기 시작한 이후 좀처럼 솔직한 감정을 드러내지 않는다고 걱정했다. 나는 아버지의 말에 아무 반응을 보이지 않았다. 그 말에 반응하는 건 감정을 드러내는 것이니까. 아버지는 내 생각을 알아채고 고개를 가로저으며 말했다.

"내 딸이 카프카의 형사가 됐구나."

이제 나는 다시 또 카프카의 형사를 연기했다. 브레이머 부장이 얼마 전 메트로폴리탄 오페라 극장에서 본 푸치니의 〈토스카〉 공연 이야기를 길게 늘어놓는 동안 나는 마티니 두 잔을 비우고, 레어로 익힌 스테이크를 먹고, 황홀하게 맛있는 아마로네 와인을 홀짝였다. 브레이머 부장은 〈토스카〉를 보며 스카르피아 남작이 진짜 악의 화신인지 생각해본 적이 있다고 했다.

브레이머 부장이 말했다. "〈토스카〉 알지?"

"〈토스카〉 오페라 공연 티켓을 저에게 생일 선물로 주셨잖아요."

"스카르피아는 19세기 말에 이탈리아 전역을 주름잡던 경찰청장이었어. 그 당시 이탈리아 경찰청장은 교황이 직접 임명하는 아주 대단히 높은 지위였지. 인간은 아무리 지위가 높아도 운명에 얽매인 존재야. 누구나 인생을 망치는지도 모르고 잘못된 방아쇠를 당기고 싶을 때가 있다는 뜻이야. 아무리 자제력이 뛰어난 사람도 그런 실수를 해. 스카르피아는 막강한 영향력과 권력을 가진 놈이었는데 스스로 인생을 망쳐버렸어. 토스카를 향한 욕망 때문이 아니라 자신이 애써 이룬 지위와 권력을 실수로 모두 잃어버렸지. 누구나 세상에 자신의 존재를 드러내고 싶어 하는 욕망이 있어. 욕망을 어떻게 제어할지는 인간의 운명을 가르는 매우 중요한 요소라고 할 수 있지. 자네나 나 같은 사람과 고인이 된 자네의 정보원은 그런 점에서 달라. 자네는 막심이 놈들의 타깃이 된 걸 알고 조심하라고 계속 주의를 주었어. 막심은 자네 말을 받아들이지 않고 여러 번 선을 넘는 바람에 위험을 자초한 거야."

잠시 정적이 흘렀다. 나는 브레이머 부장에게 꼭 물어보고 싶었던 말을 꺼냈다. "무슨 말씀인지 잘 알겠습니다. 저도 한 가지 궁금한 게 있습니다. 몇 달 전, 중립지대에 가야 할 작전이 있었을 때 저를 배제하셨죠. 막심이 체포되면 제가 즉시 구출하러 나설까봐 걱정되신 건가요? 제가 자제력이 뛰어나고, 명령에 무조건 복종하는 사람이라는 걸 잘 아시면서 왜 그랬죠?"

브레이머 부장이 손을 저으며 말했다. "역시 날카로운 추론이야. 내가 일부러 자네를 중립지대 근처에 얼씬도 못 하도록 막은 건 틀림 없는 사실이야. 오늘 이 식당에 자네를 데려와 저녁 식사 자리를 마련한 이유가 있어. 자네에게 새로운 임무를 맡기기 위해서야. 자네의 커리어에서 아주 큰 족적이 될 거야. 전에 슬쩍 말해준 적이 있는데 이제 확실하게 결정되었어. 자네는 중립지대로 가야 해. '테이크다운' 임무가 부여되었거든."

레슬링에서 상대를 쓰러뜨리는 기술이 테이크다운인데 정보국에서는 '암살'을 뜻하는 용어로 쓰인다. 브레이머 부장이 계속 말을 이었다.

"중립지대에서 테이크다운에 성공 못 하면 공화국연맹에 잠입해서라도 반드시 제거해야 할 타깃이야. 그 정도로 중요하고 가치가 있는 여자라는 뜻이지."

"여자라니까 더욱 흥미롭네요." 나는 조심스레 말을 이었다. "유명 인물입니까?"

"아니, 정반대야. 신원을 철저히 숨겨온 여자야. 살인이나 파괴 전문은 아니지만 우리 연방공화국 내부에 잠입하게 되면 커다란 위협이 될 거야."

"공화국연맹 경찰국 요원입니까?"

"그래, 맞아. 공화국연맹 경찰국 요원이야. 자네가 할 일은 테이크다운이 전부가 아니야. 그 전에 그 여자로부터 최대한 많은 정보를 빼내야 해. 무슨 말인지 알아들었지?"

나는 고개를 끄덕였다. 타깃의 신원을 확보하게 되면 고문을 가해서라도 정보를 빼내야 한다는 뜻이었다. 정보국 요원은 누구나 고문 기술을 훈련받는다.

브레이머 부장이 병에 남은 와인을 마저 따르며 말했다. "이틀 휴가가 끝나면 암호 문서를 받고 작전 설명을 듣게 될 거야. 그 전에 자네에게 미리 말해둘 게 있어. 내 얘기를 듣고 나면 이번 작전에 임하는 자네의 마음가짐이 달라질지도 몰라."

또다시 정적이 이어졌고, 브레이머 부장이 와인을 홀짝이는 소리만이 들려왔다.

"타깃이 자네 가족이야."

"가족이라뇨? 이전에 우리 정보국 요원이었다는 말씀입니까?"

브레이머 부장이 말했다. "정보국 가족이 아니라 자네 개인의 가족이라는 뜻이야."

나는 깜짝 놀랐다.

"제가 가족이 어디 있습니까? 저는 외동딸이고, 부모님은 다 돌아가셨고, 삼촌이나 이모, 고모도 없는데."

브레이머 부장이 말했다. "자네는 모르는 혈육이 있었어."

"혈육이라니요?"

"자네와 배다른 자매."

"말도 안 됩니다."

"인간은 살면서 많은 실수를 저지르지. 정말 말도 안 되는 일이 많아. 자네 부친도 예외가 아니었어. 다시 한번 말하지만 자네에게는 배다른 자매가 있어. 게다가 우리의 적이야. 공화국연맹 경찰국 요원."

제3장

　비밀 없는 가족은 없다. 아무리 사이좋은 커플도 감추어야 하는 비밀이 있다. 그러다가 세상에 공개되길 꺼려하던 비밀이 알려지게 된다. 비밀은 높은 옥상에 올라가서 혹은 광장에서 마이크로 떠들어야 공개되는 건 아니다. '이건 비밀인데 너만 알고 있어' 하면서 단 한 사람에게 털어놓아도 그 비밀은 더 이상 비밀로 존재하지 않는다.

　브레이머 부장은 아버지 혼자 몰래 간직해온 우리 가족의 비밀을 밝히기 전에 내 잔에 술을 가득 채웠다. 내 상사인 브레이머 부장은 대단히 치밀한 사람이라 나에게 술을 얼마나 먹여야 내가 받을 충격을 완화시킬 수 있을지 미리 계산해둔 눈치였다. 나는 아무리 놀라운 말을 듣더라도 냉정을 잃고 감정을 표출하는 모습을 보이고 싶지 않았지만 내가 과연 끝까지 침착하고 태연한 자세를 유지할 수 있을지 자신할 수 없었다.

　내 이복 자매는 언제 태어났을까? 엄마는 누구일까? 아버지는 어떻게 그 오랜 세월 동안 나에게 이복 자매가 있다는 사실을 숨겼을까? 내 이복 자매는 어쩌다가 공화국연맹 경찰국 특수 요원이 되었을까? 브레이머 부장은 언제부터 우리 아버지의 비밀을 알고 있었을까? 아버지가 세상을 떠난 지 벌써 일 년이 지났는데 왜 여태껏 나에게 알려주지 않았을까? 왜 하필 막심이 화형을 당한 지금에야 그 사실을 말해주었을까?

머릿속에서 수많은 질문들이 떠올랐지만 브레이머 부장에게 따지고 들 수는 없었다. 내가 흥분해서 패를 빨리 내보이는 건 금물이다. 우선 브레이머 부장의 입에서 무슨 말이 흘러나오는지 들어봐야 한다.

나는 술잔을 비웠다. 브레이머 부장이 손을 들자 종업원이 다가왔다.

"뭐가 더 필요하십니까?"

"술을 더 마실까 하는데 혹시 추천해줄 술이 있을까요?"

"사장님께 여쭤보고 말씀드리겠습니다. 사장님이라면 딱 맞는 술을 추천해줄 겁니다."

브레이머 부장이 말했다. "사장님께 미리 감사 인사 전해줘요."

브레이머 부장은 종업원이 돌아올 때까지 몇 해 전에 다녀온 이탈리아 여행 이야기를 늘어놓았다. 그때 아마로네 와인을 처음 마셔보고 나서 즉각 반했다고 했다. 이탈리아는 극좌파인 시메오네가 정권을 잡고 나서 10년 동안 유례없는 독재정치를 펼치고 있었다.

"시메오네가 하는 짓을 보고 있자니 과거의 무솔리니가 차라리 이성적으로 보일 정도야. 중국 정부에서조차 시메오네가 과거 북한 정권을 따라 하고 있다고 비난할 정도니까 말 다했지. 몇 년 전, 이탈리아에서 시메오네를 끌어내리고, 정치 체제를 우리 연방공화국과 비슷하게 만들려는 혁명이 시도되었던 걸 기억할 거야. 그때 인텔리겐치아는 죄다 총살되거나 강제수용소에 갇히게 되었지. 이탈리아에서 시장 경제는 완전히 말살되었고, 국민들은 사상 초유의 빈곤에 허덕이는데 시메오네는 아랑곳하지 않고 우상화에 열을 올리고 있으니까 미칠 노릇이야."

종업원이 우아하게 생긴 와인병을 들고 나타나더니 잔에 술을 따랐다.

"2029년산 그라파 아마로네 베르타 레제르바입니다. 사장님이 특별히 아끼는 와인이죠."

"사장님께 고맙다고 전해줘요." 브레이머 부장은 종업원에게 그렇게 말하고 나서 잔을 들었다. 우리는 잔을 부딪쳐 건배하고 나서 와인을 한 모금 맛보았다.

"이제 타깃에 대해 말씀해주시죠. 그 친구, 이름은 뭡니까?"

"케이틀린 스텐글."

"저랑 성이 같다고요?" 나는 어이없다는 듯이 말하며 주먹을 불끈 쥐었다가 곧장 후회했다.

정보국 요원이 사사로운 감정을 드러내다니? 아무리 말도 안 되는 일이 있어도 사사로운 감정을 드러내서는 안 된다는 게 정보국 요원의 불문율이었다.

브레이머 부장이 내 술잔을 가리키며 말했다. "어서 더 마셔."

나는 다시 와인을 한 모금 홀짝였다.

브레이머 부장이 와인을 계속 마시라고 손짓한 다음 말을 이었다. "아버지가 같으니 성이 같을 수밖에."

"그 친구가 아버지랑 가까이 지냈습니까?"

"어릴 때에는 그랬다고 할 수 있지. 어떤 시점 이후로는 소원해졌어."

나는 또다시 주먹을 불끈 쥐었다.

"나이는 몇 살입니까?"

"서른두 살이야."

나보다 열한 살 아래인 2013년생이고, 오바마가 대통령이던 때 태어났다. 나는 술잔을 비우고 나서 브레이머 부장과 내 잔에 술을 더 따랐다.

"세 가지 질문이 있습니다. 개인적인 질문이지만 작전 수행에 꼭 필요합니다."

"말해봐."

"미합중국이 분리되기 이전에 아버지와 케이틀린이 얼마나 자주 연락했습니까?"

"케이틀린이 어릴 때에는 서로 자주 만났어. 국경이 생기기 전이었으니까 케이틀린이 두 달에 한 번꼴로 뉴욕에 왔고, 올 때마다 아버지를 만났지. 평소에는 서로 이메일을 주고받고, 휴대폰 통화도 했어."

나도 모르게 소름이 끼치며 머리끝이 쭈뼛했다.

빌어먹을! 지금껏 내가 아버지의 하나뿐인 딸인 줄 알았잖아.

브레이머 부장이 말하길 '두 달에 한 번꼴로 뉴욕에 왔고, 올 때마다 자기 아버지를 만났어'라고 했다.

내 앞에서 굳이 '자기 아버지'라는 표현을 쓴 게 언뜻 이해되지 않았다. 브레이머 부장은 일부러 내 감정을 건드린 게 틀림없었다. 감정을 제어하기 힘든 작전을 앞두고 내 감정을 테스트하고 있는 듯했다. 나는 주먹을 불끈 쥐며 화를 삭이려고 애쓰는 모습을 드러냈지만 내가 전혀 감정의 동요 없이 담담한 모습을 보였다면 브레이머 부장이 과연 만족해했을지는 알 수 없었다.

나는 조금 날카로운 목소리로 물었다. "케이틀린이 공화국연맹으로 넘어간 뒤로도 아버지와 계속 연락했습니까?"

"자네 부친이 먼저 케이틀린을 멀리하기 시작했어. 케이틀린이 이십 대 때였는데 자기 아버지와 소원해진 관계를 회복해보려고 애썼는데 뜻을 이루지 못했지. 자네 부친은 관계를 끊으려고 했거든. 그다음에 미국은 분리되었지."

아버지가 케이틀린과 관계를 끊으려고 했다는 정보는 흥미로웠다.

아버지는 왜 케이틀린과 관계를 끊으려고 했을까? 아버지 자신을 보호하려고? 나를 보호하려고? 아버지와 나의 관계를 변함없이 유지하려고?

브레이머 부장은 내 인내심을 가늠하듯 나를 빤히 쳐다보고 있었다.

"두 번째 질문입니다. 케이틀린이 공화국연맹 요원이 된 걸 아버지도 알고 있었습니까?"

"아니, 몰랐어. 자네 부친은 케이틀린과 전혀 교류하지 않았으니까. 그 당시 케이틀린은 애틀랜타에서 법대를 다니고 있었지. 자, 다음 질문은?"

"케이틀린은 저에 대해 알고 있습니까?"

"물론 잘 알고 있지. 케이틀린은 여태껏 자네를 철저하게 감시해왔으니까. 우리가 확인한 정보에 따르면 중립지대에서 막심을 체포하는 작전을 지휘한 사람이 바로 케이틀린이야."

"젠장맞을!"

"자네가 알아야 할 정보가 하나 더 있어. 매우 씁쓸한 정보야. 케이틀린 스텐글은 자네를 제거하라는 임무를 부여받았어."

그 말에 나는 큰 충격을 받았다. 나는 와인을 단숨에 비우고 나서 브레이머 부장을 바라보았다.

"케이틀린에 대해 자세히 알고 싶습니다."

브레이머 부장이 고개를 끄덕였다.

"자네에게 케이틀린에 대한 정보를 전부 다 보여줄게. 마음을 단단히 먹고 봐야 할 거야. 그 자료를 보면 지난 일들이 저절로 떠오를 테니까."

∞

2025년 이전에 태어난 사람들에게 '과거'라는 말의 의미는 단
하나다. 바로 예전 미합중국 시대를 지칭한다. 100년 전만 해도
미합중국은 전 세계를 수호하는 나라였다. 두 차례 세계대전에서
승리하고, 유럽과 아시아에서 파시스트 정부를 축출하고 전 세계
에서 민주주의를 증진시켰다. 소비에트 연방에 맞서 한동안 냉전
체제를 겪기도 했다. 21세기를 연구하는 학자들은 2016년이 미
국의 분리를 초래한 분수령이라고 말한다. 2016년은 미국의 분
열이 점점 심해지다가 급기야 합리적이고 이성적인 판단을 도외
시하고 미쳐서 날뛰기 시작한 때였다. 미국의 유권자들이 텔레
비전 리얼리티 프로그램에 나와 유명해진 부동산 사업 깡패를 대
통령으로 뽑은 해이기도 하다. 도널드 트럼프는 개인적인 명성
이나 권력을 높이는 데 도움 되는 일이면 무엇이든 하려고 들었
다. 트럼프는 상스럽고 거칠고 마구잡이로 떠드는 저질 백인 남
성의 언어를 구사했고, '다시 위대한 미국을 만들자'라는 허울뿐
인 슬로건을 내걸었다. 보수층과 기독교도들은 트럼프를 지지
했다. 트럼프 재임 기간에 보수 성향의 대법관 세 명이 임명되었
고, 연방 판사 자리도 보수 성향 법관 수십 명이 차지했다. 공화

당이 세금을 줄이고, 기업의 편에 서고, 반동적인 사회 분위기를 고취시키고자 할 때 트럼프는 항상 손을 들어주었다. 빈부 격차가 역사상 가장 크게 벌어지고, 미국 사회의 단단한 버팀목이었던 중산층이 몰락하고, 극단적인 두 집단이 비타협적인 대립 현상을 보이고 있었지만 신경 쓰지 않았다. 주식시장은 폭등하고, 경제 수치가 일제히 상승하자 수많은 미국인들은 트럼프가 성희롱, 강간, 탈세로 기소된 사실을 모른 체하며 그냥 넘겨주었다. 경제지표가 좋으면 현직 대통령이 재선에 성공하기 마련이었다. 트럼프도 재선을 앞두고 있었는데 코로나 바이러스가 세계를 강타했다. 그때까지 우리가 알던 세상은 거꾸로 뒤집혔다.

나도 코로나에 대한 기억이 있다. 코로나가 전 세계를 강타했을 때 나는 대학교 2학년생이었다. 그때 아버지는 나에게 브루클린으로 와서 같이 지내자고 했지만 나는 괜찮다며 혼자 지냈다. 아버지로부터 독립해야 한다는 생각이 강했기 때문이다. 그 무렵 나는 자기중심적인 사람이라는 사실을 인정하고 받아들였다. 나는 아버지의 제안을 받아들이지 않고 매사추세츠주 케임브리지에 계속 머물렀다. 거기에 내가 사는 아파트가 있었고, 전액 장학금을 받아 학비를 충당했지만 집세를 벌기 위해 학교 연구실에서 열심히 일했다. 대부분 컴퓨터로 하는 일이어서 그다지 힘들지 않았다. 그 무렵 나는 자그마한 연구실에서 사회학과 교수인 클락슨 박사가 끝없이 건네는 범죄 자료를 데이터베이스화하는 작업을 했다. 나중에 알게 되었지만 클락슨 박사는 정보국 요원이었다. 어느 날 클락슨 박사는 나에게 점심을 같이 먹자고 하더니 '국가기관'에서 일할 생각이 없는지 물었다. 그 순간부터 내 인생 궤도는 전혀 예상하지 못한 방향으로 흘러갔다. 나는 종종 생각한다. 코로나가 우리 생활을 바꾸어 몇 달 동안 집에 갇혀 생활하지 않았다면 내 진로가 달라졌을 가능성이 크다고.

코로나 팬데믹을 겪는 동안 그나마 긍정적인 효과가 있었다면 트럼프 낙선을 꼽을 수 있다. 바이든이 대통령이 되었을 때 나는 새로운 루스벨트가 나타났다고 생각했다. 바이든이 중산층과 블루칼라 노동자들에게 도움이 되는 정책을 펼치길 기대했지만 생각처럼 되지 않았다. 2024년 선거에서 공화당은 트럼프와 비슷한 성향인 제럴드 콤프턴을 후보로 내세웠다. 그해 대선에서 네브라스카주 상원의원 출신인 제럴드 콤프턴이 근소한 차이로 대통령에 당선되었다. 공화당에게 유리하도록 선거구를 변경하고 유권자를 억압한 결과였다. 법원에 트럼프가 꽂아놓은 사람들이 아주 많았기 때문에 가능한 일이었다. 국민투표에서는 바이든이 3백만 표 이상 앞섰지만 선거인단 투표 결과는 반대로 나왔다. 그 결과 공화당이 입법, 사법, 행정을 모두 장악하게 되었다. 2027년에 연방 대법관 한 명이 심장마비로 쓰러졌고, 대법원에서 보수 성향 법관과 진보 성향 법관의 비율은 7대 2가 되었다. 보수적인 성향의 판사가 압도적인 다수를 차지하게 되었다. 그 결과 공화당에게 더욱 유리하도록 선거구가 변경되었고, 대부분의 주에서 부재자 투표를 보류하는 등 유권자에 대한 억압이 계속되었다. 2028년 대선에서 제럴드 콤프턴이 재선되고, 상하 양원에서 공화당 의원이 절대다수로 늘어나게 되었다. 2028년 이후 미국은 하나의 정당이 지배하는 전체주의 국가로 거침없이 나아가기 시작했다. 이미 2022년에 미국 연방 대법원은 임신중지 수술을 금지했다. 2028년 이후 미국의 모든 주에서 합법적인 임신중지가 금지되었다. 진보 성향이 강한 주에서 합법적으로 운영되던 임신중지 프로그램도 사라졌다. 동성 결혼에는 위헌 판정이 내려졌다. 공립학교에서도 기독교 수업이 허용되었다. 공영방송에 대한 정부 지원이 끊겼다. 대통령과 국회는 확실한 기독교도에게만 이민 자격을 부여하기로 합의했다. 법무부에는 이민 자격을 판단하는 특별팀이 만들어졌다. 이 팀은 공격적이고 반미적인 인물을 가려내는 작업에 착수했다. 법무부 특별팀이 공격적이고 반미적인 인물로 분류하면 여권 발급이 취소되었다. 진보주의자들은 21세기에 때아닌 신권정치가 미국 사회를 지배하게 되었다고 목소리를 높여 비난했다. 동서 해안 지역의 부자들은 정부가 교육과 건강, 인프라 예산을 턱없이 줄이자 경제 강국이라는 미국의 위상이 실추될까봐 걱정했다. 미국의 국가 채무는 8조 달러를 넘어섰고, 세계 최강국으로 떠오른 중국에서 돈을 빌려 쓰고 있었다.

프랑스, 영국, 이탈리아, 스페인은 물론 동유럽 국가에서도 극우 정당이 계속 정권을 잡았다. 독일과 스칸디나비아 국가들은 사회민주주의 체제의 흔적을 붙잡고 있었다. 러시아는 중국의 시종 노릇을 하기에 바빴다. 세계 어디에서도 자유민주주의가 되살아날 기미는 보이지 않았다.

그런 와중에 갑자기 중국이 선전포고도 없이 타이완을 공격했다. 외교 경험이 전혀 없는 기독교 원리주의자인 제럴드 콤프턴 대통령은 중국이 당장 군을 철수시키지 않으면 핵 공격을 가하겠다고 경고했다. 제럴드 콤프턴이 핵을 앞세워 위협을 가하자 중국은 괌과 오키나와에 전함을 배치하고, 타이완을 포위한 병력을 세 배로 늘렸다.

사기꾼들이나 기독교 원리주의자들로 이루어진 호킨스 내각은 중국에 핵폭탄을 투하해야 한다고 주장했지만 뉴욕 월가의 큰손들은 생각이 달랐다. 주식시장은 하락세를 거듭했고, 미국 달러 가치는 20퍼센트 폭락했다. 공화당은 국민이 계속 지지를 보낼 거라 착각하고 자기들이 원하는 방향으로 정책을 밀어붙였다. 하지만 공화당을 지지하는 국민은 34퍼센트에 불과했다. 경제는 궤멸 직전으로 빠져들었고, 제럴드 콤프턴에 대한 대내외적인 불신감이 팽배해지면서 나라의 구심점이 사라졌다.

부동산 시장은 붕괴되었고, 실업률은 20퍼센트에 달했고, 태평양을 사이에 두고 벌어진 중국과의 설왕설래에 수천억 달러가 날아갔다. 중국이 타이완을 점령한 지 두 달이 지났고, 미국 경제는 살아날 기미가 보이지 않았고, 자살률은 네 배로 치솟았다. 제럴드 콤프턴 대통령은 여전히 보수적인 소신을 바꾸지 않았다. 모든 경제지표들이 최악을 찍고 있었고, 국제사회에서 미국의 지도력이 크게 흔들리고 있는 상황이었지만 2032년 대통령 선거에서 캔자스 출신의 공화당 후보인 호킨스 상원의원이 당선되자 사람들은 다들 자기 눈을 의심했다. 차라리 전직 대통령인 제럴드 콤프턴이 유능해 보일 정도로 호킨스는 여러모로 끔찍한 인물이었다. 호킨스는 여성이 전업주부인 가정에는 세금 혜택을 크게 주겠다는 공약을 걸었다. 아이를 출산하지 않은 35세 이상 여성에게는 세금을 더 물리겠다고 공언했다. '일반적이지 않은 가정'에도 세금을 더 부과하겠다고 말했다. '일반적이지 않은 가정'이란 LGBT 가정과 이민 가정을 지칭하는 말이었다.

어떤 혁명이든 중심적인 역할을 하는 인물이 있기 마련이다. 변화의 바람을 몰고 오는 인물. 억만장자 모건 채드윅이 바로 그랬다. 그는 2020년대 초반에 생체 이식 '채드윅 칩'을 개발해 대인 커뮤니케이션의 혁명을 불러일으켰다. 이마에 채드윅 칩을 삽입하면 전혀 새로운 통신 세계가 열린다. 채드윅 칩을 아주 얇은 '메모랜더'나 손목시계와 연동하면 휴대폰은 필요 없게 된다. 연락처 목록에 있는 사람의 이름을 부르면 즉시 대화를 나눌 수 있다. 약속이 있는지 물어보면 머릿속에서 곧장 대답이 들린다.

음악을 들을 때에도 노래를 부른 뮤지션이나 작곡가, 제목을 말하면 즉시 찾아준다. 클래식부터 대중음악까지 세상 모든 곡이 거의 다 갖춰져 있다. 책은 천만 권이 갖춰져 있고, 오디오북으로 듣거나 영상으로도 볼 수 있다. 영화도 갖추어져 있어 메모랜더로 보거나 집에서 홈시어터로도 볼 수 있다. 〈시민 케인〉이라고 영화 제목을 말하면 영상이 곧장 흘러나온다. 어떤 회의든 미팅이든 기록이라고 속삭이면 오디오와 비디오로 녹화하거나 녹음할 수 있다. 채드윅 칩은 눈앞에 보이는 모든 걸 기록하는 기능이 있다. 그 결과 경찰 업무, 사업 협상, 섹스 등의 영역에 혁명을 불러일으켰다. 물론 반대급부도 있었는데 개개인들의 사생활이 모두 사라지게 되었다.

채드윅 칩이 세상에 첫선을 보였을 때 아버지는 말했다.

"아이폰이나 안드로이드폰은 적어도 상대가 휴대폰을 드는 걸 볼 수 있잖아. 채드윅 칩을 머리에 삽입하면 내 생각을 다른 사람들에게 모두 공개할 수밖에 없어. 물론 내가 다른 사람 생각을 읽을 수도 있고. 누가 타인의 생각을 기록해도 모르고, 감시 대상은 자기가 감시받는 걸 몰라. 채드윅은 방화벽이 있기 때문에 보안에 대한 걱정은 불필요하다고 말하지만 다 헛소리야. 정보국에서는 개개인의 파일을 다 들여다볼 수 있게 되었잖아."

실제로 정보국에서는 모든 사람들의 기록을 다 들여다볼 수 있다. 하지만 나는 달리 말했다. "무엇보다 중요한 건 칩을 이식하거나 안 하거나 자유로운 선택권이 부여되어 있다는 사실이죠."

"그렇지만 미국에 대혼란이 오면 채드윅 칩을 이식하는 건 필수가 될 거야."

채드윅 칩이 필수품이 되기 전부터 모건 채드윅은 의도하지는 않았다고 하더라도 미국 분리를 앞장서서 이끈 인물이 되었다. 채드윅은 가난한 계급을 위한 뉴딜 정책과 지식인들을 위한 진보주의를 발전시켜야 할 책임이 국가에 있다고 강조하며 중국 기업들과 밀접하게 협력해왔다. 채드윅과 중국 기업들은 호킨스 정부의 집권이 계속될 경우 세계 경제가 파탄 날 수도 있다고 우려했다. 채드윅은 타이완 문제를 해결할 특사로 중국에 파견되었지만 주목할 만한 성과를 거두지 못했다. 미국의 우파와 좌파, 양쪽 모두 채드윅을 비판했다. 우파는 채드윅이 중국과 협력한다고 비판했고, 좌파는 세계 경제를 좌지우지하는 중국과 협력했을 때 취할 수 있는 경제적 이득 때문에 미국 민주주의를 포기하려는 건 아닌지 의심의 눈초리를 보냈다. 채드윅은 전혀 근거 없는 비난이라고 일축했다.

태평양에서 미·중 간의 군사 대치가 한창일 때 채드윅은 온라인 인터뷰를 통해 이렇게 말했다. "저는 미국이 최선의 결과를 얻기를 바라는 비즈니스맨입니다. 제가 중국 사람들과 가까이 지내는 건 맞지만 대화 상대는 주로 저와 이야기를 나누길 바라는 사람들입니다. 중국은 타이완 침공에 미국이 분노하는 걸 충분히 이해하고 있습니다. 미국이 무엇보다 자유를 중시한다는 사실도 잘 알고 있습니다. 하지만 중국은 타이완을 잠시 떠나 사는 가족이라고 생각해왔습니다. 미국과 중국이 핵전쟁을 벌이게 될 경우 수백만 명에 이르는 사망자가 나오게 되고, 지구 환경에 치명적인 재앙이 초래될 거라는 사실을 누구나 잘 알고 있습니다. 저에게는 핵전쟁을 하지 않고도 타이완 사태를 해결할 방법이 있습니다. 이제 미국에서 새로운 나라의 출범을 모색할 필요가 있습니다. 부자와 빈자의 차이가 크지 않은 나라, 여성들에게 임신중지권과 자기 선택권을 보장하는 나라, 동성애자와 트랜스젠더 형제자매들에게 동등한 권리를 부여하는 나라, 정부가 모든 차별을 종식시키는 법과 제도를 갖춘 나라, 교육과 건강, 주거를 사회보장제도의 핵심 요소로 여기는 나라, 예술을 일부 특권층뿐만 아니라 모든 국민이 향유하는 나라를 만들 수 있습니다. 저는 무엇보다 4년 안에 미국의 모든 자동차를 전기차로 바꿀 생각입니다."

많은 사람들이 채드윅의 인터뷰를 접하고 큰 감명을 받았다. 미국의 수많은 지식인들이 채드윅의 의견에 동조했다. 흑인과 히스패닉, 아시아계 미국인, 성소수자들 역시 깊은 감명을 받았다. 사회주의자들도 감명을 받았다. 연간 수입이 50만 달러 미만인 사람들은 미국에서 살기 힘들었다. 채드윅은 현재 미국 사회는 일부 부자들을 위한 나라라고 규정했다.

채드윅은 카리스마가 넘치는 인물이었고, 하이테크 고수인 데

브라 만과 단란한 결혼 생활을 이어가고 있었다. 데브라 만은 페미니즘을 주창하는 흑인 여성이었다. 고등학교 교사인 두 딸은 채드윅의 재산이 백억 달러가 넘었지만 매우 검소하게 살고 있었다. 채드윅은 언론에서 말하듯이 '케네디를 닮은 잘생긴 외모'의 소유자였고, 언제나 자신감이 넘쳤다. 그는 호킨스와 상하원에 있는 공화당 의원들에게 마지막 경고를 보냈다. 미합중국 국민들을 중국과의 핵전쟁 위험으로 몰아가고, 부자들만을 위한 경제 정책으로 국가 재정을 고갈시키고, 억압적인 사회정책을 계속 고집할 경우 미국 분리를 바라는 세력과 뜻을 같이하겠다는 선언이었다.

그런 와중에 클리블랜드 대학살이 일어났다. 클리블랜드 대학살은 우리 세대의 9.11이었다. 다만 외부의 테러가 아니라 내부의 학살이기에 더욱 끔찍했다.

오하이오주는 2016년 이후 대통령 선거 때마다 공화당이 승리했다. 선거구를 공화당에 유리하도록 재편하고, 유권자들을 억압한 결과였다. 클리블랜드는 블루칼라가 많고 리버럴한 도시라 90퍼센트가 호킨스에 반대했다. 선거가 끝나고 나서 클리블랜드시의회는 호킨스의 승리를 자축하는 대회를 허가하지 않겠다고 발표했다. KKK단을 계승한 '뉴 클랜'이 주최하는 대회였기 때문이다. 뉴 클랜은 '미래를 생각하는 기독교 자유 운동'이라는 말로 자신들을 포장했지만 사실은 인종차별을 주도해온 단체였다. '자유의지를 지지한다'는 가면을 쓴 그들은 백인의 우월성을 강조하고, 유색 인종과의 결혼을 반대했다.

뉴 클랜은 지난 대통령 선거 당시 호킨스에게 투표하도록 조직적으로 움직였다. 그들은 클리블랜드시에서 유색 인종 유권자들을 협박해 투표를 못 하게 막으려고 했지만 실패로 돌아갔다. 앙심을 품은 뉴 클랜은 호킨스의 승리를 자축하는 대회를 열어 클리블랜드시의회의 코를 납작하게 만들기로 작정했다. 시의회가 행사를 금지하고 나서자 뉴 클랜은 집회의 자유를 내세우며 저항했다. 공화당도 클리블랜드시의회를 노골적으로 비난했다. 호킨스는 뉴 클랜을 비난하는 건 미국에서 이루어지는 정당하고 자유로운 사회활동을 억압하는 자유권 침해 행위이며 '좌파 사회주의자들은 자기들과 견해가 다른 사람들을 차별하며 즐거워한다'고 말했다. 호킨스는 기자들 앞에서 대단히 선동적인 말로 결론을 내렸다.

"진짜 미국인이라면 좌파의 도발을 두려워하지 말고 맞서 싸워야 합니다."

호킨스의 승리를 축하하는 대회가 취소되고 나서 사흘 후 뉴 클랜은 미국을 온통 충격에 빠뜨린 테러를 감행했다. 20시, 얼굴을 마스크로 가린 뉴 클랜 테러범들이 여러 대의 트럭에 나눠 타고 유대인들이 많이 사는 동네 셰이커하이츠, 전통적으로 흑인이 많이 사는 리하버드와 마운트플레전트로 달려갔다. 그들은 집집마다 들어가 눈에 띄는 사람들을 사정없이 총으로 쏘아 죽였다. 경찰이 출동했지만 뉴 클랜 테러범들의 숫자가 세 배는 더 많았다.

도시 맞은편 세브란스 홀에서 클리블랜드 오케스트라가 연주회를 막 시작했다. 그날 연주곡은 베토벤의 〈장엄 미사곡〉이었다. 브레이머 부장이 나에게 사건에 대한 전반적인 이야기를 들려주었다. "베토벤은 이 미사곡을 쓸 때 신이 세상의 고통에 너무나 무심하다고 생각했어. 클리블랜드 사태가 그 증거야." 매혹적인 글로리아 악장이 막 시작될 때 뉴 클랜 사람들이 세브란스 홀에 들이닥치더니 자동소총으로 사방을 쏘았다. 연주자들이 도망치려고 하자 놈들은 재빨리 무대로 다가가 총을 쏘았다. 오케스트라 단원 쉰여 명이 사망하고, 서른여덟 명이 중상을 입었다. 경찰과 군에 신고가 접수되었지만 뉴 클랜 테러범들이 콘서트홀에 잠입해 천사백 명이 넘는 관객들을 살해하고, 쉰 명이 넘는 오케스트라 단원들에게 무차별적인 총격을 가해 전원 사망하기까지 미처 4분도 걸리지 않았다.

뉴 클랜 테러범들이 휘발유를 가져와 불을 질러버린 탓에 세브란스 홀에서 사망한 사람들의 신원 확인이 어려웠다. 나중에 치아 기록과 DNA 기록을 확인하고 나서야 비로소 신원을 알 수 있게 되었다. 클리블랜드 곳곳에서 잔혹한 학살이 이어졌다. 리하버드에 있는 고교 강당에서는 예순 명이 넘는 아이들이 연극 공연을 하고 있었다. 학생들 대부분이 흑인들로 이루어진 학교였다. 백사십 명이 넘는 관객들이 강당에 자리해 있었다. 뉴 클랜 테러범들은 강당에 있던 사람들에 총을 난사해 전원 살해했다. 군인들과 합세한 경찰이 서둘러 출동했지만 현장에 도착하기 5분 전에 놈들은 트럭을 타고 사라졌다. 세브란스 홀에 있던 테러범들도 경찰이 도착하기 전에 모두 도주했다. 클리블랜드 시내 곳곳에 남아 있던 뉴 클랜 테러범들은 군인이나 경찰과 총격전을 벌였다. 그 결과 경관 서른한 명, 군인 백오 명이 목숨을 잃었다. 뉴 클랜 테러범들 역시 대부분 살해되었고, 열여덟 명은 현장에서 체포되었다.

정보국 요원들이 급히 현장에 출동해 뉴 클랜 테러범들을 심문했다.

뉴 클랜 테러범이 정보국 요원에게 말했다. "이제 새로운 내전의 서막이 올랐어. 이번에는 우리가 기어코 승리할 테니까 두고 봐."

클리블랜드 대학살 사건이 벌어지고 나서 아버지는 캐나다로의 이민을 심각하게 고려했다. 캐나다 정부는 대규모의 이민 신청이 줄을 잇자 잠정적으로 국경을 폐쇄했다. 나는 클리블랜드 대학살 이후 일주일 가까이 잠을 이루지 못했다. 클리블랜드로 파견된 나는 뉴 클랜 수뇌부인 여성 테러범 두 명을 심문했다. 그날 희생된 사람들 중에는 내 동창생도 포함되어 있어 나는 무척이나 감정이 격해진 상태였다. 내 동창생인 앤 알튼은 뛰어난 첼리스트로 클리블랜드 오케스트라 단원이었다.

나는 앤의 남편과 두 딸을 만나보고 싶다고 브레이머 부장에게 부탁하고 허락을 받아냈다. 앤의 큰딸인 엠마와 작은딸인 케이트는 여전히 충격이 가시지 않은 얼굴로 엄마가 억울하게 살해되었다며 눈물을 펑펑 쏟았다.

나는 두 자매를 품에 안아주며 말했다. "앤은 나에게 정말이지 각별한 친구였어. 내가 필요하면 언제든지 연락해."

이튿날, 나는 36시간 동안 햇빛도 들어오지 않는 독방에 갇혀 있던 뉴 클랜의 여성 테러범 두 명을 심문했다. 나는 테러범들에게 내가 만나고 온 엠마와 케이트 이야기를 들려주었다.

"당신들이 저지른 테러로 아무런 잘못도 없는 내 동창생이 목숨을 잃었고, 딸들은 졸지에 엄마를 잃은 충격에서 벗어나지 못하고 있어. 당신들은 그 아이들에게 미안하지도 않아? 지금이라도 잘못을 뉘우치고 뉴 클랜에 대한 정보를 털어놓는다면 20년 이하로 감형될 수도 있을 거야. 아니면 최하 50년 동안 독방에 갇혀 지내야 하겠지."

두 여자는 내 제안을 받아들였다. 나는 교도관에게 조명도 잘 들어오고 괜찮은 식사가 제공되는 감방으로 두 여자를 이감시키라고 명령했다. 나는 두 여자에게 뉴 클랜에 대한 정보를 많이 털어놓을수록 처우가 개선될 거라고 말했다. 두 여자는 나에게 호킨스 행정부와 뉴 클랜이 긴밀하게 결탁되어 있고, 현재 내전을 준비하고 있다는 정보를 제공했다.

호킨스와 공화당은 클리블랜드 대학살을 저지른 뉴 클랜 테러범들과 전혀 연관되어 있지 않다고 시치미를 뗐다. 공화당 출신 주지사들도 클리블랜드 대학살을 맹렬히 규탄했다. 민주당 지지 지역에서는 클리블랜드 대학살을 미합중국의 종말로 받아들였다. 여러 도시에서 대규모 시위가 벌어졌고, 미국 분리 운동이 갑자기 급물살을 타기 시작했다. 클리블랜드 대학살이 있기 전만 해도 민주당 지지자들 가운데 미국 분리에 찬성하는 사람이 그리 많지 않았지만 클리블랜드 대학살 이후 여론이 급변했다.

미국 분리를 주장하는 움직임이 곳곳에서 가시화되었고, 모건 채드윅이 강력한 지도자로 부각되었다. 채드윅은 클리블랜드 대학살이 벌어지자 즉시 현장으로 날아가 뉴 클랜의 공격을 받고 초토화된 학교 앞에 서서 연설했다.

"지금 제가 서 있는 이 자리에서 불과 몇 미터 떨어진 곳에서 아무런 잘못도 없는 아이들과 부모들이 테러범들의 총격을 받고 살해되었습니다. 저는 이 자리에 오기 전 수천 명의 시민들이 목숨을 잃은 클리블랜드 콘서트홀과 시내 곳곳을 둘러보았습니다. 이제 클리블랜드 콘서트홀은 불에 타 재만 남았습니다. 2백 명이 넘는 동료들이 희생된 클리블랜드 경찰과 오하이오 국립 수비군의 책임자들도 만나보았습니다. 간밤에 클리블랜드에서 발생한 대학살은 이제 우리가 돌이킬 수 없는 길로 접어들었다는 반증입니다. 저 역시 이 나라가 분리되는 걸 바라지 않지만 반대 세력에 대한 무분별한 혐오와 질시가 위험수위를 넘어선 현실을 결코 외면할 수 없습니다. 이제 더 큰 불행을 막으려면 새로운 연방공화국을 탄생시킬 수밖에 없다는 절박감을 느끼고 있습니다."

채드윅의 클리블랜드 대학살 현장 연설 이후 새로운 연방공화국 출범은 2년 만에 현실이 되었다. 미국 의회는 정치, 입법, 재경, 문화, 군사 문제로 심각한 갈등과 논쟁을 벌인 끝에 새로운 연방공화국의 탄생을 결정했다. 연방공화국은 이전에는 같은 나라였지만 지금은 적성국이 된 공화국연맹으로부터 끝없는 위협을 받게 되었다. 미합중국의 분리는 비교적 순탄하게 이루어졌지만 12년이 지난 지금까지도 하나의 나라가 둘로 나누어진 것에 대한 상실감은 대단히 컸다. 원래는 미합중국이었다가 두 나라로 분리된 연방공화국과 공화국연맹은 끔찍한 이혼 소송을 겪은 예전 부부처럼 서로를 미워하고 적대시했다. 시간이 갈수록 원한이 줄어들기는커녕 점점 더 축적되고 있었다. 나라가 분리되는 바람에 소모적인 논쟁과 사회적인 갈등이 줄어들었다는 사실은 우리 모두 잘 알고 있었다. 다만 아직 미합중국이었던 시절의 영광을 잊지 못하고 있기에 서로 상대에게 분리의 책임을 떠넘기며 치열하게 싸울 수밖에 없었다.

나는 공화국연맹의 특수 요원을 제거해야 하는 임무를 부여받았다. 내가 제거해야 하는 타깃이 하필이면 내 이복동생이라는 사실이 아이러니했다.

제4장

　그라파 한 병이 거의 다 비어갈 때쯤 나는 문득 산책을 하고 싶었다. 내가 산책을 하려고 자리에서 일어서기도 전에 브레이머 부장이 나에게 정보국 보안과 요원이 식당 화장실에서 나를 기다리고 있다고 말해주었다. 나는 브레이머 부장의 말이 무슨 의미인지 잘 알고 있었다. 이 식당에서 벗어나려면 일단 자살 캡슐을 몸에 삽입해야 한다는 뜻이었다. 지금 이 순간부터 정보국 경호 차량이 나를 계속 따라다니게 된다는 뜻이기도 했다. 일정한 계급 이상의 정보국 요원이 작전을 벌일 때 반드시 따라야 하는 의무 사항이었다. 작년에 연방공화국 정보국 요원 여섯 명이 공화국연맹에 납치되었다. 정보국 요원들은 심한 고문을 당한 끝에 참혹한 시신이 되어 버려졌다. 그 당시 희생된 요원들 가운데 세 명이 여성이었는데 끔찍하게 강간당한 끝에 살해되었다. 연방공화국 정보국은 그 사건을 비밀에 부치기로 결정했다. 공화국연맹의 경찰국 요원이 우리 영토에서 연방공화국 정보국 요원을 살해했다는 사실이 널리 알려진다면 정보국의 무능을 질타하는 소리가 팽배해질 게 뻔했으니까. 정보국은 그 사건 이후 작전에 투입되는 모든 요원의 몸에 자살 캡슐을 삽입하기로 결정했다.

화장실로 들어가자 호리호리한 몸매에 콘크리트처럼 딱딱한 표정의 여자 요원이 나를 기다리고 있었다. 보안과 요원들은 작년에 벌어진 요원 납치 살해 사건 이후 하나같이 표정이 딱딱하게 굳어 있었다. 보안과는 정보국 요원들의 안전을 책임지는 부서인 만큼 작년에 발생한 사건과 관련해 책임을 통감하고 있었다. 보안과장은 그 사건 이후 일 계급 강등되었다.

화장실 세면대 앞에 의자가 놓여 있었다. 내가 의자에 앉자 캐머런 요원이 화장실 문을 잠갔다.

"왼쪽 신발을 벗어야 해요. 혹시 팬티스타킹을 착용했습니까?"

"바지 차림이라 팬티스타킹은 당연히 안 입었죠."

"요원들마다 속옷을 입는 취향이 다양하거든요."

나는 의자에 앉아 왼쪽 신과 양말을 벗었다. 결코 유쾌하지 않은 일이 기다리고 있었다. 캐머런 요원이 가방, 접이의자, 내 발을 올려놓을 받침대를 가져왔다. 그런 다음 수술 장갑을 끼고, 검은색 슈트 위에 앞치마를 둘렀다. 그다음은 의자를 펼치고 앉아 가방에서 회색 매트와 수술 도구들을 꺼냈다. 메스를 본 나는 고개를 돌렸다.

캐머런 요원이 주사기에 주사약을 채우며 말했다. "처음에는 많이 아플 겁니다. 그러다가 마취 효과 때문에 한동안 통증이 느껴지지 않게 됩니다. 두 시간쯤 지나 마취가 풀리면 또다시 아픕니다. 그때에는 진통제를 복용해야 합니다."

"시술이 끝나고 나서 곧장 산책해도 될까요?"

"장딴지 근육인 비장근에서 왼쪽으로 2밀리쯤 떨어진 부위에 캡슐을 삽입할 테니까 산책해도 무방합니다."

캐머런 요원이 내 발을 만지면서 근육 옆의 부드러운 부분을 찾아 마커로 표시했다.

"제가 표시한 부분을 3센티미터 절개할 겁니다. 그런 다음 24시간 이내에 절개 부위가 아무는 특수 봉합제를 사용해 봉합합니다. 캡슐에는 충격 방지 설계가 되어 있습니다. 그러니까 왼발에 충격이 가해져도 캡슐이 터지지는 않습니다. 필요할 때 절개 부분을 엄지와 검지로 벌리면 캡슐이 나옵니다. 여러 차례 실험한 결과 왼쪽 종아리 아래에서 캡슐을 꺼내 입에 넣기까지 7.5초가 소요됩니다."

"초 단위 숫자까지 정확하게 재보다니 존경스럽네요."

"혹시 공화국연맹에 납치될 경우 사용법을 정확하게 알아야 하니까요."

"납치될 일은 없습니다."

"바깥에 나가기 전에 항상 경호를 요청하세요. 그래야만 납치되지 않습니다. 자, 이제 절개를 시작할까요?"

나는 고개를 끄덕이고 나서 캐머런 요원에게 자살 캡슐을 삽입하는 동안 음악을 듣고 싶다고 말했다.

"좋은 생각입니다."

"빌 에반스의 〈선데이 앳 더 빌리지 뱅가드(Sunday At The Village Vanguard)〉를 듣고 싶네요."

나는 눈을 감고 숨을 깊이 쉬었다. 아버지는 빌 에반스를 좋아했고, 틈만 나면 〈선데이 앳 더 빌리지 뱅가드(Sunday At The Village Vanguard)〉 앨범을 들었다. 지금 흐르는 곡은 〈마이 맨스 곤 나우(My Man's Gone Now)〉였다. 아버지가 '순수한 미국의 리리시즘'이라고 정의한 곡이었다. 내 머릿속에서는 아버지에 대한 생각이 한시도 떠나지 않았다. 드디어 마취 효과가 나타나기 시작했다. 전직이 회계사인 피아니스트의 연주는 이제 스윙으로 나아가기 시작했다. 아버지는 빌 에반스를 '지난 세기 미국의 위대하지만 불운한 음악의 신'이라고 평가했다.

'아버지, 아버지의 딸이 그 재즈 음악가의 연주를 들으며 자살 캡슐을 몸에 삽입하고 있어요. 아버지의 그 멋스러운 표현들이 그리워요.'

"이제 다 끝났습니다." 캐머런 요원이 내 어깨를 살짝 치며 시술이 끝났다고 말했다.

나는 비로소 눈을 떴다.

캐머런 요원이 말했다. "발이 괜찮은지 확인하세요."

나는 타일 바닥에 발을 디디고 나서 의자에서 천천히 일어섰다.

캐머런 요원이 내 옆에 서더니 내 오른손을 자기 어깨에 걸치고 나를 부축했다. 마취 때문에 아직 감각이 없었지만 발을 딛고 설 수 있었다.

"괜찮아요?"

"괜찮아요."

"지금부터 계속 보호받을 겁니다. 어디에서든 문제가 생기면 15초 안에 경호 요원이 나타나게 됩니다. 지금 이 순간에도 브루클린에 있는 요원의 아파트 창에 안전바가 설치되고, 문에는 새로운 센서가 달리고, 아파트 내부 전체를 완벽하게 감시하는 카메라들이 설치되고 있습니다."

"욕실에도 감시 카메라를 설치하나요?"

"아파트 내부 전체를 예외 없이 감시해야 합니다. 물론 유쾌한 일은 아니겠지요. 이제부터 사생활은 잊으세요. 정보국 내부 정책에 따라 요원의 사생활은 기록으로 남기지 않습니다. 그러니까 그냥 집에서 해오던 대로 생활하면 됩니다. 가령 필요하면 섹스도 즐기세요. 전혀 기록이 남지 않습니다. 물론 상대가 위험인물인 경우는 예외입니다. 섹스 상대가 필요할 경우 정보국에서 공인한 데이팅 앱을 이용하길 바랍니다. 이미 이용하고 있죠?"

나는 고개를 끄덕였지만 마음속으로 생각했다.

'웃기지 말아요. 전부 기록으로 남긴다는 걸 알아요. 이제부터 보안과에서 내가 오줌을 누고, 남자랑 섹스하는 장면을 다

볼 거면서. 정보국 표현으로 '내면 결함'이라고 불리는 문제가 있다. 내가 어느 누구에게도 드러내지 않은 모습들, 가령, 불면증 때문에 술 마시는 모습, 불안감을 떨쳐버릴 수 없어 아파트 안을 서성거리는 모습, 아버지가 그립거나 외로움이 사무쳐 눈물을 흘리는 모습도 다 볼 거면서.'

화장실 거울로 내 모습을 점검했다. 이제 거울을 볼 때마다 눈가의 잔주름, 아직 표나게 두드러지지는 않지만 내 눈에는 확실히 보이는 이마 주름이 눈에 들어왔다. 나는 어느새 마흔세 살이 되었다. 혼자 있을 때면 가끔 생각한다. 나는 정보국의 진급 사다리를 오르는 데에 필요한 이아고*의 자질을 충분히 갖추고 있는가? 그럴 때마다 나는 내가 원하는 직책까지 올라왔고, 잘할 수 있는 분야에서 일하고 있다는 사실이 중요하다는 결론을 내렸다. 중년이 되자 시간은 어이없을 만큼 빨리 지나갔다. 이제 정보국 말고 다른 곳에서 새로운 경력을 쌓기에는 힘든 나이다. 그러니까 은퇴할 때까지 버텨야 한다.

정보국에서 성실하고 충직하게 근무한 뒤에 정년퇴임을 맞이할 때 나는 이미 머리가 하얀 노인이 되어 있으려나?

"스텐글 요원!"

나는 현실로 돌아왔다.

"미안합니다, 미안해요."

캐머런 요원이 나를 유심히 관찰하고 있었다. 왜 넋을 놓고

*〈오셀로〉의 등장인물로 교활한 간계로 원하는 바를 이루는 인물

있지? 벌써부터 집중력을 잃은 건가? 그런 의문을 품고 있는 게 분명했다.

나는 항변하듯이 말했다. "저, 괜찮습니다."

"마취 부작용으로 인지 반응이 흐려지는 경우가 더러 있습니다."

"정말 그런가봅니다." 나는 그렇게 말하며 생각했다. '적당한 핑곗거리가 있어서 다행이네.'

나는 다시 거울에 비친 내 모습을 바라보았다.

"전문가다운 솜씨에 감사드립니다." 정보국에서 자주 쓰는 표현이다. 상대에게 잘했다고 알릴 때 과도하지 않게 말하는 방식이었다.

"오히려 제가 영광입니다, 스텐글 요원."

화장실에서 나가자 브레이머 부장이 눈에 들어왔다. 브레이머 부장은 바에서 시가를 피우고 와인을 홀짝이며 레스토랑 주인 마티와 이야기를 나누고 있었다. 내가 다가가자 마티가 자리에서 일어섰다.

브레이머 부장이 물었다. "다 잘됐나?"

"네, 잘됐습니다."

브레이머 부장이 이제 나가자고 몸짓했다. 나는 마티에게 아주 잘 먹었다고 인사했다.

마티가 말했다. "음식을 내어줄 수 있어서 오히려 제가 감사합니다."

브레이머 부장은 잠시 후 다시 오겠다고 마티에게 말했다.

밖으로 나간 뒤, 브레이머 부장은 레스토랑 앞에 서 있는 검은색 SUV를 가리켰다.

"자네를 경호하는 차야. 산책을 마쳤으면 손가락만 들어. 그러면 차에 태워 집까지 데려다줄 테니까. 질문 있나?"

질문할 게 몇 가지 있었지만 하나만 물어보기로 했다.

"제가 지금 이 순간부터 보호 감시에 들어간다면 해제되는 건 언제죠?"

잠시 침묵이 이어지다가 브레이머 부장이 말했다.

"당연히 은퇴한 뒤에야 해제되겠지. 아니, 세상을 떠날 때까지 감시받아야 할 거야. 자네가 정보국에서 정년퇴직할 경우 그만큼 많은 비밀을 알게 될 테니까. 자네가 공화국연맹에 납치돼 고문당하게 놔둘 수는 없잖아."

나는 아무 말도 하지 않고 돌아서서 바닥만 내려다보았다. 고개를 들자 브레이머 부장과 눈이 마주쳤다. 브레이머 부장의 눈에는 많은 이야기가 담겨 있었다.

"좋은 정보를 알려주셔서 감사합니다."

나는 브레이머 부장에게 인사하고 나서 아파트까지 걷기 시작했다. 6킬로미터쯤 되는 거리였다. 경호 차량의 도움을 받지 않고 그냥 걸어갈 작정이었다.

이제 위험한 작전이 시작되었다. 그래도 걸을 수는 있었다.

제5장

아파트까지 도보로 45분이 걸렸다. 걸음을 내디딜 때마다 내 왼쪽 아킬레스건 위쪽에 자살 캡슐이 들어 있다는 사실을 의식하지 않을 수 없었다. 42번가에서 서쪽으로 꺾어질 때 진지한 표정의 이십 대 남녀가 나를 보더니 당황해했다. 검은색 슈트를 입은 여자 뒤로 검은색 SUV가 따라오고 있으니 당황해할 만했다. 남녀는 마주 걸어오다가 얼른 나를 피했다. 미안해할 일이 전혀 없었는데 남자가 나에게 말했다. "미안합니다."

내가 말했다. "좋은 밤 되세요."

나는 돌아서서 그들 남녀가 그랜드센트럴역으로 천천히 걸어가는 모습을 지켜보았다. 머릿속에서 여자 목소리가 울렸다.

"스텐글 요원, 무슨 문제라도 있습니까?"

"전혀 없어요."

이제 아주 사소한 대화라도 내 머리에 이식된 채드윅 칩을 통해 감시팀에 전달된다.

오늘 밤처럼 혼자 즐기는 산책은 포기해야 되겠지?

아니나 다를까, 경호팀의 여자 목소리가 말했다.

"일반인과의 교류는 최소한으로 줄이는 게 좋습니다."

'그 정도는 교류라고 할 수 없어요.' 그렇게 소리치고 싶었지만 그냥 간단히 대답했다.

"잘 알겠습니다."

파크애비뉴에서 남쪽으로 꺾어졌다. 파크애비뉴 교차로는 내가 뉴욕에서 가장 좋아하는 곳이다. 아르데코풍으로 장식된 아파트와 빌딩, 한때 작은 회사들과 예술가의 집들이 있던 곳인데 이제는 하이테크 회사들로 채워졌다. 연방공화국 정부에서 운영하는 회사다. 26번가와 파크애비뉴 교차로에 있는 1920년대 건물 전체는 모건 채드윅의 뉴욕 본사가 차지하고 있다. 나는 남쪽으로 더 걸어가다가 21스트리트에서 오른쪽으로 꺾었다. 그래머시 공원을 천천히 걷고 싶었다. 아버지는 그래머시 공원을 '마지막 남은 이디스 워튼의 뉴욕'이라고 불렀다. 그리고 그곳에 집을 장만할 형편이 되는 사람들 가운데 아마 이디스 워튼의 소설을 읽은 사람이 아무도 없을 거라고 장담했다.

맨해튼은 아버지의 고향이다. 교외 주택가에 살 때와 대학교가 있는 매사추세츠에 살 때를 제외하고, 나는 줄곧 맨해튼에서 살았다.

은퇴 이후 내가 맨해튼에서 살아도 되는지 여부는 내가 아니라 정보국에서 결정하겠지?

나는 정보국의 명령에 따를 용의가 있었다. 나는 종교 계율을 따르듯 정보국에 충성을 맹세했다. 처음부터 내 삶이 정보국의 명령에 따라 정해지리라는 걸 알고 있었다. 내가 스스로 결정을 내리는 것보다 상대적으로 편했다. 나는 지금 사무치게 외로웠다. 아버지가 세상을 떠나고 나서 몇 달 동안 겪은 외로움이 다시 밀려들었다. 내 머리에 이식된 칩이 사람의 생각을 읽을 수 없다는 게 그나마 다행이었다.

내 생각을 들킨다면 회의적인 생각에 빠졌다는 이유로 곧장 내사과에 불려 가겠지?

나는 더 빨리 걷기 시작했다. 마취가 풀렸지만 통증은 없었다. 캐머런 요원은 역시 노련했다. 나도 모르게 19스트리트를 걷다가 아버지가 9년 동안 살았던 아파트 앞을 지나가게 되었다.

'내가 여길 지나가게 되다니? 경호팀은 도대체 무엇을 하는 거야? 적어도 지름길을 나에게 알려주었어야지? 마취가 풀리고 통증이 심해지면 어쩌려고 그래?'

그러다가 내 안의 자아가 나직이 속삭였다.

'자기 연민에 빠진 헛소리는 그만해. 네가 선택한 길이니까 받아들여. 네가 지금 외로운 건 여태껏 맡은 일을 잘해왔다는 증거이기도 해. 이제 며칠 더 지나면 제일 흥미로운 곳인 중립지대로 들어가게 될 거야.'

이스트빌리지, 로어이스트사이드, 차이나타운, 시청, 브루클린 브리지는 아버지의 청소년기, 그리고 불과 10년 전인 나의 삼십 대 때까지도 이 지역을 거니는 건 극도로 위험한 일이었는데 이제는 안전했다. 연방공화국이 출범하면서 거리에서 범죄가 사라졌다. 2033년, 미국 분리와 함께 시작된 채드윅 재임 기간은 아직 끝이 보이지 않았다. 대통령 연임을 2회까지로 제한하는 법은 이미 폐지되었다. 채드윅 정부는 가난을 종식시키려는 개혁을 추진해왔다. 그 결과 초중등학교 무상 교육, 국공립대학교 무료 강의, 저소득층 공공주택 보급, 무상 의료 서비스가 시행되고 있다. 미합중국이 분리되기 직전의 뉴욕 밤거리는 1970년대보다도 더 위험했다. 공화당이 집권하면 사회복지 프로그램이 일제히 중단된 탓이다.

　채드윅 행정부가 해결책을 마련했다. 기업의 이윤에 직접세를 매기는 대신 수입의 5퍼센트를 세금으로 내는 사회민주주의를 시행했다. 연방공화국의 기업들은 채드윅 행정부의 정책을 적극 수용했다. 프랭클린 D. 루스벨트 대통령의 뉴딜 정책과 린든 B. 존슨 대통령의 '위대한 사회'의 자취를 모두 없애버린 로널드 레이건 대통령의 '레이거노믹스' 정책을 70년 동안 시행한 결과는 대실패로 돌아갔다. 그 결과 기업들은 필사적으로 이익만 추구하는 기업 경영이 경제 구조를 통제 불가 상태로 만든다는 사실을 깨닫게 되었다. 연방공화국의 채드윅 행정부는 기업들에게 복종을 강요하지 않았다. 정부 정책을 무조건 수용하길 바라는 대신 더욱 합리적인 대안이 있다면 언제든지 반기를 들고 역

제안하길 권장했다. 급진적인 좌파들은 채드윅 정부의 일관성 없는 기업 정책이 혼선을 야기하고 있다고 비판했다. 학자나 지식인들은 공화국연맹의 12사도와 극단적인 정화 위원회를 예로 들며 연방공화국이 상대적으로 합리적인 정책을 펴고 있다고 평가했다. 연방공화국이 출범한 이후 경제는 안정되었고, 범죄 발생 빈도도 크게 줄어들었다. 그 대신 범죄자, 광신도, 폭력적인 반체제 인사들을 교화시키는 교도 행정은 여전히 엄격하게 운영되었다.

브루클린 파크슬로프에는 19세기에 지은 아파트, 훌륭한 학교와 어린이집, 수많은 레스토랑과 카페, 멋진 예술 영화관, 탁월한 공공도서관과 세 곳의 서점, 유기농 시장, 극단과 작은 콘서트홀이 있다. 미합중국의 마지막 10년, 복지정책은 엉망이고, 경제는 폭락이고, 인문학을 대놓고 업신여기던 시절을 겪은 사람이라면 채드윅 행정부가 펼친 교육 문화 정책의 성과를 부인할 수는 없었다.

물론 여전히 잘못된 부분이 많다고 생각하는 사람들도 더러 있다. 돈과 학벌, 지식과 교양 정도에 따라 공동체가 형성되고 있는 사회적 흐름에 반대하는 사람들이다.

"조지 오웰의 《1984》에 나오는 시대처럼 국가의 감시가 너무 심해요." 조엘 모스콧이 말했다. 그는 내가 사는 링컨팰리스 근처에서 〈더 라스트 픽처 쇼〉라는 극장을 운영하는 사람이었다.

몇 해 전 조엘 모스콧은 존 포드 영화 〈수색자〉 상영회 때 아버지와 나를 초대해주었고, 극장 안 카페에서 생맥주와 타코를 앞에 두고 그렇게 단언한 뒤 덧붙였다.

"그나마 채드윅 행정부의 복지정책 덕분에 가난에서 벗어날 수 있었고, 문화와 예술이 부활했어. 그 공적만으로도 나는 기꺼이 채드윅 칩을 머리에 넣지."

조엘 모스콧은 《빌리지 보이스》라는 진보 성향 주간지에 영화 평론을 쓰다가 트럼프 시절에 일자리를 잃었다. 《빌리지 보이스》가 폐간된 탓이었다. 미합중국 분리 전, 급변하는 시대에 조엘 모스콧은 원고료도 박한 예술 칼럼을 쓰고 대학에서 강의를 하면서 근근이 살아가고 있었다. 연방공화국이 출범하면서 조엘 모스콧은 다양한 예술 정책을 발표했고, 정부에서 그를 찾아와 일자리를 제안했다. 채드윅 정부는 뉴욕 여러 곳에서 예술 영화관을 운영할 계획인데 그 프로젝트를 입안하고 추진할 책임자로 조엘 모스콧을 지목했다.

조엘 모스콧은 채드윅 정부의 제안을 더없이 기쁘게 받아들였다. 그의 전처 코니는 러시아와 중국에서 자금 지원을 받으며 연방공화국 곳곳에 비밀 지부를 두고 있는 급진 단체 '민주주의 회복'의 멤버였다. 코니는 남편에게 채드윅 행정부의 꼭두각시 노릇을 한다며 비난했다. 조엘 모스콧은 비난을 듣고도 아무런 반응을 보이지 않았다. 그는 정보국에 전처 코니가 어디에 숨어 지내는지 단서를 제공했다. 코니는 버몬트 북부 농산물 직거래 시장에서 체포되었다. 버몬트 인근 베닝턴 근처 농장에 숨어서 활동하던 테러리스트 조직도 찾아냈다.

조엘 모스콧에게는 오랫동안 서로 만나지 않고 지낸 아들이 있었다. 나이는 내 또래고, 이름은 오슨이었다. 연방공화국 특공대가 테러리스트들의 본거지인 농장을 습격했다. 테러리스트들은 자동소총을 응사하며 격렬하게 저항했다. 총격전을 벌이는 동안 많은 사상자가 발생했고, 테러리스트 집단에 속해 있던 오슨도 목숨을 잃었다. 아무리 관계가 소원했던 아들이라고 해도 조엘 모스콧이 받은 충격은 컸다. 그런 일을 겪고도 조엘 모스콧은 개인적인 감정에 휘둘리지 않고 뉴욕 예술 영화관들을 관장하는 일을 맡았다. 가끔 조엘 모스콧은 지금 이 시대가 조지 오웰의《1984》에 나오는 빅 브라더 시대와 비슷하다고 말했다.

버몬트에서 총격전이 벌어지고 나서 얼마 후 아버지가 나에게 문자메시지를 보내 내 아파트에 들르겠다고 했다. 아버지의 집은 링컨 팰리스 근처라 도보로 10분도 걸리지 않았다. 아버지는 아흔 살이 넘었지만 잘 걸을 수 있었다.

"이 아파트는 감시받지 않는다고 했지? 내 생체 칩 신호를 잠깐 끌 수 있겠니?"

내 아파트에 온 아버지가 처음 꺼낸 말이었다.

나는 고개를 끄덕였다. 당시 나는 정보국에서 아직 낮은 직급이었고, 내가 아는 기밀이 적은 만큼 정보국에서 나를 감시할 필요는 없었다. 손목시계의 화면을 터치해 생체 칩에서 나가는 신호를 끌 수 있었다. 나뿐만 아니라 내 아파트에 와 있는 손님의 칩 신호도 꺼졌다. 남자와 섹스할 때 유용한 기능이었다. 나는 손가락을 입에 대고 쉿 하는 손짓을 보내고 나서 아버지를 안으로 들이고 생체 칩 신호를 껐다.

아버지에게 버번위스키를 따라주고 나서 시간을 체크했다. 2분을 꼬박 지켜보며 생체 칩 신호가 확실히 꺼졌는지 확인했다.

마침내 나는 아버지의 눈을 똑바로 바라보며 말했다.

"조엘 모스콧 씨의 아들 문제로 저를 만나러 오신 거라면 딱히 해줄 말이 없어요. 저는 그 작전과 무관해요."

아버지는 버번위스키를 마시며 말했다. "맹세코 무관하니? 어디까지 네 말을 믿어야 할지 모르겠구나. 너도 정보국 요원이라서."

아버지의 그 말이 명치를 때렸다.

내 표정을 본 아버지가 말했다. "내 말을 듣고 놀랐니? 나는 내 친구 아들이 총으로 난사당해 죽었다는 말을 듣고 얼마나 크게 놀랐는지 몰라."

"그 일 때문에 화난 거라면 충분히 이해할 수 있어요. 다만 조엘 모스콧 씨 아들은 군인 세 명이 총에 맞아 숨진 테러 사건에 가담했고, 버몬트 농장에서는 자동소총을 난사하며 저항했어요. 그런 상황이라면 특공대 군인들도 달리 방법이 없었겠죠."

긴 침묵. 아버지는 버번위스키를 마저 마시고 나서 안락의자에 털썩 앉았다.

"조엘은 지금 제정신이 아니야."

"안타까운 일이지만 어쩔 수 없어요. 할아버지가 자주 했다는 말이 생각나네요. 뿌린 대로 거둔다."

"네 할아버지는 해병대 출신이었고, 나라에 대한 충성심이 강했어. 아직 살아계셨다면 정보국에서 일하는 너를 무척이나 자랑스럽게 생각했을 거야."

"아버지는 제가 정보국에서 일하는 게 못마땅해요?"

"아니, 그런 뜻은 아니니까 오해하지 마. 네가 이제 비밀이 많은 삶을 살게 되었다는 뜻이야."

"직업상 어쩔 수 없잖아요. 그래도 지금 이 시간은 감시받지 않고 얘기할 수 있어서 좋아요."

"정보국에서 받은 특권이라고 할 수 있지. 나라에 충성하는 정보국 요원이 된 덕에 주어진 특권. 네가 정보국 고위직으로 승진할 때면 나는 이 세상에 없겠구나."

나는 아무 말도 하지 않았다. 아버지의 말이 또 나를 머쓱하게 만들었다. 나는 또다시 외톨이가 된 기분이었다.

아버지는 빈 잔에 버번위스키를 따랐다.

"조엘 모스콧 씨가 아들과 마지막으로 연락한 게 언제래요?"

"10년이 넘었대."

"소원한 관계였네요."

"이 세상 어느 부모도 자식과 소원하게 지내고 싶어 하지 않아. 아마 모르긴 해도 조엘의 아들이 부모를 멀리했을 거야."

"자식이 부모를 멀리할 때 어떤 생각이 들어요?"

"극심한 상실감을 느끼게 되지. 부모는 자식과 가까이 지내고 싶은데 자꾸만 밀어내려고 하니까."

나는 아버지에게 말하고 싶었다.

'그래서 저는 자식을 낳지 않으려고요. 아버지는 제가 정보국 요원이 된 게 불만이죠? 딸이 아버지가 몹시 싫어하는 채드윅 정부의 정보국 요원이 되었으니 당연히 마음에 들지 않죠? 제가 정보국에서 일하게 된 이후 아버지는 저를 볼 때마다 시큰둥한 표정을 지어요. 아무리 제 결정이 못마땅하더라도 제발 그러지 말아요. 채드윅 정부 덕분에 아버지나 조엘 모스콧 같은 사람들이 다시 일을 할 수 있게 되었고, 구시대의 유산 취급을 받던 예술과 문화가 다시 살아나고 있다는 걸 잊지 말아야 해요.'

아버지는 버번위스키를 두 잔째 마셨다. 나는 입을 다물고 계속 바닥만 내려다보았다. 아직 아버지와 나는 서로 사랑했다. 세상에 남은 가족은 우리 둘뿐이었다. 아버지의 친구들은 대부분 세상을 떠났다. 나는 마침내 고개를 들고 아버지를 보았다. 아버지는 눈물을 흘리고 있었다.

아버지가 나직이 말했다. "미안하다."

"저도 미안해요."

그날로부터 일 년도 지나지 않아 아버지는 요양원에 들어갔다. 그 뒤로는 아버지와 통화하기 쉽지 않았다. 아버지가 나에게 전화해 주말에 빌리지 뱅가드로 재즈 공연을 보러 가자고 하고, 나는 재즈보다는 차라리 영화를 보고 나서 웨스트빌리지에 기적처럼 남아 있는 이탈리아 식당에 가서 저녁을 먹자고 하며 서로 티격태격하던 일은 더 이상 일어나지 않았다.

어느 날 아침, 요양원 간호사가 바닥에 쓰러져 있는 아버지를 발견했다. 심근경색, 되살릴 수 없는 막다른 길이었다. 내가 도착했을 때 검시관은 아버지가 고통 없이 숨을 거두었다고 말해주었다. 바닥에 쓰러지기도 전에 이미 숨이 끊어진 상태였다고.

"위로 차원이 아니라 정말 편안하게 떠나셨습니다. 고통을 느낄 새도 없이."

아버지는 고통을 느낄 새도 없이 떠나셨는지 모르지만 내 마음은 '슬프다'는 말로는 턱없이 부족했다. 이제 나는 혈육이라고는 전혀 없는 외톨이가 되었다. 나는 아버지의 아파트를 물려받았다. 아버지가 40년 동안 쓴 일기를 읽었다. 아버지의 애정 생활과 작가로서 겪은 고뇌와 성찰, 좌절감을 적은 일기였다. 나에 대한 언급은 거의 없었다. 내가 연방공화국 정보국에 들어가 자유를 속박당하게 되었다고 걱정하는 글만이 있을 뿐이었다. 공화국연맹에 있는 이복 자매 케이틀린 스텐글에 대한 언급은 전혀 없었다.

나는 다시 현실로 돌아왔다. 어느새 내 아파트가 있는 파크슬로프에 다다라 있었다. 내 아파트를 지나쳐 계속 걸었다. 경호 차량은 여전히 내 뒤에서 서행하고 있었다. 경호차에 탄 요원이 칩을 통해 말했다.

"방금 집을 지나쳤는데요?"

"바람을 좀 더 쐬려고요."

나는 녹음이 울창한 프로스펙트 파크를 향해 걷다가 20세기 초에 지은 아파트 앞에서 걸음을 멈추었다. 아버지와 내가 이 아파트 12층에서 살았다. 변호사는 내가 유일한 상속자라고 했다. 가구와 옷은 모두 처분했다. 4천 권이나 되는 책은 일백 권만 남기고 뉴욕 북부에 있는 도서관에 기증했다. 뉴욕 북부에는 아버지의 별장이 있었다. 주방과 욕실, 방 두 개가 전부인 작은 집이었다. 아버지는 여행을 좋아하고, 연극이나 음악을 좋아하고, 글쓰기를 좋아하고, 독립적인 삶을 좋아하고, 여자를 좋아한 대신 재산을 축적하길 바라지는 않았다.

누구나 가까운 친구에게 인생의 비밀을 털어놓으며 살아간다. 비밀을 혼자 짊어지고 살기를 바라는 사람은 없다. 인생의 고통과 아픔에 대해 아버지는 나보다 많이 이야기하며 살았다. 하지만 오늘 나는 아버지의 새로운 면모를 접하게 되었다. 아버지는 비밀을 꼭꼭 숨기는 능력만큼은 타의 추종을 불허할 만큼 뛰어났다. 나는 이제야 깨달았다. 나는 아무리 충격적인 순간에도 감정에 휩쓸려 들지 않는 능력이 있었다. 정보국 요원으로 일하려면 각별히 필요한 능력이었다. 나는 아버지에게서 감정을 드러내지 않는 능력을 물려받았다는 사실을 실감했다. 나도 아버지처럼 뭐든 잘 숨기며 살아왔다. 타인에게 나의 감정을 드러내지 않았다. 하지만 솔직히 말하자면 나 자신에 대해 아는 게 별로 없었다.

나는 아버지가 살던 아파트 앞 난간에 걸터앉았다. 담배를 피울까 생각했지만 집으로 돌아가 피우기로 했다. 눈물이 차올랐다. 눈물이 흘러내리는 내 얼굴을 숨기지 않았다.

경호 차량에 탄 요원이 내 눈물을 보았을까?

나는 난간에서 일어나 링컨 플레이스 쪽으로 걸어 내려가 내 아파트가 있는 220번지에 도착했다. 1899년에 지은 건물이었다. 그 당시 대통령은 윌리엄 매킨리였다. 그는 암살자가 쏜 총에 맞아 서거했고, 시어도어 루스벨트가 대통령직을 승계했다. 그때부터 '미국의 세기'로 불린 시대가 열렸다. 그때 지은 건물은 아직 우뚝 서 있지만 미합중국이라는 나라는 역사의 뒤안길로 사라졌다.

내 아파트 건물의 보안시스템은 내 칩과 연동되어 있었다. 문 왼쪽에 지문 인식기가 있었다. 문이 열렸다. 나는 돌아서서 경호 차량을 향해 인사했다. 지금 차에 타고 있는 요원들은 날이 밝으면 다른 요원들과 임무 교대를 해야 할 것이다. 경호 요원들이 나를 보호하기 위해 차에서 나올 수밖에 없는 상황이 벌어지지 않는 한 나는 경호 요원들이 누구인지 절대로 알 수 없었다.

목소리가 들려왔다. "다시 외출하실 겁니까?"

"아뇨."

"내일 몇 시에 '호텔'로 이동하십니까?"

나는 지하철을 탈 수 있기를 기대하며 물었다. "대중교통으로 이동하면 안 됩니까?"

"당연히 안 됩니다. 내일 몇 시에 이동하시는데요?"

새벽 1시가 되어가고 있었다. 중립지대로 가는 작전 브리핑을 해야 하는 만큼 일이 늦게 끝날 것이다.

내가 말했다. "10시는 어떨까요?"

목소리가 대답했다. "잘 알겠습니다. 안녕히 주무세요."

아파트 건물 3층에는 나까지 포함해 아홉 가구가 살고 있다. 집주인들은 모두 정보국 직원이나 고위 공직자다. 나는 파일을 읽어봤기 때문에 이웃에 누가 사는지 잘 알고 있다. 이 아파트는 정보국에서 제공했다. 고위 공직자에게 주어지는 특권이다. 이 아파트에 사는 동안 어느 누구와도 개별적인 접촉을 피했다. 이 아파트 건물은 보안이 무엇보다 중요해 반드시 지켜야 할 규칙이 몇 가지 있다. 집에서 나갈 때에는 한 사람씩 나가야 한다. 신원이 확인되면 현관문에 붙어 있는 스크린에 외출 버튼이 나타난다. 다른 사람과 함께 있더라도 집주인이 먼저 아파트 건물 밖으로 나간 뒤에야 일행에게도 외출 버튼이 보인다. 외부에서 아파트 건물로 들어갈 때에는 손목에 찬 컨트롤러에서 신호가 나오고, 건물 내의 모든 입주자들은 현관 밖으로 나올 수 없다. 건물에 들어온 사람이 자기 집 현관 안으로 들어가고 해제 신호가 울리고 나서야 다른 입주자들은 비로소 복도로 나올 수 있다.

현관문 앞에서도 지문을 확인해야 한다. 현관문이 열렸다. 집 안으로 들어와 코트를 벗어 옷걸이에 걸었다. 창문을 보니 새롭게 철창이 설비되어 있다. 침실로 곧장 가서 슈트를 벗었다. 샤워를 마치고 티셔츠와 파자마 바지를 입은 다음 거실로 갔다. 면적이 50평 정도니까 제법 넓은 거실이다. 쪽모이 바닥, 흰 벽, 거리로 나 있는 큰 창문, 미드센트리 스타일의 소파와 안락의자, 벽을 가득 채운 책장, 아버지 집에서 골라 가져온 책들과 내가 모은 책들이 일천 권쯤 구비되어 있다. 내가 영화를 좋아해 홈 시네마 스크린도 갖추어져 있다. 나는 매주 영화를 다섯 편쯤 본다. 최근에는 앤서니 만 감독이 1950년대에 만든 서부극을 주로 보았다. 책은 항상 읽는 편이다. 한번은 집에 데려온 남자가 책장에 빼곡하게 꽂힌 책들을 보더니 혀를 내둘렀다. 내가 수많은 책들을 주제별 혹은 알파벳순으로 정리해놓은 걸 알아챈 남자는 더욱 질린 표정을 지었다. 남자는 지나치게 깔끔한 침실, 테이블에 각을 맞춰 정렬해둔 잡지들을 씁쓸한 표정으로 바라보았다.

남자와 위스키를 마시고, 마일스 데이비스의 앨범을 틀고 섹스를 한 뒤 내가 물었다. "왜 그렇게 놀랐어? 내 프로필을 미리 다 읽었잖아? 내가 정리를 지나치게 깔끔하게 하는 습관이 있고, 책을 좋아한다고 써두었는데."

"나는 책을 별로 안 읽어. 방을 지저분하게 어지르길 좋아하고. 두 달 전, 아내가 집을 나간 이유야."

"이제 개인적인 이야기는 그만. 규칙 위반이야."

"아, 미안, 미안."

"어쨌든 부부가 헤어지는 이유에 대해서는 나도 좀 알아. 침실 바닥에 더러운 속옷이 굴러다닌다고 아내가 집을 나가지는 않지."

긴 침묵.

남자가 물었다. "외로워?"

"지금 당신과 이렇게 같이 있으니까 그렇지는 않아."

"30분 뒤에 내가 돌아가고 나면 혼자 있는 게 무섭지 않아?"

나는 일어서서 가운을 집어 든 다음 빙긋 웃으며 말했다.

"만나서 반가웠어. 이제 그만 돌아갈 시간이네."

남자가 물었다. "내 말에 기분이 거슬렸어?"

"다시 말할게. 규칙 알지? 개인적인 이야기는 금물."

투나잇 온리 앱에 불만 댓글이 하나라도 달리면 강제 퇴장당할 수 있고, 남자도 그 사실은 잘 알고 있었다. 얼른 옷을 입은 남자는 몇 번이나 나에게 사과했다.

"당신에게 유감없어."

남자는 금방 나갔다. 나는 남자를 괴롭힐 생각은 없었다. 남자를 두 번 만날 생각도 없었다.

위스키를 잔에 따라 들고 발코니로 나가 담배를 피웠다.

'혼자 있는 게 무섭지 않아?'

무섭긴 하지만 다른 사람과 함께 있는 게 더 무서워.

나의 모순, 나의 특기, 절대로 풀 수 없을 매듭, 답을 찾을 수 없는 퍼즐이었다.

아버지는 생전에 내 이복동생이 존재한다는 사실을 나에게 알리지 않으려고 했지만, 세상을 떠난 뒤 그 비밀이 내게 알려지리라는 걸 잘 알고 있지 않았을까?

이제 나는 아버지가 비밀로 해온 이복동생을 죽여야 한다. 이복동생이 나를 죽이기 전에.

제6장

우리는 정보국을 '호텔'이라 부른다. 예전에 정보국 뉴욕 본부가 오래된 호텔을 개조한 건물을 사용한 전례가 있기 때문이다. 7번가에 위치한 웅장한 바로크 양식 건물로 펜실베이니아역에서 투엔티 센트리 리미티드(20th Century Limited) 급행열차가 시카고를 향해 출발하던 1920년대에 지었다. 그 당시 이 건물은 다른 호텔과 차별점이 없었지만 유흥을 즐길 수 있는 술집이 있었다는 게 각별했다. 밴드가 연주하는 음악에 맞춰 춤을 출 수 있고, 75센트를 내면 마실 수 있는 칵테일을 과음해 트렌턴에서 온 보험 세일즈맨이나 애크런에서 출장 온 회사원과 한 침대에서 깨어나는 사태가 발생할 수도 있었다.

펜실베이니아역은 1960년대에 철거되었다. 그 자리에 흉물스러운 경기장과 보기 흉한 빌딩이 들어섰다. 펜실베이니아 호텔은 철거를 모면했고, 그 시절 분위기를 조금이나마 맛볼 수 있는 건물로 살아남았다. 미합중국이 분리된 이후 연방공화국이 출범하게 되면서 당시 이 호텔은 전면을 제외하고 모두 리모델링했다. 건물 안은 온통 흰색으로 칠하는 한편 대형 유리와 크롬으로 건물 곳곳을 장식했다. 방음장치와 보안시스템도 철저하게 갖추었다. 정보국 뉴욕 본부가 이 건물을 사용하게 되었다는 사실은 외부에 전혀 알려지지 않았다. 오히려 누구나 마음대로 드나들 수 있는 건물이라는 환상을 심어놓았다. 건물 앞에 경비 초소도 없고, 차도와 인도를 구분하는 갓돌도 없고, 무장 경비원도 없었다. 다만 맨해튼 사람이라면 누구나 이 유서 깊은 호텔에서 무슨 일이 벌어지는지 다 알고 있었다. 정보국이 호텔에 들어온 초창기에 무장한 폭도들이 정문으로 진입한 사건이 두 번 발생했다. 폭도들이 미처 알아채지 못한 게 있었다. 호텔 양옆에 위치한 은행과 약국에 정보국 비상대응팀이 주둔하고 있었고, 신호를 받는 즉시 30초 이내에 무장 병력이 건물을 포위한다는 사실이다. 건물 안으로 무단 진입한 테러리스트들은 즉시 사살되었지만 매스컴에는 일절 나오지 않았다. 정보국에서 테러리스트들의 시신을 촬영한 사진들을 연방공화국 내에 있는 여러 과격 단체에 보냈고, 공화국연맹 경찰국에도 슬쩍 보냈다. 그 사진에 담긴 메시지는 분명했다.

'우리에게 덤벼들었다가는 이 꼴이 된다.'

우리는 테러를 거의 박멸했고, 무자비한 결과를 알기에 감히 아무도 선을 넘지 않는다.

"안녕하세요, 스텐글 요원님."

"안녕하세요, 루벤 씨."

루벤은 아침 시간에 호텔 프런트에서 근무하는 직원이다. 나이는 삼십 대 후반, 10년 동안 도어맨 역할을 맡고 있고, 매년 정보국 요원 선발 시험에 지원하지만 계속 떨어지고 있다. 이번 시험에도 낙방한 루벤이 나를 붙잡고 신세타령을 하며 눈물을 글썽였다. 이튿날 나는 루벤의 파일을 찾아보았다. 루벤은 정보국 요원 선발 시험에 세 번 지원했고, 매번 낙방했다. 심리검사 결과가 모두 빨간색으로 표시되어 있었다. 가장 큰 지적은 '감정을 지나치게 과장한다'였다. 감정을 조절하지 못한다는 평가를 받을 경우 요원이 될 수 없다.

루벤이 말했다. "즐거운 하루 보내세요."

"루벤 씨도요."

루벤은 눈동자를 위로 뒤집었다. '이 로비에서 일하는데 무슨 즐거운 일이 있겠어요'라는 뜻이었다.

위층으로 올라간 나는 복도를 걸어 브레이머 부장 사무실 앞을 지나갔다. 브레이머 부장은 모니터를 통해 지나가는 사람을 모두 확인할 수 있다. 내가 사무실 문 앞을 막 지나치고 있을 때 머릿속에서 브레이머 부장의 목소리가 들려왔다.

"스텐글 요원, 잠시 시간 낼 수 있나?"

"지금 가겠습니다." 브레이머 부장의 사무실 안으로 들어가려면 먼저 비서가 근무하는 자리를 통과해야 한다.

비서가 환하게 미소를 지으며 말했다. "기다리고 계십니다."

브레이머 부장의 사무실은 1950년대 미국을 떠올리게 하는 구조다. 미드센트리 가구, 에임스 의자, 의자와 마주 놓인 검정 가죽 소파, 서류가 놓여 있지 않은 커다란 책상, 의자 여덟 개가 놓인 회의 테이블이 눈에 들어온다. 회의 테이블은 실제로 사용할 일이 있을지 의문이다. 브레이머 부장은 회의나 브레인스토밍을 싫어한다. 브레이머 부장은 상하 관계를 중요시하는 인물이고, 작전을 수행할 때에도 팀원들을 한자리에 모으지 않고 팀의 리더만 불러 지시를 내린다. '원로원' 격인 최고위원회에서 작전 명령을 내릴 때에도 브레이머 부장만 부른다. 연방공화국 정보국에서는 여섯 명의 최고 엘리트로 이루어진 최고위원회가 중요 정책을 입안하고, 작전 계획을 수립한다. 브레이머 부장은 여섯 명에 포함되길 바라지만 아직 기회를 얻지 못했다. 평생 정보국에서 일해오면서 혁혁한 공을 세웠으니 승진할 수 있는 요건은 충분히 갖추었다고 해도 무방하다. 브레이머 부장의 승진이 늦어지는 이유는 로비를 하지 않기 때문일 수도 있다. 그는 승진을 위한 로비를 부정행위로 간주한다. 브레이머 부장의 사무실을 보면 그가 어떤 인물인지 됨됨이를 알 수 있다. 그는 아무것도 적혀 있지 않은 빈 칠판 같은 사람이다. 사무실에 사진 액자 하나 걸려 있지 않고, 나라에서 받은 훈장이나 표창장 하나 걸어두지 않는다. 그 자신을 내세우는 일에는 늘 뒷전이라는 뜻이다. 사무실은 잡동사니 하나 없이 완벽하게 정리되어 있다.

그가 사용하는 책상은 사람이 사용하는 책상이라는 느낌이 들지 않는다. 책상 위에 서류 하나 없었고, 로스코의 작품을 복제한 그림 액자를 의자 뒤 벽에 걸어놓았을 뿐이다. 로스코가 1950년 대 후반에 그린 그림으로 밤색 바탕에 검은색을 칠한 작품이다. 인간 안에 있는 어두운 입구를 표현한 그림이다. 로스코의 그림은 브레이머 부장의 불투명한 면모를 대변하는 듯하다. 로스코는 살찌는 걸 유난히 싫어했다. 나는 브레이머 부장이 최고위원 자리에 오르려면 허리둘레를 줄여야 하지 않을까 생각한다.

브레이머 부장은 집무용 의자에 앉아 있었다. 검정 가죽과 크롬 소재로 체구에 맞게 제작한 의자다. 브레이머 부장과 책상을 사이에 두고 마주하는 자리에는 등받이가 높은 에임스 의자가 놓여 있었다. 브레이머 부장이 그 자리에 앉으라고 하는 건 심각한 안건이 있다는 뜻이다. 그냥 평범한 대화를 나눌 때면 브레이머 부장 자신이 에임스 의자에 앉고 상대를 소파에 앉힌다.

내가 사무실로 들어서자 브레이머 부장이 고개를 끄덕여 인사한 뒤 책상 앞에 있는 에임스 의자를 가리켰다. 나는 가벼운 대화는 아닐 거라 짐작하며 에임스 의자에 앉았다. 브레이머 부장은 일 분가량 나에게 신경도 쓰지 않고 책상에 놓인 컴퓨터 모니터를 열심히 들여다보고 있었다. 나를 긴장시키려는 계산된 행동이 분명했다. 나는 조용히 기다렸다. 그 정도 심리 작전에 호락호락 넘어갈 내가 아니었다.

마침내 모니터에서 눈을 뗀 브레이머 부장이 나를 바라보았다.

"어젯밤에 들은 이야기 때문에 심란한가?"

"마음이 착잡한 건 사실이지만 나름 잘 추스르고 있습니다."

"자네 부친이 살았던 아파트에 들렀더군. 예전에 자네도 같이 살았던 집."

"그저 바람 좀 쐬고 싶었습니다."

"무려 6킬로미터를 걸었어."

"아버지와 살았던 집을 보고 싶었습니다."

"만약 공화국연맹 요원들이 지켜보고 있었다면 자네 약점을 찾아냈을 거야. 자네가 공화국연맹의 레이더망에 들어 있는 건 확실해. 공화국연맹 놈들은 이제 자네가 이복동생의 존재를 알게 되었고, 놈들의 타깃이 된 사실도 알게 되었을 거라고 인지하고 있을 거야."

이럴 때에는 내가 사과해야 한다.

"무슨 말씀인지 잘 알겠습니다. 제가 경솔하게 행동했습니다."

"공화국연맹 놈들은 우리가 감정적으로 흔들리기를 바라지."

"다시는 실수하지 않겠습니다."

"그 말을 들으니 마음이 놓여. 나는 자네를 믿어. 케이틀린 스텐글과 관련된 서류는 모두 자네의 메모랜더에 업로드해두었어. 서류를 읽어보려면 족히 하루는 걸릴 거야. 새비지 요원을 자네

팀에 배정했어."

"라프렐 요원도 저와 함께 일하게 해주십시오. 전략을 짜려면 라프렐 요원이 반드시 필요합니다."

션 새비지 요원은 키가 2미터에 단단한 근육질 체형이다. 항상 비웃고 있는 표정에 경계심이 많아 아무도 믿지 않는다. 파블로 라프렐 요원은 170센티미터의 작은 키에 예민하고 세심하고 분석적이고 까다롭고 경쟁심이 많다.

새비지 요원은 미드웨스트 출신이다. 블루칼라 가정에서 태어나 일리노이주립대학을 나왔고, 동부 해안 출신 엘리트와 특권계급을 좋아하지 않는다. 무자비한 구석이 있지만 충성심이 강하다. 나이는 서른 살이고, 인간관계에는 전혀 관심이 없다. 나처럼 투나잇 온리를 정기적으로 이용한다.

라프렐 요원은 삼십 대 초반으로 멕시코계 이민 가정 출신이다. 라프렐 요원도 나처럼 맨해튼에서 태어났다. 아버지는 유명한 일러스트레이터였고, 엄마는 소프트웨어 회사를 운영했다. 부자 동네인 뉴욕 다운타운에서 자랐다. 라프렐 요원의 부모는 2020년에서 2022년까지 이어진 코로나 팬데믹 때 세상을 떠났다. 삼촌이 라프렐을 입양했고, 그가 열 살 때 코네티컷 교외 주택가로 이주했다. 삼촌은 예술가인 아버지와 달리 돈에 철저한 인물이었다. 숙모는 와스프 성향이 아주 강한 인물로 자신이 어쩌다가 '국경 남쪽 집안' 사람과 결혼했는지 모르겠다고 자주 농담조로 불평했다. 숙모의 불만은 돈 때문이었다. 두 사람이 처음 만났을 당시만 해도 라프렐 삼촌의 재산은 2백만 달러가 넘었다. 요즘은 젊은 나이로 통하는 76세에 삼촌은 세상을 떠났고, 숙모도 이듬해에 알코올의존증이 심해 세상을 하직했다. 라프렐 요원이 유일한 상속자였고, 10억 달러가 넘는 재산을 물려받았다.

라프렐 요원은 재산이 얼마나 되는지 말하진 않았지만 10억 달러 이상으로 추정된다. 라프렐에게는 뉴욕 다운타운의 옛날 부자 같은 면모가 아직 남아 있다. 투자은행에 다니다가 요가 강사가 된 레슬리가 그의 부인이다. 레슬리는 남편이 정보국 요원이라는 걸 알고 있지만 일에 대해서는 절대로 묻지 않는다. 정보국에서 레슬리를 감시하고 있는 만큼 틀림없는 사실이다. 배우자가 있을 경우 정보국에서 고위직으로 승진하는 건 불가능하다. 라프렐 요원은 누구나 금세 알 수 있을 만큼 야망이 큰 인물이다. 나는 라프렐이 얼마나 오래 레슬리와 부부 사이를 유지할 수 있을지 궁금하다.

브레이머 부장이 물었다. "새비지 요원과 라프렐 요원은 서로 안 맞잖아?"

"바로 제가 바라는 점입니다. 새비지 요원은 직관력이 좋고, 라프렐 요원은 분석적입니다. 둘 다 불의를 보면 참지 못합니다. 새비지 요원과 라프렐 요원은 서로 싫어하지만 두 사람의 경쟁

심이 오히려 팀에 활력소가 되어줄 겁니다. 야망과 테스토스테
론으로 힘을 받는 창의적인 불협화음입니다."

나는 일부러 분석적이고 날카로운 말투를 사용했다. 어젯밤
에 보인 나약한 모습에서 완전히 벗어났다는 걸 증명해 보이고
싶었다. 브레이머 부장이 씩 웃은 뒤에 말했다.

"좋아. 자, 이제 자네는 공화국연맹의 제거 대상이 되었다는
걸 항상 염두에 두고 움직여야 해. 지금 이대로 중립지대로 가면
자네의 목숨이 위험해질 수도 있어. 자네가 중립지대에 나타나
면 케이틀린은 자네가 자기를 죽이러 왔다고 결론 내릴 거야. 그
러니까 자네는 신분을 위장하고 중립지대로 가야 해."

"무슨 말씀인지 잘 알겠습니다. 지시를 기다리겠습니다."

브레이머 부장이 말했다. "일단 작전 파일을 읽어보면서 대기
하고 있어."

제7장

하루 종일 브레이머 부장이 건네준 작전 파일을 읽었다. 숙지해두어야 할 사항이 많았다. 새비지 요원과 라프렐 요원에게 문자메시지를 보내 19시에 예비 전략회의를 열 테니까 그때까지 작전 파일을 읽고 완벽하게 분석해두라고 지시했다.

요즘은 종이를 보기 힘들었고, 두툼한 파일로 된 서류는 없다. 종이 신문, 잡지, 정기간행물도 없다. 종이책 대신 디지털 출판물이 그 자리를 대신하고 있다. 2035년부터 모든 출판물이 디지털로 발행되었다. 교수, 학자, 작가, 지식인들은 디지털 출판물이 종이책을 대체하게 된 상황에 대해 심각한 우려를 표했지만 하루가 다르게 변화하는 시대의 흐름을 바꾸기에는 역부족이었다.

미국은 전체주의에서 벗어나기 위한 몸부림 속에서 연방공화국과 공화국연맹으로 분리되었다. 클리블랜드 대학살은 미국의 분리 움직임을 가속화시켰다. 서부 해안에 위치한 캘리포니아주, 네바다주, 오리건주, 뉴잉글랜드에 속하는 매사추세츠주, 코네티컷주, 로드아일랜드주, 버몬트주, 메인주, 뉴햄프셔주,

노스캐롤라이나주, 동부 해안 주들인 버지니아주, 메릴랜드주, 뉴욕주, 뉴저지주, 로드아일랜드주, 매사추세츠주, 메인주에서 미국 분리를 두고 찬반 투표가 벌어졌다. 상원과 하원을 장악하고 있던 공화당은 각 주의 입법부를 통해 투표를 막으려고 했지만 민주당이 우세한 모든 주에서 미국 분리 안건을 상정하고 찬반 투표를 진행했다. 미시건주, 일리노이주, 미네소타주는 미국 분리에 찬성했다. 뉴멕시코주와 콜로라도주도 찬성했다. 펜실베이니아주에서도 간발의 차이로 찬성 여론이 높았다. 위스콘신주는 분리에 반대했다. 버지니아주는 팽팽한 접전 끝에 간발의 차이로 분리가 우세했다. 웨스트버지니아주에서는 국민투표 자체를 아예 거부하는 총격전이 벌어졌다. 플로리다주는 미국 분리에 강력하게 반대하는 공화국연맹이 출범해 빠르게 세력을 확장시켜갔다. 미국 전역에서 테러가 발생했고, 미국 분리에 찬성하는 목소리에 점점 더 힘이 실려갔다. 호킨스 대통령은 미국 분리를 찬성하는 주에 폭격을 가하겠다고 발표해 분노로 들끓는 여론에 기름을 부었다.

채드윅과 참모들은 호킨스 대통령의 무력 사용을 예견하고 미리 대비책을 세워두었다. 비밀리에 미군 주요 장성들을 미리 만나보고 뜻을 같이하겠다는 약속을 받아둔 것이다. 호킨스 대통령과 공화당은 쿠데타라 부르고, 채드윅과 참모들은 전체주의에 대항하는 민주시민들의 당연한 권리 행사라고 주장하는 사건이 벌어졌다. 클리블랜드 대학살이 발생하고 나서 반년 뒤 무장한 군인들이 백악관으로 들어가 호킨스 대통령을 체포했다. 죄목은 민간인 학살이었다. 호킨스 대통령은 시카고에서도 평화적인 시위에 나선 시민들에게 총격을 가하도록 명령해 수많은 사상자가 발생했다.

군은 상원과 하원에도 병력을 투입해 28개 주가 미 연방을 탈퇴하기로 결정한 국민투표 결과를 받아들여야 한다고 선포했다. 국민투표 결과 분리에 찬성한 주에서 군은 무력 충돌을 최대한 막고 질서를 유지하겠다고 약속했다. 예전부터 '빨간 주'로 통하던 곳에서는 공포 정치가 펼쳐졌다. 텍사스주가 특히 심했다. 텍사스주는 전통적으로 보수적인 지역인데 오스틴은 언제나 진보가 우세한 도시였다. 오스틴에 있는 텍사스대학교에서는 분리에 참여할 권리와 시 정부 설립을 요구하는 시위가 이어졌고, 뉴 클랜 멤버들이 대학교를 습격했다. 육백 명이 넘는 학생들이 뉴 클랜의 무자비한 총격을 받고 희생되었다. 애리조나주 플래그스태프, 플로리다주 사라소타, 몬태나주 보즈먼, 인디애나주 블루밍턴 등지에서도 비슷한 사건이 연이어 발생했다. 연방공화국 임시 대통령으로 추대된 채드윅은 잔류 주와 분리 주 사이의 경계를 잘 지키도록 군에 명령했다. 그 대신 연방공화국 쪽으로 넘어오려는 사람들은 자유롭게 넘어올 수 있도록 허용했다.

미합중국 분리 과정에서 공포와 폭력이 난무했고, 다수의 이주민이 발생했다. 펜실베이니아주의 불황 지대에 사는 주민들은 웨스트버지니아주나 인디애나주로 이동했다. 휴스턴, 댈러스, 내슈빌 같은 곳에서는 학자와 예술가, 과학자와 의사들이 미국 분리를 찬성하는 도시로 이동했다. 공화국연맹에 충성하는 반란군이 주 경계를 막아버리려고 하는 바람에 연방공화국군과 충돌을 빚었다. 그 결과 감시 초소가 세워졌고, 이주는 점점 더 어려워지게 되었다. 많은 사람들이 집을 버리고 이주를 선택했다. 공화국연맹에서는 집을 버리고 연방공화국으로 이주한 사람들의 출금 계좌를 막아버렸다. 군이 주 경계를 통제하기 시작하면서 25만 명 이상의 사상자가 발생했고, 그 숫자는 이후에도 점점 더 늘어나 50만 명에 육박하게 되었다.

채드윅은 공화국연맹으로 연결되는 교통망을 차단하고, 비행기 이동도 막았다. 그 결과 국제무역과 미국 내 교역에 의존하던 공화국연맹 경제는 심대한 타격을 받게 되었다. 공화국연맹은 일 년 넘게 버티다가 결국 분리 협상에 동의했다. 이 시기에 약 4천5백만 명이 집을 떠나 다른 주로 이주했다. 국경의 안전을 유지하고, 이동을 막기 위해 연방공화국과 공화국연맹 정부는 각자 살고 싶은 나라를 정하는 기한을 2036년 12월 31일로 못 박았다.

공화국연맹은 조지아주 애틀랜타를 수도로 정했다. '공화국연

맹은 수도를 전통적인 남부 중심지보다는 새로운 남부의 상징으로 꼽히는 애틀랜타로 정한다.'

미국 분리가 본격적으로 시작되었다. 공화국연맹은 국경을 봉쇄하고 시민들에게 당분간 거주하는 곳에서 벗어나지 못하도록 하는 긴급조치를 발표했다. 애리조나주는 공화국연맹을 선택했다. 연방공화국을 선택한 뉴멕시코주, 콜로라도주는 공화국연맹에 둘러싸여 고립된 형국이 되었다. 미시건주와 일리노이주는 연방공화국에 포함되었고, 그 사이에 낀 위스콘신주는 공화국연맹을 선택했다. 미네소타주는 주를 이등분할지 여부를 가리는 주민투표를 실시했다. 노스다코타주와 사우스다코타주 접경 지역에는 공화국연맹 지지자들이 많았고, 미니애폴리스와 세인트폴 주민들은 대부분 연방공화국 지지자들이었다. 공화국연맹은 미네소타주 주민 절반이 분리를 원하지 않는다고 투표했으니 주의 절반은 자기네 영토라고 주장했다. 연방공화국은 미니애폴리스와 세인트폴, 그 가까이에 있는 로체스터에 인구가 몰려 있는 만큼 주를 반으로 정확하게 가를 수는 없다며 반박했다.

공화국연맹을 이끄는 12사도는 석유와 에너지 공급이 막힐 경우 치명적인 경제적 손실을 입게 될 거라는 사실을 인지하고 연방공화국의 제안을 받아들였다. 그 결과 미네소타주는 양분되었다. 공화국연맹에서는 미시시피강 서쪽을 자기네 영토로 하겠다고 우겼다. 만약 그렇게 될 경우 거스리 극장, 워커 미술관,

웨어하우스 구역, 미네소타오케스트라 연주회장이 공화국연맹으로 넘어가게 되어 있었다. 미니애폴리스 서쪽 주민 98퍼센트가 분리에 찬성한 만큼 연방공화국은 그 지역을 끝까지 지키려고 애썼다.

미니애폴리스에서는 강을 장악하는 세력이 도시를 지배하게 되어 있었다. 채드윅은 공화국연맹이 미시시피강과 미니애폴리스의 서쪽 다섯 도로를 양도하지 않으면 교역을 통제하겠다고 엄포를 놓았다. 그 결과 미니애폴리스와 세인트폴은 중립지대로 남게 되었다. 중립지대는 생존을 위한 치열한 게임이 펼쳐지는 정글로 변해 스파이 행위와 감시 행위, 하이테크 사보타지가 판을 쳤다. 공화국연맹이 중립지대에서 나의 정보원인 막심을 납치해 화형에 처한 경우에서 알 수 있듯이 중립지대는 자주 납치와 암살이 자행되는 공포의 현장이 되었다.

이제부터 내가 갈 곳이 바로 중립지대다. 나는 머릿속 칩에게 말했다.

"30분 뒤에 전략회의를 열기로 한 사실을 새비지 요원과 라프렐 요원에게 확인시켜."

나는 다시 작전 파일을 읽기 시작했다. 케이틀린 스텐글의 삶과 이제 내가 곧 떨어질 거울 나라에 대한 이야기가 실려 있었다. 나는 《이상한 나라의 앨리스》에서 앨리스의 역할일까? 아니면 총으로 쏘아 죽여야 할 타깃이 있는 미친 모자 장수 역할일까?

제8장

모니터에 뜬 얼굴이 나를 뚫어져라 쳐다보고 있다. 나보다 열한 살 어린 이복동생 얼굴이다. 내 얼굴이 옆에 떠올라 있다. 케이틀린의 신상 자료를 열 번쯤 읽었다. 케이틀린은 2013년에 텍사스주 휴스턴에서 태어났다. 케이틀린의 엄마 이름은 리디아 말론이고, 조지아주 서배너 출신이다. 나는 열 살 때 아버지를 따라 서배너에 가본 적이 있다. 코네티컷으로 이사한 뒤로 아버지와 엄마가 툭하면 다툴 때였다. 아버지와 나는 아침 식사를 제공하는 민박집에서 일주일 동안 묵었다. 더블베드가 두 개 놓인 방을 아버지와 같이 썼다. 그 당시 나는 열 살이었고, 아버지와 방을 같이 쓰는 게 더 좋았다. 그 여름의 기억을 더듬어보니 멋진 건축물들이 떠오른다. 아버지는 그 건축물들을 '남부 고딕' 양식으로 지었다고 설명하면서 서배너에는 여전히 남북전쟁 당시의 유령이 떠돌아다닌다고 했다.

남부 스타일의 푸짐한 아침 식사도 기억난다. 우린 그리츠* 와 비스킷, 아이스티를 먹었고, 아버지는 플래너리 오코너가 살았던 집에도 나를 데려갔다. 아버지는 플래너리 오코너가 대단

*옥수수 가루로 만든 죽 같은 음식으로 미국 남부에서 아침 식사로 먹는다

히 뛰어난 작가라고 말해주면서 나중에 크면 그녀의 작품들을 꼭 읽어보라고 했다. 그때 나는 어렸고, 매일 22시만 되면 잠자리에 들었다. 내가 잠자리에 들면 아버지는 아래층에서 책을 읽겠다고 했다. 그 당시 나는 한번 잠들면 깊이 잤다. 내가 아침에 눈을 뜨면 아버지는 늘 침대에 있었다.

아버지는 내가 잠든 틈을 타 리디아 말론을 만났을까? 내가 아버지와 함께하는 여행을 즐거워하며 밤마다 깊이 잠들어 있을 때 아버지는 리디아 말론의 집에서 위스키를 마시고 섹스를 했을까? 리디아와 사랑을 나누며 마음이 떠난 지 이미 오래인 아내와 짐스러운 딸 때문에 사랑을 이어갈 수 없어 안타깝다고 했을까?

리디아 말론은 1983년 미시시피주 옥스퍼드에서 태어났다. 생후 12개월 때 엄마가 암으로 사망했다. 수학 교사이던 아버지는 아내가 숨을 거두자 리디아의 양육권을 포기했다. 애틀랜타에 사는 외삼촌 부부가 리디아를 맡아 키웠다. 리디아는 고교 시절에 학교에서 두 번 퇴학당했고, 외삼촌 부부가 홈스쿨링을 해주어서 고등학교 졸업 자격시험을 통과했다. 리디아는 미술에 재능을 보여 서배너미술대학에 입학했다. 리디아의 미술 실력을 알아본 뉴욕의 어느 갤러리에서 그녀가 그림에 전념할 수 있도록 작업실을 얻어주겠다고 했다. 리디아는 2006에서부터 2011년까지 뉴욕 퀸스 아스토리아에서 작업실 겸 원룸을 얻어 생활했다. 그 당시만 해도 퀸스는 보헤미안 부르주아 주거지로 바뀌기 전이었다.

리디아가 뉴욕에 살 때 아버지를 만났을까? 왜 뉴욕에 계속 머물지 않고 서배너로 돌아갔을까?

리디아는 뉴욕에서 개인전은 단 한 번도 열지 못했고, 소속 갤러리 단체전에만 출품했다. 뉴욕 퀸스에서 지낸 5년 동안 팔린 리디아의 작품은 딱 한 점뿐이었다. 서배너미술대학에서 강사직을 제안했고, 리디아는 곧장 받아들여 서배너로 돌아갔다. 리디아가 뉴욕을 떠난 이유는 정확하게 알려지지 않았지만 화가로 성공하지 못한 탓이었을 거라고 추측할 수 있을 뿐이다. 그다음에는 텍사스 휴스턴에 있는 라이스대학교에서 미술을 가르쳤다. 휴스턴 시절인 2013년 5월 10일에 딸을 출산했고, 출생증명서에 이름을 케이틀린 스텐글이라고 적었다.

2014년에 아버지는 라이스대학교에서 객원교수를 지냈다. 아버지는 목요일 저녁부터 월요일 저녁까지 코네티컷의 집에 꼭 있었다. 그 무렵 엄마는 동료 정신과 의사와 외도를 시작했다. 2017년에 엄마가 집을 나가자 아버지는 라이스대학교 객원교수를 그만두고 뉴욕으로 돌아와 나와 함께 지내겠다고 했다. 케이틀린 스텐글과 리디아 말론에 대해 알게 된 지금 돌이켜보니 아버지는 그 당시 두 모녀를 포기하고 나를 선택한 것이다. 나를 위해 이중생활을 포기했다.

브레이머 부장이 말했듯이 아버지는 어린 케이틀린을 정기적

으로 만났다. 그 시절에 아버지는 주말마다 뉴욕을 떠나 있었
다. 그럴 때마다 아버지는 다른 주에서 강연이 있다거나 멀리 떨
어진 도시의 서점에서 사인회가 열린다고 둘러댔다. 하지만 실
상은 케이틀린을 만나러 텍사스에 갔던 것이다.

리디아 말론의 신상 정보에서 갑자기 놀라운 정보가 눈에 들
어왔다.

사망일 : 2033년 3월 21일

나이 : 55세

사망 원인 : 자살. 목매달아 죽음

2019년, 리디아는 라이스대학교에서 재임용에 탈락했다. 리
디아는 급여가 훨씬 적은 직장에 들어갔지만 2021년에 해고되
었다. 알코올의존증 탓이었다. 그 뒤로 불면증과 우울증까지 더
해져 6주 동안 정신병원에 입원했다. 그 당시 여덟 살이던 케이
틀린은 서배너에 있는 외할머니 집에서 지내야 했다. 리디아는
정신병원에서 퇴원한 뒤 서배너로 돌아가 케이틀린과 함께 지내
며 서배너미술대학에서 학생들을 가르쳤다. 대학 강사 월급이
많지는 않았지만 작은 아파트를 얻어 딸과 함께 살기에는 부족
하지 않았다. 케이틀린은 초교부터 고교까지 똑똑하고 진취적
인 모범생이었지만 사교성이 부족해 외톨이로 지냈다.

리디아는 알코올의존증이 심했다. 서배너미술대학 학생들은 리디아가 술에 취한 상태로 수업을 진행한다고 신고했다. 서배너 아동 복지국은 리디아에게 알코올의존증을 극복하지 못할 경우 딸의 양육권을 박탈하겠다고 경고했다. 리디아는 알코올의존증 치료 프로그램에 참가했고, 잠시나마 생활이 안정되었다. 케이틀린은 학교에서 계속 우수한 성적을 유지했다. 고등학교 졸업을 앞둘 무렵 케이틀린은 동부의 여러 명문대학교에서 전액 장학금 지급 약속과 함께 입학허가를 받게 되었다. 그때 케이틀린은 아버지에게 뉴욕에서 컬럼비아대학교를 다니며 함께 살고 싶다는 뜻을 전했다.

아버지는 케이틀린의 제안을 받아들일 수 없다는 의사를 담은 답신을 보냈다.

"네가 바라는 아버지가 되어줄 수 없어 정말 유감이다. 나에게는 딸이 하나 있는데 그 아이는 이복동생이 있다는 사실을 전혀 몰라. 만약 그 사실을 알게 되면 큰 충격을 받겠지. 이제 와서 이런 얘기를 하는 게 무슨 소용이 있을까만 네 엄마는 나를 속였어. 나는 네 엄마에게 딸이 있다는 사실을 밝혔고, 더는 자식을 원하지 않는다는 뜻을 분명하게 전했단다. 네 엄마는 피임약을 복용하고 있다고 했고, 나는 그 말을 철석같이 믿었지. 결과적으로 거짓말이었지만 나는 너에게 최선을 다하려고 애썼다. 정말 미안하지만 이제 우리 관계는 여기서 정리하는 게 좋겠다. 양육비는 계속 보내줄게. 다만 서로 연락하지 말고 지냈으면 한다."

아버지의 금융 거래 정보를 확인해보니 리디아에게 매달 2천 달러를 보낸 사실이 확인되었다. 리디아가 사망한 뒤로는 케이틀린에게 똑같은 액수를 보냈다. 케이틀린이 성인이 된 이후로도 미국이 분리되기 전까지 꼬박꼬박 송금했다.

케이틀린은 잔인한 메일을 받고 나서 뉴욕으로 직접 아버지를 만나러 갔다. 케이틀린이 실제로 아버지를 만났는지 여부는 자료에 나와 있지 않았다. 경찰 보고서에 따르면 케이틀린은 프로스펙트 공원 벤치에 앉아 훌쩍이며 울고 있었고, 도움이 필요한지 묻는 경찰의 얼굴을 손톱으로 할퀴는 바람에 체포되어 유치장에 갇혔다. 케이틀린은 외삼촌인 데이비드에게 전화해 도움을 요청했다. 애틀랜타에 사는 데이비드는 즉시 뉴욕으로 날아왔다. 직업이 변호사인 데이비드는 케이틀린을 유치장에서 빼내 애틀랜타로 데려갔다. 케이틀린은 미국 동부의 명문대학교에서 장학금을 주겠다며 입학을 유도했지만 전부 마다하고 조지아대학교 법대에 들어갔다. 케이틀린은 엄마가 거짓말로 아버지를 속이고 임신했다는 말을 듣고 몹시 분노했고, 대학에 다니는 동안 엄마 곁을 떠나 애틀랜타에서 외삼촌 부부와 함께 지냈다.

조지아대학교에서도 케이틀린은 우수한 성적을 거두었고, 유행을 선도하는 고스족이 되었다. 대학 재학 시절 리디아와는 거의 연락하지 않고 지냈다. 케이틀린이 대학 3학년일 때 리디아는 서배너미술대학 실기실에서 목을 매 자살했다. 자살하기 직전 리디아는 서배너미술대학에서 해고를 통보받았다. 술에 취한 상태로 수업한다는 학생들의 불만이 팽배해 있었기 때문이다. 리디아는 정신병원에 다녀온 후 한동안 술을 끊었다가 몇 년 전부터 다시 마시기 시작했다. 그녀는 해고 통보를 받고 이의를 제기하거나 한 번 더 기회를 달라고 빌지도 않고 자살을 택했다. 이미 예닐곱 번 기회를 주었지만 그럴 때마다 알코올의존증이 발목을 잡았다. 리디아가 목을 맨 대들보 아래에는 캔버스가 있었다. 리디아가 그리던 그림이었다. 검게 칠한 캔버스에 가로로 그은 검붉은 선 하나가 전부였다. 리디아는 유서 한 장 남기지 않았다.

리디아가 자살한 해에도 케이틀린의 성적은 최상위급이었다. 엄마를 잃은 딸이라고는 도저히 믿을 수 없을 만큼 뛰어난 성적이었다. 조지아대학교 법대를 졸업한 케이틀린은 하버드와 예일을 비롯한 최고의 명문대 로스쿨에서 입학허가를 받았다. 뜻밖에도 케이틀린은 수많은 명문대를 마다하고 텍사스의 오스틴대학교 로스쿨에 입학했다. 외삼촌 데이비드의 권유 때문이었다.

데이비드의 조언에 따라 케이틀린은 모범적인 기독교인으로 다시 태어났다. 데이비드는 친구인 레이튼 린지에게 케이틀린을 소개했다. 레이튼 린지는 비만이 심한 남자로 카리스마 넘치는 기독교도이자 보수파 공화당 정치인들 사이에서 주목받는 인물이었다. 그들은 이미 기독교 교리와 공급중시경제에 기반을 둔 나라 건설을 열망하고 있었다. 레이튼 린지의 로펌에 인턴사원으로 들어간 케이틀린은 금세 그의 오른팔이 되었다. 케이틀린에게는 아버지 역할을 대신해줄 남자가 필요했다. 여섯 명의 자식들을 모두 성인으로 키운 레이튼 린지가 케이틀린이 바라던 아버지 역할에 딱 들어맞았다. 일흔 살을 눈앞에 둔 레이튼 린지는 케이틀린이 똑똑하지만 길 잃은 어린 양이라는 걸 알아보았다. 레이튼 린지는 우선 케이틀린이 기독교에 대해 확고한 믿음을 갖도록 이끌어주었다. 훗날 공화국연맹의 거물이 될 사람들도 그때 소개해주었다. 케이틀린은 레이튼 린지가 이끄는 대로 충실하게 따랐다. 이듬해 여름, 케이틀린은 외삼촌이 다니는 교회에서 세례를 받았다. 케이틀린은 오스틴대학교 로스쿨을 다니는 동안 레이튼 린지 로펌에서 계속 일했고, 영리하고 세심한 일 처리로 직원들에게 널리 인정받았다.

일 년 뒤인 2034년, 지금의 연방공화국에 합류한 주들이 미합중국을 탈퇴하기 시작했다. 남부와 중부에 위치한 주들은 미합중국 분리가 이렇게 갑자기 시작될 줄 몰랐고, 새로운 연방 정부를 세우는 계획을 서둘러 수립했다. 12사도가 권력을 공고히 다지려면 무엇보다 안정적인 치안이 가장 우선적으로 필요했다. 경찰국이 가장 먼저 세워진 이유였다. 2036년에 케이틀린은 로스쿨을 마치자마자 곧바로 경찰국에 들어갔다. 2036년은 케이틀린의 양아버지나 다름없던 레이튼 린지가 심장마비로 세상을 떠난 해이기도 하다. 케이틀린은 또다시 의지할 사람이 아무도 없는 처지가 되었지만 경찰국에서 열심히 일에 몰두했고, 빠르게 진급했다. 내가 몹시 놀란 이유는 나와 케이틀린의 인생 궤적이 몹시 닮았다는 사실 때문이었다. 내 이복 자매는 비밀정보기관 요원으로 일하며 나와 비슷한 길을 걸어왔다. 케이틀린에게도 브레이머 부장 같은 상관이 있었다. 클레이튼 브렛이었다. 케이틀린은 공화국연맹의 모든 적에게 중세 시대의 가혹한 형벌을 가하는 데에 앞장섰고, 우리 요원들을 체포해 심한 고문을 가했다.

케이틀린에 대해 알면 알수록 나는 반드시 제거해야 한다는 결심이 굳어졌다. 한편으로는 또 다른 생각이 머릿속에서 사라지지 않았다. 케이틀린은 바로 나라는 생각이었다. 케이틀린이 나보다 좀 더 가혹하고 잔인했다고 말할 수는 있지만 나 역시 최소한 공화국연맹 요원 열두 명을 교화 캠프에 보냈다. 나도 심리를 교묘하게 이용하는 심문으로 공화국연맹의 중요 정보를 빼냈다. 아버지에게 내 일에 대해 절대로 말하지 않았지만 아버지는 내가 무슨 일을 하는지 대략 알고 있었고, 내가 하는 일을 좋아하지 않았다. 하지만 언제나 변함없이 나를 사랑해주었다. 생의 마지막에 아버지는 내가 옆에 있어 주길 바랐다. 나는 기꺼이 아버지 옆에 있었다. 나 역시 아버지를 사랑했으니까.

케이틀린은 나와 달리 아버지에게 원한이 많았다. 아버지에게 잔인하게 버림받았다는 생각에서 헤어나지 못했다. 케이틀린은 원한에 사무쳐 나를 죽이려고 하지만 그런다고 달라질 건 없었다.

나를 죽인다고 원한이 풀릴까? 나를 죽인다고 길 잃은 아이로 살아온 분노가 가라앉을까?

케이틀린은 짧은 결혼 생활도 경험했다. 남편은 로스쿨에 함께 다닌 채즈 맥켄드릭이라는 남자였다. 채즈는 훗날 공화국연맹의 검사가 되었다. 독실한 기독교 신자인 채즈는 스스로 동성애 성향을 없애겠다면서 전환 치료를 받았다. 채즈와 케이틀린은 로스쿨 마지막 학기에 데이트를 시작했다. 공화국연맹에서 혼전 성관계는 금기였고, 케이틀린은 졸업하자마자 공화국연맹의 새로운 수도 애틀랜타로 갔으므로, 두 사람은 장거리 연애를 하며 플라토닉 러브를 했다. 하지만 진한 애무를 나누었다는 기록이 나오는 걸 보면 플라토닉 러브는 기만이었다.

채즈도 애틀랜타로 발령 났고, 두 사람은 결혼했다. 로스쿨을 함께 다닌 만큼 지적인 면에서는 잘 어울리는 부부였다. 그들 부부는 정치적으로 기독교 근본주의 신권정치를 옹호하고 공화국연맹에 충성을 다했다. 하지만 성생활에 문제가 있었다. 채즈는 삽입에 공포를 느껴 상담을 받았다. 결혼한 이후 3년 동안 함께 살았지만 섹스는 고작 두 번으로 끝이었다. 그 두 번 모두 3분을 넘기지 못하고 끝났다. 케이틀린의 상사인 클레이튼 브렛마저도 결혼 생활 보고서를 읽고 나서 당장 이혼하라고 말했을 정도다.

케이틀린은 경찰국 고위직이어서 혜택을 받았다. 공화국연맹은 기독교인끼리 만날 수 있는 건전 데이트 사이트들만 남기고,

섹스를 목적으로 만나는 온라인 데이트 사이트들은 모두 **폐쇄했**
다. 공화국연맹 엘리트들, 특히 살인 임무를 수행하는 엘리트 요
원들에게는 비밀스러운 보상이 따른다. 이른바 엘리트 요원들에
게 '특별 선물'로 섹스를 제공하는 것이다. 특별 선물로 제공되는
남녀는 교도소나 수용소에 가는 대신 몸을 내놓은 사람들이다.

케이틀린은 짧고 진한 섹스, 콘돔 없는 섹스를 좋아했고, 특
별 선물 파트너에게 성병 검사를 요구했다. 최근 3년 동안 만난
파트너는 애리조나대학교 쿼터백 출신인데 NFL에는 진출하지
못한 미식축구 선수였다. 이름은 테드 딜런저다. 케이틀린은 일
년 전 테드와 관계를 끊었다. 지금 케이틀린이 어디에 있는지 연
방공화국 정보국에서는 아무도 모른다. 케이틀린은 지금 레이
더에서 사라졌지만 그리 오래 잠수를 타지는 못할 것이다. 내가
잡기로 결심했으니까.

언젠가 아버지가 들려준 말이 떠올랐다.

"내가 누군지 알기 전에는 타인에 대해 제대로 알 수 없어. 인
간이 가장 맞히기 어려운 퍼즐은 자기 자신이야. 누구나 제대로
풀 수 없는 퍼즐이니까. 인생이라는 게임에서 인간은 누구나 낯
선 존재야."

모니터에 뜬 사진을 다시 한번 보았다. "케이틀린의 얼굴과 내
얼굴을 비교해 보여줘." 나는 나직이 말했다. "이제 종료해."

모니터가 깜깜해졌다. 케이틀린과 내 얼굴이 사라졌다.

제9장

새비지 요원과 라프렐 요원이 정해진 시간에 맞춰 내 사무실로 들어와 책상 앞 의자에 앉았다. 새비지 요원은 라프렐 요원을 회계사처럼 빈틈이 없는 사람으로 여긴다. 라프렐 요원은 새비지 요원을 다혈질이라 실수를 많이 하는 사람으로 여긴다. 새비지 요원은 우리 팀에서 넘버3인 게 못마땅하고, 라프렐 요원은 내가 새비지 요원을 더 편하게 대한다고 질투했다. 서로에 대해 반감을 품고 있지만 두 요원 모두 작전에 충실했다.

나는 두 요원에게 우리가 중립지대에 들어가 어떤 작전을 펼칠지 계획을 말해보라고 했다. 라프렐 요원은 소프트웨어 회사 임원으로 위장하고, 새비지 요원은 투자금융 그룹의 보안 전문가로 위장하는 게 좋겠다고 말했다.

라프렐 요원이 말했다. "정보원을 통해 알아봤는데, 공화국연맹 경찰국 데이터베이스에 우리 이름은 들어 있지 않답니다. 우리가 정보국 요원이라는 사실이 알려지지 않았다는 뜻입니다."

새비지 요원이 나를 보며 말했다. "당연하지만 팀장님은 경찰국 데이터베이스에 들어가 있답니다."

"중립지대에 들어가면 자네들은 정체를 바꾼 나를 만나야 해. 주거지는 어디로 정했어?"

새비지 요원이 말했다. "라프렐 요원은 컴퓨터광으로 가장할 테니까 강 동쪽에 있는 대학교 근처에 아파트를 구하고, 저는 금융계 책임자로 위장할 테니까 국경까지 걸어서 갈 수 있는 거리에 위치한 넓은 아파트에서 지낼 겁니다."

라프렐 요원이 말했다. "새비지 요원, 당신은 몸을 쓰는 보안 전문가지 MBA 출신이 아니야."

새비지 요원이 말했다. "또 사람을 신분으로 나누네. 돈 많은 재벌이라서 그런 건가?"

"재벌이라니, 내가?"

"자네를 입양한 삼촌이 재벌이었잖아. 게다가 이제 자네가 삼촌의 유산을 물려받았으니 재벌일 수밖에."

"유치한 말다툼은 이제 그만해." 나는 진지하고 단호하게 말했다. "공화국연맹 요원들이 우리가 중립지대로 들어간다는 사실을 알아차릴……."

라프렐 요원이 내 말을 끊었다. "보안과에 확인해봤는데 현재 우리의 정체는 잘 숨겨져 있습니다."

나는 정적이 흐르는 가운데 차가운 표정으로 모니터만 쏘아보고 있었다.

라프렐 요원이 마침내 말했다.

"제가 팀장님 말씀을 가로챘습니다."

"그랬지." 나는 그렇게만 말했다.

라프렐 요원이 이를 악물었다. 라프렐 요원도 나처럼 완벽주의자라서 잘못을 지적받을 경우 견디지 못했다.

"다시는 실수하지 않겠습니다."

새비지 요원이 웃음을 참고 있었다. 질책이 필요한 태도였다.

내가 말했다. "새비지 요원, 웃긴 일이라도 있나?"

새비지 요원이 말했다. "라프렐 요원이 갑자기 깍듯이 존댓말을 쓰는 게 웃겼습니다. 제가 웃어서 혹시 기분이 상하셨습니까?"

이제 내가 웃음을 참아야 할 차례였다. 새비지 요원은 어디로 튈지 모르지만 배짱 하나만큼은 두둑하다는 걸 인정하지 않을 수 없었다. 새비지 요원은 정보국에 있는 모든 사람에게 '그래, 나는 당신들처럼 똑똑하지 않아. 그래도 공화국연맹과 싸울 때는 언제나 내가 맡은 역할을 차질 없이 잘 해내잖아' 하는 태도로 대한다. 새비지 요원은 일을 즐긴다. 정보국 요원에게 필요한 무덤덤한 면모도 갖추고 있다. 새비지 요원의 신상 파일을 보면 일주일에 여섯 번 투나잇 온리를 이용한다. 새비지 요원을 상대한 여성들의 증언에 따르면 잠자리에서는 거칠고 독선적일 때도 있지만 늘 상대를 존중하고 친절하게 대한다고 한다. 새비지 요원이 겉으로는 아주 자신만만해 보이지만 외로운 사람 같다고 말한 증언도 있었다. 나는 새비지 요원의 그런 면이 나와

일맥이 상통하는 점이라고 생각한다. 나는 라프렐 요원처럼 정보국에서 진급에 제한을 받더라도 한 사람에게 충실하기로 결심한 사람에게 때때로 질투를 느낀다. 이번 작전으로 중립지대에 가면 적어도 4개월은 머물러야 한다. 이럴 때 라프렐 요원은 아내에게 어떻게 설명하고 이해를 구할지 궁금했다.

내가 물었다. "중립지대에 있는 정보원들은 믿을 만한가?"

라프렐 요원이 대답했다. "믿을 만합니다. 공화국연맹 국영 라디오에 있는 두 명의 정보원들입니다. 요한계시록에 정통하고, 3년 넘게 라디오 방송을 진행하고 있습니다. 책도 몇 권 썼고요."

새비지 요원이 물었다. "두 사람이 한 팀인가?"

라프렐 요원이 말했다. "두 사람은 부부야. 젭 칼슨과 데비 칼슨. 신앙심이 돈독한 크리스천으로 인정받은 부부라고 할 수 있지. 2028년에 밥존스대학교에서 만나 결혼한 사이야."

새비지 요원이 말했다. "아, 그 빌어먹을 곳이라면 나도 알아. 거긴 아직도 섹스가 금지라며? 빌어먹을! 프렌치키스만 해도 감옥에 갇힌다니 말 다 했지."

내가 말했다. "말 돌리지 말고, 다시 칼슨 부부 얘기를 더 해봐."

라프렐 요원이 말했다. "공화국연맹에서는 전혀 의심하지 않는 인물들입니다. 12사도의 칙령이라면 무조건 공개적으로 지지하고, 우리 요원을 공개적으로 화형시키는 게 왜 정당하고 꼭 필요한 일인지 라디오에서 성경에 입각해 해설을 하고 있습니다.

요한계시록에 나오는 네 가지 생물에 대해 궁금하면 칼슨 부부에게 물어보면 됩니다. 그 분야 전문가니까."

새비지 요원이 물었다. "네 가지 생물 중에는 말을 하는 생물도 있다면서요? 그 생물이 말하길 최후의 전쟁 이후 예수님이 세상을 다시 다스릴 거라고 했다던데 틀림없는 사실인가요?"

라프렐 요원이 말했다. "입 닥치지 못해."

새비지 요원이 말했다. "자네는 내 동료지만 유머 감각이 너무 형편없어."

라프렐 요원이 말했다. "자네는 내 동료지만 50년 전 유머를 아직도 써먹고 있어. 너무 진부하잖아."

새비지 요원이 말했다. "그 말은 칭찬으로 받아들일게. 나는 주립대학교 출신이라서 그래. 그 잘난 아이비리그를 나온 내 동료와는 격이 다르지."

"이제 그만!" 나는 두 사람이 은근히 서로를 공격하는 농담이 재미있었지만 손을 들어 올려 더 이상의 충돌을 막았다. "기독교 신앙이 투철한 부부가 어쩌다가 우리 정보원이 되었지?"

라프렐 요원이 말했다. "칼슨 부부는 늘 우리 편이었습니다. 아무튼 공화국연맹 권력층에서는 칼슨 부부를 확실하게 믿고 있습니다. 그러니까 고위층만 알 수 있는 정보에 쉽게 접근할 수 있겠죠. 에임스 스위트, 기억하시죠? 공화국연맹 경찰국 넘버3였던 인물 말입니다."

새비지 요원이 끼어들었다. "털사 근처 트레일러 파크에 열네 살짜리 정부를 숨겨두고 있다가 발각된 놈 말이지?"

내가 말했다. "새비지 요원의 기억력만큼은 인정해줄 만하네."

새비지 요원이 말을 이었다. "기억하실지 모르지만 그놈은 미성년자 딸이 임신할 경우 그 부모를 징역형에 처해야 한다는 법을 지지할 만큼 멍청했습니다. 그 법에 따르면 미성년자 여성이 출산하게 되면 아이를 나라에서 돌봐주고, 산모는 열여덟 살이 될 때까지 교도소에 가두어야 합니다. 교도소에서 나온 이후에도 산모는 단순 노동직으로만 취업할 수 있습니다. 산모가 불이익의 굴레에서 벗어날 수 있는 방법은 딱 한 가지밖에 없습니다. '신자' 계급 남자와 결혼하는 겁니다."

공화국연맹에는 계급이 존재하는데 신자는 평균보다 약간 상위 계급에 속했다.

라프렐 요원이 말했다. "역시 대단해. 숙제를 아주 잘했어."

새비지 요원이 말했다. "칭찬으로 받아들일게. 뭐든 다 경쟁으로 받아들이는 사람에게서 들은 말이니까."

내가 말했다. "자, 이제부터 본론으로 들어갈까?"

라프렐 요원이 말했다. "칼슨 부부는 에임스 스위트에 대한 정보를 우리 요원에게 다 얘기했어요. 연방공화국 언론에도 미성년자를 약취한 에임스 스위트의 악행이 자세히 보도되었죠. 그런데 그 이야기가 우리 쪽으로 넘어오기 직전에 정보국 요원이 그놈에게 접근해 공화국연맹 경찰국에 대해 알고 있는 정보를 다 털어놓으면 안전을 보장해주겠다고 약속했다고 합니다. 만약 우리가 나서지 않으면 공화국연맹에서 고문받고 죽임을 당할 테니까요. 저쪽에서는 아무리 직책이 높은 고위 간부라도 교리를 어길 경우 반드시 처벌받습니다."

새비지 요원이 말했다. "에임스 스위트 얘기라면 우리도 잘 알고 있어. 우리가 잡은 공화국연맹 고위직 인사 가운데 가장 막강한 거물이지. 지금 내가 정말 궁금한 건 칼슨 부부 덕분에 에임스 스위트를 잡게 되었다는 뜻이야?"

라프렐 요원이 말했다. "그렇다니까."

갑자기 기분이 나빴다. 우리 정보국에서 에임스 스위트를 잡은 건 정보국 설립 10년 역사를 통틀어 주목할 만한 업적이었다. 나는 여태껏 그 작전에서 결정적인 역할을 한 사람이 누군지 모르고 있었다.

나도 모르는 칼슨 부부를 라프렐 요원이 알고 있다고? 라프렐 요원은 나보다 직급이 훨씬 아래인데 어떻게 나도 모르는 일들을 이리 잘 알게 되었을까?

브레이머 부장의 농간이 분명해. 브레이머 부장은 나에게 이복동생이 있다는 사실을 알고도 오랫동안 꼭꼭 숨겨왔을 만큼 냉철한 사람이니까.

나는 포커페이스를 유지하며 물었다. "칼슨 부부는 우리 타깃과 서로 아는 사이인가?"

라프렐 요원이 말했다. "물론 서로 잘 알고 지냅니다. 단순히
아는 정도가 아니라 칼슨 부부와 케이틀린은 가끔 만나서 식사
도 하고, 기도도 하는 사이입니다."

"칼슨 부부가 우리 정보원이라는 사실이 발각될 위험은 없을
거라고 확신하나? 우리가 작전을 완수하기 전에 정보원 신분이
발각되면 곤란하잖아."

"칼슨 부부는 최대한 빨리 공화국연맹에서 탈출하고 싶다고
우리에게 요청해둔 상태입니다. 그들 부부가 사라지면 공화국
연맹에서 더욱 철저히 보안에 신경 쓸 테고, 그렇게 되면 우리
작전에 지장이 생기게 됩니다. 그러니까 당분간 거기에 그대로
놔두어야죠."

새비지 요원이 물었다. "그들 부부가 위험한 상황인가?"

라프렐 요원이 말했다. "에임스 스위트가 우리 쪽으로 넘어
온 건 벌써 2년 전이야. 우리가 수집한 정보로 판단해보자면
에임스 스위트 사건 때문에 칼슨 부부가 의심받지는 않을 것 같
아. 그 이후로는 공화국연맹에 충성을 다하는 연기를 잘 해왔
으니까."

내가 물었다. "그들 부부라면 케이틀린의 행방을 알고 있지
않을까?"

라프렐 요원이 말했다. "글쎄요, 케이틀린이 땅으로 꺼지지

않았다면 중립지대의 공화국연맹 영토에 있을 거라는 생각이 드네요."

새비지 요원이 말했다. "우리 영토에 들어왔을 수도 있지 않을까?"

라프렐 요원이 말했다. "그럴 가능성은 희박하다고 봐. 막심이 납치된 이후 국경을 넘어 왕래할 수 있는 통로가 전부 봉쇄되었으니까."

내가 물었다. "케이틀린을 보았다는 목격자가 전혀 없어? 애틀랜타에도?"

라프렐 요원이 말했다. "케이틀린은 현재 흔적도 없이 자취를 감추었습니다."

새비지 요원이 말했다. "팀장님께서 허락해주신다면 제가 중립지대에 도착하자마자 공화국연맹으로 들어가는 일일 비자를 신청하겠습니다. 공화국연맹의 금융 보안 기술을 견학하기 위해 방문한다고 둘러대면 됩니다."

내가 말했다. "아직은 너무 이르고 발각될 위험이 커. 일단 중립지대에서 활동하는 정보원들로부터 최신 정보를 수집하고 나서 결정해도 늦지 않아."

"네, 알겠습니다."

"라프렐 요원은 칼슨 부부를 압박해 케이틀린이 지금 어디에 있는지 단서를 찾아봐. 12사도들 가운데 누군가 케이틀린이 어디에 있는지 아는 놈이 있을지도 몰라."

새비지 요원이 물었다. "칼슨 부부에게 공화국연맹에서 **빼내**
주겠다는 당근책을 쓰면 어떨까?"

라프렐 요원이 말했다. "그 정도야 늘 해오던 방식이라 효과
가 크지 않을 거야. 칼슨 부부는 우리 쪽 스파이를 해주는 대신
우리 정보국에서 매년 50만 달러를 받고 있어."

내가 말했다. "그들 부부 입장에서는 목숨값이니까 결코 큰
액수는 아니라고 생각할 거야. 만약 발각되면 목숨을 잃을지도
모르니까. 에임스 스위트를 우리에게 넘기는 수훈도 세웠어. 아
주 위험한 일을 하는 대가로 그 정도 액수를 받고 있으니까 비난
해서는 안 돼. 어쨌든 공화국연맹에서 탈출시켜주겠다는 미끼
를 사용하는 건 아직 유용해. 우린 지금 케이틀린의 행방을 어
떻게든 알아내야 하니까."

나는 한숨을 푹 쉬었다.

라프렐 요원이 물었다. "괜찮으십니까?"

작전을 시작해야 하는데 아직 타깃이 어디에 있는지 행방을
모르고 있었다. 나는 어서 타깃을 제거하고 이 모든 일을 잊고
싶을 뿐이었다. 그제야 나는 케이틀린이 벌써 내 머릿속을 뒤죽
박죽으로 헝클어놓았다는 사실을 깨달았다.

나는 라프렐 요원에게 말했다. "별일 아니야. 그냥 머리가 복
잡해서 그래."

라프렐 요원이 말했다. "팀장님은 언제 변장 시술을 받을 겁니까?"

"내일."

라프렐 요원이 물었다. "중립지대에서는 어떤 일을 해야 하기에 변장 시술까지 받아야 합니까?"

"영화평론가로 변신할 거야."

새비지 요원이 말했다. "부럽네요. 영화를 보면서 이복동생을 찾아다니시고."

내가 말했다. "퍽이나 부럽겠다."

제10장

새비지 요원은 다른 사람의 불안한 심리를 금세 알아챈다. 그는 내가 이튿날 받아야 하는 변장 시술 때문에 마음이 편치 않다는 걸 알아챈 눈치였다. 정보국 병원은 조지 워싱턴 브리지 근처에 있다. 경호 차량이 7시에 나를 픽업하러 왔다. 미행에 대비해 우선 정보국 본부에 들러야 한다. 7시 45분에 정보국 본부에 도착하자마자 지하 주차장으로 내려갔다. 우리는 지하 주차장에서 다른 차량으로 갈아타고 나서야 정보국 병원으로 출발했다.

10시에 정보국 병원에 도착해 세 가지 시술을 받았다. 전신마취를 한 상태로 시술받아 아무것도 기억나지 않는다. 첫 번째는 눈동자 색을 바꾸려고 홍채에 미세하지만 변화를 주는 시술을 받았다. 두 번째는 열 손가락의 지문을 다 바꾸는 시술을 받았다. 세 번째는 코를 주먹코로 만드는 시술을 받았다. 시술을 담당한 성형외과 의사는 작전이 끝나면 원래의 모습으로 완벽하게 되돌려놓을 수 있다고 큰소리치면서 나를 안심시켰다. 그 의사는 안면재건술이 획기적으로 발전해 그 정도 시술은 정말이지 일도 아니라고 장담했다. 내 눈동자 색도 원래대로 되돌려놓

을 수 있다고 했다. 홍채와 지문은 되돌리기 어렵지만 불가능하
지는 않다고 했다. 어쨌든 나는 내 원래의 홍채에 그다지 애착이
없었기에 눈동자 색도 그냥 그대로 두겠다고 의사에게 말했다.

이번 임무에서 변장을 통해 내 정체를 바꾸는 건 무엇보다 중
요했다. 케이틀린이 경찰국 요원인 만큼 우리 정보국 파일을 해
킹했을 가능성이 있다. 혹은 정보국 내부에서 암약하는 스파이가
내 개인 데이터에 접근했을 수도 있다. 그런 까닭에 내 외모를 변
장해야 할 필요가 있었다. 바뀐 홍채와 지문을 정보국 '시스템'에
다시 등록했다. 시스템이란 지난 세기의 CCTV 같다고 보면 이
해하기 쉽다. 연방공화국 거리 구석구석마다 시스템이 설치돼 있
다. 공공건물이나 공동주택의 출입구 등 없는 곳이 없었다. 음악
연주회나 영화를 감상하러 갈 때, 재즈 음악을 들으러 갈 때, 박
물관에 갈 때도 시스템을 통과해야 한다. 연방공화국을 방문하
려면 임시로 사용할 수 있는 채드윅 칩을 받아 시스템에 등록해
야 한다. 시스템에 등록되지 않은 사람은 여행이 불가능하고, 쇼
핑도 할 수 없고, 대중교통을 이용할 수도 없다.

나는 앞으로 새로운 이름과 신분으로 중립지대에서 활동하게
된다. 에드나 머스그레이브가 내가 중립지대에서 사용해야 할
이름이다. 에드나의 인생 서사와 새 얼굴, 홍채, 지문은 모두 시
스템에 등록된다.

나는 안면 변장 시술을 마친 뒤 집에서 이틀 동안 에드나 머스

그레이브의 인생 서사를 열심히 숙지했다. 캐머런 요원이 화상 통화로 내가 얼마나 많이 숙지하고 있는지 테스트했다. 두 차례의 시험에서 캐머런 요원은 '새로운 나'인 에드나 머스그레이브에 대해 끝없이 질문했다. 과거 애인에 관한 질문을 받았을 때 조금 삐끗한 걸 빼면 두 번 다 시험을 잘 통과했다.

그다음으로 캐머런 요원은 나에게 에드나의 말투를 가르쳤다. 중서부 와스프와 뉴욕의 속사포 같은 말투가 합쳐져 익히기 어려웠다. 캐머런 요원은 내가 완벽하게 에드나 머스그레이브가 되었다는 확신이 들 때까지 계속 나를 닦달했다. 시술이 끝나고 나서 60시간이 지난 뒤 나는 다시 정보국 병원에서 코에 감은 붕대를 풀었다. 성형외과 의사는 자기 솜씨가 마음에 드는지 만족을 표했다. 스타일리스트가 병원에 왔다. 그가 내 스타일을 바꾸기 시작했다. 어깨까지 내려온 연갈색 머리카락을 짧게 자르고, 새까만 색으로 염색했다. 얼굴에는 하얀색 파운데이션을 바르고, 입술에는 진홍색 립스틱을 발랐다. 스타일리스트가 말하길 에드나는 성격상 손톱을 씹는 버릇이 있다면서 나에게 중립지대에서 지내는 동안 검은색 매니큐어를 바르고 손톱을 계속 씹어야 한다고 했다.

스타일리스트가 말했다. "아예 습관이 되도록 지금부터 손톱을 씹으세요. 손톱 끝이 말끔하면 에드나가 아닙니다."

나는 잘 손질해놓은 손톱을 망가뜨리기 싫었지만 무엇보다 임무가 우선이었다. 나는 검지와 중지를 씹기 시작했다. 스타일리스트는 망가진 내 손톱을 보고 만족감을 표했다. 그러면서 새끼 손가락은 더욱 심하게 물어뜯어야 한다는 말을 덧붙였다.

"손톱을 심하게 물어뜯는 사람은 새끼손톱이 없어요. 에드나 는 피가 날 때까지 손톱을 물어뜯는 사람이죠."

나는 새끼손톱을 세게 물어뜯었다. 위쪽 반이 날아가며 피가 흐르고 무진장 아팠다.

내가 물었다. "양손 다 손톱을 물어뜯어야 해요?"

스타일리스트는 내게 티슈를 건네며 말했다. "양손 다 그럴 필 요는 없어요. 다만 에드나로 변장해 있는 동안에는 계속 손톱을 물어뜯어야 해요."

피가 멎자 스타일리스트는 내 손톱에 검정 매니큐어를 발라주 었다. 그런 다음 커다란 검은색 가방을 가져오더니 에드나가 입 을 만한 옷가지가 안에 들어 있다고 했다. 나머지 옷들은 내가 묵을 중립지대 아파트에 있다면서 가방 맨 위에 놓아둔 옷을 입 어보라고 했다.

나는 욕실로 가서 입고 있던 옷을 벗었다. 검은색 진과 남성복 셔츠, 아르데코 스타일 귀고리, 검은색 하이탑 컨버스 운동화를 착용했다. 내가 욕실에서 옷을 갈아입고 나오자 캐머런 요원이 병실에 있는 스크린으로 나를 보고 있었다.

캐머런 요원이 과장되지 않게 말했다. "코 수술도 잘되었고, 헤어스타일도 좋아요. 손톱을 물어뜯은 걸 보니 신경과민 여자가 확실하네요. 옷 스타일도 완벽해요. 이제 스텐글 요원을 위해 맞춘 안경을 볼까요?"

나는 스타일리스트의 이름을 물어볼까 하다가 그만두었다. 스타일리스트는 나에게 이름을 말해주지 않았고, 캐머런 요원도 건너뛰었다. 정보국의 보안 정책상 내가 스타일리스트의 정체를 몰라야 한다면 받아들여야 한다. 왜 몰라야 하는지 그 이유는 따질 필요가 없다. 정보국 규정은 무조건 따라야 한다.

스타일리스트가 암갈색 뿔테 안경을 나에게 건네주었다. 나는 안경을 쓰고 거울에 비친 내 모습을 확인한 뒤 캐머런 요원이 보고 있는 스크린을 향해 돌아섰다.

캐머런 요원이 내 모습을 보며 말했다. "완벽합니다. 책벌레 고스족 느낌이 제대로 나네요. 스텐글 요원은 만족합니까?"

나는 돌아서서 거울을 보았다. 이제 나는 샘 스텐글이 아니라 에드나 머스그레이브였다. 정보국 안에서도 나를 알아보는 사람이 없을 정도였다. 나는 병원에서 밤을 보내고, 내일 아침에 택시를 타고 JFK 공항으로 가서 중립지대행 항공기를 타야 한다. 당분간 에드나 머스그레이브가 되어야 하니까.

나는 에드나의 특징 가운데 하나인 빠른 말투로 말했다. "잘됐네요."

"에드나 말투네요. 이제 마지막 성형 시술을 받을 준비는 됐나요?"

"네."

"성형외과 의사가 기다리고 있을 겁니다." 스타일리스트가 나에게 목례를 하고 밖으로 나가려는 순간 나는 말했다. "고맙습니다. 아주 잘하셨어요."

스타일리스트가 나가고 나서 곧장 흰 가운을 입은 의사가 들어왔다. 검은색 가방을 들고 온 의사는 나에게 진찰 의자에 앉으라고 했다. 의사가 의자를 조절해 내 몸을 뒤로 기울인 자세로 만들었다. 그가 휴대용 MRI 기기로 내 왼쪽 관자놀이에 있는 칩 위치를 찾아낸 다음 반대편 오른쪽 관자놀이 지점에 마취용 반창고를 붙였다. 15초 안에 나는 마취 상태가 되었다. 의사는 나에게 움직이지 말고 가만히 있으라고 말했다. 오른쪽 관자놀이에 칩이 들어가는 게 느껴졌다. 이제 내 몸에는 칩이 두 개 삽입되었다.

캐머런 요원이 설명했다. "왼쪽 칩을 한 번 건드리면 통신이 끊어져요. 그다음에는 오른쪽 칩을 활성화한 상태로 뭐든지 하면 됩니다. 오른쪽 칩을 사용해 정보국에 연락하는 실수를 저지를 경우……."

내가 짜증 섞인 목소리로 말했다. "그런 실수는 하지 않습니다."

"당연히 그래야 하지만 무의식중에 예기치 않은 실수를 저지를 수도 있습니다. 오른쪽 칩으로 정보국에 연락하면 정보국에서는 응답하지 않습니다. SOS를 보낼 때는 왼쪽 칩을 써야 합니다. 질문 있습니까?"

나는 고개를 가로저었다.

"부디 임무를 완수하고 무사히 돌아오길 바랍니다."

"저도 그러길 바랍니다."

그 말은 진실이 아니었다. 진실을 말하자면 '내일 항공기에 탑승한 이후 내 운명이 어떻게 될지 전혀 모르겠습니다. 과연 살아서 돌아올 수 있을지 의문입니다'였다.

제11장

하늘에서 중립지대를 내려다보았다. 호수와 숲으로 둘러싸인 거대한 도시가 눈에 들어왔다. 연방공화국이 출범하기 전까지만 해도 이 도시의 중심부는 1970년대에 유행하던 유리와 콘크리트 빌딩들로 이루어져 있었다. 채드윅은 '도시를 다시 환경친화적이고 인간적인 공간으로 만들자'는 정책의 일환으로 획일적인 형태의 건축을 금지하고 대형 체인점이 아닌 소상공인을 보호했다. 토지 사용 제한법을 도입해 오래되고 흉물스러운 건축물을 철거하고, 이 지역 자연환경과 풍광에 잘 어울리는 건물을 짓도록 유도했다. 그 결과 연방공화국 쪽 중립지대에서는 1970년대부터 유행한 유리와 콘크리트 건축물은 모두 사라지고 20세기 초의 미니애폴리스로 복원되었다.

"우리 비행기는 잠시 후 피츠제럴드 공항에 착륙합니다. 좌석 벨트를 매주시고, 보안검색을 위해 칩을 켜주시기 바랍니다."

정보국 요원인 나는 여태껏 보안검색대를 그냥 통과했다. 하지만 현재 내 신분은 정보국 요원이 아니라 연방공화국 국영 라디오 방송국에서 영화 평론을 하며 중립지대 라디오 지국에 일

년 동안 파견 근무를 나온 에드나 머스그레이브였다. 에드나는 국영 라디오 방송국 문화부 기자로 최근 주목받는 특종기사를 썼다. 국영 라디오 방송국에서는 에드나의 성과를 높이 평가해 일 년 동안 중립지대 지국 영화 담당자로 발령을 냈다.

나는 항공기를 타기 전에 이미 15분짜리 방송을 네 편이나 녹음해두었고, 그중 한 편은 이미 방송되었다. 안소니 만 감독의 서부극 〈운명의 박차〉에서 보이는 프로이트주의를 깊이 있게 다루었다.

내가 방송을 녹음할 때 캐머런 요원이 스튜디오에 함께 있었다.

캐머런 요원이 말했다. "아주 똑똑하면서도 위트 있어요. 마치 자기 자신이 이 세상에서 가장 똑똑하고 독창적인 영화평론가라는 자의식을 엿볼 수 있어서 좋더군요."

그 정도면 대단히 큰 칭찬이었다.

캐머런 요원이 계속 말했다. "에드나라는 캐릭터와 궁합이 잘 맞아 보여요. 공화국연맹 사람들이 영화평론가에게는 딱히 주목하지 않을 테니까요."

국영 라디오 방송국 중립지대 지국에서는 영화평론가 에드나 머스그레이브가 영화 프로그램을 맡는다고 이미 발표했고, 세인트폴에 내 아파트를 준비해주었다.

나는 항공기가 착륙할 때 속삭였다.

"에드나 머스그레이브. 주민번호 R28909EM. PS8구 3섹션."

승객들이 각자 자기 주민번호를 말하면 칩을 통해 시스템에 전달된다. 머릿속에서 목소리가 들려왔다.

"에드나 머스그레이브, 확인됐습니다."

수하물을 찾아 공항을 나왔다. 중립지대에서는 연방공화국의 대도시들과 마찬가지로 기사 없는 택시를 운용했다. 나는 택시 정류소에 들어서기 전 홍채 인식기 앞에 섰고, 녹색등이 켜져 무사히 통과했다. 빈 택시가 내 앞에서 멈춰 섰고, 자동으로 트렁크와 차 문이 열렸다. 가방을 트렁크에 싣고, 택시에 올랐다. 안전벨트가 자동으로 채워졌고, 주소를 말하자 스크린에 경로와 요금이 표시되었다. 중간에 들를 곳이 있는지 물어 없다고 했다. 트렁크와 차 문이 닫혔다. 안전 센서가 차 문을 다시 확인했고, 목적지에 도착할 때까지 택시에서 나갈 수 없게 한 번 더 잠그는 소리가 들려왔다. 택시는 세인트폴 포틀랜드 애비뉴 656번지를 향해 달리기 시작했다.

미니애폴리스 세인트폴 공항은 공화국연맹에 포함되었기 때문에 연방공화국에서는 세인트폴 동쪽 끝에 새 공항을 건립했다. 나는 세인트폴에 대해 꼼꼼히 읽어두었다. 19세기 상인들과 중산층은 서밋 애비뉴를 따라 화려한 집을 지었다. 미국 빅토리아 건축을 이야기할 때 빼놓을 수 없는 곳이다. 세인트폴 사람들은 대부분 스칸디나비아 칼뱅주의자들 후손이어서 아무리 부유한 엘리트라도 허세를 부리는 경우는 없었다. F. 스콧 피츠제럴드는 이 화려한 주택가의 인근에서 자랐다. 그는 학업을 위해 동부로 떠났다가 아버지의 사업 실패로 다시 돌아왔다. 그들 가족은 화려한 주택들이 늘어서 있는 지역 바로 옆에 살았고, 어릴 때부터 부자들의 삶을 동경했다. 그는 지역에서 중요한 인물이 되고 싶었지만 핵심부에 들어갈 수 없었다. F. 스콧 피츠제럴드는《위대한 개츠비》의 화자 닉 캐러웨이처럼 항상 화려한 주택을 기웃거리는 아웃사이더였다. 닉 캐러웨이와 달리 그는 내부에 들어가길 바랐다.

내가 살 집은 서밋 애비뉴에 있지 않다. 국영 라디오 방송국의 직원이나 영화평론가는 서밋 애비뉴에 살지 않는다. 나는 이 화려한 대로 아래에 있는 동네에서 살게 되었다. 주소가 포틀랜드 애비뉴 656번지다. 캐머런 요원이 '에드나와 잘 어울리는 아파트'를 찾았다는 말을 듣고 나서 버추얼 4D 투어를 하며 미리 조사해두었다. 아파트 내부의 스칸디나비아풍 가구들은 회색과 아이보리색이었다. 캐머런 요원이 말하길 중립지대에서 신분을 숨기고 살아가야 하는 만큼 외부 감시와 감청을 무력화하는 장비를 준비해 설치하겠다고 했다. 물론 아파트 내부는 매일 24시간 내내 보안시스템으로 모니터 되고 있다. 캐머런 요원이 보안과 관련해 설명할 때 나는 아파트 구석구석을 내 머릿속에 떠올리며 생각했다. 인터넷이 인간의 모든 지각을 바꾸기 시작한 1990년대 이전, 인간의 삶에 사생활, 신비, 경이가 존재할 당시 아파트를 구하려면 버추얼 4D로 둘러보지 않고 직접 찾아가서 봐야 했다. 무인 택시가 포틀랜드 애비뉴 656번지에 도착했고, 1920년대 스타일의 노란색 목재 건물 앞에 섰다. 건물의 외관을 보자 안이 어떨지 머리에 그려졌다.

택시 트렁크에서 가방 세 개를 꺼내 길에 내려놓았다.

내 이복동생이 혹시 나를 여기까지 추적하지는 않았을까? 정보국에서 이복동생의 레이더를 피했을까?

아파트 문 앞에서 홍채 인식기에 눈을 대고, 문이 열리는 소리가 들리기를 기다렸다. 하나의 가정집을 네 가구가 사는 아파트로 개조한 집이었지만 각 세대의 명패는 없었다. 새로 다듬고 칠한 바닥, 예전 모습 그대로 복구한 계단, 윤기 도는 흰색 나무 프레임으로 장식한 회색 벽뿐이었다. 내 아파트는 일 층에 있었다. 건물을 폐쇄해야 할 비상사태가 발생했을 때 일 층이 가장 유리하기 때문이다.

문틀에 붙은 지문 인식기에 손가락을 댔다. 문이 열렸고, 문턱을 지나자 철컥 소리를 내며 닫혔다. 잠금장치가 걸리고, 총알뿐만 아니라 폭탄도 막을 수 있다는 셔터가 내려와 문 전체를 덮었다. 바깥 온도가 섭씨 40도를 오르내릴 만큼 무더운 날씨라 에어컨을 틀었다. 중립지대로 오기 전, 정보국 관리과 요원들이 브루클린에 있는 내 아파트에 와서 내 책들과 벽에 걸린 그림들을 확인했고, 내 취향과 에드나 머스그레이브의 취향을 반영해

집을 꾸며놓았다. 내가 살 집에 영화와 문화 관련 서적, 20세기 중반 소설들, 장 뤼크 고다르 감독의 〈경멸〉, 잉그마르 베르히만 감독의 〈페르소나〉, 존 포드 감독의 〈황야의 결투〉 포스터가 붙어 있었다.

정보국 관리과는 내가 커피 없이는 못 살며 진한 이탈리아 에스프레소를 특히 좋아한다는 사실도 내 신상 정보에서 확인하고, 조리대 위에 커피 캡슐 육십 개를 놓아두었다. 에드나 역시 커피를 대단히 좋아하는 인물로 만들어놓았다. 프로그레시브 록과 펑크 록이 다운로드되어있는 오디오 시스템도 있었다. 재즈를 좋아하는 나와 달리 에드나는 록을 좋아하는 인물로 설정되어 있었다. 처방받은 수면제 약통도 침대 옆에 준비되어 있었다. 약통의 라벨에 에드나의 이름이 적혀 있었다. 정보국 관리과 요원들은 내가 좋아하는 수건 브랜드까지 알아내 준비해두었다.

나는 우선 짐을 풀고 나서 욕실로 들어가 샤워했다. 투나잇 온리에 괜찮은 남자가 있는지 살펴볼까 하다가 그만두었다. 정보국 사람들은 내가 중립지대에 오자마자 남자를 찾기보다는 일에 곧장 몰두하길 바랄 듯했다. 아파트 안을 둘러보며 문제점이 없는지 점검했다. 하나같이 잘 작동하고, 모든 게 가지런히 정돈되어 있었다.

메모랜더가 보안 상태를 점검하기 시작했다. 왼쪽 칩이 꺼져 있는지도 확인했다. 메모랜더가 '50미터 반경 이내는 안전'하다고 알려주었다. 나는 에드나 머스그레이브의 새 상관인 마일스 로치에게 내일 10시에 예정된 화상회의를 잊지 않았는지 확인하는 메시지를 보냈다. 며칠 전, 간단한 인사와 함께 약속한 회의였다. 마일스 로치에게서 확인 메시지를 받은 뒤 냉장고로 가서 고단백 채식 라자냐를 꺼냈다. 캐머런 요원은 에드나를 채식주의자로 설정했다. 에드나는 고기를 먹지 않지만 와인은 두세 잔쯤 마신다. 나는 라자냐를 인스턴트 오븐에 넣었고, 20초 만에 조리되었다.

저녁을 먹고 와인을 한 잔 따라 마시자 지난 한 주 동안 겪은 긴장감 탓인지 문득 피로감이 밀려들었다. 브루클린 생활을 정리하고, 성형 시술을 받고, 에드나 머스그레이브라는 가상 인물에 대해 모든 걸 익히고, 새로운 곳으로 이사했다. 22시에 침대에 누웠고, 수면제 덕분에 아홉 시간이나 잤다. 요즘 들어 이렇게 오래도록 잠을 잔 기억이 없었다. 나는 잠이 덜 깬 상태로 비척거리며 주방으로 걸어가 에스프레소를 만들었다. 에스프레소를 마시고 나서 집에 설비된 운동 기구로 한 시간 동안 운동했다. 욕실로 들어가 샤워를 하고 나서 에스프레소를 한 잔 더 마셨다.

새비지 요원과 라프렐 요원이 밤사이에 브리핑한 보고서를 읽었다. 두 사람 역시 나처럼 아파트를 얻어 중립지대에 들어와 있었다. 우리는 간단한 화상회의를 했다.

라프렐 요원이 먼저 말했다. "제 정보원 말로는 우리가 중립지대에 들어왔을 때 공화국연맹 경찰국에서 경보가 전혀 울리지 않았답니다. 신분 변신이 잘 이루어진 것 같습니다."

내가 말했다. "당분간 새로 이사한 곳에 적응하는 척하는 연기를 계속해. 우리 셋 다 공화국연맹의 감시를 전혀 받지 않는 게 확실해지면 그때 만나기로 해. 새비지 요원은 케이틀린의 행방에 대해 뭔가 알아낸 게 있나?"

"아뇨, 케이틀린은 만인의 레이더에서 사라졌습니다. 공화국연맹 경찰국 레이더에서도요."

라프렐 요원이 물었다. "케이틀린이 공화국연맹 경찰국을 배신했을 가능성은 없을까?"

새비지 요원이 말했다. "그럴 가능성은 매우 희박해요. 오히려 케이틀린이 세운 농간 전략일 가능성을 염두에 둘 필요가 있을 듯해요. 감쪽같이 사라졌다가 아주 결정적인 순간에 나타나는 전략이죠. 케이틀린은 팀장님을 추적하고 있으니까 에드나 머스그레이브를 주목할 이유는 없을 겁니다. 다행히 팀장님의 변신이 정말 완벽하게 잘되었네요. 이전 모습을 아예 찾아볼 수 없을 정도에요."

내가 말했다. "그렇지만 자네들과 이야기할 때는 여전히 스텐글이야."

라프렐 요원이 말했다. "당연하죠."

새비지 요원이 말했다. "잘근잘근 씹은 검은색 손톱도 좋아요."

회의를 마치고 나서 세 잔째 에스프레소를 만들어 마셨다. 나는 메모랜더가 켜지기를 기다렸다가 마일스 로치와 첫 번째 대화를 시작했다.

마일스 로치는 5분 늦었다. 그의 나이는 삼십 대 후반이고, 몸집이 컸다. 대체로 헝클어진 침대 같은 모습이었다. 머리는 산발이고, 티셔츠는 튀어나온 배에 맞춰 늘어져 있었다. 일주일 동안 면도를 하지 않은 듯 수염이 지저분했다.

에드나는 워싱턴에 있는 국영 라디오 방송국의 지시로 중립지대에 왔다. 마일스 로치가 에드나의 인사 발령에 불만이 있었다면 거부할 수도 있었다. 마일스 로치는 뉴욕 지국 전파를 탄 내 방송을 듣고 나를 받아들이기로 결정했다. 내가 그 일에 적합하다고 생각했거나 본사에서 결정한 인사 발령에 토를 달고 싶지 않았거나 둘 중 하나일 것이다.

마일스 로치가 말했다. "방금 전까지 자다가 일어난 몰골이어서 미안합니다. 사실, 방금 전에 일어났어요. 최전방에 잘 오셨습니다."

"무기를 들고 소란을 피우거나 스파이 노릇을 하려고 온 건 아닙니다."

"그래도 여긴 최전방입니다. 다른 지역보다 고려할 사항이 많습니다. 여긴 기독교 광신도들을 상대해야 하는 곳이라 여러모로 까다롭죠. 국영 라디오 방송국 워싱턴 본부에서도 우리가 더 용감하게 방송하기를 바랍니다. 영화평론가 선생님이 할 일은……."

"제가 할 일은 영화에 대해 쓰고 말하는 겁니다."

"워싱턴 본부에서 적극 추천했어요. 방송 경험은 많지 않아도……."

"제가 진행한 방송을 보내드렸는데 만족스럽지 않던가요?" 나는 에드나의 날카로운 성격을 반영하려고 애썼다. 마일스 로치에게도 에드나를 건드리면 좋을 게 없다는 인식을 심어주고 싶었다.

"제가 어떻게 불러야 할까요? 에드나 씨라고 불러도 될까요?"

"머스그레이브 씨라고 깍듯이 불러달라고 하는 건 좀 이상하겠네요."

"진짜 19세기 이름이네요. 에드나. 에드나 세인트빈센트 밀레이……."

"엄마가 좋아한 시인입니다. 엄마와 달리 에드나 밀레이는 자유연애가 무모한 행동으로 받아들여지던 시대의 페미니스트이자 자유연애 신봉자였죠. 엄마는 세인트루이스에서 온 변호사와 결혼해 교외 중산층 주택지에서 전업주부로 살아가는 덫에 갇혔어요. 엄마는 고명딸인 저에게 큰 기대를 걸었고, 20세기 초 미국 시인들 중에서 제일 보헤미안다운 시인의 이름을 따서 제 이름을 지었죠."

"아, 이름을 지은 배경이 정말 재미있네요."

"재미있는 얘기는 아니죠. 에드나는 노티 나는 이름인데 그 이름을 계속 쓰고 있어요. 내가 여기 중립지대에 와 있는 것도 마찬가지네요."

"중립지대에 오고 싶지 않았습니까?"

"입장을 바꿔 생각해보세요. 뉴욕 사람이라면……."

"세인트루이스에서 나고 자란 걸로 알았는데……."

"세인트루이스는 제가 태어난 곳입니다. 17년 동안 빌어먹을 세인트루이스에서 살았죠. 그 뒤로는 쭉 맨해튼에서 살았어요."

화면을 보니 마일스 로치도 커피를 마시고 싶은 게 분명했다.

마일스 로치가 말했다. "이제 본격적으로 일 얘기를 해볼까요."

"네, 저도 일 얘기를 좋아합니다. 에드나 밀레이 얘기 말고."

"네, 잘 알겠습니다. 제대로 된 영사실이 있는 극장에서 영화를 보셔야 한다고요?"

"어려운 주문인가요?"

"중립지대에서 가장 시설이 좋은 독립영화관을 준비해두었습니다. 일주일에 사흘, 오전 시간에 언제든지 사용 가능합니다. 필요한 게 있으면 뭐든 영사기사한테 말씀하시면 됩니다."

"영사기사 이름이 뭐죠?"

"로레인 애플화이트입니다."

"손톤 와일더의 희곡에 나오는 인물의 이름 같네요."

"손톤 와일더라니, 정말 재미있네요. 제가 대학에서 손톤 와일더의 〈우리 읍내〉를 공연할 때 무대감독을 맡은 적이 있거든요."

"대단하시네요. 로레인 애플화이트 씨는 제가 오리지널 35밀리 필름으로 영화를 본다는 걸 알고 있나요?"

"물론이죠. 내일 당장 영화를 보실 수 있습니다. 로레인은 11시가 좋겠다고 하더군요."

"저도 그 시간이면 괜찮다고 말해주세요. 오손 웰즈의 〈악의 손길〉을 보고 싶은데 혹시 준비가 될까요?"

"준비해두겠습니다. 첫 방송 마감이 수요일 정오입니다. 영화를 보고 나서 원고를 쓸 시간이 24시간뿐인데 괜찮을까요?"

"여태까지 마감을 어긴 적은 없습니다. 더 하실 말씀이 있나요?"

"첫 달에 방송할 영화 목록을 저에게 보내주셨죠?"

"제가 고른 영화들인데 무슨 문제라도 있나요?"

"아닙니다, 전혀."

"그럼 이제 얘긴 다한 건가요?"

"네, 수요일 방송이 기대됩니다. 다음 주에 직원 모임이 있습니다. 우리 지국에 정식 직원은 여섯 명이 전부지만 에드나 씨 같은 프로그램 진행자들도 참석합니다. 새로 오셨으니 참석하시겠어요?"

까다로운 사람 연기를 계속할 수도 있었지만 조금은 동료애를 보여야 할 때였다.

내가 말했다. "좋아요. 장소가 술집이면 좋겠네요."

"중립지대에서 칵테일을 가장 잘하는 곳입니다."

"그럼 첫 방송이 나간 다음에 다시 회의를 할까요?"

"네, 좋습니다."

"이제 산책 좀 다녀오려고요. 새로 이사 왔으니 한시바삐 이 동네에 익숙해져야죠. 혹시 공화국연맹 쪽에는 가본 적이 있나요?"

"저는 국영 라디오 방송국 직원이라서 비자가 안 나옵니다."

"혹시 영화평론가는 비자를 받을 수 있을까요?"

"국영 라디오 방송국 정직원은 아니니까 가능할 수도 있겠네요. 혹시 막심 레프코비츠를 아십니까?"

나는 짐짓 모르는 체했다.

"혹시 코미디언 아닌가요?"

"네, 대단히 뛰어난 코미디언이었죠. 트랜스젠더이고, 저랑 친한 친구 사이였습니다. 막심이 무슨 일을 겪었는지 아시죠?"

"요즘 일어난 사건은 잘 몰라요."

"검색해보시면 금세 알 수 있을 겁니다. 공화국연맹 개자식들이 막심에게 무슨 짓을 저질렀는지. 그걸 보고도 공화국연맹에서 비자를 받고 싶을까요?"

"아, 막심이 화형당했군요. 정말이지 안타까운 일입니다."

마일스 로치는 고개를 숙이고 눈물을 참으려고 애썼다. 그가 나직이 말했다. "고맙습니다. 수요일에 다시 대화합시다."

화상회의가 끝났다. 내가 자기중심적이고 까다롭고 날카로운 인물을 비교적 잘 연기한 느낌이 들었다. 그래도 다음에 다시 마일스 로치와 회의하기에 앞서 에드나 캐릭터에 더 몰입할 수 있도록 대화 전체를 다시 재생해볼 생각이었다. 내가 에드나의 캐릭터를 표현하는 데 실수한 부분은 없는지, 마일스 로치가 '왜 저러지?' 하는 생각으로 쳐다보지는 않는지 확인해볼 생각이었다.

나는 손목시계에 지문을 대고 정보국 파일을 열람했다. 마일스 로치에 대해 더 자세히 알아보고 싶었다. 캔자스 출신이지만 고등학교를 졸업하고 퍼시픽노스웨스트대학교로 간 뒤 고향에 다시는 돌아가지 않았고, 어릴 때에 비만으로 따돌림을 당했고, 지난 2년 사이에 체중을 15킬로그램이나 감량했지만 아직 125킬로그램이라는 건 이미 알고 있었다.

이번에는 좀 더 깊이 알아보았다. 마일스 로치의 성적 지향은 게이, 바이너리로 헤테로 경험이 전혀 없었다. 논바이너리에 대한 적대감이 없었다. 연애 관계 항목을 보니, 막심과 한 달 반쯤 연인으로 지냈다. 막심이 공화국연맹에 납치되던 날 밤에 함께 술을 마셨다.

나는 큰 충격을 받았다.

내가 왜 이 자료를 이제야 봤지?

가장 쉬운 대답은 마일스 로치가 이번 작전에서 그리 중요한 인물이라고 생각하지 않았기 때문이었다. 더 정확한 대답은 내가 철저하지 않았던 탓이었다.

브레이머 부장은 마일스 로치와 막심 레프코비치의 관계에 대해 알고 있었을까?

당연히 알고 있었을 것이다. 그렇지만 내가 직접 알아내길 바랐으리라. 이제 정말 궁금한 게 생겼다. 마일스 로치는 우리 편일까 공화국연맹 편일까? 스파이 세계에서는 아무도 믿어서는 안 된다. 누구라도 적의 끄나풀일 수 있고, 타락한 아군일 수 있다. 모두가 용의자다.

∞

새비지 요원과 라프렐 요원에게 지시한 대로 나도 밖으로 나가 중립지대 사람들은 어떻게 생활하는지 살펴보기로 했다. 욕실로 가서 샤워한 다음 에드나가 좋아할 진홍색 립스틱을 발랐다. 손톱을 씹고, 검정 매니큐어를 다시 발랐다. 내 모습을 거울에 비춰봤다. 내 본연의 머리와 얼굴이 그리웠다. 그러다가 내 모니터에 뜬 케이틀린의 얼굴이 떠올랐다. 나와 거의 같은 얼굴이었다. 그렇다면 나는 새로운 코, 새로운 눈동자 색, 씹어놓은 손톱, 진홍색 립스틱을 즐겨 사용하고 싶었다. 그래야 케이틀린의 얼굴과 차별되니까. 이제 에드나 머스그레이브의 얼굴이 당당해졌다.

세인트폴의 늦여름 날씨는 유난히 더웠다. 나는 검은색 민소매 셔츠에 검은색 데님 치마를 입고, 검은색 컨버스 운동화를 신었다. 내가 착용한 안경은 햇빛을 받으면 진회색으로 변했다. 챙이 넓은 검은색 모자도 썼다. 그런 다음 거리로 나섰다. 무기를 휴대하고 다닐 수 없으니 벌거벗은 기분이었다. 우선 그랜드 애비뉴를 둘러보았다. 잘 재건된 19세기 중서부 집들, 1930년대와 1950년대에 벽돌로 지은 아파트 건물들, 고급 상점들, 요가와 필라테스 강습소들, 원두커피를 파는 카페들, 스트레스 해소방들이 눈에 들어왔다. 스트레스 해소방은 연방공화국에서 새롭게 성장하는 웰빙 산업이었다. 다만 정보국 요원은 이용이 금지되어 있었다. 정보국 공작원 두 명이 스트레스 해소방 안에서 살해되었기 때문이다.

나는 스트레스 해소방을 한 번도 방문한 적이 없었다. 이제 나는 에드나 머스그레이브로 되어 있으니까 출입이 가능했다. 손목시계로 요금을 지불하고 신분 확인을 받자 문이 열렸다. 내부는 아주 좁았고, 벽과 바닥이 검은색 스펀지로 둘러싸여 있었다. 내부로 들어가자 스피커에서 부드럽고 자상한 목소리가 흘러나왔다.

"신발과 시계, 안경, 겉옷을 벗습니다."

나는 스피커의 목소리가 시키는 대로 했다.

"의자에 앉아요." 나는 목소리가 시키는 대로 푹신한 의자에 앉았다.

"양팔을 팔걸이에 올리고 스트레스 해소를 위해 제공되는 경험을 접하고 너무 놀라지 말아요."

의자에서 플라스틱 막대 두 개가 나오더니 정강이와 가슴을 가로로 막았다.

"받침대에 머리를 편히 기대세요. 이제 곧 마스크가 내려옵니다. 마스크가 얼굴에 자동으로 맞춰질 테니까 놀라지 마세요. 센서가 작동해 얼굴에 딱 맞는 마스크가 씌워지게 됩니다. 호흡에는 전혀 지장이 없습니다만 얼굴이 갑갑하거나 프로그램을 끝내고 싶으면 '중단'이라고 하시면 됩니다. 도중에 중단해도 이용 요금은 환불되지 않습니다. 처음 이용하신 날부터 일 년 이내에 3회 중단할 경우 3년 동안 입장이 불가합니다. 이제 편히 몸을 누이고 마스크가 내려오길 기다리세요."

조명이 어두워지더니 천장에서 검은색 플라스틱 마스크가 내려왔다. 센서가 작동해 마스크가 얼굴에 딱 맞았다. 피부와 마스크 사이의 공간은 1밀리미터밖에 되지 않았다.

"눈을 크게 뜨고 실내 온도가 편안하지 않으면 말씀하세요. 지금 외부 온도는 섭씨 36도이고, 실내 온도는 21도입니다. 에드나 씨, 지금 온도에 만족하세요?"

마이크에서 내 이름이 들리는 바람에 깜짝 놀랐다. 마스크를 쓰면 내 몸의 칩과 자동적으로 연결돼 적절한 스트레스 해소 경험을 만들기 위해 필요한 내 정보를 가져간다는 사실을 알고 있었지만 막상 이름이 불리니까 적잖이 당혹스러웠다.

나는 큰 소리로 말했다. "온도는 딱 좋아요."

"에드나 씨는 도시 분이네요. 뉴욕에서 오래 사셨고, 독신이고, 애인은 없고, 최근까지 5번가와 6번가 사이 웨스트 35스트리트에 있는 넓은 아파트에서 혼자 사셨네요. 거실 넓이만 50평방미터이고, 운동은 별로 안 하지만 하루 평균 뉴욕 시내를 3킬로미터 걸으셨군요. 큰 트라우마를 겪은 적은 없지만 밤에 잠을 설쳐 잠자리에 들기 전 미르타자핀 15밀리그램 알약을 드시네요. 항우울제는 복용하지 않고, 최근 3년 동안 병원을 방문한 적도 없군요. 그렇지만 생체 칩 센서의 기록을 보면 연방공화국 건강기구에서 정한 적정 스트레스 수치보다 두 단계 높은 스트레스를 받고 있는 것으로 확인되었습니다. 매주 3회 스트레스 해소방을 방문하시면 좋겠습니다. 스트레스 해소를 위해 큰 도움을 받을 수 있습니다. 자, 이제 43분 동안 다른 곳으로 이동하겠습니다. 43분 동안 현실 세계와 연결이 모두 끊어집니다. 이제 카운트다운에 들어갑니다. 숨을 깊이 들이쉬었다가 천천히 내쉬세요. 스트레스 해소 과정 내내 계속 심호흡을 해야 합니다. 외부에 대한 생각이나 관심은 접어두세요. 이제 눈앞에 펼쳐지는 경험에 집중하세요."

방금 들은 설명 가운데 가장 놀라운 건 내가 에드나로 살기 시작한 이후 스트레스 수치가 정상 범위를 넘어 두 단계나 올라간 사실이었다.

내가 아닌 다른 인물이 되는 게 그리 불편했을까? 아니면 내가 이제 완전히 에드나로 변신해 그녀의 신경질적인 성격이 저절로 옮겨왔을까?

마스크가 얼굴을 다 덮었다. 귀도 가리고 눈도 가려 아무것도 보이지 않고, 들리지도 않았다. 눈앞에 점처럼 작은 빛이 나타나더니 윙 하는 소리가 들려왔다. 빛이 일렁거리기 시작하더니 소리도 점점 더 커졌다. 점으로 된 빛이 옆으로 길게 늘어나면서 하나의 선이 되었다. 이제 어둠을 가로지르는 광선 하나가 눈에 보였고, 윙 하는 소리가 계속 이어졌다.

이제 빛이 너무 밝아 저절로 눈을 깜박였다. 그러자 밝기가 조절되었다. 이제 눈부시지는 않지만 꼼짝없이 빛만 바라보고 있게 되었다. 나도 모르게 눈을 감았다. 그러자 윙 하는 소리가 예닐곱 데시벨 높아져 눈을 다시 뜰 수밖에 없었다. 이제 빛에 시선을 맞추자 몸이 허공에 붕 뜬 기분이 들었다. 마치 최면에 걸린 느낌이었다. 회피할 방법이 없었다. 눈으로는 펄떡거리듯 움직이는 빛을 보며 귀로는 끝없이 이어지는 윙 하는 소리를 들어야 했다.

시간도 공간도 모두 사라졌다. 내 머릿속을 채우고 있던 잡다한 생각들이 모두 사라진 기분이었다. 아주 아름다운 곳에 다다른 느낌, 황홀감을 만끽할 수 있는 무한의 터널을 빠르게 지나가는 기분이었다. 저항할 수 없는 빛과 귀를 덮는 윙 하는 소리 덕분이었다.

빛이 점차 어두워지고, 소리도 잦아들기 시작했다. 밝게 빛나던 선이 점차 줄어들다가 마침내 처음에 본 작은 점이 되었다. 점도 곧 사라졌고, 나는 깜깜한 정적 속에 남았다. 아주 오랫동안 그렇게 홀로 남겨진 느낌이 들었다. 하지만 나는 여전히 다른 곳, 현실 세계가 아닌 곳에 있었다. 마스크도 그대로 있었다. 그러다가 목소리가 들려왔다.

"스트레스 해소 여행을 무사히 마치셨습니다. 스트레스 수치를 재측정하겠습니다. 수치를 측정하는 동안 움직이지 마시고 심호흡하세요."

나는 가만히 누운 상태로 천천히 숨을 내쉬고 들이쉬었다.

"에드나 씨의 스트레스 수치가 0.35퍼센트 감소했습니다. 많이 좋아졌지만 정상 수치가 되려면 아직 1.65퍼센트를 더 줄여야 합니다. 이제 세인트폴 포틀랜드 애비뉴 656번지로 돌아가세요. 집에 들어가면 어두운 곳을 택해 최소한 두 시간을 보내세요. 그래야만 방금 받은 스트레스 해소 프로그램이 효능을 더 발휘합니다. 바깥에 무인 택시를 대기시켜두었습니다. 나가기 전에 문 옆에 비치해둔 선글라스를 쓰세요. 선글라스를 착용해야 센서가 작동해 문이 열립니다. 밖으로 나가면 곧장 무인 택시에 타시고, 집으로 돌아가는 동안에도 선글라스를 벗지 마세요. 무인 택시에서 내려서도 선글라스를 벗지 말고, 아파트에 들어갈 때까지 계속 착용하고 계세요. 생체 칩을 통해 다음 안내가 들릴 때까지 기다리세요. 2045년 8월 17일 목요일 22시 전까지 스트레스 해소방을 또 찾아주시기 바랍니다. 중립지대 안에는 스트레스 해소방이 많습니다. 반드시 이곳이 아니라 다른 곳을 방문해도 상관없습니다. 지금까지 말씀드린 지침을 지키지 않는다면 다음 출입 때 제한을 받을 수도 있습니다. 부디 오늘 말씀드린 지침을 잘 지키셔서 스트레스 수치를 더 낮추도록 하세요."

얼굴을 감싼 마스크가 벗겨졌다. 의자에 몸을 고정한 빗장도 사라졌다. 나는 의자에서 일어섰다. 몸이 붕 뜬 기분이었지만 의식적으로 발을 움직여 걸음을 떼어놓았다. 문가의 작은 선반에 커다란 선글라스가 놓여 있었다. 선글라스를 착용하자 센서가 작동해 얼굴에 딱 맞게 조절되었다. 문이 열렸다. 바깥은 햇빛이 눈부시게 밝았지만 나는 선글라스의 검은색 렌즈 덕분에 스트레스 해소방에 있던 어둑어둑한 상태 그대로 밖으로 나올 수 있었다. 내가 나오길 기다리던 무인 택시의 문이 열렸다. 내가 택시에 오르자 문이 닫혔다. 선글라스 때문에 거리가 온통 회색으로 보였다. 택시에서 '에드나 머스그레이브 씨, 포틀랜드 애비뉴 656번지까지 7분 걸립니다' 하는 목소리가 흘러나왔다. 택시가 출발하고 나서 나는 시트에 깊이 몸을 묻었다.

한편으로는 현실로, 끝없이 일에 열중하는 내 삶으로 돌아가고 싶었지만 스트레스 해소 프로그램이 내 머릿속을 헤집어놓아 나는 최면에 걸린 듯 몽롱한 상태가 되었다. 이제 선글라스에서 내 생체 칩을 통해 들리는 명령에 따를 기운밖에 없었다.

"아주 잘하고 계십니다. 선글라스를 계속 착용하고 전화를 걸거나 메시지를 보낼 생각은 하지 마세요. 앞으로 세 시간 동안 외부에서 들어오는 연락도 차단됩니다. 몇 시간 동안 연락이 되지 않는다는 사실을 직장에 이미 알려놓았고, 비상시에는 차단이 풀립니다. 그러니까 연락이 끊어진 상태라고 걱정하지 않아도 됩니다. 스트레스 해소 프로그램이 다 끝나면 전화와 메시지가 다시 연결됩니다. 이제 집에 도착할 때까지 편안하게 앉아 계세요."

나는 몸이 축 늘어지다시피 했고, 최면에 걸려 뭐든 시키는 대로 할 것 같았다. 선글라스를 계속 쓰고 좌석에 몸을 깊이 묻은 상태로 앞만 바라보았다. 아파트에 도착하자 택시에서 목소리가 들려왔다.

"아파트 내에 있는 다른 입주자가 외출하고 있으니 잠시 기다려야 합니다. 외출하는 입주자를 바라보지 마시고, 그냥 지금처럼 편안한 자세를 유지하세요. 아파트로 들어갈 때가 되면 다시 안내하겠습니다."

일 분쯤 지났을 때 다시 목소리가 흘러나왔다. "이제 들어가도 괜찮습니다. 안녕히 가세요."

택시 문이 열렸다. 나는 아파트 건물 정문을 향해 걸어갔다. 이번에는 지문을 대지 않았음에도 문이 열렸다. 내 아파트 현관문도 그냥 열렸다. 나는 아파트 안으로 들어갔다. 스트레스 해소방에서 들리던 목소리가 선글라스를 통해 들려왔다.

"화장실에 다녀오려면 지금 가세요. 옷을 벗고 욕실 문에 걸린 가운을 입으세요. 그다음, 소파에 바로 누워 다음 안내를 기다리세요."

나는 욕실로 가서 소변을 본 뒤 옷을 다 벗고 가운을 입었다. 거실로 돌아가 소파에 누운 상태로 선글라스 너머로 보이는 어둠을 올려다보았다.

목소리가 다시 들려왔다.

"이제 또 다른 여행을 떠납니다. 눈을 뜨고 계세요. 의식이 있는 동안에는 계속 눈을 뜨고 계셔야 합니다. 이제 10부터 카운트다운을 시작합니다. 10, 9, 8, 7⋯⋯."

카운트다운이 1까지 왔을 때 윙 하는 소리가 들려오더니 선글라스에서 회색 구름이 움직였다. 구름 조각들은 서로 튕기며 계속 새로운 모습으로 변모했다. 나는 금세 또 최면 상태에 빠져들었다. 정신이 몽롱해 깨어 있기 힘들었다. 윙 하는 소리가 점점 더 커졌다. 구름은 계속 움직이며 모습을 바꿨다. 현실은 사라졌다. 내 생체 칩으로 목소리가 다시 들려오고 나서야 나는 현실로 돌아왔다.

"이제 눈을 뜨셔도 됩니다. 스트레스 해소 프로그램이 모두 끝났습니다. 지금 시각은 18시 35분입니다. 오늘 두 차례 이어진 스트레스 해소 프로그램의 효과가 최대한 발휘되도록 잠들기 전까지 계속 혼자 계시기를 권장합니다. 30분 뒤면 메시지 수신 차단이 풀립니다. 오늘, 술은 삼가세요. 잠들기 전에 복용하는 미르타자핀 15밀리그램 알약은 드셔도 됩니다. 이제 오늘 마지막 스트레스 지수를 측정하겠습니다. 움직이지 마세요."

나는 가만히 누워 천천히 숨을 들이쉬었다가 내쉬었다.

"스트레스 지수가 0.3퍼센트 더 떨어졌습니다. 아주 잘하셨어요. 앞으로 1.3을 더 떨어뜨리면 됩니다. 이제 선글라스를 벗으세요. 목요일까지 다시 스트레스 해소방에 오셔야 합니다. 그때 잊지 말고 선글라스를 가져오세요. 선글라스를 가져오지 않으면 325달러를 내야 합니다. 좋은 밤 되길 바랍니다."

나는 소파에서 일어났다. 힘이 하나도 없었지만 피곤하지 않았고, 그냥 정신이 멍했다. 약효가 아주 센 약을 먹어 머릿속이 깨끗해진 기분이었다. 윙 소리와 빛, 구름이 내 슬픔과 후회와 고독을 약화시켜주었다. 질서와 일을 중요시하는 나의 일면은 얼른 눈앞에 있는 일에 집중해야 한다고 다그쳤지만 나는 아직 멍한 상태에서 벗어날 수 없었다. 계속 허공에 붕 뜬 기분이었다. 나는 욕실로 가 다시 한번 소변을 보고 나서야 양치질을 했다. 아파트 전체 조명이 저절로 어둑어둑해져 있고, 커튼이 내려져 있는 걸 이제야 알아차렸다. 이 모든 게 스트레스 해소 프로그램과 연결되어 있다는 게 신기했다. 침실로 가 출입문 옆에 있는 모니터에 손가락을 대고 지문을 확인했다. 문이 열려 안으로 들어가보니 침대 옆에 미르타자핀이 놓여 있었다. 물을 컵에 따라 들고 약을 한 알 삼켰다. 약을 먹지 않으면 침실 조명이 깜빡거리며 경고한다. 일단 병원에서 약을 처방받으면 시스템은 그 약을 제대로 복용하도록 유도한다.

시스템이 물었다.

"독서하시렵니까?"

내가 그렇다고 하면 침대 옆 탁자 안에 수납되어있는 전자책 모니터가 쓱 위로 올라와 내 눈앞에 전날 마지막으로 읽은 페이지를 펼친다. 하지만 지금은 약효에 의지해 잠을 자고 싶었다. 나는 자신을 타이르듯이 말했다. "오늘은 책을 읽지 말자." 방 안 조명이 어두워졌고, 나는 깊은 잠에 빠져들었다.

눈을 뜨니 6시 반이었다. 푹 쉬었다는 말로는 부족할 정도로 모처럼 머리가 개운했다. 최면에 걸린 듯 멍한 상태로 몇 시간을 보내게 만든 빛이 떠올랐다. 인간이 죽기 직전에 보게 된다는 흰 빛과 비슷한 개념일까? 누구든 언젠가 반드시 따라야 하는 천상의 손짓일까? 미친 듯이 혼란스러운 인간 존재 이후 영원한 안식을 약속하는, 아무도 돌아올 수 없는, 끝없는 심연, 저세상의 무를 나에게 경험하게 했을까? 이 스트레스 해소 프로그램을 만든 사람들은 연방공화국에서 어느 정도 특권을 누리고 있는 사람이라도 자유와 사생활이 보장되지 않는 삶을 살고 있다는 사실을 깨닫고 있을까?

스트레스 해소방이 이 정도로 큰 인기를 누리는 게 이상한 일은 아니다. 정보국 요원들에게 스트레스 해소방 이용이 왜 금지되었는지 이해할 만하다. 하지만 지금 나는 정보국 요원이 아니다. 나는 스트레스 해소가 꼭 필요한 에드나 머스그레이브다.

침대에서 일어나 에스프레소를 내려 두 잔 연거푸 마셨다. 푹 쉰 느낌이었고, 두려움도 사라져 이상스레 마음이 가벼웠다. 한 시간 동안 아주 강도 높게 운동하고 나서 메모랜더를 켜야겠다고 생각했다. 어제 스트레스 해소 프로그램 때문에 아직 읽지 않은 메시지들을 확인해야 할 차례였다. 운동을 마치고 샤워를 오래 했다.

나는 옷을 입으며 생각했다. 이곳에 와서 보는 첫 영화야. 11시까지 극장에 가야 해.

새비지 요원과 라프렐 요원이 어제 새로 발견한 건 없을까? 아침은 뭘 먹지? 정보국에서는 내가 연락이 안 된 걸 알고 있을 텐데 어떤 반응을 보일까?

정보국의 반응을 알기까지 그리 오랜 시간이 걸리지 않았다. 그래놀라를 먹으려고 한 스푼 뜨는 순간 메모랜더에서 알림이 울렸다. 알림은 각 상황에 맞게 각기 다른 소리로 울린다. 이번에는 스텐글 요원 신분으로 받아야 하는 연락일 때 울리는 소리가 났다. 브레이머 부장의 얼굴이 화면을 가득 채웠다. 나는 스푼을 내려놓았다. 나를 보는 브레이머 부장의 얼굴에 경멸과 비웃음이 담겨 있었다.

"정신머리를 저 멀리 두고 온 사람을 이제야 보게 되었네. 다른 세상으로 떠난 여행은 어땠나?"

나는 곤경에 처했다고 느끼며 말했다. "안녕하세요. 제가 아니라 에드나 머스그레이브 이름으로 들어갔습니다. 규정을 위반하지 않았다고 생각합니다."

"정보국 요원은 절대로 기분을 전환하는 프로그램을 이용하지 않아. 따라서 자네는 규정 위반을 한 셈이야. 정보국 요원이 아니라 다른 신분으로 들어갔으니 문제 될 게 없다는 건 구차한 변명에 지나지 않아. 에드나 머스그레이브가 스트레스를 많이 받는 성격이라 스트레스 해소방에 갔고, 완벽한 위장을 위해서였다고 항변할 생각이지?"

"저한테 실망하신 게 느껴집니다. 그렇지만 여기 있는 공화국 연맹 경찰국은 중립지대에 새로 온 사람들을 다 추적하니까 저도 당연히 추적되고 있을 테고, 그래서 반복되는 일상이나 확실한 습관을 만들어두는 게 좋겠다고 판단했습니다. 그래야만 에드나가 가짜 신분이라는 사실을 제대로 숨길 수 있을 테니까요."

"그래서 다른 세상으로 가는 게 최선이라고 생각했다는 말인가?"

나는 도박을 할 때라고 생각하며 말했다.

"직업적 의무 때문에 금지된 일이 있으면 누구나 한 번은 그 일을 해보고 싶을 겁니다. 부장님께서는 당연히 제가 정보국 요원이 지켜야만 하는 선을 넘었다고 나무랄 수 있습니다. 그렇지만 저는…….

"자네가 무슨 말을 하고 싶어 하는지 나도 잘 알아. 자네가 위장한 인물의 성격상 적절한 선택인 만큼 징계는 내리지 않을게. 하지만 스트레스 해소방 경험이 자네 의식에 의심을 심어주고, 자네가 결국 시스템을 불신하게 만들 수도 있지 않을까?"

나는 대꾸하고 싶은 말이 많았다. 브레이머 부장은 그 누구도 믿지 않는다. 한편, 브레이머 부장이 요원들의 충성심을 의심하는 건 바로 자기 자신의 충성심을 의심하기 때문일 수도 있다. 하지만 그런 생각을 밖으로 드러내는 순간 나는 큰 곤경에 빠질 수도 있기에 달리 말했다.

"양극성 기분 장애에 가까워 보일 만큼 우울한 에드나 머스그레이브에게는 스트레스 해소방이 큰 문제가 되겠죠. 그렇지만 스텐글 요원한테는 스트레스 해소방이 어떻게 사람을 무기력하게 만드는지 알아낼 수 있는 좋은 기회였습니다."

브레이머 부장은 내 대답을 듣고 나서 한참 동안 생각한 뒤에 말했다. "영리한 대답이야. 방금 자네 입에서 나온 말이 진정한 확신에서 나온 말인지 지켜보겠어. 오늘, 한 가지 새로운 소식이 들어왔네."

"뭡니까?"

"우리 정보원의 보고에 따르면 케이틀린이 지금 중립지대에 있다는군.”

“케이틀린이 중립지대의 연방공화국 쪽에 있다는 겁니까, 아니면 공화국연맹 쪽에 있다는 겁니까?”

“그건 아직 몰라. 어쨌든 우리 정보원 말로는 케이틀린이 자네를 잡으러 중립지대에 왔다는 거야. 자네가 신분을 위장하고 중립지대에 간 건 정보국 내부에서도 특급 기밀에 속하는데 그 정보가 케이틀린 귀에 들어간 거야.”

“정보국 내부에 스파이가 있다는 뜻입니까?”

“지금까지 우리의 보안은 이상 없었어. 아무튼 지금 팀을 만들어 조사 중이야. 여섯 명을 투입했어.”

“혹시 의심되는 사람은 없습니까? 라프렐 요원, 새비지 요원, 캐머런 요원을 빼고 윗선에서는 제가 중립지대에 있다는 사실을 아는 사람이 누가 있죠?”

“다섯 명 이내고, 통신 해킹은 없었어.”

“라프렐 요원이나 새비지 요원도 용의선상에 있습니까?”

“그들 가운데 하나가 범인이었다면 차라리 훨씬 편했겠지. 둘 중 하나면 사건을 종결하기 쉽겠지만 둘 다 깨끗해.”

“젠장.”

“케이틀린은 아직 자네가 신분을 위장한 사실을 모르는 것 같아. 그래도 무장을 하고 돌아다녀. 스텐글 요원, 아니, 샘, 이 건에 대해 최고위 간부들과 이야기를 나누어봤어. 최고위원회에서는 자네를 중요한 자산으로 여기고 있고 나도 그래. 이번 작전을 당장 포기한다고 해도 자네에게 돌아갈 불이익은 없어."

브레이머 부장이 나의 충성심을 시험하고 있을 수도 있다. 내가 막심을 구해야 한다고 열을 올릴 때부터 브레이머 부장은 나를 계속 시험해왔을 수도 있다. 이 시험 결과에 따라 정보국에서 내 진로가 결정될 수도 있다.

"제가 위장한 신분은 아직 드러나지 않았다면서요?"

"그렇긴 하지."

"그럼 작전을 계속 수행하겠습니다. 제가 반드시 문제를 해결하겠습니다."

"굳이 위험을 무릅쓸 필요 없어."

"아닙니다. 저도 증명하고 싶습니다."

"증명하다니, 뭘?"

"스트레스 해소방에서 보낸 시간 때문에 저의 충성심이 달라지지 않았다는 걸 증명해 보이고 싶습니다."

제12장

나는 평소처럼 일하기 전술을 쓰기로 마음먹었다. 에드나 머스그레이브라는 신분을 유지하며 해야 할 일이 있었다. 방금 들은 정보 때문에 흥분해 에드나로 위장한 신분을 포기하고 싶지 않았다. 중립지대에 온 지 얼마 되지 않은 만큼 나는 에드나가 되어야 하고, 나 자신의 일상도 만들 필요가 있었다. 두 사람의 삶을 동시에 살려면 주변을 계속 관찰하면서 적응력을 키워야 한다. 브레이머 부장과 통화하고 나서 새비지 요원과 라프렐 요원을 불러 화상회의를 했다. 나는 두 요원에게 케이틀린이 현재 중립지대에 있고, 나를 찾고 있다는 정보를 공유했다. 라프렐 요원은 오늘 정보원을 통해 그 얘기를 들었다면서, 케이틀린은 아예 신분을 드러내고 공화국연맹 중립지대에서 실명으로 살고 있다고 했다.

내가 물었다. "케이틀린이 어디에 사는지, 현재 사는 집의 보안 상태는 어떤지, 이곳을 염탐하고 있는지, 더 자세한 정보는 없나?"

새비지 요원이 말했다. "아직 그 정도로 구체적인 정보는 습득하지 못했습니다. 다만 케이틀린이 팀장님을 노리고 있다면 암살자를 고용했을 것 같습니다. 몸에 박히는 순간 터지는 총알을 팀장님 머리에 쏘려고 하겠죠."

내가 말했다. "머리에 총을 맞는 순간 즉시 숨이 끊어질 테니 고통받는 시간이 짧아서 좋겠네." 나는 새비지 요원의 답변을 듣고 조금 겁이 났지만 부하 요원들 앞에서 들키고 싶지 않았다.

라프렐 요원이 말했다. "그런 일은 없을 겁니다. 케이틀린은 팀장님이 신분을 위장한 사실을 전혀 모를 테니까요. 저희들이 팀장님 신분이 드러나지 않도록 철저하게 경호해야죠. 뉴욕에서도 경호받으셨죠?"

"여기서는 경호가 불가해. 에드나가 경호받으면 신분을 위장했다고 광고하는 셈이 될 테니까."

라프렐 요원은 내가 경호 차량을 이용한 것까지 알고 있었다. 브레이머 부장이 알려준 게 분명했다. 나는 모른 체하는 게 좋겠다고 생각했다.

새비지 요원이 끼어들었다. "케이틀린이 중립지대에 있고, 팀장님을 노린다는 사실을 알게 되었으니 이제부터 대처 방식을 바꿔야 합니다."

"경호는 불가하지만 아무런 대처도 하지 않고 무방비 상태로 있겠다는 뜻은 아니야. 일단 15분 뒤에 영화 시사가 있어. 트라일런 극장까지 걸어서 갈 거야. 극장에서 만나야 할 사람도 있어.

나는 철저하게 에드나가 되어야 해. 연맹 경찰국은 아직 에드나의 정체를 몰라."

새비지 요원이 말했다. "팀장님은 안전을 최우선적으로 생각해야 합니다."

"나를 걱정해주는 건 고맙지만 지금은 내가 선택한 전술이 최선이야. 케이틀린이 중립지대에 와 있다는 정보를 바탕으로 어떻게 대처할지 작전을 짜야 해. 공화국연맹에 케이틀린을 암살할 가미카제 멤버가 있나?"

라프렐 요원이 말했다. "적합한 사람이 있는지 정보원들에게 물어보겠습니다."

새비지 요원이 말했다. "차라리 실력이 뛰어난 암살자를 그쪽으로 보내는 게 더 확실하지 않을까요. 공화국연맹 중립지대에 가서 케이틀린 집 근처에 암살자를 잠복시키는 겁니다. 물론 암살자가 첫 발에 케이틀린을 끝장내야 하겠죠. 첫 번째 저격에 실패할 경우 두 번째 총알은 쏘아 보지도 못하고 체포될 테니까요."

가미카제는 제2차 세계대전 당시 폭탄을 실은 전투기를 타고 하와이의 미 해군 군함으로 돌진한 일본군 자살 특공대를 일컫는다. 우리는 정보국 내에서 죽음을 불사하고 임무를 수행하는 암살자 조직을 가미카제라고 부른다. 가미카제 멤버들은 대부분 특수부대 출신이고, 불치병에 걸려 죽을 날을 기다리는 사람들이다. 그들은 어차피 죽음을 앞두고 있는 마당에 고액의 급여를 받으며 화려하게 마지막을 보내겠다는 생각으로 가미카제에 들어온다. 가미카제는 정보국 내부에서도 특급 기밀 조직에 속하고, 상급 요원들만이 그 존재를 알고 있다. 공화국연맹 요원 암살에 가미카제가 동원된다. 가미카제를 작전에 투입시킬 시 법무부는 물론 채드윅의 최종 승인을 받아야 한다. 가미카제 멤버가 자살 작전을 수행하는 대가는 일백만 달러다. 만약 가미카제 멤버가 사소한 정보를 유출해 작전을 수행할 수 없게 될 경우 일백만 달러를 받을 기회가 사라진다. 이 특수부대는 외부에 정체가 드러나지 않은 상태로 잘 유지되고 있다. 가미카제 멤버는 작전을 수행하기 전 일백만 달러를 받을 수혜자를 정한다. 정보국에는 수혜자에게 돈을 전달하고 관리하는 일을 맡고 있는 회계사도 있다.

새비지 요원이 물었다. "팀장님, 뭘 그리 골똘히 생각하십니까?"

"일단 케이틀린부터 찾아내. 그래야만 어떤 작전을 펼칠지 결정할 수 있어."

라프렐 요원이 말했다. "저도 새비지 요원의 의견에 동의합니다. 팀장님이 허락해주어야 암살자를 요청할 수 있습니다."

"무슨 말인지 나도 잘 알고 있으니까 너무 서두르지 마. 완벽한 작전을 짜려면 시간이 필요해. 케이틀린은 내 이복동생이야. 이번 작전은 내 개인적인 일이기도 해."

∞

극장은 도보로 15분 거리, 대학교에서 그리 멀지 않은 골목에 자리하고 있었다. 트럼프가 대통령으로 재직하던 시절 시민 폭동이 일어났던 바로 그 동네였다. 경찰이 용의자 검거 과정에서 과도한 폭력을 사용한 게 문제였다. 경찰은 아프리카계 미국인 조지 플로이드를 바닥에 엎드리게 하고 무릎으로 목을 9분 동안 눌렀다. 조지 플로이드는 살려달라고 애걸하다가 그 자리에서 질식사했다. 조지 플로이드의 죽음은 미국에서 인종차별이 여전히 공공연하게 자행되고 있다는 반증이었다.

조지 플로이드의 억울한 죽음으로 촉발된 폭력 시위는 도시를 무정부 상태로 만들었다. 그 당시 시위대의 방화로 수많은 가게들이 불탔지만 트라일런 극장은 용케 살아남았다. 트라일런 극장은 이 동네에서 영화를 사랑하는 사람들의 본부 같은 곳이었다. 이제 이 지역 치안은 분리되기 전보다 훨씬 더 안정되었다. 부자들이 사는 동네는 아니지만 평화로운 곳이 되었고, 경제적으로도 크게 발전했다. 연방공화국이 맺은 결실이었다. 연방공화국에서 인종차별은 어떤 형태나 방식을 취하든 범죄 행위로 간주한다. 인종차별을 저지른 사람은 즉시 처벌받는다.

그 반면 공화국연맹에서 소수자는 이등 시민으로 간주된다. 미국이 분리되기 직전 자신이 살고 싶은 나라를 선택할 수 있는 권한이 부여되었을 때 흑인과 히스패닉계 미국인의 70퍼센트가 연방공화국을 선택했다. 사우스플로리다에서 큰 세력을 형성하고 있던 쿠바 출신들은 공화국연맹에 남았다. 남부의 일부 지역 흑인들도 지위 격상을 약속받고 공화국연맹에 남았지만 큰 실수였다. 공화국연맹은 소수집단 거주지를 고립시켰고, 인종차별이 계속 자행되고 있었다. 그 반면 연방공화국에서는 마침내 인종차별 없는 세상이 되어가고 있었다.

나는 트라일런 극장이 있는 동네가 되살아난 모습에 감탄했다. 깔끔하고 깨끗한 주택들과 아파트들, 멋진 커피숍들, 다양한 먹을거리를 파는 식료품점들이 눈에 들어왔다. 사회 계획과 복지정책을 통해 시민들의 질서 의식은 더욱 고양되었고, 그 결과 쓰레기나 낙서가 전혀 없었다. 나는 이 동네를 둘러보며 다시 한번 깨달았다. 연방공화국이 시민들의 삶의 질을 높여주는 체제, 상대적으로 평화롭고 선진적인 체제라는 사실을. 다만 두말할 필요 없이 규칙을 잘 지켜야 한다.

트라일런 극장 건물은 직육면체 모양의 빌딩이었다. 입구에 있는 간판은 장식 없이 단순했다. 11시인데 문은 굳게 닫혀 있었다. 지문과 홍채를 보안시스템 모니터에 대자 문이 열렸다. 나는 옛날 영화 포스터로 가득한 로비로 들어갔다. 매점에는 다른 극장들과 마찬가지로 저칼로리 고단백질 간식이 갖춰져 있었다. 2037년부터 연방공화국의 극장 매점에서 콜라와 팝콘, 싸구려 과자는 팔 수 없게 되었다. 알코올의존증 치료를 받은 기록이나 음주 문제로 법을 위반한 적이 있는 사람은 매점에서 유기농 맥주와 와인을 살 수 없었다.

목소리가 들려왔다. "직접 짠 주스도 팔아요. 북쪽 청정 호수에서 공수해온 생수도 있고요."

나는 주위를 둘러보았다. 친절한 여자 목소리는 영화 필름이 가득한 책장 뒤에서 들려왔다.

"주스나 생수를 좋아하지 않는 사람은 무얼 마시죠?"

"무설탕 탄산음료도 있습니다. 우리 할머니는 청량음료라고 불렀죠. 그렇지만 에드나 씨는 탄산음료를 그다지 좋아하지 않을 것 같네요."

"내 이름을 어떻게 알았죠?"

"시스템이 알려주었어요."

"로레인 애플화이트 씨인가요?"

"네 맞아요. 저는 로레인 터커 애플화이트입니다. 와스프 스타일로 중간 이름까지 넣으면요."

"꽤나 무서운 이름이네요."

"그래도 그다지 무섭지 않은 환경에서 자랐어요. 옛날에는 제가 '옛날 로드아일랜드에서 온 어린아이'였거든요."

로레인이 책장 뒤에서 나왔다. 키가 180센티미터가 넘는 장신에 심하게 마른 체형이었고, 부풀어서 헝클어진 금발 머리가 가장 먼저 눈에 들어왔다. 크고 둥근 안경을 쓰고 있었고, 오버올 작업복 바지에 녹색 티셔츠를 입고, 발목까지 오는 캔버스 운동화를 착용하고 있었다. 로레인의 말투와 행동에는 상대를 편안하게 만드는 익살스러운 면이 있었다. 나도 모르게 다시 분석적인 스텐글 요원이 되어 있었다.

지금부터 각별히 조심해. 나는 스텐글 요원이 아니라 에드나야.

'옛날 로드아일랜드에서 온 어린아이'라는 말은 사실과 달랐다. 나는 중립지대에 오기 전에 정보국 시스템으로 로레인에 대해 자세히 알아보았다.

로레인 터커 애플화이트의 아버지는 프로비던스에서 유명한 변호사이고, 엄마는 사교계의 유명 인사였다. 로레인은 줄곧 엄마가 원하는 대로 상류층 엘리트들이 다니는 사립학교에 다녔다. 그녀는 고교를 졸업하고 나서 스미스대학교에 입학했고, 얼마 못 가 자퇴한 뒤 보수적인 부모의 집을 나왔다. 뉴욕으로 간 로레인은 컬럼비아대학교에서 영화를 공부했다. 아버지는 반항적인 딸이 아이비리그 대학교에 들어가자 크게 기뻐하며 계속 학비를 대주었다. 로레인이 컬럼비아대학교를 졸업할 당시 미국 분리가 시작되었다. 채드윅 정부가 예술 분야를 대대적으로 지원할 때 로레인이 취업 전선에 나오게 된 건 매우 운이 좋았다고 할 수 있다. 채드윅 정부는 예술 영화관을 제대로 지원했다. 로레인은 캘리포니아주 산타크루즈와 미시건주 앤아버에서 예술 영화관 프로그래머로 일했고, 시카고 시네마테크에 지원했다가 중립지대로 왔다. 내가 읽은 정보에 따르면 로레인은 어디서나 사랑받는 성격이고, 영화에 대해 모르는 게 없고, 예술 영화관 프로그래머로도 뛰어나고, 무엇보다 자기 일을 남달리 사랑하는 프로페셔널이었다.

로레인은 일을 할 때는 엄격했다. 동료들이 대충 일하려고 들면 결코 그냥 넘어가지 않았다. 복원한 35밀리 필름을 구했음에도 〈제3의 사나이〉를 디지털로 튼 영사기사를 해고하기도 했다. 결혼한 적은 없고, 산타크루즈에서 어떤 남자와 2년 동안 동거했다. 우울증에 시달리던 언어학과 대학원생 남자였다. 그 이후로 연애 상대는 없었고, 일주일에 두 번씩 데이팅 앱을 이용했다. 이성애자이고 위험이 따르는 관계를 맺은 적은 없었다. 애인이 없어 가끔 기분이 울적할 때도 있지만 굳이 만들려고 하지도 않았다. 공화국연맹의 스파이나 공작원에게 이용당할 만한 약점은 없었다.

어느 특정인에 대한 정보를 사전에 검색할 수 있게 되면서 타인에 대해 느끼는 신비감은 모두 사라졌다. 다만 신상 카드에 기록되어있는 정보가 전부는 아니라는 걸 명심해야 한다. 진실은 언제나 더 미묘한 법이다. 어떤 사람이든 직접 만나봐야 진면목을 알 수 있다는 뜻이다.

에드나가 데이팅 앱의 섹스 파트너들에게서 받은 무심하다는 평가, 좋은 기억으로 남지 않은 연애사, 영화만 보면서 살고 있고, 타인과 제대로 소통하지 못하는 성격이고, 조금 괴짜 취급을 받고 있다면 실제 내 성격과 비슷한 편이라고 가정할 수 있었다. 캐머런 요원은 내 성격을 기본으로 삼아 에드나라는 가상 인물을 만들고, 거기에 조미료를 첨가했다. 그 조미료가 로레인과 마침 잘 맞아떨어져서 신기했다.

로레인이 물었다. "청량음료와 술, 커피 중에서 무얼 드릴까요?"

"커피요. 빌리 와일더 감독의 〈잃어버린 주말〉에서처럼 오전부터 술을 마시고 싶지는 않네요."

"빌리 와일더 감독을 좋아하세요?"

"빌리 와일더를 좋아하지 않는 사람도 있을까요?"

"놀라실 테지만 분명 있어요. 빌리 와일더를 성차별주의자로 생각해 싫어하는 사람들이 더러 있죠."

"그런 의심을 받을 만한 부분이 있는 건 사실이죠. 하지만 현재의 관점을 1950년대에 그대로 접목시키면 누구나 그런 의심으로부터 자유로울 수 없을 텐데요. 그 당시 미국은 보수적인 색채가 강한 나라였으니까요. 1950년대에 빌리 와일더가 어떤 관점을 가지고 있었는지 현재의 우리가 평가하는 건 정당하지 않은 듯해요."

"알코올의존증을 다룬 영화로는 어떤 작품을 좋아해요? 가령 〈잃어버린 주말〉과 〈술과 장미의 나날〉 중에서?"

"빌리 와일더가 블레이크 에드워즈보다는 훨씬 윗길이죠."

"블레이크 에드워즈 역시 성차별주의자라는 소리를 듣고 있죠. 지금이 50년대보다 여성들의 삶에 더 나은 시기라고 생각해요?"

"당연히 그렇죠. 연방공화국에서 여성의 지위를 생각하면 더욱 그래요."

"그렇지만 여전히 여성 차별적인 제약들이 잔존하고 있다고 생각지는 않으세요?"

"우리를 봐요. 그나마 우리 두 사람 다 좋아하는 일을 하고 있잖아요."

"이 산간벽지에서 영화 일을 하길 바랐어요? 이 빌어먹을 중립지대에 누가 오겠어요. 자학을 즐기는 사람이나 오겠네요. 여기에 올 사람이 없다보니 진급도 시켜주고 채용도 하는 게 아닐까요."

"베를린 장벽이 존재하던 시기에 베를린은 정말 멋진 도시였죠."

"베를린은 20세기 데카당스를 만든 도시죠. 빌어먹을 미드웨스트가 아니잖아요. 제가 여기 있는 건……."

"시카고 시네마테크에 지원했다가 잘 안 되었기 때문인가요?"

"그 자리를 운이 좋은 어느 남자가 차지했어요."

"흑인 트랜스젠더 남성이죠."

"어쨌든 남자잖아요."

"그 사람이 영화 프로그래머로 더 뛰어났던 건 아니고요?"

"씨발."

로레인은 자기 입에서 튀어나온 욕설에 스스로 놀라 얼굴이 하얗게 질렸다.

"정말 미안합니다, 부지불식간에 제 못된 성격이 튀어나왔어요."

"저는 그런 말을 좋아하지 않아요."

"결과적으로 저를 좋아하지 않는다는 말이네요."

"혹시 당신 스스로 당신을 좋아할 수 없는 사람으로 만들고 있는 건 아닌가요?"

로레인이 시선을 돌리며 말했다. "하긴 저는 늘 그랬어요."

나는 손목시계를 보았다.

로레인이 물었다. "이제 대화는 그만하자는 뜻인가요?"

"영화를 보고 나서 방송 대본을 써야 해요. 어쨌든 일주일에 세 번은 영화를 보러 올 테니까 대화는 앞으로 계속할 수 있겠네요. 만나서 반가웠어요. 앞으로 잘해봅시다. 이 극장의 프로그램은 정말 마음에 들어요. 그야말로 혁신적이네요."

"과찬이세요."

"아니, 솔직하게 말했어요."

로레인은 고개를 까딱하고 나서 말했다. "특별히 애써서 〈악의 손길〉 35밀리 프린트를 구해두었어요."

"정말 반가운 소식이네요."

영화관 내부는 생각보다 잘 꾸며져 있었다. 일백 석 정도의 좌석은 옛날 스타일 그대로 빨간 벨벳으로 치장되어 있었고, 팔걸이는 갈색 가죽이었다. 대형 스크린과 뛰어난 음향 시설만으로도 시네필들의 안식처 같은 느낌이 들었다. 우리 아버지와 영화를 광적으로 좋아하는 아버지 친구들이 이곳에 왔다면 몹시 마음에 들어 했을 듯했다.

"편한 자리에 앉으세요." 로레인이 영사실에서 소리쳤다. 조명이 어두워지고 흑백 영화가 스크린을 채웠다.

20세기 중반 필름 누아르의 결정체다. 아이젠하워 대통령 시기에 나온 영화들이 대부분 그렇듯이 미국 사회의 어두운 일면을 비판적인 시각으로 그린다. 이 영화에는 모순이 있다. 가령 찰턴 헤스턴은 얼굴에 짙은 메이크업을 하고 멕시코계 인물을 연기한다. 오손 웰즈는 130킬로그램이 넘는 거구로 출연한다. 오손 웰즈는 이 영화에서 자기혐오 때문에 염세주의자가 된 인물을 연기한다. 그는 스물다섯 살에 〈시민 케인〉을 만들어 영화의 역사를 바꾸었고, 그로부터 17년 뒤 〈악의 손길〉로 자신이 아직도 대담한 영화를 만들 수 있다는 사실을 증명했다. 〈악의 손길〉은 오손 웰즈의 마지막 영화였다. 그 이후 수십 년 동안 오손 웰즈는 거구를 그대로 유지한 상태로 스페인과 할리우드의 레스토랑에서 만들고 싶었지만 끝내 기회를 잡지 못한 영화들에 대해 이야기하며 쓸쓸한 인생을 보냈다. 아버지를 보며 느꼈듯이 창의력은 와이어액션과 비슷해서 언제든지 추락할 위험이 있다.

영화가 끝나고 엔딩크레딧이 올라가는 걸 지켜보다가 메모를 끼적일 때 조명이 다시 들어왔다. 내가 자리에서 일어섰을 때 로레인이 영화관 출입문에서 나를 기다리고 있었다.

로레인이 내가 편히 나갈 수 있도록 문을 잡아주며 말했다. "정말 뛰어난 필름 누아르예요."

"다음에 봐야 할 영화도 기대돼요. 〈성공의 달콤한 향기〉."

로레인이 말했다. "아, 저도 기대됩니다. 시간이 괜찮다면 에스프레소를 한 잔 더 만들어드릴까요?"

나는 손목시계를 보며 말했다. "말씀은 고맙지만 다른 약속이 있어요."

"중립지대에 온 지 얼마 안 됐는데 벌써부터 바쁘게 지내시네요."

나는 고개를 끄덕이고 나서 그 말에 의심스러운 구석이 없는지 생각했다. 어쩌면 내가 스텐글 요원의 성격을 그대로 유지하고 있거나 지나치게 의심이 많아서일 수도 있었다. 어쩌면 에드나 역할을 완벽하게 수행하려고 지나치게 애쓰는지도 모른다. 나는 편집증적인 성격에서 벗어나야 한다. 계속 의심을 떨쳐버리지 못하는 요원으로 살아간다면 인생이 피곤할 테니까.

"그나마 바쁜 게 좋잖아요. 그래야 부정적인 생각을 떨쳐버릴 수 있거든요."

"맞아요. 저도 그래요. 앞으로 자주 만날 테니까 가끔 한잔하면서 이야기를 나누는 건 어때요?"

"좋아요." 나는 그렇게 말했지만 마음속으로 절대 그럴 일은 없을 거라고 생각했다. 영화가 끝나기 몇 분 전에 부른 무인 택시가 밖에서 기다리고 있었다.

"저는 이만 가볼게요."

"같이 일하게 되어서 기뻐요."

"목요일, 같은 시각 맞죠?"

"네, 대화 상대가 필요하면 언제든지 저를 찾아오세요. 저는 늘 혼자 있으니까."

나는 밖으로 나가 택시에 올랐다.

무인 택시에서 목소리가 흘러나왔다. "행선지를 말씀하세요."

"국경으로 갑니다. 도시의 끄트머리."

"거긴 스키드로입니다. 손님이 스키드로에 들어가도 문제가 없는지 먼저 시스템으로 확인할 필요가 있습니다, 에드나 머스그레이브 씨."

나는 시트에 몸을 깊게 묻고 눈을 감았다. 한시도 긴장감을 떨쳐버릴 수 없었다.

무인 택시의 목소리가 말했다. "확인됐습니다."

나는 눈을 떴다. 무인 택시는 중립지대의 스키드로를 향해 달리기 시작했다.

제13장

연방공화국에서 중립지대의 스키드로에 들어서면 도시의 끄트 머리라고 여길 만하다. 선술집, 헤비메탈 록 클럽, LGBT바, 섹 스숍, 무신론자 서점, 스트립 술집, 마리화나 상점, 재즈 클럽, 임신중지 수술 병원, 성매매 업소가 늘어선 이곳은 중립지대의 스키드로라 불린다. 연방공화국의 반정부인사들은 '엘리트들에 게 다양한 문화의 자유를 누리고 있다는 환상을 심어주는 독재 정권의 예'라고 비난한다. 공화국연맹에서는 지난 몇 년 동안 중 립지대의 스키드로 관련 뉴스를 보도하며 '공화국연맹과 달리 연 방공화국에서는 모든 국민에게 마이크로칩을 이식해 끝없이 감 시하고, 사생활 없이 살게 만든다고 비난한다. 그들은 또 중립지 대의 스키드로를 연방공화국의 전체주의가 낳은 사악한 도덕적 해이를 부끄러운 줄 모르고 전시하는 곳'이라고 맹공격한다.

나는 공화국연맹이 성소수자와 성 노동자를 어떻게 억압하는 지 너무나 잘 알고 있다. 나는 독실한 크리스천인 척하는 위선 자들의 집합소인 공화국연맹 중립지대에 스키드로를 만든 연방 공화국 정부의 결정을 지지한다. 채드윅 정부의 문화위원회는 뉴욕이 가난하던 시절의 바워리와 패티 스미스, 로버트 메이플소프 시기의 이스트빌리지를 절묘하게 섞어 중립지대의 스키드로를 만들었다. 내가 사진으로 본 85년 전 뉴욕 모습이 중립지대의 스키드로에 현실이 되어 펼쳐져 있는 모습은 그야말로 장관이었다. 연방공화국 정부는 스키드로에 와서 보헤미안으로 살고 싶은 사람에게는 집세와 생활비를 제공한다는 말을 퍼뜨렸다. 특이한 사람을 특별히 더 환영한다고 했다. 그 결과 스키드로에서 트랜스젠더 커뮤니티가 크게 활성화되었다. 연방공화국에서는 성매매를 합법화시켰지만 스키드로에서는 한 걸음 더 나아가 갖가지 성적 기호에 맞는 성매매 업소들이 생겨났다. 진지한 재즈, 조용한 록 음악을 들을 수 있는 곳도 있고, 무료로 임신중지 수술을 받을 수 있는 병원도 생겨났다.

브레이머 부장과 캐머런 요원은 나에게 스키드로의 데카당스 문화에 빠져들면 곤란하다고 경고했다. 내 연애는 지루할 정도로 한정적이라고 말하자 그들은 한목소리로 말했다. "이 세상에서 가장 청교도적이고 감정을 절제할 줄 아는 사람도 스키드로에 가면 그냥 무너지게 되어 있어. 중독성이 대단히 강한 곳이야. 내 말을 공식적인 경고라고 생각해두는 게 좋을 거야."

중립지대 주민이라면 누구나 스키드로를 방문할 수 있지만 그곳에서 아예 살려면 허가를 받아야 한다. 브레이머 부장의 말에 따르면 허가 조건은 순 엉터리다. 막심은 스키드로에서 살기 시작한 지 몇 주 되지도 않아 공화국연맹 경찰국에 납치되었다. 경찰국 요원은 남자 접대부로 위장해 술집에 잠입해 있었다. 나는 지금 막심이 납치된 술집 앞에 서 있다. 검게 칠한 창문에 주먹 쥔 남자 팔 그림이 걸려 있었다. 아직 저녁이 되지 않은 시간이 었고, 스키드로는 이제 막 잠에서 깨어나고 있었다. 술집 문은 열려 있었고, 나는 안으로 들어가고 싶은 충동을 느꼈다. 영상 으로 수없이 본 술집 내부를 구석구석 살피고 싶었다. 우리 요 원들과 정보원들이 막심을 보호하고 있었음에도 공화국연맹 경 찰국의 덫에 걸린 이유가 무엇인지 캐보고 싶었다. 내 궁금증을 채우려면 에드나 머스그레이브가 아닌 샘 스텐글 요원이 되어야 한다.

나는 발걸음이 닿는 대로 스키드로를 돌아다녔다. 스트리퍼 가 공연을 하고, 저렴한 가격으로 술을 파는 〈붐붐 룸〉, 두 개의 상영관에서 각각 이성애자와 동성애자를 위해 포르노 영화를 상 영하는 〈깊은 구멍 극장〉, 문에는 십자가에 매달린 예수상이 있 고, 그 아래에 우아한 글씨체로 '섹시한 모습으로 떠난 님'이라 고 적혀 있는 게이와 트랜스젠더 전용 술집 〈미스 오티스의 후 회〉, 휴일 없이 24시간 운영하며 간판에 '공화국연맹 환자 환영' 이라고 적힌 임신중지 수술 병원 〈무 질문 센터〉, 앞에 색소폰 그림 네온사인이 걸린 재즈 클럽 〈맥주 없이 스트레이트로〉를 차례로 지나쳤다.

나는 공화국연맹 국경 가까이 걸어갔다. 공화국연맹 쪽에는 가시철조망이 많았다. 공화국연맹 국경을 막은 벽, 커다란 문은 감시 카메라에 찍힌 사진으로 많이 보았다. 공화국연맹에서 탈출하려던 사람이 총살되었다는 뉴스가 자주 보도되었다. 공화국연맹에서는 국경에 초점을 맞춰 감시 카메라들을 설치해두고 국경 가까이 접근하는 사람들을 모두 지켜보고 있었다. 연방공화국 쪽에는 가시철조망도 없고, 벽도 없었지만 문은 있었다. 도로 아래에는 대못이 숨겨져 있다. 연방공화국 쪽으로 공화국연맹의 차량이 들어서면 도로에서 대못이 튀어나와 타이어를 터뜨린다. 콘크리트 블록도 설치되어 있다. 연방공화국을 상징하는 파란색과 흰색으로 칠해진 이 블록은 자살 폭탄 공격을 막기 위해 설치했다. 미국이 두 나라로 분리되고 나서 얼마 안 있어 두 차례 자살 폭탄 공격이 있었다. 연방공화국의 무장한 군인들이 곳곳에 배치돼 있었다. 군인들이 들어가 있는 참호의 지붕은 총알과 폭탄을 견디도록 설계되었다. 내가 신의 한 수라고 여긴 건 서베를린의 체크포인트 찰리를 복제해 만든 연방공화국 체크포인트다. 검문소가 전하는 메시지는 확실하고 분명하다.

'연방공화국이 더 자유로운 나라다.'

체크포인트 옆으로 좁은 길이 있었다. 공화국연맹으로 가는 '신데렐라' 비자를 받은 사람이 걸어가도록 만들어진 길이다. 일일 비자를 받으면 6시부터 자정까지 공화국연맹에서 머물 수 있다.

체크포인트에서 10미터 떨어져 있는 공화국연맹의 일일 비자사무소가 눈에 들어왔다. 대부분의 비자는 9시 전에 발급된다. 공화국연맹에 가려면 하루 전에 비자를 발급받아야 하고, 엄격한 심사를 거쳐야 한다. 나는 일일 비자사무소에서 나오는 사람이 눈에 보여 인상을 찌푸렸다. 목에 걸린 신분증, 군청색 슈트 라펠에 꽂은 십자가, 귀가 드러나게 자르고 뒤로 넘긴 머리를 보아하니 하급 경찰이라는 증거였다. 비자사무소 옆에 무장한 경비 두 명이 있었다. 거기서 바로 5미터 옆에 연방공화국 군인 두 명이 있었다. 비자 신청을 하는 사무실 안으로 이어지는 길 양편에는 철조망이 있었다. 경찰이 비자사무소 옆 작은 벤치 옆에 서 있었다. 나는 경찰과 시선이 마주치는 바람에 겸연쩍게 웃었다. 경찰은 고개를 끄덕이고 나서 담배에 불을 붙이고 벤치에 앉아 연기를 깊이 빨아들였다. 연방공화국에서는 흡연을 금지하고 있었다. 연방공화국 영토 안에서 담배를 피우는 건 공화국연맹 경찰이라서 누리는 특권이었다. 나는 에드나 역할에 집중하느라 경찰이 셔츠 포켓에서 담배를 꺼내는 모습을 보고도 관심이 없는 척하며 다시 스키드로로 돌아가는 게 좋겠다고 생각했다.

재즈 바 〈맥주 없이 스트레이트로〉가 나를 유혹했다. 음악 연주를 매일 18시에 시작해 다음 날 4시까지 이어진다는 입간판이 보였다. 빨간색 문으로 들어서자 사각형 홀이 나왔다. 한쪽 끝에는 작은 무대가, 다른 쪽 끝에는 바가 있었고, 그 사이에 테이블들이 있었다. 손님은 나뿐이었고, 바 뒤에 덩치 큰 남자가 있었다. 무대에서는 몸집이 작은 중년 흑인이 줄무늬 슈트, 감색 셔츠, 느슨하게 맨 검은 넥타이 차림으로 피아노를 치고 있었다.

피아노를 치는 흑인이 말했다. "오늘 첫 손님이 오셨네."

바텐더가 말했다. "오늘 첫 관광객이 오셨네." 짐짓 남자다운 척하는 말투였다.

나는 아무것도 모른다는 듯 시큰둥하게 물었다. "어떻게 아셨어요?"

"스키드로에서 어리둥절한 표정을 짓고 있는 사람들은 대부분 관광객이죠. 어떤 술을 드릴까요?"

에드나는 위스키를 스트레이트로 마실 사람이 아니다. 코스모폴리탄처럼 여성이 좋아할 술을 마실 사람도 아니다. 에드나는 칵테일을 좋아할 사람이지만 마티니처럼 뇌를 마비시키는 칵테일은 아니다.

바텐더에게 물었다. "맨해튼도 되나요?"

"물론 됩니다. 스트레이트로, 아니면 온더락으로?"

"스트레이트로."

피아노 치는 남자가 물었다. "뉴욕에서 오셨어요?"

"태어난 곳은 아니고, 뉴욕에 살아요."

"나는 할렘 139스트리트 레녹스 애비뉴에서 자랐어요. 이 외진 곳까지 무슨 일로?"

"국영 라디오 방송국에서 일해요. 중립지대에서 일하는 걸 제안받았어요. 여기에 오면 급여도 많이 주고 혜택도 많다고 해서요. 저는 만족해요. 게다가 미드웨스트 재즈 바도 이렇게 찾아냈고요."

"예쁜 숙녀분, 여긴 이제 미드웨스트가 아닙니다."

"제가 예쁘지는 않은데요."

"똑똑하고 예쁜 여성들은 죄다 본인이 예쁘지 않다고 하더군요. 작업용 멘트는 아니었으니 이해하세요."

아니, 작업용 멘트였지만 그리 싫지 않았다.

내가 물었다. "여기에는 어쩐 일로 오시게 됐어요?"

"얘기하자면 길어요. 그다지 즐거운 얘기도 아니고요. 어쨌든 그런 어두운 얘기를 하기에는 아직 날이 너무 밝네요. 혹시 신청곡 있나요?"

"원하시는 대로 연주하세요. 저는 열심히 들을게요."

"제가 노래를 부르지 않는 걸 다행으로 생각하세요. 노래를 부르면 아마 고문일 겁니다. 예쁜 숙녀분에게 어울리는 곡을 들려드리죠."

술이 나왔고, 손목시계에 계산서도 떴다. 시계 모니터를 터치해 78달러를 결제했다. 뉴욕 물가에 비하면 턱없이 싼값이었다. 피아노 연주가 시작됐다. 〈원 포 마이 베이비, 원 모어 포 더 로드(One for My Baby and One More for the Road)〉였다.

늦은 밤 술집에서 흘러나오던 옛날 곡이었다. 피아니스트가 노래를 부르지는 않았지만 나는 가사를 알고 있었다.

지금은 2시 45분
여기엔 그대와 나, 둘뿐
자, 서로 인사하고

나는 칵테일을 홀짝였다. 피아노 연주는 매우 훌륭했다. 연주가 끝나자 내가 말했다.

"브라보! 아주 좋았어요."

"예쁜 숙녀분, 제가 이렇게 불렀다고 젠더 경찰한테 신고하는 건 아니죠?"

"그럴 일은 없을 테니까 걱정 마세요."

"아, 저는 항상 걱정이 많아요. 다 그러지 않나요? 알려드릴게 하나 있어요. 바 옆에 조용한 룸이 있는데 거기로 잠시 가시는 건 어때요? 조용히 혼자 머물 수 있는 곳이죠."

나는 포커페이스를 유지하느라 애썼다. '조용히 혼자 머물 수 있는 곳'이란 암호였다. 정보원들이 서로 확인하는 암호. 바텐더가 같은 편인지 아직 알 수 없어 표정부터 관리할 필요가 있었다. '조용히 혼자 머물 수 있는 곳'은 해킹 위험 없이 칩으로 대화할 수 있는 곳을 가리킨다. 피아노맨은 우리 편이다. 아니, 적어도 나에게 암호를 확실히 전했다.

내 정체를 알고 있을까?

나는 모르겠다. 어쨌든 이 남자가 범죄를 저지르고 스키드로에 정착해 피아노를 연주하고 있는 사람이 아닌 건 확실해 보였다.

내가 말했다. "지금 나 혼자 머물 수 있는 곳에 가는 것도 괜찮겠네요."

"남자 화장실 표지판을 따라가세요. 남자 화장실 바로 앞에 연주자 대기실이 있어요. 그 오른편에 '사무실'이라고 표시된 문이 보여요. 거기로 들어가세요."

"피아노 연주가 아주 훌륭했어요. 지금이 2시 45분은 아니지만요."

"여기는 늘 2시 45분이죠. 조심하세요."

어두운 복도를 걸어갔다. 연주자 대기실에는 망가진 소파 두 개, 냉장고, 낡은 안락의자, 싸구려 탁자가 있었고, 한쪽 벽은 이곳에서 연주한 재즈 거장들의 사진들로 채워져 있었다. 사무실이라고 적힌 문은 연주자 대기실 바로 옆에 있었다. 육중한 문이지만 쉽게 열렸다. 5평방미터쯤 되는 공간에 낡은 앵글포이즈 스탠드가 놓인 탁자, 목재 흔들의자, 파일 캐비닛이 있고, 창문은 없었다. 나는 의자에 앉아 오른쪽 관자놀이에 있는 에드나 칩을 터치했다. 이제 에드나 칩은 누가 연락하면 '연락 불가'로 답신한다. 왼쪽 칩을 터치했다. 중립지대에 온 이후 처음으로 왼쪽 칩을 켰다. 나는 재킷 주머니에서 모니터를 꺼냈다. 브레이머 부장이 나타날 줄 알았는데 새비지 요원이 모니터에 떴다.

"내가 〈맥주 없이 스트레이트로〉에 있는지 어떻게 알았어?"

"시스템 알고리즘 덕분입니다. 팀장님이 스키드로에 갈 거라고 예상하더군요. 중립지대를 처음 방문하는 사람은 흔히 스키드로에 가거든요. 그다음은 추측했죠. 〈깊은 구멍 극장〉으로 게이 포르노를 보러 가시지는 않을 테고, 트랜스젠더 술집에서 '카펜터스의 밤' 이벤트를 즐기시지도 않을 테니까. 팀장님은 재즈를 좋아하시잖아요. 에드나는 팀장님만큼 재즈를 좋아하지는 않지만 재즈가 도시 문화에서 중요한 역할을 한다고 생각할 사람이죠. 저는 팀장님을 경호해야 하기에 몰래 지켜보고 있었습니다. 그러다가 아까 중요한 정보 하나를 습득했습니다."

"무슨 정보인데?"

"중대한 소식입니다."

"무슨 소식?"

"찾았어요."

"찾다니?"

"케이틀린 스텐글을 찾았습니다."

"케이틀린이 어디에 있는지 확인했다는 말이야?"

"네, 그렇다니까요."

"어디에 있어?"

"위장 신분으로 비자사무소에서 일하고 있어요."

"젠장맞을! 거기에 갔었는데."

"알아요."

정보국은 나를 염탐하고 있다.

"좋은 소식이네. 더 말해봐."

제14장

케이틀린이 비자사무소에서 일한다는 사실을 알게 된 순간부터 정보국에서는 비자사무소 콘크리트 건물 주위에 감시 장비를 몰래 설치했다. 공화국연맹이 연방공화국에 허용한 장치는 보안 카메라뿐이었다. 공화국연맹은 비자사무소 내에 더 세밀한 감시 장비를 설치해두었고, 그 지붕 위에 세운 통신 탑에서 반경 15킬로미터를 감시하고 있었다. 연방공화국 기술팀은 공화국연맹 쪽 신호를 방해하는 방법을 고안해냈다.

케이틀린은 어떻게 국경을 통과하지 않고 비자사무소에 들어갔을까?

공화국연맹은 비자사무소 20미터 아래에 자기들 영토와 이어지는 땅굴을 파놓았다. 2년 전, 연방공화국 스파이 칼슨 부부의 제보 덕분에 우리는 공화국연맹에서 땅굴을 파는 과정을 자세히 알 수 있게 되었다. 댈러스의 건설업체가 일을 맡았고, 우리 정보국에서는 큰 액수의 뇌물을 주고 정보를 빼냈다. 정보국은 댈러스 건설업체 사장에게 미리 감청 기능을 넣은 광케이블을 제공하며 터널에 그 케이블을 넣어달라고 했다. 사장은 위험을 무룹쓰고 정보국에 협조했다. 그 결과 우리는 터널에 50평방미터 주위까지 포착하는 마이크로 카메라를 칠십 대 넘게 설치하고, 중립지대 아래 공화국연맹 경찰국의 움직임을 직접 관찰할 수 있게 되었다. 공화국연맹 경찰국은 요원들을 연방공화국에 침투시킬 때 이 터널을 이용했고, 우리는 이 음성 감지 광케이블과 마이크로 카메라를 통해 그 사실을 알아냈다. 아직까지 우리는 운이 좋았다. 마이크로 카메라가 아주 정교하고 작아 공화국연맹 경찰국에 발각되지 않았으니까.

케이틀린은 아직 아무런 움직임도 보이지 않았다. 자취를 감춘 기간까지 더하면 케이틀린은 지난 몇 주 동안 전혀 모습을 드러내지 않았다. 우리는 〈맥주 없이 스트레이트로〉에 작전 캠프를 차렸다. 아니, 새비지 요원과 라프렐 요원이 주도했다. 술집 매니저이자 상주 피아니스트인 레온 그림블도 힘을 더해주었다. 칩이 추적당하지 않는 안전한 방으로 나를 안내했던 바로 그 피아니스트였다. 나는 시스템에서 레온 그림블을 조사했다. 한때 뉴올리언스에서 재즈 클럽을 운영하던 그는 미국 분리가 발표되자 북쪽으로 왔다. 레온의 동생은 뉴올리언스에 남기를 고집했다. 한때 마디그라 축제 퍼레이드의 드래그 퀸이었던 레온의 동생은 결국 동성애를 범죄로 간주하는 공화국연맹에서 죄수로 수감되어 강제 노역을 하고 있었다. 레온은 12사도가 국경을 봉쇄하기 직전에 간신히 연방공화국으로 넘어왔고, 생활비와 일자리가 절실히 필요했다. 연방공화국 정보국에 채용된 레온은 코펜하겐, 베를린, 파리에서 재즈 클럽을 운영하며 정보국의 해외 첩보 활동에 큰 도움을 주었다. 하지만 레온은 연방공화국으로 돌아와 뉴욕에서 재즈 바를 운영하고 싶어 했다. 정보국에서는 뉴욕 대신 중립지대로 갈 것을 제안했다. 그 대신 중립지대에서 성공적으로 임무를 완수하면 뉴욕으로 보내주겠다는 조건을 붙였다.

레온은 내가 시스템에서 신상 정보를 훑어본 줄도 모르고, 정보국에서 내가 어떤 존재인지도 몰랐다. 그저 에드나라는 거만한 관광객이 나타나면 도청 위험이 없는 방으로 안내하라는 지시만 받았을 뿐이었다. 나는 〈맥주 없이 스트레이트로〉에 일주일에 한 번만 가야 했다. 너무 자주 가면 의심을 받을 수도 있으니까. 공화국연맹 경찰국이 중립지대의 모든 일, 모든 사람을 모니터하고 있을 게 분명했다. 연방공화국 감시 데이터에 케이틀린의 신체적 특징을 모두 넣었다. 그런 한편 공화국연맹 비자사무소와 땅굴을 계속 감시했다.

케이틀린이 포착되면 새비지 요원과 라프렐 요원, 나에게 즉각 알림이 전달되도록 프로그램을 짜두었다. 라프렐 요원은 케이틀린이 나타날 때를 대비해 우리 세 사람 가운데 하나는 반드시 작전 캠프에 있어야 한다고 주장했다. 새비지 요원은 라프렐 요원의 주장이 억지라고 생각했다.

"공화국연맹 비자사무소는 연방공화국 영토에 있어요. 가로

5미터 세로 5미터의 건물에서 벗어날 수 없고요. 연방공화국 군인들이 24시간 지키고 있기도 하죠. 비자사무소에서 누군가 우리 쪽으로 달려온 일은 딱 한 번뿐이었어요. 2년 전에 있었던 사건인데 그 사람은 연방공화국에 망명을 신청하려고 달려온 거예요. 하지만 미처 3미터도 이동하지 못하고 공화국연맹의 군인이 쏜 총에 맞아 사망했죠. 비자사무소 옥상에서 보초를 서는 공화국연맹 저격수가 총을 쏜 거예요."

라프렐 요원이 말했다. "케이틀린이 망명을 시도할 것 같지는 않은데."

새비지 요원이 말했다. "자, 우리는 케이틀린이 비자사무소에서 일하고 있다는 정보를 습득했어. 그런데 아침에 비자사무소 직원들이 국경을 넘어 출근할 때도 케이틀린은 눈에 들어오지 않았어. 그렇다면 가능성은 두 가지야. 첫째, 케이틀린은 땅굴을 이용해 다니는데 완벽하게 외모를 바꾸었다. 둘째, 케이틀린은 애초에 비자사무소에 없다. 후자의 경우에는 문제가 심각해. 공화국연맹 경찰국 놈들이 우리 정보원들한테 일부러 거짓 정보를 흘렸을 가능성이 크니까. 우리가 비자사무소를 감시하느라 다른 곳에 전혀 신경 쓰지 못하게 만들어놓고, 다른 작전을 펼치려는 속셈이지."

두 요원이 나누는 대화를 듣고 있으려니 문득 짜증이 났다. 이번 작전의 세부 사항들을 팀장인 나보다 두 요원이 더 많이 알고 있다는 느낌이 들었기 때문이다. 물론 나는 신분을 위장한 상태로 중립지대에 머물러 있고, 에드나 역할을 수행하느라 시간을 다 쏟고 있지만 브레이머 부장에게 크게 소리치고 싶었다.

'이 작전의 책임자는 나라고요!'

라프렐 요원이 나에게 거스리에서 공연 중인 연극을 보라고 말해주었을 때도 소리치고 싶었다. 존 밀링턴 싱의 〈서쪽 나라의 멋쟁이〉를 공연하는데 등장인물의 성별을 바꾸었다. 멋쟁이는 여자, 메그는 아시아계 트랜스젠더가 연기했다. 나는 이 괴롭기 그지없는 연극을 15분 동안이나 보고 있어야만 했다. 라프렐 요원은 나에게 연극 티켓을 주면서 1막 중간에 누군가 어깨를 톡톡 칠 테니까 아무것도 묻지 말고 그 사람을 따라 가면 된다고 했다. 팀장인 내가 명령받고 있다는 느낌이 들어서 기분이 나빴다. 상하 관계를 따지기보다는 언제나 차질 없는 임무 완수가 최고의 목표인 정보국이었기에 내가 화내면 정보국 고위층 인사들에게 보고될 가능성이 컸다. 내 좌석은 극장 측면 비상구 옆이었고, 주위에 아무도 앉지 않았다. 누군가 내 어깨를 톡톡 쳤을 때 나는 다른 사람들의 눈에 띄지 않게 자리를 빠져나왔다. 나는 복도를 지나 엘리베이터 앞에 섰다. 앞장선 사람이 나에게 홍채와 지문을 인식기에 대라고 말했다. 나는 대꾸하지 않고 그대로 했다. 문이 열렸다. 앞장선 사람이 다시 내 어깨를 톡톡 쳤고, 나는 엘리베이터에 올랐다. 엘리베이터는 귀가 먹먹해질 정도로 아래로 내려가다가 점점 속도를 줄이더니 마침내 멈춰 섰다. 엘리베이터 문이 열렸고, 나를 기다리고 있는 사람은 새비지 요원과 라프렐 요원이었다. 중립지대 지하에 정보국에서 비밀리에 마련해둔 기지가 있다니 새삼 놀라웠다. 터널 길이가 일 킬로미터쯤 됐다. 그 끝은 〈맥주 없이 스트레이트로〉의 바로 밑이었다. 터널의 폭은 2미터 남짓했다. 그 좁은 터널에 양쪽으로 책상들과 컴퓨터들이 놓여 있었다. 나는 새비지 요원과 라프렐 요원이 작전실로 쓰고 있는 방으로 이동했다.

내가 말했다. "난 자네들도 각자의 아파트에 머무는 줄 알았어."

새비지 요원이 말했다. "아파트에서도 일해요. 그렇지만 중요한 업무는 주로 여기서 하는 편이죠."

"나에게 이렇게 좋은 곳이 있다고 미리 귀띔해주어야 한다는 생각은 안 들던가?"

라프렐 요원이 말했다. "팀장님이 에드나 역할에 익숙해질 때까지 기다려야 한다고 생각했어요."

나는 마음을 가라앉히려고 남몰래 숨을 깊이 들이쉬었다. 이런 기지가 있다는 걸 나에게 숨긴 건 두 사람이 자체적으로 결정했을 리 없었다. 분명 상부의 지시를 받았을 테니 라프렐 요원과 새비지 요원을 덮어놓고 나무랄 수는 없었다. 브레이머 부장을 비롯한 윗사람들도 분명 이유가 있어 나에게 이런 기지가 있다는 사실을 비밀로 했을 것이다. 나는 케이틀린 관련해 새롭게 확보한 정보가 없는지 물었다. 아직 별다른 동향을 느끼지 못했다는 답변이 돌아왔다.

나는 새비지 요원에게 말했다. "자네 말대로 연막이었어. 케이틀린이 연방공화국 영토에 있다고 믿게 만든 다음 우리의 주의를 다른 곳으로 돌려놓고 기습 작전을 펼칠 속셈이었던 거야. 우리 정보원들의 정체가 발각되었을 가능성이 커. 공화국연맹 중립지대에서 활동하는 모든 정보원들에게 이 사실을 알리고 어서 탈출시켜."

라프렐 요원이 고개를 끄덕였다.

내가 말했다. "당장 실행해. 그냥 내버려두었다가는 우리 정보원들이 꼼짝없이 당할 수도 있어."

새비지 요원이 말했다. "그러네요, 우리 정보원들을 보호하는 게 급선무죠."

라프렐 요원이 말했다. "그래도 비자사무소는 24시간 내내 감시해야 한다고 생각합니다."

24시간 내내 계속 감시하려면 한 사람씩 교대하며 모니터 앞에 앉아 있어야 한다. 그러다가 케이틀린이 나타나면 즉시 달려나가야 한다. 하지만 케이틀린이 비자사무소 밖으로 모습을 드러내는 일은 결코 없을 듯했다.

새비지 요원이 라프렐 요원에게 말했다. "자네가 좀 지나치다고 생각하지 않아?"

"그게 무슨 말이야?"

"자네는 지금 다른 사람들보다 네 배는 더 열심히 일하는 것처럼 보이려고 안달하고 있잖아. 어차피 결과는 같은데 자네는 디테일에 지나치게 집착하고 있어. 물론 자네가 열심히 일하니까 칭찬받아야 하는 건 분명해. 하지만 우리에게는 첨단 기술이 있어. 비자사무소 감시는 첨단 기술을 활용하면 돼. 그러니까 하루 24시간 동안 모니터 앞에 앉아 케이틀린이 나타나기를 기다릴 필요는 없다는 뜻이야."

라프렐 요원의 양쪽 귀가 빨개졌다.

"자네는 나보다 퍽이나 잘난 줄 알지? 나에게 방금 시비를 걸 만큼 자네가 잘한 일은 뭐야?"

"정보국에 기록된 내 신상 파일을 보면 감히 그런 소리를 못 할걸."

"자네 신상 파일은 이미 다 봤어. 자네보다 능력이 뛰어난 요원들이 공을 세울 때 같은 팀으로 무임승차한 기록이 전부던데."

"아직도 엄마나 찾는 부잣집 어린아이 입에서 그런 말을 들으니까 참 흥미롭네."

라프렐 요원이 갑자기 새비지 요원의 얼굴에 주먹을 날리려는 순간 내가 그의 팔을 잡아 뒤로 꺾었다. 정보국에서는 매년 일주일씩 신체 훈련을 받아야 한다. 신체 훈련 코스에는 육탄전도 들어 있다.

나는 라프렐 요원의 무릎을 꿇리며 소리쳤다. "이 멍청이!"

우리 주위에는 감시 카메라가 아주 많았다. 현재 벌어지고 있는 내분도 정보국 내사과에서 지켜보고 있을 가능성이 크다. 라프렐 요원이 몹시 아파하며 인상을 찌푸렸지만 나는 팔을 놓아주지 않았다. 아니, 메시지를 확실하게 전달하려고 팔을 더욱 아프게 꺾었다.

라프렐 요원이 신음하며 말했다. "죄송합니다, 제가 잘못했습니다."

새비지 요원이 말했다. "내가 뭐랬어. 자네는 무슨 말을 하면 어린아이처럼 발끈하는 게 문제야."

나는 새비지 요원에게 소리쳤다. "입 닥치지 못해!"

새비지 요원이 놀란 얼굴로 나를 보더니 금세 사과했다. 나는 그제야 라프렐 요원의 팔을 놓아주었다. 라프렐 요원이 반성하는 표정으로 얼른 일어섰다.

"제가 잘못했습니다. 제가 그만……."

"내가 에드나로 위장해야 하는 만큼 자네들이 나보다 더 많은 정보를 입수할 수는 있을 거야. 그래도 이번 작전에서 자네들의 상관은 나야. 무슨 말인지 알겠나?"

라프렐 요원이 바닥을 내려다보며 고개를 끄덕였다.

새비지 요원이 말했다. "팀장님의 권위를 단 한 번도 의심한 적이 없습니다."

"그런 말로 환심을 사려고 하지 마. 자네는 방금 전 마치 개자식처럼 동료 요원을 괴롭혔어. 나는 동료 요원을 괴롭히는 개자식들과는 같이 일하고 싶지 않아. 한 번만 더 그런 짓을 하면 당장 짐을 싸게 할 거야."

"네, 명심하겠습니다."

"라프렐 요원, 자네는 한 번만 더 감정 조절을 하지 못하고 욱하는 모습을 보이면 끝장이야. 내 팀에서 냉정을 잃은 요원은 필요 없어."

라프렐 요원이 또 말없이 고개를 끄덕였다. 운동장에서 싸우는 학생들을 말리는 교사가 된 기분이었다. 새비지 요원과 라프렐 요원도 내 기분이 어떨지 잘 알고 있는 눈치였다.

내가 다시 강경한 어조로 말했다. "앞으로 비자사무소 감시를 어떻게 해야 할지 말할게. 새비지 요원의 말에 나도 동의해. 케이틀린이 발견되면 감시 프로그램 알고리즘이 우리에게 곧장 알림을 보낼 거야. 라프렐 요원은 비자사무소 쪽을 담당하는 연방공화국 국경수비대 장교와 미리 교감해둘 필요가 있어. 감시 프로그램이 알림을 보내면 국경수비대가 케이틀린을 체포해야 한다는 뜻이야. 질문 있나?"

라프렐 요원이 내 말에 토를 달았다. "그 정도는 벌써 다 준비해두었어요. 그래도 우리가 비자사무소를 계속 감시하는 게 유리하지 않을까요?"

나는 라프렐 요원의 말을 반박했다. "지금은 그런 걱정을 할 때가 아니야. 자네는 할 일이 아주 많아. 우리 정보원을 빼돌릴 준비도 해야 하고, 새 정보원도 알아봐야 해. 이 지하 기지에서 지내면서 비자사무소를 감시하고 싶으면 침낭 하나를 구해줄게. 소변이 마려워도 모니터에서 눈을 떼지 않을 수 있도록 양동이도 구해줄게. 하지만 24시간 내내 비자사무소를 감시하려는 목적이 내 환심을 사려는 거라면 큰 착각이야. 나는 일을 할 때 열의가 지나친 건 질색해. 정보국에서 일하려면 자신의 능력과 열정을 낭비해서는 안 돼. 자네는 수건 회사 세일즈맨이 아니야."

새비지 요원이 입가에 비웃음을 흘렸다. 나는 얼른 새비지 요원을 보며 엄중하게 말했다. "자네는 라프렐 요원보다 능력이 뛰어나다고 생각하나? 적어도 라프렐 요원은 이번 작전을 성공시키기 위해 최선을 다하고 있고, 그 사실을 증명하기 위해 몸을 내던지고 있어. 그런데 자네는 어떤가? 다른 사람이 하는 일을 비꼬면서 돌아치기만 하잖아. 다시 한번 말하지만 지나친 열의는 질색이야. 내가 몹시 싫어하는 게 한 가지 더 있는데 자만심이야. 자만심은 아주 형편없는 실수를 저지르게 하지. 지나간 역사를 돌이켜보면 그 증거를 수없이 찾아낼 수 있어."

새비지 요원은 한참 동안 말없이 바닥만 내려다보았다. 어느새 라프렐 요원은 절제된 모습으로 돌아와 있었다. 동료 요원이 분노를 표출하도록 만든 것에 대해 정보국에서 불이익을 받을까봐 우려하는 눈치였다. 이윽고 새비지 요원이 고개를 들었다.

"팀장님, 제가 주제넘었습니다. 죄송합니다. 앞으로 라프렐 요원을 괴롭히지 않고 깊이 존중하고 배려하는 태도로 임하겠습니다. 라프렐 요원, 미안해."

새비지 요원이 악수를 청했지만 라프렐 요원은 손을 잡으려고 하지 않았다. 뭐든 자기 뜻대로 해야 직성이 풀리는 사람들은 속이 좁기 마련이다. 나는 라프렐 요원을 쏘아보았다. 이번 작전의 팀장이 나라는 사실을 한 번 더 확실하게 주지시킬 필요가 있었다. 그제야 라프렐 요원이 새비지 요원과 악수를 나누었다. 잠시 침묵이 흐른 뒤 새비지 요원이 말했다.

"저는 이제 나가볼게요. 정보원이 되어줄 사람을 만나기로 했어요. 비료를 연구하는 화학자인데, 연방공화국 영토인 동부 농업지대에서 살고 있지만 국경 너머에까지 사업을 확장시키고 싶어 해요. 회사 이름이 똥거름은 아닌 게 확실한데 뭔지 생각나지 않네요. 죄송합니다, 무식한 말을 해서."

나도 모르게 피식 웃음이 나왔다. 내가 말했다. "그런 농담은 언제라도 환영이야. 아무튼 그 비료 화학자를 만나서 이야기를 더 해봐."

"그 비료 화학자가 비료 탄소발자국 규정에 부합하는 혁신적인 분뇨 비료를 개발했대요. 그러자 공화국연맹에서도 큰 관심을 기울이고 있어요. 공화국연맹 농산물 생산량이 지난 일 년 동안 31퍼센트나 줄었으니 그럴 만도 하죠. 공화국연맹에서 비료 화학자에게 비즈니스 비자를 내주었어요. 까다로운 신원 조사를 통과했다는 뜻이죠. 우리 정보국에서도 면밀히 조사했는데 딱히 의심스러운 구석이 없었어요. 다만 30년 전 그 사람 누나가 사우스다코타주 서쪽 국경에서 결혼했는데 그 남편이 촌구석 경찰국 지부장이더군요. 비료 화학자는 밀린 세금이 아주 많아요. 그가 매형에 대한 정보를 최대한 많이 제공하면 세금을 면제해주겠다고 제안할까 해요."

그런 일은 새비지 요원의 특기였다. 그는 어떤 사람의 약점을 파고들어 맘껏 이용한 다음 필요한 정보를 얻어냈다. 나는 새비지 요원의 끈기, 냉철한 분석력, 적과 싸울 때 발휘되는 직감을 높이 산다. 하지만 자주 선을 넘고, 사람들을 겁박하고, 성급하게 사람들을 해치는 건 경계한다. 새비지 요원은 그나마 화를 조절할 필요가 있을 때에는 잘 제어한다. 바로 그런 점이 라프렐 요원과 차별화되는 부분이다.

내가 물었다. "그 비료 화학자가 케이틀린을 상대하는 데 도움이 될까?"

"그건 잘 모르겠어요. 다만 다른 작전에는 유용한 정보를 제공해줄 수 있을 겁니다."

라프렐 요원이 물었다. "밀린 세금이 얼마나 되는데?"

"3천2백만 달러."

내가 말했다. "그 정도 액수면 우리 일에 잘 협조하겠네."

새비지 요원이 말했다. "저도 그렇게 생각합니다. 그나저나 팀장님은 영화평론가 연기는 잘 되어가고 계세요?"

"아직까지는 문제없어. 나에게 잘 맞는 역할이야. 자네에게 맡길 일이 하나 더 있어. 로레인 애플화이트를 감시해줘."

"극장 매니저 말인가요?"

"벌써 조사했나?"

"그 여자가 수상해 보입니까?"

"딱히 수상한 건 아니지만 위험 요소가 있을 수도 있으니까 예방 차원에서 확인해두고 싶어서 그래."

라프렐 요원이 말했다. "연방공화국 감시 시스템에 그 여자의 데이터를 넣어두고 계속 주목하겠습니다."

"새비지 요원은 비자사무소를 계속 주시해. 케이틀린을 최대한 빨리 찾아내야 해."

새비지 요원이 말했다. "빠른 시일 내에 찾아내겠습니다."

내가 말했다. "자네만 믿어."

새비지 요원은 손목시계를 보더니 30분 뒤에 용무가 있어 지금 나가봐야 한다고 했다.

나는 빙긋 웃었다. '용무'는 투나잇 온리 앱에서의 '약속'을 가리키는 정보국 암호였다.

내가 말했다. "좋은 시간 보내."

새비지 요원이 말했다. "저도 그러길 바랍니다."

새비지 요원이 나가자 라프렐 요원이 나에게 말했다. "팀장님, 아까 벌어진 일은 저의 명백한 실수였습니다. 앞으로 조심하겠습니다."

나는 교통 흐름을 통제하는 교통경찰처럼 한 손을 치켜들었다. 지금은 교통경찰이 존재하지 않는 세상이지만.

"똑같은 실수를 반복하지 않는 게 중요해. 앞으로 작전에 충실하게 임해주면 그 실수는 내가 기록에 남지 않도록 조처할게."

내가 막심을 구하려고 고집을 피울 때도 그랬듯이 라프렐 요원이 새비지 요원에게 주먹을 휘두르려고 한 행동은 정보국 고위층을 실망시킬 수도 있었다. 라프렐 요원도 그런 점을 잘 알고 있었다. 동료 요원에 대한 폭력 행사는 설령 미수에 그치더라도 진급에 악영향을 미친다. 실수를 만회하려면 상응하는 성과를 올리는 수밖에 없다.

라프렐 요원이 물었다. "팀장님, 한잔하고 싶어요?"

"당연히." 나는 술을 마시고 싶었지만 고개를 저으며 말했다. "내가 재즈 바에 올라가 정장 차림 정보국 요원과 술을 마시면 신분이 들통날 위험이 커."

"공화국연맹 경찰국은 제가 정보국 요원이라는 사실을 모릅니다."

"이미 알고 있을지도 몰라."

"어쨌든 재즈 바로 올라가 술을 마시자는 뜻은 아니었습니다. 이 지하 기지 안에 작은 바가 있어요. 더욱 좋은 건 지하 기지 바에서는 생체 칩 통신도 차단된다는 겁니다."

생체 칩 통신이 차단되면 상부에 알리고 싶지 않은 이야기를 안심하고 나눌 수 있다.

바가 있다는 사실을 왜 나만 모르고 있었는지 화났지만 이런 일이 겹치다보니 그다지 놀랍지도 않았다.

작전 캠프에서 500미터쯤 더 안쪽으로 들어가자 철문이 나왔다. 라프렐 요원은 손목시계에 입장 인원을 입력하고, 지문과 홍채로 신분을 증명했다. 복고풍 칵테일 바가 눈앞에 나타났다. 1970년대 우주 개발 시대와 아르데코의 만남이라고 해도 무방한 분위기, 무광 크롬을 많이 사용한 인테리어, 긴 카운터, 가죽 소파가 놓인 테이블, 검정 슈트를 입은 웨이터들이 눈에 들어왔다. 생각보다 사람이 많았고, 모두 얌전히 술을 마시지는 않았지만 소음이 전혀 들리지 않는 게 특이했다. 각각의 테이블을 둘러싼 투명 플라스틱판이 방음재 역할을 해주기 때문이었다.

라프렐 요원이 바 안쪽의 빈 테이블을 가리켰다. 가죽 소파에 앉자 투명 플라스틱판이 닫혔고, 소음이 전혀 들리지 않았다.

"저는 내일 쉬는 날입니다."

"나도 알아. 그래서 오늘 곤드레만드레 취하도록 마시려고?"

라프렐 요원이 얼굴을 붉혔다. "폭음은 하지 않지만 오늘은 술을 마시고 싶네요."

"내가 엄마처럼 잔소리할 생각은 없으니까 취하도록 마셔도 괜찮아. 누구나 탈출구가 필요하지. 마시고 싶은 주종은 뭐야?"

"마티니 스트레이트요."

"나도 같은 걸로 시켜줘."

라프렐 요원이 손목시계로 술을 주문하고 나서 물었다. "담배를 피워도 될까요?"

"자네의 건강에 문제가 없으면 나는 상관없어. 나도 한 개비 피울게."

웨이터가 투명 플라스틱판 앞에 나타났다. 그가 들고 있는 쟁반 위에 술과 재떨이가 놓여 있었다. 술을 주문할 때 재떨이도 부탁한 듯했다. 라프렐 요원이 손목시계를 터치해 문을 열었다. 호리호리한 체구의 웨이터가 안으로 들어와 툭툭 끊어지는 말투로 말했다.

"마티니 스트레이트 두 잔과 재떨이를 가져왔습니다. 공기청정기도 작동 중입니다. 혹시 더 필요하신 게 있습니까?"

라프렐 요원이 말했다. "지금은 없어요, 고맙습니다."

웨이터가 나가고 나서 투명 플라스틱판이 다시 닫혔다. 라프렐 요원이 필터 없는 럭키스트라이크를 꺼냈다.

"옛날 스타일 담배네."

"이왕 담배를 피우려면 전자담배보다는 진짜 담배가 낫죠."

"나도 동의해."

라프렐 요원이 담뱃갑을 내밀었다. 나는 담배 한 개비를 뽑아 입에 물었다. 라프렐 요원이 역시 옛날 스타일인 지포라이터로 담배에 불을 붙여주었다. 우리는 술잔을 들고 건배했다. 건배사는 없었다. 공기청정기가 작동한 탓인지 담배 연기가 금세 사라졌다. 재떨이에도 연기를 빨아들이는 기능이 있었다.

"칵테일 맛이 제법 좋아."

라프렐 요원이 빙긋 웃었다.

나는 계속 말했다. "우리 아버지도 지포라이터를 사용했어. 아버지가 쓰던 지포라이터는 이제 우리 집 책꽂이에 놓여 있지. 아버지가 사용하던 만년필 두 자루와 안경 세 개도 그대로 있어."

"작년에 돌아가셨죠?"

"그래, 작년. 2044년 1월이었어. 아흔여덟 살이었고. 나는 아버지가 백 살까지 살기 바랐는데 내 바람대로 되지는 않았지."

"많이 아쉽겠네요."

"그렇긴 해."

라프렐 요원이 술을 마시자고 한 걸 보면 나에게 털어놓을 말이 있는 게 분명했다. 이런 경우 내가 먼저 속내를 드러내야 한다. 내가 먼저 아버지 이야기를 했으니 이제 라프렐 요원도 이야기를 꺼내기가 한결 수월할 것이다.

"라프렐 요원은 집에서 기다리는 사람이 있으니 좋겠네."

라프렐 요원은 내 말에 불쾌한 표정을 지었다. 내가 바란 반응이었다. 라프렐 요원은 화를 참으며 마티니를 단숨에 들이켰다.

마침내 라프렐 요원이 말했다. "팀장님이 어떤 의도로 한 말인지 압니다. 팀장님은 집에 누가 있는 걸 바라지 않잖아요?"

라프렐 요원이 손목시계를 눌러 술을 더 시켰다.

내가 말했다. "술을 마셔야 마음에 담아둔 말을 털어놓는 편이지?"

"술기운에 한 말은 아닙니다."

"나도 집에 누군가 있었으면 좋겠어."

"거짓말 마세요. 아, 방금 제가 불손하게 말한 건 사과드립니다."

"사과하지 않아도 괜찮아. 자네 관점을 표현한 것뿐이니까."

"제가 계속 아내와 함께 살면 정보국에서 진급할 수 있는 한계가 있다는 걸 알아요."

"그래도 지금 여기서 중요한 작전을 수행하고 있잖아."

"작전이 끝날 때까지 아내에게 제가 어디에 있는지 전혀 알리지 않는다는 조건을 달고 나서야 겨우 작전에 낄 수 있었습니다. 당연하지만 휴대폰 통화는 물론 메신저나 문자메시지도 안 된다는 조건이었죠."

나도 이미 알고 있는 일이었다. 내가 라프렐 요원을 팀에 넣어달라고 하자 브레이머 부장이 제시한 조건들이었다. 나는 눈을 가늘게 떴다.

"혹시 레슬리에게 연락한 건 아니지?"

"당연하죠. 저는 자폭은 안 합니다."

"오늘 나에게 하고 싶은 얘기가 있지?"

"일단 마티니를 한 잔 더 마시고 싶습니다."

웨이터가 술을 놓고 나가기 무섭게 라프렐 요원이 단숨에 마셔버렸다.

"솔직하게 털어놔도 될까요?"

"이미 자네도 답을 알고 있잖아. 작전 수행을 위태롭게 만들 수 있는 얘기라면 아예 꺼내지도 마."

"레슬리가 임신했어요."

나는 잔을 들어 마티니를 한 모금 마셨다.

"계획한 일이었어?"

"사실은 전혀 뜻밖이었어요."

"피임 실수야?"

"순전히 제 실수였어요."

"결혼한 지 5년 되었지?"

"제 개인정보를 읽으셨군요."

"여러 번 읽었지. 레슬리도 자네가 하는 일의 성격을 잘 알고 있지 않나?"

"결혼하기 전, 레슬리도 아이는 없어도 된다고 했어요."

"레슬리가 자네 몰래 피임약 복용을 중단한 건가?"

"그런 것 같아요."

내 머릿속에서 한 가지 의구심이 생겼다. 정보국 요원의 배우자는 특별 관리를 받아야 하고, 의사가 처방해주는 약을 먹지 않으면 시스템에 걸리게 되어 있다.

어떻게 시스템 감시를 피했지?

의사가 일단 약을 처방해주면 제대로 복용하는지, 혹시 빠뜨리지는 않는지 칩을 통해 관리받는다. 정보국의 방침에 따르지 않으면 의사와 보안시스템에 보고된다. 정보국에서 일하는 모든 여성들과 배우자들은 한 달에 한 번씩 피임약을 처방받는다. 남성용 경구 피임약도 있지만 부작용으로 발기 부전이 나타날 확률이 10퍼센트여서 이용하는 사람이 드물다.

레슬리는 어떻게 시스템의 감시를 피했을까?

정보국 요원과 결혼을 결정하는 건 아기를 갖지 않겠다는 약속이나 다름없었다.

"레슬리가 아는 사람들 가운데 약학 직종에서 일하는 사람이 있나?"

"전혀 없어요. 아시다시피 레슬리는 요가 강사입니다."

"요가 수강생 중에 의사는 없나? 대형 제약회사 연구원은?"

"레슬리가 가짜 피임약을 처방받았을 수도 있다는 뜻입니까?"

"그냥 가정해보는 거야. 약을 제대로 복용하는지 확인하는 시스템을 속일 수 있는 방법은 그것뿐이잖아. 자네의 보안 등급 때문에 레슬리도 보안 수준이 높을 텐데 달리 방법이 없지 않을까?"

"레슬리가 누구를 만나는지 생체 칩에 기록된 내용을 저도 확인하고 있습니다. 아내가 저에게 임신 소식을 전했을 때에도 전부 다시 확인했죠. 하지만 가짜 피임약을 복용했다는 의심을 살만한 근거는 찾아내지 못했습니다."

"어쨌든 피임 효과가 전혀 없는 가짜 약으로 바꿔치기한 사람이 분명 있을 거야. 그게 누구인지 알아내야 해. 레슬리가 언제 어디에서 임신 소식을 처음 전했어?"

라프렐 요원은 말을 털어놓을 수 있는 용기가 필요한 듯 술을 한 모금 더 마셨다.

"술을 더 마시지 말고 일단 나에게 말해봐."

라프렐 요원은 술잔에서 눈을 떼지 않은 상태로 말했다.

"레슬리가 저에게 '대화할 수 있을까?' 하는 쪽지를 남겼어요. 우리끼리 쓰는 암호 같은 거죠. 칩 통신이 두절되는 곳에서 만나자는 뜻이고요."

내 머릿속에서 비상벨이 울렸다.

"정보국 요원이 동석한 자리가 아닌 경우 칩 통신이 두절되는 곳에서 대화를 나누는 건 금지야. 자네도 그 사실을 잘 알잖아?"

라프렐 요원이 기어들어가는 목소리로 말했다. "당연히 알죠."

"그래서 어디로 갔어?"

"혹시 피트스 터번 아세요?"

"나도 뉴욕 출신이야. 뉴욕에서 피트스 터번을 모르는 사람은 없어. 오 헨리를 비롯해 술 없이는 못 사는 작가들 덕분에 유명해진 술집이지. 피트스 터번에 칩 통신을 차단한 방이 있다는 뜻이야?"

"안쪽에 있어요. 그 방을 쓰려면 일 년 사용료를 내야 해요. 미리 예약해야 하고요."

"사용료를 내면서 비밀 대화 공간을 이용했다고? 자네, 제정신이야?"

"팀장님을 무시해서 하는 말은 아니니까 오해하지 마세요. 팀장님은 연인이나 배우자가 없으니까 잘 모르실 거예요. 배우자와 좋은 관계를 유지하려면 다른 사람들에게 공개할 수 없는 대화가 필요해요."

"라프렐 요원을 무시해서 하는 말은 아니지만 정보국에 들어올 때 반드시 규칙을 지키겠다고 서약하잖아. 그건 그렇고, 피트스 터번에 있는 신호 차단 공간을 계속 들락거렸는데 어떻게 시스템에 안 걸렸지?"

"피트스 터번에서 시스템을 피하는 방법을 알아냈어요. 그 방법을 아는 사람은 아마 극소수일 거예요."

"언제부터 피트스 터번을 이용했어?"

"레슬리를 만난 지 석 달쯤 되었을 때부터요. 처음 만났을 때만 해도 제 직업이 채드윅 엔터프라이즈 보안 컨설턴트라고 거짓말을 했죠. 계속 만나다보니 레슬리가 마음에 들었고, 그때부터 거짓말하기 싫어졌어요."

"그럼 어쩔 수 없이 이런 의문이 생기네. 레슬리와 비밀 대화를 할 때 자네가 하는 일에 대해 얼마나 털어놓았어?"

"일에 대해서는 신중했어요. 레슬리는 제가 어떤 일을 하는지 디테일한 부분은 전혀 몰라요."

"그렇지만 레슬리는 자네를 속이고 아이를 가졌어."

나는 일부러 말을 더 잇지 않고 끊었다가 단호하게 말했다. "라프렐 요원, 왜 그 얘기를 나에게 해주었나?"

"레슬리는 제가 중립지대로 출발하기 바로 전날 저에게 임신했다고 말했어요."

"자네가 중립지대에 간다는 걸 레슬리에게 말했다고?"

"중립지대로 간다는 건 모르고, 출장을 떠난다고 알고 있었어요."

"임신했다는 말을 듣고 자네는 어떻게 반응했어?"

"나에게 어떻게 그럴 수 있냐고 벌컥 화를 내면서 따졌죠. 그러자 레슬리는 나를 너무나 사랑한다면서 이제 나이가 서른다섯 살인 만큼 더 늦기 전에 아이를 낳고 싶다고 하더군요."

레슬리는 계획적으로 움직인 듯했다. 그녀가 공화국연맹에 포섭되었는지 확인해볼 필요가 있었다.

레슬리는 공화국연맹 경찰국의 스파이일까? 그녀가 스파이라면 지금부터 모두가 냉정해져야 한다.

"라프렐 요원, 이제 자네 경력은 끝났어. 앞으로 심각한 고초를 겪게 될 거야. 자네는 정보국 규칙을 너무나 많이 어겼어."

라프렐 요원이 고개를 숙였다.

"제가 팀장님에게 왜 이 모든 얘기를 들려주었는지 아세요? 이제 더는 감출 수 없었기 때문입니다. 레슬리가 몇 시간 전에 이 메시지를 보냈거든요."

라프렐 요원이 손목시계를 쳐들었고, 나는 화면에 뜬 메시지를 읽었다.

'당신이 어디에 있는지 알아. 지금 무슨 짓을 꾸미는지도 알아. 정보국에서는 아이를 지우라고 하겠지. 그래서 나는 결심했어. 당신을 버리기로.'

차갑고 잔인한 현실이 내 앞에 펼쳐졌다. 라프렐 요원은 결혼을 약속하기 전부터 레슬리에게 속았다. 어쩌면 레슬리는 라프렐 요원을 처음 만났을 때 이미 공화국연맹의 스파이였을 가능성을 배제할 수 없었다.

나는 숨을 깊이 들이쉬고 나서 말했다. "라프렐 요원, 자네는 지금 이 순간부터 이 작전에서 제외야. 내가 가택연금 조치를 취할 테니까 순순히 따르도록 해. 내일 아침 뉴욕으로 송환되어 내사과의 조사를 받게 될 거야. 방금 전 나에게 한 말들이 모두 사실로 증명될 시 자네는 보안 규정 위반으로 체포되겠지. 앞으로 정보국에서 미래를 도모할 수 없게 되었다는 뜻이야. 그 대신 나는 자네가 징역 선고를 받지 않도록 최선을 다해 도울게. 아무리 내가 유리한 증언을 하더라도 자네가 배우자에게 발설한 정보들이 심각한 이적 행위에 해당될 경우……."

나는 차마 말을 끝맺지 못했다. 라프렐 요원의 손목시계로 알림이 왔다는 진동이 일었다. 라프렐 요원은 손목시계를 내려다보았다. 화면을 보는 라프렐 요원의 눈이 점점 더 커지더니 자리에서 벌떡 일어섰다. 술잔이 엎어졌지만 라프렐 요원은 아랑곳하지 않고 투명 플라스틱판을 열려고 지문 인식기에 엄지를 댔다.

내가 소리쳤다. "동작 그만!"

"나타났어요."

"뭐라고?"

라프렐 요원이 자리에서 뛰어나갔다.

"명령이다! 동작 그만!"

"케이틀린이 지금 비자사무소 밖으로 나왔어요."

"누구한테 들었어?"

라프렐 요원은 대답하지 않고 계속 달렸다. 나는 어서 멈추라고 소리치며 뒤따라갔다.

지하 기지에는 소리가 퍼지지 않는 설비가 되어 있어 아무도 내 목소리를 듣지 못했다. 새비지 요원이나 감시 시스템 알고리즘이 케이틀린을 발견하고 라프렐 요원에게 경보를 울렸다면 이번 작전을 성공리에 이끌 더없이 좋은 기회가 될 수도 있었다. 케이틀린을 제거할 절호의 기회. 나는 복도를 지나 계단을 달려 올라가는 라프렐 요원을 계속 뒤쫓았다. 라프렐 요원은 레온과 사중주단이 연주하고 있는 무대를 그대로 가로질렀다. 라프렐 요원이 손님들로 가득 찬 술집 안을 쏜살같이 지나가자 레온이 눈을 휘둥그레 뜨고 자리에서 일어섰다.

"안 돼!"

레온은 음악 소리보다 크게 소리치며 도어맨에게 라프렐 요원이 밖으로 나가지 못하도록 잡으라고 손짓했다.

레온은 나를 향해서도 소리쳤다. "함정이야!"

대학 시절 미식축구팀 스타 라인배커였던 라프렐 요원은 도어맨을 밀쳐 쓰러뜨리더니 총을 꺼내 들고 거리로 달려나갔다. 바로 그때 자동소총을 발사하는 소리가 물결치듯 이어졌다. 자동소총 소리는 내가 재즈 바 문 앞까지 가는 동안 계속 이어졌다. 라프렐 요원의 몸에 자동소총 총알이 수없이 박혔다. 이미 바닥에 쓰러진 라프렐 요원의 몸이 총알이 박힐 때마다 용수철처럼 튀어 올랐다.

나는 총을 빼들고 밖으로 달려나가려다가 그 자리에 우뚝 멈춰 섰다. 밖으로 나가는 순간 총알 세례를 받게 될 게 뻔했다. 나는 그 순간 자동소총을 쏘고 있는 여자를 보았다. 여자는 비자사무소에서 일하는 공화국연맹 직원들이 최대한 연방공화국

가까이 접근할 수 있는 경계 지점에 서 있었다. 여전히 라프렐 요원을 향해 총을 쏘아대던 여자가 고개를 들어 나를 보더니 총구를 돌려 재즈 바 창을 향해 총을 쏘았다. 여자가 나를 향해 씩 웃어 보였다. 바로 그때 라프렐 요원에게 밀려 쓰러졌던 도어맨이 자리에서 일어나더니 나를 안으로 힘껏 밀었다. 도어맨이 재즈 바 안으로 쓰러질 뻔했던 나를 바닥에 쓰러지기 직전에 잡아주었다. 레온은 문밖에서 벌어지는 무시무시한 광경을 지켜보면서도 피아노 연주를 멈추지 않았다. 밴드의 가수도 계속 노래에 열중했다. 재즈 바에 있던 사람들 모두 무대만 바라보았다. 무슨 일인지 보려고 고개를 돌리는 사람은 아무도 없었다. 중립지대에서 주거 허가를 받은 사람들은 누구나 알고 있었다. 끔찍한 일이 벌어졌을 때는 차라리 아무 일도 없었다는 듯이 행동해야 한다. 아무것도 보지 못하고, 아무것도 듣지 못한 듯이.

밴드는 연주를 계속했다.

제15장

나는 정보국에서 해고 통보를 받을 줄 알았는데 해고되지 않았다. 정보국 관례대로 하자면 나는 뉴욕으로 송환되어 내사과에서 조사받고 직위 해제되어야 마땅하지만 중립지대에 그대로 남게 되었다. 라프렐 요원이 자동소총으로 난사당해 죽어가는 동안 나는 고작 재즈 바 안에서 몸을 사리고 있었을 뿐인데 침착하게 잘 대처했다는 칭찬의 말까지 들었다. 케이틀린 제거 작전은 조만간 연기될 거라 생각했는데 오히려 더욱 중요해졌다. 내가 여전히 케이틀린 제거 작전의 책임자였다.

"자네의 신분은 아직 발각되지 않았어."

브레이머 부장이 나를 보고 꺼낸 말이었다.

"케이틀린이 저를 똑바로 보고 있었습니다. 순간적일 수도 있지만 케이틀린은 분명 제 정체를 알아챈 듯이 보였습니다."

브레이머 부장이 고개를 가로젓고 나서 말했다.

"나도 그 당시 상황을 녹화한 영상을 몇 번이나 자세히 훑어봤어. 정보국 보안과에서도 면밀히 검토했는데 케이틀린이 자동소총을 난사한 이유는 라프렐 요원이 총을 들고 그녀를 향해 달려갔기 때문이야. 라프렐 요원이 멍청하게도 정보국에서 받은 훈련을 깡그리 무시하고 불길로 뛰어든 거야. 케이틀린은 자동소총을 137발이나 쐈어. 시스템에서 센 숫자야. 그다음 도어맨이 자네를 재즈 바 안으로 밀어 넣기 전까지 케이틀린이 자네를 볼 수 있었던 시간은 3.2초였어. 케이틀린 같은 전문가라면 자네를 조준 사격해 죽이기에 충분한 시간이었는데 자네가 아니라 자네 옆에 있는 창문을 쐈어. 그 창문이 방탄유리라는 사실을 케이틀린도 잘 알고 있었을 텐데 말이지. 중립지대에 있는 연방 공화국 건물들은 모두 총알과 폭탄을 막을 수 있도록 설계되어 있으니까. 재즈 바에 있던 사람들이 총소리를 듣고 자네처럼 밖으로 달려나가던가?"

"밖으로 달려나간 사람은 저 하나뿐이었습니다. 케이틀린이 그 모습을 보았다면 저를 의심하기에 충분하지 않을까요?"

브레이머 부장이 고개를 저으며 말했다. "케이틀린은 좋은 기회가 있었는데 자네를 살려둔 거야. 그 부분이 제일 중요해. 재즈 바 앞에 있었던 사람이 자네인 걸 알았다면 케이틀린은 결코 살려두지 않았을 거야."

브레이머 부장과 화상 통화를 나눈 장소는 세인트폴에 있는 내 아파트에서였다. 1시가 다 된 시간이었다. 라프렐 요원이 죽고 나서 레온은 연주하던 곡을 마쳤다. 그가 자기 칩에 대고 뭐라 말했다. 그 말이 도어맨에게 전달되었고, 도어맨이 나에게 말했다.

"지하 기지로 가서 명령을 기다리십시오."

나는 계단을 내려갔다. 조금 전만 해도 정신없이 뛰어오른 계단이었다. 그때만 해도 라프렐 요원은 살아 있었다. 분노가 치미는 한편 부끄러웠다. 두렵고 충격적이기도 했다. 계단을 다 내려가자 새비지 요원이 무표정하게 굳은 얼굴로 기다리고 있었다.

"끔찍하네요." 새비지 요원이 따라오라고 손짓했다.

"자네는 집에 간 줄 알았어."

"비료랑 대화가 길어졌어요. 비료가 중요한 정보가 있다고 해서 한번 들어보려고 하는 순간 경보가 울리더니 저의 메모랜더에 케이틀린이 나타나더군요."

"라프렐 요원에게 연락한 사람이 자네였어?"

새비지 요원이 말했다. "저요? 아니 무슨 말씀이세요?"

"그럼 전부 함정이었네. 라프렐 요원이 비자사무소 근처인 여기 지하 기지에 있다는 사실을 어떻게 알았을까?"

"저도 계속 그런 의문을 품고 있었어요. 우리가 반드시 밝혀내야 할 의문이죠. 일단 팀장님은 아파트로 돌아가 계세요. 브레이머 부장이 영상 통화를 하고 싶답니다. 45분 안에 아파트에 가야 해요. 극장 엘리베이터까지 제가 모셔드릴게요. 무인 택시를 부르세요. 준비됐죠?"

다리에 힘이 풀렸지만 내가 얼마나 큰 충격을 받았는지 새비지 요원에게 보이고 싶지 않았다. 그래도 새비지 요원은 다 알고 있는 눈치였다.

새비지 요원이 내 어깨를 가볍게 쓰다듬고 나서 말했다. "누구라도 힘들어할 수밖에 없는 일이 벌어진 거예요."

그런 다음 나를 중립지대 중심가로 이어지는 긴 통로로 이끌었다. 머릿속에서 수많은 생각이 교차했다. 당장 털어놓고 싶은 이야기들이 많았지만 브레이머 부장에게 보고하기 전까지는 아무 말도 해서는 안 된다. 지금은 이 작전과 연관된 사람일 경우 누구나 의심할 수밖에 없는 상황이었다.

새비지 요원과 나는 일정한 걸음걸이로 천천히 동쪽을 향해 걸어가고 있었다.

새비지 요원이 말했다. "솔직히 저는 라프렐 요원을 싫어했어요. 그 친구도 나를 싫어했으니까 피장파장이었지만요. 라프렐 요원은 나를 싫어한다는 사실을 끝없이 나에게 확인시켰지만 그래도 내 동료였죠. 라프렐 요원을 살해한 케이틀린의 내장을 반드시 내 손으로 끄집어내고 말 거예요."

"비자사무소 쪽에서 자동소총을 난사한 여자가 케이틀린인 건 확실해?"

"사건이 벌어졌을 때 제가 화면을 보고 있었어요. 얼른 시스템을 켜고 여자의 신원을 확인했죠. 케이틀린이 맞아요."

"그럼 자네도 라프렐 요원이 받았던 경보를 받았나?"

"저는 라프렐 요원보다 일 분 늦게 받았어요. 앞뒤가 하나도 안 맞아요."

"라프렐 요원이 우리에게 아무것도 말해주지 않고 설정을 바꾼 건 아닐까? 자기에게 가장 먼저 경보가 울리도록 바꾸어놓았을 수도 있잖아."

"그건 불가능해요. 라프렐 요원과 저는 보안 등급이 같아요. 라프렐 요원이 저보다 먼저 경보를 받을 수 있도록 설정할 수 없어요. 다만 시스템 경보는 동시에 울리게 되어 있는데 왜 60초나 차이가 났는지 전혀 이해되지 않아요."

"그럼 누군가 경보를 조작했다는 뜻이네. 경보가 라프렐 요원에게 먼저 울리고, 그다음 자네에게 울린 게 분명하다면 조작되었을 가능성이 크다고 봐야지."

"시스템에 침투해야 조작이 가능한데 사실상 불가능에 가까운 일입니다."

"그건 우리 생각이지."

30분 후 나는 집으로 돌아와 왼쪽 칩을 활성화했다. 와인을 한 잔 마시고 나서 와인 잔에 메모랜더를 기대어놓았다. 최악의 상황을 예상했는데 아직 일어나지 않았다.

브레이머 부장이 한숨을 푹 쉬었다.

"정말이지 대재앙이었어."

"제가 라프렐 요원을 뒤쫓아 갔던 게 오히려 잘못된 판단이었습니다."

"자네들 모두가 케이틀린이 눈앞에 나타나길 학수고대했어. 케이틀린을 제거할 절호의 기회였는데 라프렐 요원이 무모하게 나섰다가 오히려 당한 거야. 아무튼 라프렐 요원은 잘못을 저지른 대가를 치렀어. 자네는 라프렐 요원을 제지시키려고 뒤따라 갔을 뿐이야. 도어맨도 지금 자네처럼 라프렐 요원을 막지 못한 걸 자책하고 있어."

"그렇게 말씀해주시니 고맙지만 저는 솔직히 그 상황에 제대로 대처할 준비가 되어 있지 않았던 게 부끄럽습니다. 아직 여러 가지 의문점도 있습니다."

"첫 번째 의문은 시스템 경보가 라프렐 요원에게 먼저 울리고, 새비지 요원에게도 일 분 뒤에 울렸는데 왜 자네에게는 아예 울리지도 않았을까?"

"바로 그 점이 의문입니다."

"정보국 보안팀이 왜 그랬는지 원인을 찾으려고 시스템을 분석하고 있어. 일단 라프렐 요원과 새비지 요원은 서로 소통이 전혀 안 되고 있었어. 새비지 요원을 임무에서 배제시켰어. 새비지가 접선하고 있던 비료 사장은 이번 일과 전혀 연관이 없어 보여. 새비지 요원이 이번 중립지대 작전에 대해 발설하지는 않은 거야. 우리는 새비지 요원을 뉴욕 본부로 복귀시키기로 결정했어. 새비지 요원은 아마도 내일 아침 첫 비행기로 중립지대를 떠날 거야."

"젠장!" 나는 입 밖으로 소리 내 말했다가 곧장 후회하며 재빨리 덧붙였다. "죄송합니다. 새비지 요원 잘못이 아니라 팀장인 제 실수로 벌어진 재앙입니다."

"자네가 굳이 사과하지 않아도 돼. 새비지 요원은 뛰어난 인물인데 신분이 발각되었기 때문에 부득이 현장을 떠나야 해. 그 대신 최대한 빨리 복귀시킬 테니까 너무 걱정하지 마. 오늘 유일하게 좋은 소식이라면 자네 신분이 공화국연맹 경찰국에 발각되지 않은 거야. 케이틀린과 경찰국 사람들은 라프렐 요원을 뒤따라 거리로 나오려고 했던 인물이 누군지 추적할 거야. 공화국연맹 경찰국 사람들이 라프렐 요원과 새비지 요원에게 임시로 가짜 경보를 보낼 수는 있었지만 시스템을 완전히 해킹하지는 못했어. 그놈들이 연방공화국 정보국에 스파이를 심어두었을 수는 있어도 누군가 에드나 머스그레이브에 대한 정보에 손을 댄 흔적은 없어. 그래도 이제 곧 공화국연맹 놈들이 에드나 머스그레이브를 추적해 찾아낼 수는 있겠지. 그래서 우리도 에드나를 잘 보호해야 하지. 어쨌든 지금은 공화국연맹 놈들은 에드나 머스그레이브와 샘 스텐글이 동일 인물이라는 사실을 눈치채지 못했어. 눈앞에서 동료가 자동소총에 난사당해 죽어가는 모습을 본 상황을 생각할 때마다 트라우마가 느껴질 거야. 좀 쉬고 싶다면 다른 방법으로 케이틀린을 잡을 계획을 세울 테니까 전혀 문제없어."

나는 브레이머 부장의 말을 곧이곧대로 받아들일 수 없었다. 브레이머 부장의 전술을 너무나 잘 알고 있었으니까. 아주 힘든 상황에서 브레이머 부장이 빠져도 좋다고 말한다고 덥석 받아들일 경우 그 뒤로 아무런 임무도 주어지지 않는다.

"아닙니다. 케이틀린을 찾아내 제거할 때까지 중립지대에서 떠나지 않겠습니다."

∞

라프렐 요원의 죽음은 언론에 보도되지 않았다. 채드윅 대통령과 12사도 사이에서 열띤 공방이 오가지도 않았다. 연방공화국은 맞대응으로 보복을 시도하지도 않았다. 스키드로에 있는 술집들은 대부분 국경 반대쪽으로 출입구가 나 있다. 일일 비자를 받고 공화국연맹을 방문한 연방공화국 사람들은 아직 영토로 들어오지 못했다. 그들은 시체를 치우고, 그 주위가 확실하게 안전해질 때까지 국경에서 대기해야만 했다. 라프렐 요원 총격 사건을 목격한 사람은 아무도 없었고, 이 사건과 관련해 라프렐 요원의 아내 레슬리가 전격 체포되었다.

며칠 뒤, 브레이머 부장이 나와 화상 통화를 할 때 말했다. "라프렐 요원의 아내 레슬리가 공화국연맹 경찰국 요원과 한패였어."

24시간 내내 불을 환하게 켜두고 잠을 재우지 않는 독방에서 엿새를 버티던 레슬리는 결국 공화국연맹 요원과 내통한 사실을 털어놓았다. 라프렐 요원이 아무리 물려받은 재산이 많아도, 맨해튼 부자 동네의 큰 아파트에 살아도, 코네티컷에 50만 제곱미터의 땅과 별장이 있어도 레슬리는 일상이 지루해 죽을 맛이었다고 했다.

레슬리는 고급 스포츠클럽에서 만난 퍼스널트레이너의 유혹을 거절하지 못했다. 제이슨 칼브는 운동을 통해 가꾼 몸매가 대단히 멋진 이십 대 후반 남자였다. 제이슨은 계급 차이가 삶의 질 차이로 다가오는 뉴욕에서 무슨 수를 쓰든지 신분 상승을 이루고 싶었다. 어느 날 제이슨은 젊고 날씬하고 부유하지만 몹시 외로워 보이는 여자를 발견했다. 제이슨이 구상하고 있던 계획에 딱 들어맞는 여자였기에 세심하게 만남을 준비했다. 레슬리는 격주로 정신건강의학과 상담을 받고 있었고, 제이슨은 그 병원이 있는 건물에 감청이 차단된 방을 구했다. 레슬리의 진술에 따르면 제이슨이 침대에서 보여준 테크닉과 매력이 뛰어나 더욱 깊이 빠져들게 되었다. 제이슨을 만날 때마다 레슬리는 남편이 일에 빠져 살면서 일 얘기를 전혀 해주지 않는다고 불평했다. 몇 주 동안 밀회를 이어가던 중 제이슨은 레슬리와의 만남이 결코 불장난이 아니며 진심으로 사랑한다고 고백했다.

레슬리는 남편이 절대로 이혼하지 않을 거라면서 설령 이혼에 응하더라도 직업 때문에 계속 감시를 받으며 힘겹게 살아야 할 거라고 했다. 그녀는 심문을 받을 때 말했다. "남편의 직업에 대해 말한 건 그게 전부입니다."

제이슨은 둘이 함께 새 인생을 시작해 서로 열렬히 사랑하며 아이를 낳아 키우자고 했다. 레슬리는 아이를 간절히 원했지만 라프렐의 직업 때문에 어쩔 수 없이 포기했기에 제이슨의 말에 마음이 크게 흔들렸다.

제이슨이 말했다. "당신 남편과 계속 잠자리를 갖다가 어느 순간 임신했다고 말해요. 임신 때문에 일자리가 위태로워지면 당신 남편도 어쩔 수 없이 이혼에 동의해줄 거예요."

레슬리는 심문을 받을 때 말했다. "저는 제이슨이 쉽게 이혼할 수 있도록 돕고 있다고 생각했어요. 그가 공화국연맹 비밀 요원일 거라고는 꿈에도 생각하지 못했죠. 저도 피해자예요. 그렇게 정교하게 함정을 파놓고 접근하는데 빠지지 않고 넘어갈 사람이 누가 있겠어요."

브레이머 부장의 말을 들으며 나는 계속 후회했다. 결혼한 요원을 작전에 끌어들인 게 실수였다.

나는 브레이머 부장에게 말했다. "제가 잘못 판단했습니다. 죄송합니다."

"라프렐 요원을 작전에 투입하라고 최종 결정을 내린 사람은 나야. 나도 자네와 마찬가지로 라프렐 요원이 믿을 만하다고 생각했거든."

"정말이지 믿을 만한 요원이었는데 인간의 약점을 파고든 공화국연맹 놈들의 작전에 말려들어 일을 망치게 되었을 뿐입니다."

"인간의 감정을 마음대로 조절할 수 있다면 얼마나 좋을까만 아무리 기술이 발전하더라도 인간적 약점을 모두 극복해낼 수 있는 기술은 나오지 않을 거야. 원하지 않는 삶에 자신을 몰아넣고 이런 삶을 살려던 게 아니었다고 후회하면서 평생 자기 의심에 빠져 사는 인간들의 해묵은 숙제도 쉽게 해결되지 않을 거야."

"제이슨은 체포했습니까?"

"레슬리는 라프렐 요원이 사망한 지 30분 만에 체포했어. 체포되기 직전 레슬리는 병원 건물의 감청이 차단된 방에서 퍼스널트레이너와 섹스를 즐기고 있었지. 레슬리는 자기 손목시계를 퍼스널트레이너에게 맡겼고, 중립지대 시간으로 21시 48분에 라프렐 요원에게 메시지를 보냈어. 케이틀린이 비자사무소 밖에 모습을 드러낸 바로 그 시각이었어. 제이슨이 공화국연맹 경찰국에서 작전 신호를 받았을 거야. 제이슨은 라프렐 요원에게 비상 메시지를 보낸 직후 레슬리에게 헬스클럽에 급한 일이 생겼다고 둘러대고 나서 내일 만나자면서 방을 나갔어. 그다음 엘리베이터를 타고 내려가 건물 밖으로 나갔지. 그다음에는 정말이지 감쪽같이 사라졌어."

"제이슨 칼브를 연기한 공화국연맹 경찰국 요원이 누군지 정체는 파악됐어요?"

"아직 못 알아냈어. 그나마 우리가 알아낸 정보가 아예 없지는 않아. 병원 건물을 나온 제이슨은 두 블록을 걸어 펜 역으로 갔고, 화장실에 들어가 미리 준비해둔 거울과 칼로 칩을 빼고 사라졌어. 오늘 시스템에서 제이슨과 인상착의가 똑같은 남자가 간밤에 펜 역에서 기차에 타는 모습을 찾아냈어. 제이슨의 행선지는 라인벡이었고. 그 지역 감시 카메라를 확인해보니 현지에서 대기하고 있던 차에 올랐어. 애드리언 폴이라는 여자가 사흘 전에 구입한 차였고, 그녀의 주소지는 우드스톡이야. 그녀의 직업은 마사지사로 되어 있어. 허드슨밸리에는 마사지사가 2천 명쯤 된다네. 차를 구입할 때 사용한 이름은 본명이 아닌 게 틀림없어. 자동차 GPS로 확인해본 결과 제이슨은 오늘 워싱턴DC에 있더군. 알렉산드리아 국경에서 일 킬로미터 떨어진 곳이야. 둘 다 공화국연맹으로 넘어간 게 분명해. 워싱턴DC에서는 공화국연맹 경찰국 요원이 많이 잠입해 암약하고 있지. 워싱턴DC 국경에는 비밀 루트가 많을 테니까 거길 이용한 거야. 나는 워싱턴DC라면 치가 떨려. 거긴 마치 엘파소 같은 곳이거든. 너무 물러 터졌어. 자, 이제 자네도 의문이 생겼을 거야. 제이슨은 어떻게 아무런 의심도 받지 않고 연방공화국에 잠입할 수 있었을까? 정보국 최고위원들은 이번 일이 전부 다 못마땅할 거야. 라프렐 요원이 정말 한심하게 당한 게 특히 못마땅하겠지. 자네는 간밤에 잠을 좀 잤나?"

"전혀 못 잤습니다."

"오늘 해야 할 업무가 있나?"

"영화를 보고 나서 방송을 녹음해야 합니다."

"위장 신분을 이용해 스트레스 해소방에 다녀와. 잠시나마 이번 사건에서 벗어나 맑은 정신으로 돌아와야 해."

"스트레스 해소방을 이용하라는 말씀에 감사드립니다."

"라프렐 요원이 자네에게 한 말을 모두 기록해 보고서를 올리도록 해."

"그럴 필요 없습니다. 지난밤 지하 기지 술집에 있을 때 정보국 칩을 활성화해 우리의 대화를 모두 녹음했습니다."

"아주 똑똑하게 일처리를 했군 그래. 정말 대단해."

"라프렐 요원이 칵테일을 마시자고 하기에 단순히 가볍게 술을 마시고 싶은 게 아니라는 걸 느끼고 칩을 활성화했습니다. 듣고 싶을 때 언제라도 다시 들으시면 됩니다."

"파일을 작성해 보내. 보안팀에서도 다 분석해야 하니까. 레슬리는 이제 완전히 협조적이야. 죽을 때까지 독방에 갇혀 지낼 수도 있다는 사실을 알고 잔뜩 겁먹었어. 레슬리는 사실 임신하지 않았어. 임신했다는 말에 꼼짝없이 속아 넘어간 라프렐 요원만 불쌍하게 되었지. 라프렐 요원이 팀 플레이어로는 제법 뛰어난 인물이었어. 다만 감정을 조절하는 문제는 약해 보이더군. 그저 보통 사람 같았지. 아니, 보통 사람보다 못해 보였어. 자기 발로 '바보 짓거리'라고 적혀 있는 문으로 들어갔지."

나는 브레이머 부장에게 말하고 싶었다. '너무 심하게 말하지
말아요. 라프렐 요원은 자기 일을 아주 좋아했고, 정말로 그 일
을 잘해냈습니다. 그렇지만 정보국에서 일하는 동료 요원들을
접하는 동안 밤에 정시에 퇴근해 외로운 정적과 마주하는 삶을
살고 싶지 않다고 생각했을 겁니다. 라프렐 요원은 가정과 일,
둘 다 잘할 수 있다고 생각했겠죠. 그렇지만 결국 라프렐 요원
의 꿈은 실패로 돌아갔습니다.'

나는 아무 말도 하지 않았지만 브레이머 부장은 늘 그랬듯이
내 생각을 읽었다. 통화를 끝내기 전에 남긴 브레이머 부장의 말
은 단호했다.

"이제 정보국에서는 결혼했거나 사실상 결혼한 거나 다름없는
사람을 채용하지 않기로 했네. 기존 요원들 가운데 결혼했거나
연인과 동거하는 경우에는 작전에 투입하지 않고 보안 등급이
낮은 업무를 맡겨야 하겠지. 자네는 완벽한 요원이야. 정보국과
결혼했으니까."

∞

'자네는 한시바삐 이번 사건의 충격에서 벗어나 냉정을 찾아
야 해.'

며칠 동안 잠을 설친 탓에 머리가 맑지 않았다. 집에 있는 실

내 자전거에 올라 60분 동안 꼬박 페달을 밟았다. 샤워를 하려고 욕실로 들어갔을 때 갑자기 몸이 떨리며 구토가 일었다. 미처 억제할 틈도 없이 눈물이 터졌다. 나는 라프렐 요원을 좋아했다. 나는 팀장이었고, 라프렐 요원의 목숨을 지켜야 할 책임이 있었다. 라프렐 요원이나 막심이나 그렇게 끔찍한 죽음을 당하지 않도록 내가 보호했어야 마땅했다. 나는 욕실의 회색 타일 벽에 부착되어있는 비누 받침을 잡고 간신히 몸을 지탱했다. 샤워 물줄기 소리 탓에 내 울음소리가 칩으로 전달되지 않아 그나마 다행이었다.

한 시간 뒤 브레이머 부장에게 메시지를 보냈다. 나는 새비지 요원을 다시 부르고 싶다고 요청했다.

'제가 전적으로 믿을 수 있는 요원이 필요합니다. 성격이 거칠긴 해도 새비지 요원은 훈련이 잘 되어 있습니다. 이 작전에 꼭 필요합니다.'

브레이머 부장이 답신을 보냈다. '고려해보겠네.'

케이틀린의 얼굴이 떠올랐다. 라프렐 요원에게 자동소총을 난사해 몸이 너덜너덜해질 지경으로 만들어놓고도 놀라울 정도로 침착한 표정이었다. 나를 향해 총을 쏘기 전에 지었던 희미한 미소도 생각났다. 케이틀린은 분명 나를 죽일 수 있었는데 내 옆 창문을 향해 총을 쏘았다. 케이틀린은 왜 나를 살려주었을까? 무방비 상태인 나에게 총을 쏘았다가는 심각한 외교 문제로 번질 수 있었기 때문일까? 아니면 또 다른 계획을 위해 살려주었을까?

케이틀린은 분명 내가 누구인지 알고 있었다. 설령 그렇더라도 나를 죽일 수 있는 절호의 기회였는데 살려둔 이유는 여전히 수수께끼였다. 마음이 심란해 총격 장면을 찍은 동영상을 건네받아 슬로모션으로 케이틀린의 얼굴 표정과 동작을 디테일하게 관찰하고 싶었다. 만약 그랬다가는 브레이머 부장의 질책을 들을 각오를 해야 한다. 브레이머 부장은 나에게 작전을 성공시키려면 최대한 집중력을 끌어올려야 마땅한 이때 엉뚱한 집착에 빠져 일을 그르치고 있다고 경고할 게 뻔했다. 과거에 벌어진 일을 거듭 곱씹는 행위는 무의식중에 자신을 세뇌시킨다. 그 일이 발생하지 않았거나 다른 방향으로 전개될 수도 있었다고. 아무리 유감이어도 과거는 바꿀 수도, 바뀔 수도 없다.

택시를 불러 타고 11분 뒤 트라일런 극장에 도착했다. 지문으로 문을 열고 안으로 들어가니 로레인이 바 뒤에서 에스프레소를 내리고 있었다.

로레인이 말했다. "안녕하세요?"

"커피를 한 잔 더 마셔야 안녕할 것 같아요."

로레인이 내 얼굴을 살피며 말했다. "안색이 안 좋아 보여요. 혹시 안 좋은 일이라도 있어요?"

"에스프레소가 한 잔 더 필요할 뿐이에요."

"정말 괜찮은 거죠?"

나는 몸이 굳었다. 에드나가 아닌 스텐글의 자아가 고개를 들었기 때문이다. 나는 얼른 자신을 질책했다. 너는 샘 스텐글이 아니라 에드나 머스그레이브야. 이제부터 까칠하게 굴어.

"그냥 잠을 설쳐서 그래요."

"그럴 때가 있죠. 저도 그래요. 낮에 힘든 일이 있으면 밤에 잠이 안 와요. 하소연할 사람이 필요하면 제가 옆에 있다는 걸 잊지 말아요."

"고맙지만 괜찮아요. 제가 알아서 할게요."

넌 상상할 수도 없는 일이란다.

로레인이 말했다. "사람은 누구나 이야기를 나눌 상대가 필요하죠."

"여기가 사담을 나누는 곳은 아니잖아요."

"벽을 쌓고 살아서 그런 건 아니고요?"

나는 눈이 휘둥그레져 로레인을 보고 나서 일부러 상처받은 표정을 지었다. 에드나의 성격에 딱 어울리는 행동이었다. 로레인은 즉시 후회하는 태도로 바뀌었다.

로레인이 말했다. "어머, 제가 해서는 안 될 말을 했네요."

내가 말했다. "뭐, 사람을 죽인 건 아니니까."

로레인이 나를 달래려고 어깨로 손을 뻗었다.

나는 뒤로 물러서며 말했다. "그럴 필요 없으니까 이제 다른 얘긴 그만하고 영화나 볼게요."

로레인은 반성하는 표정으로 고개를 끄덕이고 나서 나에게 에스프레소를 건넸다. 나는 고맙다고 말하고 상영관으로 갔다. 앞쪽 좌석에 앉아 수첩과 펜을 꺼냈다. 위쪽 영사실에서 로레인이 칩을 통해 말했다.

"종이와 펜을 사용하시네요. 대단히 아날로그적인데 멋있어요."

나는 퉁명스럽게 말했다. "고맙습니다. 어서 영화나 트시죠."

"네, 분부대로 하겠습니다."

알렉산더 맥켄드릭 감독의 〈성공의 달콤한 향기〉는 아버지가 좋아한 영화다. 매카시즘이 한창 기승을 부리던 20세기 중반 뉴욕을 배경으로 거짓과 협잡이 판치는 매스컴의 이면과 쇼 비즈니스 세계의 어두운 면을 다룬 이야기다. 블랙리스트나 공산주의자에 대한 혐오가 영화에서 직접 언급되지는 않지만 영화 전반에 비유로 깔려 있다. 미국의 중심 문화는 개가 개를 먹는 사회 진화주의라는 비판적 목소리도 영화에 깃들어 있다. 주인공 시드니 팔코는 브로드웨이의 말단 홍보 담당자다. 뉴욕에서 가장 영향력이 막강한 칼럼니스트 J.J. 헌세커를 돕다가 실패한 시드니 팔코는 고객들을 모두 잃는다. 사람들이 권력을 획득하고 유지하기 위해 서로를 이용하고, 성공의 척도가 오로지 돈에 있던 미국의 모습을 신랄하게 다루는 영화다.

영화를 반쯤 보았을 때 어디에 중점을 두고 라디오 방송 대본을 써야 할지 감이 잡혔다. 이 영화는 1968년부터 미국에서 벌어질 문화전쟁을 예견하고 있었다. 나는 영화의 내용을 길게 메모했다. 1950년대 뉴욕의 모습을 보며 문득 생각했다.

이 영화가 촬영될 무렵 아버지가 태어났겠지?

아버지는 어릴 때 경험한 뉴욕 이야기를 나에게 자주 들려주었다. 다양한 인종이 다함께 살아가고 있었고, 맨해튼도 중산층이 중심을 이루는 동네였다. 거리에는 작은 상점들과 다양한 음식점, 전당포 따위가 빽빽이 들어서 있었고, 다섯 블록마다 영화관이 있었다. 1980년대가 되면서 과거의 뉴욕은 사라졌다. 아버지가 학교에 다닐 때만 해도 미국에서 태어난 건 대단한 행운이었다. 미국은 민주주의의 표준이었고, 윤리적인 정부와 개개인들이 저마다 자유를 지키는 수호자 역할을 수행했다.

영화가 끝나고 나서 나는 로레인의 눈에 띄지 않길 바라며 눈물을 닦았다. 자리에서 일어나 펜과 수첩을 챙기고 있을 때 로레인이 연민이 가득한 표정을 지으며 상영관으로 들어왔다.

"영화를 보다가 옛날 생각이 났나봐요?"

"1957년이면 저는 태어나지도 않았을 때인데, 그럴 리가요."

"아버님은 계셨잖아요. 게다가 뉴요커이셨으니까."

"제가 아버지 얘기를 했던가요? 기억나지 않는데요."

"요즘은 군이 얘기해주지 않아도 찾아보면 알 수 있잖아요."

"일종의 반사행동처럼 되었죠. 누군가를 만나면 반사적으로 시스템을 통해 알아보게 되니까. 아까 좀 떽떽거려서 미안해요.

오늘 아침에 기분이 좀 그랬어요."

로레인이 내 팔을 살짝 쓰다듬으며 말했다. "제가 한 가지 제안해도 될까요?"

나는 무슨 제안일지 걱정하며 말했다. "그럼요."

로레인은 잠시 망설였다. 긴장한 기색이 역력했다. 그러다가 결심한 듯 후다닥 말했다. "저도 여기 중립지대에 혼자 왔어요. 제가 음식 만들길 좋아하는데 같이 먹을 사람이 있었으면 좋겠어요. 언제 우리 집에서 저녁 식사나 같이 하는 건 어때요?"

나는 정보국 요원이니 무조건 거절했어야 마땅했다. 정보국 요원은 마음 내키는 대로 친분을 쌓아서는 안 되니까. 다만 내가 지나치게 폐쇄적이고 개인적으로 보일 경우 로레인의 의심을 살 수도 있겠다는 생각이 들었다.

로레인과 저녁 식사를 같이 하는 게 오히려 좋을 수도 있어. 저녁을 먹으러 가면 로레인이 어디에 사는지, 어떻게 사는지 알 수 있을 테니까. 그러다보면 로레인이 어떤 사람인지 정확하게 알 수 있게 되겠지. 정보는 힘이야. 로레인이 영사실 바깥에서 어떻게 살아가는지 알아두는 것도 해롭지는 않을 거야.

내가 말했다. "좋아요. 우리 같이 저녁 먹어요."

∞

15분 뒤, 나는 집에 도착했다. 10분 분량의 방송 대본을 쓰고 퇴고하기까지 두 시간이면 충분했다. 나는 글을 빨리 쓰는 편이다. 방송국 엔지니어와 녹음하기로 약속한 시각인 16시 전에 나는 메모랜더에 방송 대본을 다 입력하고 마일스 로치에게도 보냈다.

　　마일스는 대본을 보낸 지 15분 뒤에 말했다. "아주 좋아요. 뉴욕이라는 한정된 공간이 배경의 전부인 영화에서 그 시대의 역사적인 의미와 색채, 글로벌한 시각을 끌어낸 건 정말이지 각별해요. 실력을 제대로 발휘하시네요. 어서 녹음한 방송을 들어보고 싶어요. 아, 그리고 내일 우리 팀 사람들끼리 한잔할 생각인데 혹시 시간 되시면 같이 해요."

　　"그러죠."

　　"18시쯤에 오세요. 우리 팀 사람들의 시름을 달래주는 단골 술집이 있어요. 린데일앤드레이크에 있는 술집인데 분위기가 제법 괜찮아요."

　　"저도 그 술집에 가서 시름을 달래볼게요."

　　녹음을 단번에 마쳤지만 나는 지쳤다. 라프렐 요원이 죽음을 당하던 순간의 모습이 머릿속에서 반복적으로 재생되었다. 마치 망가진 비디오 플레이어처럼 정지 버튼을 눌러도 멈추지 않았다. 나는 해결책을 찾다가 스트레스 해소방에 가기로 마음먹었다.

30분 후에 스트레스 해소방으로 들어가 의자에 앉았다. 문이 철컥 소리를 내며 닫혔다. 양손이 의자에 묶이고 가슴도 포박되었다. 검은 마스크가 내려와 내 얼굴에 딱 맞게 씌워졌다. 스트레스 수치를 측정하는 동안 심호흡을 하며 가만히 앉아 있었다. 지난번에 들은 온화한 목소리가 울려 퍼졌다.

"에드나 씨, 다시 오셨군요. 잘 오셨습니다. 에드나 씨의 체질량 지수는 정상 범주에 있습니다. 스트레스 지수는 최고 위험 수준입니다. 그래서 이번에는 평소보다 두 배 더 길게 진행하겠습니다. 재조정한 다이어트 프로그램과 함께 운동과 명상 프로그램을 모두 제공해드리겠습니다. 우리가 제공하는 프로그램을 잘 따르시길 바랍니다. 일정과 훈련을 잘 지키는지 시스템이 확인합니다. 프로그램을 잘 따르면 18일 안에 스트레스 지수가 정상으로 돌아오게 됩니다."

지난번처럼 주변이 온통 캄캄해졌다. 아무것도 보이지 않고, 들리지도 않았다. 그러다가 또 빛이 나타나며 윙 소리가 들려왔다. 점으로 된 빛이 가로로 길게 늘어났다. 이제 선 하나가 어둠을 갈랐다. 최면에 걸린 느낌이 들면서 윙 소리가 계속되었다.

90분 뒤, 나는 검은 선글라스를 끼고 스트레스 해소방에서 나와 택시를 탔다. 기대 이상으로 마음이 안정적인 상태가 되었다. 마치 무아지경 상태에 가까웠다. 택시가 집 앞에 멈춰 섰다. 택시에서 내려 천천히 아파트 건물로 들어섰다. 내가 사는 집으로 들어간 나는 스트레스 해소방에서 시킨 대로 커튼을 치고 잠옷으로 갈아입었다. 이번에는 소파가 아닌 침대로 곧장 가 수면제를 먹고 이불 속으로 들어갔다. 잠들기 직전에 시계를 흘긋 보았다. 19시 12분.

다시 눈을 떠보니 다음 날 5시 30분이었다. 무려 열 시간을 넘게 잤고, 나에게는 신기록이었다. 욕실로 들어가 오래도록 샤워하고, 에스프레소 세 잔을 마시고 나자 머릿속에 끼어 있던 뿌연 안개가 조금 걷히는 느낌이었다. 밖으로 표출도 못 하고 마음속에 담아두었던 분노와 슬픔이 조금은 가신 듯했다. 스트레스 해소방의 이상한 마법이 통했다. 나는 에드나 앞으로 온 메시지를 확인했다. 마일스 로치가 보낸 술집 주소였다.

로레인이 보낸 메시지도 있었다. '다음 주에 〈말타의 매〉를 보고 나서 우리 집에서 같이 저녁 먹어요.'

이제 정보국과 연락되는 칩을 활성화했다. 브레이머 부장이 보낸 영상 메시지가 있었다. 브레이머 부장의 퉁퉁한 얼굴이 화면을 가득 채웠다.

"새비지 요원이 오늘 12시 14분에 도착할 거야. 이번에는 신분을 위장했어. 국영 라디오 방송국 보도국 교열부장으로 발령을 받은 코디 러핀이라는 신분이야. 새비지 요원이 도착하고 나서 캐머런 요원이 따로 연락해 새비지 요원과 접촉할 때 지켜야 할 주의 사항에 대해 알려줄 거야. 그건 그렇고, 골치 아픈 일이 생겼어. 저쪽 놈들이 비자사무소에서 찍은 영상을 방송했어. 라프렐 요원이 총을 들고 비자사무소 쪽으로 달려가다가 놈들이 난사한 자동소총을 맞고 쓰러지는 영상이야. 아주 영리하게 찍어서 자동소총을 쏜 당사자는 보이지 않아. 영상에 내레이션이 들어 있어. 공화국연맹은 무신론 제국주의 집단인 연방공화국이 도발해올 경우 죽음으로 응징한다고 떠들어대더군. 이제 우리는 무신론자 국가로도 모자라 놈들의 영토를 빼앗으려는 제국주의 국가가 되었어. 공화국연맹 놈들은 자국민들의 분노를 촉발시켜 우리에게 보복할 건수만 찾고 있나봐. 케이틀린이 라프렐 요원을 함정에 빠트린 이유야. 케이틀린은 간밤에 자동소총을 들고 그 자리에 또 나타나 라프렐 요원이 달려온 재즈 바의 뒷문을 노려보고 있었어. 혹시 자네를 기다린 건 아닐까? 케이틀린이 이미 에드나 머스그레이브의 정체를 알아챘을까? 중요한 건 케이틀린이 우리의 신경을 박박 긁어대고 있다는 거야. 케이틀린은 조만간 또 우리를 놀라게 할 짓을 저지르겠지. 자네가 케이틀린을 막아야 해. 케이틀린을 잡아. 내가 자네에게 내리는 명령이야. 스텐글 요원, 에스프레소를 벌써 세 잔 마셨지? 에스프레소를 한 잔 더 마시고, 케이틀린을 잡아."

제16장

술집 이름이 〈다이브〉였다. 국영 라디오 방송국 중립지대 지국에서 멀지 않은 린데일앤드레이크의 교외 주택가에 있는 술집이었다. 부유한 전문직 종사자들이 많이 살고 있는 지역이었다. 지명에 '레이크'가 들어 있는 것에서 알 수 있듯이 호수와 닿아 있는 곳이었다. 다양한 책을 구비해놓은 서점, 무료 어린이집, 시설이 제법 훌륭한 도서관, 요가 강습소, 헬스클럽 두 곳, 초현대식 놀이터가 있는 공원, 2백 석 규모 극장, 스트레스 해소방 여섯 곳이 있는 지역이었다.

극장에서는 창립 75주년을 기념해 샘 셰퍼드가 쓴 희곡 〈진짜 서부극〉을 공연하고 있었다. 채드윅 정부가 지향하는 사회정책의 틀을 한눈에 볼 수 있는 곳이었다. 조용하고, 질서 있고, 건강하고, 교양이 넘치고, 지적인 곳.

한편 〈다이브〉는 미국 전역에서 볼 수 있는 술집, 한때 뉴욕에서 대세를 이루었던 왁자지껄한 술집을 재현한 곳이었다. 담배 연기에 변색된 진갈색 벽, 나라간세트(Narragansett)나 칼링 블랙 라벨(Carling Black Label)처럼 지금은 사라진 맥주 브랜드의 네온사인, 지난 세기의 유명 야구선수 사진들, 헤비메탈 록 밴드 사진들이 걸린 커다란 마호가니 바였다. 지금 홀에서 흐르는 음악은 프랭크 시나트라의 〈인 더 위 스몰 아우어스 오브 더 모닝(In the We Small Hours of the Morning)〉이었다.

"'기나긴 어두운 밤에 있는 영혼에게 시간은 늘 새벽 3시다'라는 옛날 표현을 알아요?"

마일스 로치를 실제로 만나보니 체중이 125킬로그램은 족히 넘을 것 같은 거구였고, 커다란 녹색 체크무늬 셔츠로 뱃살을 가리기에는 부족해 보였다. 마일스 로치와 함께 앉아 있는 사람은 국영 라디오 방송국 중립지대 지국장 한나 필이었다. 삼십 대 여성으로 호리호리한 몸매에 1950년대의 매디슨가에서 야심찬 커리어우먼이 입고 다녔을 법한 정장 차림이었다. 시스템으로 신상 정보를 미리 알아본 결과 한나 필은 샌프란시스코의 부유한 집안 출신이었다.

나는 자리에 앉아 맨해튼을 주문했다.

한나가 말했다. "블라디보스토크에 오신 걸 환영해요. 뉴욕에서 영화평을 쓰실 때만 해도 이런 곳에 오게 될 줄은 꿈에도 몰랐을 걸요?"

내가 말했다. "이곳이 시베리아의 블라디보스토크는 아니잖아요."

한나가 말했다. "여기서 그리 멀지 않아요. 어쨌든 내가 이 빌어먹을 오지에서 수감 생활을 해본 결과 역시 있을 곳이 못되더군요."

클레어가 말했다. "서부 해안의 부유한 집안 출신들은 어딜 가든 티를 낸다니까요. 처음 보는 사람들 앞에서 어떡하든 자신의 고귀한 신분을 드러내고 싶어 안달하죠."

한나가 말했다. "그렇게 말하는 사람은 본인의 패션 감각이 다이애나 브릴랜드 못지않다고 여기면서 왜 옷은 항상 그렇게 입어요?"

마일스 로치가 말했다. "1950년대 비유가 마구 날아다니면 분위기가 살벌해지죠."

클레어가 말했다. "1950년대에 태어나지 못해 한스럽네요. 내가 가장 돋보일 수 있는 시대를 놓쳤으니까."

클레어 포글러는 국영 방송국 중립지대 지부 뉴스 국장이었다. 그녀는 이제 서른 살이 갓 넘은 나이에 우아한 검은색 원피스 차림이었다. 깔끔하게 화장한 얼굴에서 눈가의 피어싱이 유난히 눈에 띄었고, 성공에 대한 야망으로 가득 찬 눈빛이 이글거렸다.

나는 시스템을 통해 오늘 이 자리에 참석하기로 되어있는 사람들을 모두 체크해보았다. 클레어는 정보국 정보원으로 국영 라디오 방송국 중립지대 지국에서 벌어지는 일들을 정보국 요원들에게 계속 보고하고 있었다. 그녀는 나에 대해서도, 더 정확하게 말하자면 내가 연기하는 에드나에 대해서도 보고하고 있을 게 뻔했다. 내일이면 나도 클레어가 보고한 내용을 볼 수 있다.

클레어는 내가 보고서를 보게 될 줄은 미처 몰랐을 것이다.

한나가 클레어에게 말했다. "1950년대에 가장 돋보였을 거라고 말하기는 힘들지 않을까? 로널드 레이건을 그리워하는 1980년대식 옷차림을 하고 다니면서."

"1980년대식 옷차림이라니? 난 단 한 번도 어깨에 뽕이 잔뜩 들어간 파워슈트를 입어본 적이 없어."

"당시에 그런 사람들을 여피라고 불렀죠."

마지막 말을 한 사람은 코디 러핀이었다. 중립지대에 새로 온 교열부장으로 방송 대본이 심의 기준에 맞는지 여부를 확인하는 역할을 한다. 나는 코디 러핀과 악수를 나누었다. 우리는 마치 한 번도 만난 적이 없는 사람들처럼 행동했다. 하긴 다른 사람 얼굴을 하고 만난 건 처음이었다. 코디 러핀은 아이오와주 출신으로 금발 직모, 비현실적으로 새파란 눈, 작고 둥근 코, 사이가 벌어진 앞니의 소유자였다. 아이오와주는 연방공화국 가입 찬반 투표 결과 간발의 차이로 반대가 우세했고, 결국 공화국연맹에 남게 되었다. 그때 코디 러핀의 가족들은 모두 뉴욕으로 이주했다.

마일스 로치가 말했다. "역사를 잘 아시네요."

코디 러핀이 말했다. "그저 보통입니다."

클레어가 말했다. "여피족을 다루는 프로그램을 만들어볼까요. 1980년대의 사회, 경제, 문화를 참조해서."

마일스가 말했다. "여피족은 다각도로 부정적인 영향을 끼쳤어."

클레어가 말했다. "범죄가 줄고 길거리가 다시 안전해진 게 부정적인 영향인가?"

한나가 말했다. "역시 부유한 집 딸다운 발언이야."

클레어가 말했다. "내가 무슨 부유한 집 딸이야? 우리 집안은 대대로 공화당을 지지했었는데 조지 W. 부시 이후 민주당으로 돌아섰어. 미국 민주주의를 결정적으로 후퇴시킨 트럼프와 호킨스 같은 멍청이들과는 관계를 끊었지. 그러니까 우리 집안에 대해 이러쿵저러쿵 함부로 넘겨짚지 마."

마일스가 말했다. "한나의 얘기는 그저 범죄 사실만 놓고 말할 게 아니라는 뜻이야. 길리아니 시장이 행정을 맡기 전만 해도 뉴욕은 무질서한 도시였으니까."

한나가 말했다. "파시스트 길리아나."

클레어가 말했다. "나도 길리아나가 트럼프 앞잡이 노릇을 한 건 불만이지만 뉴욕을 바꿔놓은 건 인정해줘야지."

한나가 말했다. "길리아나 시장이 뉴욕을 부자들을 위한 놀이터로 바꾸어놓았지." 그런 다음 덧붙였다. "서부 해안 부유층 출신들은 하층민들을 사람으로 안 보나봐."

클레어가 일어서며 말했다. "둘 다 엿이나 먹어. 내가 돌아왔을 때 마티니가 새로 나와 있으면 좋겠네. 에드나와 코디는 이 시끄러운 작은 나라에 잘 왔어요."

클레어가 화장실에 가느라 자리를 비웠다. 코디와 내가 즐거운 듯 눈빛을 주고받자 마일스가 눈치채고 말했다.

"새로 온 두 분이 지금 어떤 생각을 하는지 알 것 같아요. 내가 왜 이 자리에 온다고 했을까 하며 후회하죠?"

"꼭 와야 한다고 해서 왔는데요."

"저 역시 여기가 아직 낯선데 오늘 꼭 오라고 하셨어요."

클레어가 말했다. "아, 그럼 이제 두 분을 이 난장판에 데려온 걸 후회해도 되겠네요."

코디가 말했다. "문화전쟁이 아직 한창인 걸 보게 되어서 좋아요."

몇 시간 뒤, 코디와 나는 중립지대 지하에 있는 바에 앉아 있었다. 이제는 새비지와 스텐글로 대화했다.

내가 물었다. "여기 도착하자마자 곧장 술자리에 간 거야?"

"마일스라는 친구가 모임이 있다고 메시지를 보내줘서 참석했어요."

"에드나 머스그레이브도 그 자리에 온다고 귀띔하던가?"

"아뇨. 팀장님이 거기 오실 줄 알았다면 절대로 안 갔을 거예요."

새비지 요원은 복잡한 상황에서도 결코 멍청한 짓을 하지 않는다. 작전을 위험하게 만들지도 않는다. 특히 요주의 인물을 잡아야 하는 작전에서는 더욱 그랬다.

내가 물었다. "라프렐 요원의 부인은 요즘 어때?"

"같은 말만 계속 반복해요. 이제 더는 털어놓을 게 없나봐요.

머슬맨은 공화국연맹으로 도망치는 데 성공했어요. 우리가 〈다이브〉에서 술을 마실 때 케이틀린이 비자사무소 밖으로 나온 적이 있대요. 조만간 또 뭔 일을 꾸미려나봐요."

"케이틀린과 쫓고 쫓기는 게임을 벌이는 형편이 되었어. 아무리 마음이 급해도 라프렐 요원처럼 무턱대고 쳐들어가진 마."

새비지 요원이 물었다. "저격수를 쓰는 건 어때요? 실력 좋은 저격수들을 네 시간마다 교대시켜 매일 24시간 동안 감시하는 거예요. 케이틀린이 다시 비자사무소 밖에 나타나는 순간 쏘아 죽여야겠죠."

"나도 비슷한 생각을 했어. 문제는 케이틀린이 우리 영토로 넘어오지 않는다는 거야. 늘 비자사무소 경계 안에 있어."

새비지 요원이 말했다. "거기서 라프렐 요원을 죽였어요."

"라프렐 요원이 총을 들고 뛰어나왔기 때문에 공화국연맹은 케이틀린의 행동을 정당방위라고 주장하고 있어."

"탄창이 빌 때까지 한 사람에게 자동소총을 난사해 죽였는데 정당방위라고요?"

"과잉 방어가 분명하지만 정당방위적인 요소가 전혀 없지는 않아. 브레이머 부장이 어떤 명령을 내릴지 충분히 예상 가능해. '케이틀린을 죽여라. 그 대신 외교 문제로 비화되는 건 피해라.'"

"공화국연맹 땅에서 케이틀린을 암살하면 외교 문제를 피할 수 있지 않을까요?"

"케이틀린을 죽일 때 사람들 눈에 띄면 오히려 더 골치 아파. 아무도 모르게 죽일 수 있는 방법을 찾아야 해. 중립지대의 공화국연맹 영토에 있을 때에 케이틀린을 쏘면 외교 문제가 될 위험이 있어. 연방공화국 정부는 외교 문제를 일으키면서까지 케이틀린을 없애야 한다고 생각하지 않을 거야. 그러면서도 정보국 윗선에서는 케이틀린이 우리 요원을 잔인하게 살해한 만큼 반드시 제거해야 한다고 생각하겠지. 게다가 외교 문제가 발생하지 않도록 조심하면서 임무를 완수하길 바랄 거야."

"힘든 작전인 건 분명하지만 성공할 수 있는 방법을 찾아낼 수 있지 않을까요? 우선 질문 하나 해도 될까요?"

"뭔데?"

"요즘 어떻게 지내세요?"

"내가 트라우마에 시달리고 있지는 않은지 물은 거야?"

"제 표현이 좀 더 친근해 보이는데요."

"내 답변이 지나치게 방어적으로 들렸다면 사과할게."

"팀장님이 사과하실 일은 아니죠."

"팀장님이라고 부르지 마."

새비지 요원이 말했다. "명령입니까?"

"그냥 요청이야." 나는 유쾌하게 대답한 뒤 덧붙였다. "나도 충격을 받으면 힘들어. 라프렐 요원의 죽음은 나에게 아주 큰 충격으로 다가온 게 사실이야."

"복수할 겁니까?"

"당연히 복수해야지. 하지만 우리가 복수해도 라프렐 요원에게는 아무런 도움이 되지 않는다는 게 괴로워. 어쨌든 이제부터 화제를 바꿔야겠어. 성형 시술을 받은 얼굴을 거울로 보는 기분이 어때?"

새비지 요원이 말했다. "새 얼굴 덕분에 중립지대에 다시 올 수 있게 되었으니 고맙게 생각해야죠."

"우리에게는 아직 완수해야 할 일이 있어."

"그다음에 원래의 얼굴, 지문, 홍채를 되찾으면 되고요."

나는 이튿날 브레이머 부장에게 화상 통화를 요청했다. 내 예상대로 브레이머 부장은 저격수를 쓰자는 아이디어에 동의했다.

"공화국연맹 경찰국에서 노리는 게 바로 그거야. 우리 관할구역에서 케이틀린을 죽일 경우 놈들은 케이틀린이 자네의 이복동생이라는 사실을 밝히려고 할 거야. 자네를 이복동생을 죽인 비정한 언니로 만들 수 있을 테니까."

"공화국연맹 영토에서 케이틀린을 제거하면요?"

"자기네 영토 안에서 우리의 공격을 막지 못했으니 공공연히 밝히고 싶지 않겠지. 그렇지만 케이틀린이 비자사무소 앞에 나타나더라도 우린 이러지도 저러지도 못하는 처지야."

"그럼 어떻게든 연방공화국 영토로 꾀어내야 하네요."

새비지 요원과 나는 지하 기지 술집에서 매일 만나 케이틀린을 공화국연맹 밖으로 끌어낼 아이디어를 주고받았다. 하지만 그럴싸한 아이디어가 나오지 않았다. 작전이 지지부진해지면 서 우리는 가상 시나리오 수립을 포기하고 공화국연맹 비자사 무소에 들어가 자폭할 요원을 찾아보는 게 어떨지 이야기를 주 고받았다. 새비지 요원이 손목에 찬 메모랜더에서 윙 소리가 울 렸다. 우리는 당황해하며 서로를 바라보았다. 윙 소리는 경보였 다. 새비지 요원은 나도 잘 볼 수 있도록 팔을 내밀고 화면을 터 치했다. 놀랍게도 화면에 나타난 사람은 케이틀린이었다. 그녀 는 비자사무소 밖, 우리 지하 기지 바로 위에서 자동소총을 어 깨에 메고 담배를 피우고 있었다. 나도 모르게 침을 꿀꺽 삼켰 다. 새비지 요원은 분노를 억누르며 케이틀린을 주시했다.

나는 라프렐 요원처럼 흥분해 함정에 빠져들면 안 된다고 생 각하다가 갑자기 소리쳤다.

"이런 젠장!"

새비지 요원의 메모랜더를 가득 채운 영상에서 케이틀린이 하 늘을 향해 총을 두 발 쏘았기 때문이다.

"이런 좆같은." 새비지 요원이 씩씩거렸다. 그가 지하 기지의 술집 테이블에 있는 모니터를 클릭해 중립지대에 주둔하는 우리 보안군 장교의 생체 칩에 연결한 다음 명령을 내렸다.

"저격수들에게 저 여자를 겨냥하라고 해."

하늘에서 비자사무소 지붕 위로 뭔가 떨어졌다. 죽은 비둘기였다.

새비지 요원이 말했다. "저격수들에게 케이틀린을 도발할 행동을 하라고 시킬게요. 어서 저에게 명령을 내리세요. 그다음에 교전을 벌이면 됩니다."

당장 결정을 내려야 했지만 나는 주저했다.

새비지 요원이 나에게 딱딱거렸다. "어서요. 시간이 없어요."

나는 모니터를 통해 보안군 장교에게 말했다.

"케이틀린 위로 날아다니는 비둘기를 쏴. 그런 다음 여자가 총을 들고 경계 밖까지 나오면 집중 사격해."

새비지 요원과 나는 모니터를 뚫어져라 쳐다보았다. 케이틀린은 자신을 지켜보는 관객이 있다는 사실을 아주 잘 알고 있는 듯 자신감 넘치게 웃었고, 여전히 담배를 입에 물고 연기를 내뿜었다. 녹색 레이저빔이 비자사무소와 우리 영역 사이의 경계를 표시했다. 총소리가 탕 하고 울렸다. 케이틀린은 크게 놀란 표정을 짓다가 곧장 자동소총을 재즈 바 쪽으로 겨냥했다. 그러다가 금세 경계 보도로 총구를 돌렸다. 비둘기 한 마리가 케이틀린이 서 있는 자리로부터 5미터 떨어진 지점에 떨어졌다. 케이틀린이 깜짝 놀란 표정을 지었다. 다시 집중력을 회복한 케이틀린이 앞으로 튀어나왔다. 이제 연방공화국 영토로 들어왔다고 생각하는 순간 몸을 뒤로 빼버렸다. 케이틀린은 우리가 자기를 도발하고 있다는 사실을 깨달은 듯 양손으로 자동소총을 들어 올리고 아래위로 흔들었다.

'내가 당신들 술책에 걸려들 줄 알아? 엿 먹어' 하고 말하는 듯했다. 그런 다음 라프렐 요원을 죽이고 나서 했듯이 우리를 향해 싸늘하고 어두운 미소를 지어 보였다. 그 미소를 본 순간 또다시 나를 겨냥하고 있다는 느낌이 들었다.

"젠장! 젠장! 젠장!"

새비지 요원이 탁자를 거칠게 내리쳤다. 방금 전 케이틀린을 쏘아 죽일 수 있는 절호의 기회가 있었는데 놓쳐버렸으니 몹시 흥분할 만도 했다. 케이틀린이 연방공화국 영토로 한 발짝만 더 들어섰어도 모든 게 끝장났을 테니 아쉬워할 수밖에 없었다. 내 마음 한편에서는 저격수에게 그냥 사격 명령을 내릴 걸 그랬다는 후회가 일었다. 만약 그랬다면 브레이머 부장의 명령을 어긴 게 된다.

나는 아파트로 돌아와 브레이머 부장의 메시지를 받았다.

"비둘기를 이용한 작전은 괜찮았어. 케이틀린이 미끼를 덥석 물지 않아서 유감이야."

그건 나중 일이고, 지금 나는 새비지 요원과 함께 모니터에 떠오른 케이틀린의 얼굴을 노려보고 있었다. 케이틀린은 우리 쪽으로 담배를 던지고, 몸을 돌려 비자사무소 안으로 들어갔다. 신경을 긁는 웃음소리가 스피커를 가득 채웠다.

새비지 요원이 말했다. "이번 라운드에도 케이틀린이 이겼네요."

내가 말했다. "몇 번 더 이길 거야. 실력이 좋아."

제17장

로레인은 극장에서 그리 멀지 않은 곳, 1940년대에 지은 아파트 건물 꼭대기 층에서 살고 있었다. 나는 많이 어질러진 집을 예상했는데 깔끔하게 정리되어 있어 놀랐다. 벽면 가득 사진, 포스터, 엽서가 붙어 있었다. 방마다 책꽂이가 있었고, 책꽂이마다 책이 넘쳐났다. 커다란 식탁을 절반으로 나누어 한쪽은 책상으로 쓰고 있었다. 종이, 노트, 펜, 연필, 모두 구식 필기구였다. 그 모든 게 '어지럽게 정리돼 있다'는 모순적인 묘사로 표현될 정도로 널려 있었다. 이 좁고 꽉 찬 아파트의 모든 면이 로레인의 성격을 말해주고 있었다. 로레인은 뭐든 신중하게 생각하는 사람이었다. 옛날 영화 포스터, 영화제가 존재하던 시절에 나온 각종 국제 영화제 엽서들, 가지런히 정리해 쌓아둔 그릇들, 다른 쪽 절반에 이미 차려진 식탁, 파란색 접시, 냅킨, 검은색 양식기, 고급 와인 잔이 차례로 눈에 들어왔다. 두 사람을 위한 자리였다. 로레인의 장식품 취향이 내 마음에 쏙 들었다. 특히 스무 개쯤 있는 요요가 좋았다.

로레인은 나를 보자 환하게 웃었고, 내가 안으로 들어서자 안

아주기까지 했다. 내가 와인을 건네자 놀란 표정을 지었다.

"프랑스 와인이네요. 어디서 구했어요?"

"집 근처에 와인 가게가 있어요. 유럽 와인을 정기적으로 들여오는 집이죠."

"큰돈을 썼겠네요?"

"마르고나 포메롤처럼 값비싼 와인은 아닙니다. 제 월급으로 충분히 살 수 있는 와인이었어요."

로레인이 레이블을 소리 내어 읽었다. "세인트 에밀리온." 프랑스어로 읽자면 '생테밀리옹'이라고 발음해야 마땅하지만 나는 지적하지 않았다. 로레인이 나에게 물었다. "와인을 자주 마셔요?"

"시스템이 정한 범위 내에서 마셔요. 혹시 술에 얽힌 문제는 없는지 물은 거라면 전혀 없었다고 자신 있게 말할 수 있습니다."

"그런 뜻으로 물은 건 아니었어요."

나는 아파트 안을 둘러보며 말했다. "멋지네요. 수집하길 좋아하시나봐요."

"딱히 다른 재주가 없어서요."

"겸손의 말씀입니다."

"틀림없는 사실입니다. 작은 영화관을 운영하면서 영사기사를 겸해서 맡고 있는 것뿐이에요. 바로 눈앞에 적들이 있는데, 사람들의 안전이나 민주주의를 지키는 데에 도움이 된다고 말할 수는 없겠네요."

"그게 뭐 어때서요? 저도 마찬가지입니다. 영화를 보고 상영 프로그램을 짜는 게 웬만한 일보다 사회에 기여하는 게 많을 겁니다."

"우리 아버지는 늘 저에게 그랬어요. 제가 영화를 보면서 인생을 낭비한다고."

우리는 이제 주방에 다다랐다. 로레인이 와인을 잔에 따랐다. 그녀가 와인 잔을 내게 건넬 때 내가 말했다.

"몇 분 동안은 그냥 내버려둬요. 와인의 깊은 맛을 즐기려면."

"뭐든 제대로 하시네요. 학교를 제대로 다니셨나봐요."

"로레인 씨가 다닌 학교만큼 좋은 학교를 다닌 적은 없어요."

"음, 저의 과거를 전부 다 체크하셨나봐요?"

"전부라고 할 수는 없죠. 저는 경찰이 아니니까요."

"저도 에드나 씨의 과거에 대해 알아요. 에드나 씨가 저를 알듯이."

"로레인 씨가 언제 어디서 어떻게 살았는지 별개로 하고, 지금 이 자리에서 느낀 점은 저처럼 혼자인 걸 좋아하는 분이라는 거예요."

"네, 혼자 지내는 게 잘 맞아요."

나는 고개를 끄덕였다. 이 대화가 어디로 흘러가게 될지 느낌이 왔다. 설렘과 기대로 시작했지만 끝내 실망만 남기고 끝난 남자들과의 만남, 그렇고 그런 인생 고백, 새로운 친구 선언으로 이어지는 서사가 그려졌다. 나는 저녁 식사를 하러 왔고, 기꺼이 로레인의 친구 역할을 해주고 싶었다. 다만 오늘 하루만이었다. 나에게는 주어진 임무가 있었고, 친구를 사귀는 건 작전 수행을 어렵게 할 수도 있으니까. 샘 스텐글 요원은 친구가 없었다. 에드나 머스그레이브가 된 나는 외롭고 신경질적인 나르시시스트로 머물러야 했다.

우리는 잔을 들고 건배했다. 와인 맛이 좋지도 나쁘지도 않았다. 82달러짜리 와인을 마시면서 특별한 맛을 기대하는 건 과욕일 수도 있었다. 로레인이나 에드나 같은 인물들에게 프랑스는 자주 가볼 수 없는 나라고, 프랑스산 와인을 마시는 건 흔치 않은 일이었다. 샘 스텐글 요원은 큰 부담 없이 프랑스산 와인을 구입할 수 있다. 다만 샘 스텐글 요원도 정보국의 규칙을 어기거나 명령에 복종하지 않을 경우 하루아침에 퇴출당할 수 있다.

로레인이 말했다. "신은 인간에게 저지른 모든 실수에 대한 사과의 의미로 우정을 만들었다고 하잖아요. 우리의 우정을 위해 건배!"

나는 로레인의 건배사에 아무 말도 덧붙이지 않고 그저 빙긋 웃기만 했다. 로레인의 건배사에서 친구를 만들길 간절히 원한다는 느낌이 들었다. 저녁 식사를 빨리 끝내고 돌아가야 하는데 점점 시간이 흐르고 있었고, 지금 이 자리가 그리 성가시지도 않았다.

로레인이 주방에서 세몰리나와 렌틸콩, 떡과 녹차를 만들어 내왔다. 뉴요커다운 메뉴였다. 로레인은 손수 만든 과카몰리와 토르티야 칩을 맨 먼저 내놓았고, 꿀과 칠리소스를 발라 구운 로스트치킨, 기름에 튀긴 플랜테인, 삶은 콩을 다시 튀긴 요리를 뒤이어 내왔다. 나는 사실 음식 만들기에 특별한 관심이 없었다. 음식 만들 시간이 없어 조리가 간편한 즉석식품을 주로 구입해 먹는 편이었다. 유기농 건강식이라고 광고하는 즉석식품들이었다. 나에게 음식은 그저 연료일 뿐이었다. 반면 로레인에게 요리는 마술이자 창의성이 구현된 예술이었다. 무엇보다 흥미로운 점은 로레인이 먹을 사람이라고는 자기 자신뿐인데 요리 만들기를 즐긴다는 사실이었다. 그동안 이 맛있는 음식들을 혼자 먹었을 테니 나를 초대해 솜씨를 자랑하고 싶은 마음을 이해할 수 있을 듯했다.

내가 말했다. "과카몰리와 로스트치킨 맛이 정말 기막히네요. 널리 알려진 음식에 새로운 요소를 첨가해 색다른 맛을 내는 재주가 정말이지 탁월해요. 저로서는 몹시 부러운 솜씨입니다."

나는 그렇게 말했지만 부럽다고 한 말은 립 서비스에 가까웠다.

"오늘은 조리법이 간단한 편이지만 화려하고 맛있는 음식을 만들어보고 싶었어요."

"삶은 콩을 다시 튀기는 요리는 처음 먹어봐요. 정말이지 혁신적인 조리법이네요."

"멕시코 여행을 할 때 배워둔 조리법인데 자주 써먹고 있어요."

현재 멕시코는 공화국연맹과 국경을 맞대고 있기 때문에 연방 공화국 사람들은 멕시코 여행을 하기가 힘들어졌다.

"이전에 딱 한 번 멕시코를 여행한 적이 있어요. 지금은 바하

칼리포르니아 말고는 가기 힘들죠."

"바하칼리포르니아를 빼면 멕시코는 출입 금지 상태니까. 중남미의 다른 나라도 쉽게 갈 수 없게 되었죠."

"지금 우리가 사는 방식."

로레인이 말했다. "앤서니 트롤럽을 잘 아시나봐요."*

"대학교 다닐 때 읽었어요."

"독서를 좋아하는 집안에서 자랐나요?"

"전혀 아니었어요. 부모님은 세인트루이스 부르주아이고, 좋은 학교를 나왔지만 머리를 쓰는 일에는 전혀 관심이 없었죠. 아버지는 보험 회사를 운영했고, 엄마는 집안일을 했어요."

"아 그래요? 제 동생이 세인트루이스에서 의대를 다녔어요. 동생을 만나러 세인트루이스에 종종 갔죠. 세인트루이스에서는 언제까지 살았어요?"

당연히 나는 에드나 머스그레이브의 신상 자료를 외워두었다. 그래도 미심쩍어 오늘 여기 오기 전에 한 시간 동안 다시 살펴보았다. 세인트루이스 라듀에 있는 저택에서 보낸 어린 시절, 미주리주립대학 시절, 대학의 건물들과 교수들 이름, 애정 없는 부부 사이에서 자랐고, 엄마는 아버지 때문에 몹시 불행했고, 무미건조한 결혼 생활을 지속할 수밖에 없었던 이유가 나 때문이라고 생각해 나를 미워한 엄마 얘기가 내 입에서 줄줄이 흘러나왔다.

*《지금 우리가 사는 방식》은 앤서니 트롤럽이 1875년에 출간한 소설 제목이다

"'너만 없었으면 나는 저널리스트로 성공했을 거야.' 엄마는 내 앞에서 자주 그렇게 말했죠. 그런데 사실, 엄마는 1990년대 말에 지역 신문인 《세인트루이스 가제트》에서 2년 동안 기자로 일한 경력이 전부였어요."

로레인이 물었다. "재능 있는 기자였나요?"

나는 고개를 가로저었다. "언젠가 엄마가 무심코 속내를 보인 적이 있어요. '일자리를 주는 신문사들이 없을 때에 네가 태어났어.'"

나는 잔에 남은 와인을 마저 마시며 생각했다. '내가 즉석에서 그럴싸하게 이야기를 지어내는 건 아버지로부터 물려받은 재능인가 봐.' 에드나는 나를 기본으로 삼아 만든 인물이라 부모 얘기만큼은 거짓이 아니었다. 나는 로레인을 보았다.

로레인이 내 팔을 살짝 쥐었다가 풀며 말했다. "슬픈 이야기네요."

"좀 서글프긴 하죠. 그렇지만 어린 시절에 그런 일을 겪은 탓에 제가 좀 더 단단해졌다고 생각해요. 나쁜 의미든 좋은 의미든."

"좋은 의미로 단단해진 건 어떤 걸까요?"

"아주 어릴 때부터 독립적이게 되었죠. 믿을 사람이라고는 나 자신밖에 없었으니까. 나는 줄곧 되뇌었어요. 다른 사람에게서 내 가치를 찾지 말자. 혼자여도 불행하지 않을 수 있다."

이번에는 로레인이 와인 잔을 비웠다. "세상에나! 마치 내 생애를 돌아보는 느낌이 들어요."

"결혼한 적 없어요?"

로레인이 고개를 가로저었다. "남자랑 동거한 적이 없어요. 캘리포니아에 있을 때 남자를 만났는데 똑똑한 사람이었죠. 제가 만난 남자들 가운데 제일 박식하고 잘생긴 남자였어요."

"왠지 그다음 말이 '그런데'일 거라는 느낌이 드네요."

"그 남자 역시 저에게 흠뻑 빠져들었어요. 저에게 결혼해서 아이를 낳아 키우자고 하더군요. 저도 마음 한구석에서 그러고 싶은 마음이 없지 않았죠. 그런데…… 아, '그런데'가 여기서 나오네요. 마음 한구석에서 '이 남자는 결국 나에게 싫증을 낼 거야' 하는 마음이 드는 거예요. '내 끝없는 의심에 이 남자는 곧 지쳐 나가떨어지게 될 거야' 하는 걱정이 되기도 했죠. '이 남자는 곧 내가 열아홉 살에 강간당한 일이 여전히 트라우마로 남아 있다는 사실을 알게 될 거야' 하는 두려움이 그 뒤를 이었어요."

긴 정적. 나는 와인을 따라 로레인에게 내밀었다.

"나에게 무슨 얘기든 다 털어놔봐요. 딱히 할 얘기가 없으면 안 해도 괜찮아요."

로레인은 내 눈을 피하며 와인을 홀짝이다가 말했다. "오늘은 안 할래요. 아마 영원히 안 할지도 모르겠네요. 그런 얘기를 하려던 게 아니었는데 나도 모르게 불쑥 튀어나왔어요. 왜냐하면……."

또 긴 정적. 나는 정적이 흐르도록 내버려두었다. 잠시 후 로레인이 정적을 깼다.

"왜냐하면 지난 몇 달, 아니 지난 일 년 동안 누군가와 이렇게 긴 이야기를 나눈 건 처음이거든요."

"친구가 없어요?"

"여긴 없어요. 친구를 만들려고 애쓰지도 않았죠. 제가 더럽게 완고한 편이라서요."

"무슨 뜻이에요?"

"오랫동안 사람들의 눈을 피해 살았어요. 미국이 분리되고 나서 11년 동안 이 나라에서 벌어지는 일 때문이 아닐까 생각해요. 사실은 항상 감시받고 살면서도 멋진 동네에서 문화적으로 세련된 사람으로 살고 있는 척해야 하잖아요. 과연 우리가 자유로운가요? 결코 자유롭다고 할 수 없잖아요. 말 한마디 잘못하거나 걸음을 한 발짝 잘못 내디뎌도 인생이 끝나버릴 수 있어요."

나도 모르게 말했다. "그건 좀 극단적인 생각 아닌가요?"

로레인이 놀라서 나를 보았다. 내 입에서 그런 말이 나올 줄 미처 몰랐다는 표정이었다. 나 역시 예상하지 못했다. 이제 나는 로레인이 보지 못한 에드나의 면모를 보일 방법을 찾아야 했다. 일단 로레인의 반응이 어떤지 기다릴 필요가 있었다.

"나는 결코 극단적이라고 생각지 않아요. 혹시 이 체제를 변호하고 싶어요?"

"우리를 감시하고 자유를 억압하는 사람들을 변호할 이유가 없잖아요. 다만 내가 아는 건 현재 지구상의 대부분 나라들이 파시스트의 지배 아래 놓이게 되었다는 거예요. 그러니까 이렇게 감시받는 상태도 무조건 나쁘지만은 않아요. 공화국연맹에서 화형당한 막심 레프코비츠를 직접 만나본 적은 없지만 한때 열렬한 팬이었어요. 막심이 공개적으로 화형당하는 장면을 보면서 나는 연방공화국에 더 충성해야겠다고 생각했죠. 연방공화국의 촘촘한 감시 시스템이 자유와 사생활을 일부 빼앗더라도 화형당하는 것보다는 나으니까요. 상대적으로 공화국연맹이 훨씬 더 악질적이니까요. 로레인 씨는 예전부터 유아독존으로 사는 게 몸에 밴 것 같은데 그게 왜 연방공화국 탓이죠?"

로레인은 뺨을 한 대 얻어맞은 표정을 지었다. 하긴 어떤 의미로는 뺨을 세게 맞은 셈이었다. 로레인이 눈물을 글썽이며 중얼거렸다. 욕실에 가겠다고 말한 듯했다. 주방 바로 옆이 욕실이었다. 문이 닫히고 울음소리가 들려왔다. 눈물을 펑펑 쏟으며 엉엉 우는 소리.

아, 나는 정말 구제 불능인 쓰레기인가?

로레인의 말에 그대로 동조했다면 필시 이 대화를 엿들은 정보국 사람들이 못마땅하게 여길 게 뻔했다. 나는 로레인에게 거칠게 말하지 않을 수 없는 형편이었다. 다만 로레인의 약점을 너무 심하게 건드렸다는 생각에 마음이 씁쓸했다.

로레인이 욕실에서 나왔다. 세수한 얼굴이지만 눈에는 여전히 슬픔이 깃들어 있었다. 나는 자리에서 일어나 로레인을 안아주며 말했다. "미안해요. 내가 못되게 굴었어요."

그 말에 로레인은 다시 울기 시작했다. 나는 로레인의 마음이 진정될 때까지 계속 안고 있었다.

"나는 당신의 친구가 될 자격이 없어요."

"아니, 자격 있어요. 나도 에드나 씨와 친구가 될 자격이 있는 걸요."

"잠시 욕실에 다녀올게요."

나는 욕실에서 혼자 생각했다. 정보국 시스템이 로레인과 내가 나눈 대화를 '위험 요소가 큰 쓸모없는 우정의 발로'라고 비판할 여지가 충분했다. 지금 이 장면을 접한 캐머런 요원과 브레이머 부장은 스텐글 요원이 힘든 상황을 견디지 못해 로레인에게 매달리는 게 아닌지, 라프렐 요원의 죽음 탓에 트라우마를 겪고 있는 건 아닌지 의심해볼 수 있는 여지가 충분했다.

아니면 내가 정말 로레인처럼 사람을 그리워하는 건가?

욕실에서 나오자 식탁에 놓여 있던 그릇을 깨끗이 치워놓은 상태였다. 이제 식탁에는 새로운 와인과 깨끗한 잔 두 개가 놓여 있었다. 안주로 만든 호박파이와 함께.

"세상에나! 호박파이는 언제 만들었어요? 손이 정말 빠르네요."

"깜짝 놀라게 하고 싶었어요. 호박파이를 싫어하지 않았으면 좋겠어요."

"호박파이를 싫어하는 미국인도 있나요?"

"이제 미국인이라는 말은 아무도 안 써요."

"그렇다고 불법은 아니잖아요."

"우리 둘 중 한 사람이 시스템에 고발하면 성가신 일을 겪을 수도 있어요."

"고발당한 적 있어요?"

"저처럼 사는 사람을 누가 고발하겠어요. 저 같은 사람은 연방공화국의 안보에 전혀 위협이 되지 않잖아요."

'아뇨. 내 눈앞에 있는 사람은 누구나 안보의 위협이 될 수 있어요.' 나는 그렇게 말하고 싶었다.

로레인이 물었다. "고발당한 적 있어요?"

"영화평론가를 누가 고발해요. 저에게 관심을 보이는 사람도 없어요."

"저는 관심이 있어요."

우리는 호박파이를 한 조각씩 먹었다. 계피 맛과 고춧가루 맛이 희미하게 났다. 로레인은 조금 밋밋하기 마련인 음식에 톡 쏘는 맛을 첨가해 새로운 맛을 만들어내는 게 특기인 듯했다. 우리는 와인을 두 병째 마셨다. 캘리포니아산 레드와인이었다. 로레인은 계속 내가 가져온 프랑스산 와인에는 비할 바가 못 된다고 했지만 술술 잘 넘어갔다.

로레인에게 끌리는 마음 때문에 마음이 혼란스러웠다. 나는 와인을 마시며 조금은 감정적으로 미성숙한 면이 있지만 매력적이고 사랑스러운 로레인에 대해 더 많은 걸 알고 싶었다.

"아버지가 변호사라고 했죠?"

"아버지는 우파였고, 로드아일랜드에서 크게 성공한 변호사였어요. 엄마는 뉴포트 사교계의 중심인물이었고요. 뉴포트는 북동부에서 가장 속물적인 곳이죠. 아버지와 엄마는 어린 시절 소꿉친구였어요. 아버지가 기숙학교에 다닐 때에는 서로 그리워하며 편지를 주고받았다고 해요. 대학교에서도 아버지와 엄마는 곁눈질을 하지 않고 서로에게 충실했대요. 아버지와 엄마는 이미 정해진 절차인 양 의심 없이 결혼했고, 아이들 셋을 낳았어요. 엄마 아버지는 결혼하기 전에는 다정한 사이였는데 정작 가정을 꾸린 이후 자주 싸웠고, 서로 맞지 않는 사이라고 결론 내렸죠. 그렇지만 자식들 때문에 이혼은 꿈도 꾸지 않았다고 해요. 저는 삼 남매의 막내로 태어났어요. 큰오빠 브래드는 아버지가 시키면 무조건 따랐고, 아버지 로펌에서 변호사로 일했죠. 둘째 오빠 윌리엄은 성격이 내성적이고, 마음이 무척이나 여렸는데 오랫동안 우울증에 시달리다가 스무 살 때 양극성 기분 장애 진단을 받고 정신병원에 입원했어요."

"양극성 기분 장애는 충분히 치료가 가능한데 왜 정신병원에 입원시켰어요?"

"우리 집에서는 모자란 사람, 아버지가 정한 기준을 채우지 못하는 사람은 아예 없는 사람 취급해요. 내가 가족들과 최대한

거리를 두고 사는 이유 가운데 하나죠. 둘째 오빠 윌리엄이 정신
병원에서 자살했을 때…….”

“아, 저런!”

내가 신음을 발하자 로레인이 고개를 숙였다.

“둘째 오빠의 죽음이 평생 제 머릿속에서 떠나지 않을 것 같
아요.”

“언제 그런 일이 있었어요?”

“2032년이었는데 윌리엄 오빠는 서른네 살, 저는 스물일곱
살 때였죠. 저는 면회가 가능한 날이면 꼬박꼬박 병원을 찾아가
오빠를 만났어요. 부모님에게 오빠를 병원에서 데려오자고 몇
번이나 말하기도 하고 화도 많이 냈죠. 부모님은 저에게 신경 쓰
지 말라며 거절했는데 오빠가 결국 목매달아 자살한 거예요. 그
날 이후 저는 부모님과 마음의 문을 닫고 살아왔어요.”

“부모님과 서로 연락은 하면서 지내요?”

로레인이 고개를 가로저었다. “엄마는 저를 아주 미워해요.
아버지는 항상 저에게 다정했지만 어디까지나 겉치레였죠.”

부모님에 대해 더 이상 말하고 싶지 않은 눈치였다. 나는 영
화 이야기로 대화 주제를 바꾸었다. 우리는 한 시간 남짓, 프리
츠 랑 감독의 필름 누아르와 잉그마르 베르히만 감독의 후기 작
품에 대해 이야기를 나누었다. 영화 이야기를 할 때면 로레인은
전혀 다른 사람이 되었다. 나는 프로페셔널을 존경한다. 프로페

셔널은 존재 이유가 될 만한 관심사를 찾아내고, 열정적으로 좋아해 남들은 흉내조차 내기 힘든 경지에 오른 사람들을 말한다. 영화에서 가족들을 대체할 가치와 의미를 발견한 로레인은 토니 커티스가 전후 미국 배우 가운데 가장 과소평가되었다고 열변을 토했다. 로레인이 그토록 당당하게 말하며 흥분하고 즐거워하는 모습을 보며 나는 갑자기 내 진실을 말하고 싶었다. 진짜 내 직업이 뭔지, 내가 왜 중립지대에 와 있는지, 아버지의 의문투성이 처신으로 태어난 내 마지막 남은 혈육 케이틀린의 존재에 대해 알고 난 뒤로 내가 얼마나 갈피를 못 잡고 있는지에 대해.

로레인이 말했다. "클리포드 오데츠가 〈성공의 달콤한 향기〉 각색을 맡았을 때 토니 커티스는 대단히 좋아했죠. 매카시 의원의 마녀사냥 광풍이 불고, 반미 활동 조사 위원회에서 블랙리스트를 만들 때 클리포드 오데츠는 공포에 질렸어요. 그 후 클리포드 오데츠는 다시 성공의 발판을 마련하길 간절히 바랐고 〈성공의 달콤한 향기〉의 각색을 맡게 되었죠. 토니 커티스는 그 모든 사정을 아주 잘 알고 있었어요. 불쌍한 클리포드 오데츠는 〈성공의 달콤한 향기〉가 개봉되고 나서 5년 뒤에 위암으로 사망했죠. 매카시 의원의 블랙리스트가 뛰어난 작가 클리포드 오데츠를 죽인 거예요. 그나마 삶을 마감하기 전에 전후 미국 영화 가운데 최고로 손꼽히는 〈성공의 달콤한 향기〉 시나리오를 쓴 건 커다란 위안이 되었겠죠."

"이제 보니 영화 평론을 써야 할 사람은 내가 아니네요. 아까 언짢은 말을 해서 정말 미안해요."

"오히려 제가 미안하죠. 사과하지 않아도 괜찮아요. 막심 얘기 때문에 나도 모르게 흥분했어요. 그런데 어떻게 알았어요?"

"무얼 말인가요?"

"저는 막심을 한 번도 만난 적이 없지만 저처럼 아웃사이더라고 생각한 거요. 막심처럼 재능이 뛰어나거나 탁월한 유머를 구사하진 못해도 남들과 많이 다른 사람이라는 점에서는 그와 저를 동일시할 수 있었거든요. 인간 별종. 나도 늘 나 자신을 그렇게 생각해왔어요."

"당신은 절대 그렇지 않아요."

로레인이 내 어깨에 얼굴을 묻고 울기 시작했다. 나는 한참 동안 로레인을 안아주었다. 정보국 칩이 연결돼 있지 않으니 브레이머 부장, 캐머런 요원, 새비지 요원의 음성 메시지가 방해하지는 않았다.

이제 아파트로 돌아가야 할 시간이었다. 정보국에서 연락이 오면 대화할 준비를 갖춰야 했다. 지금 이대로 로레인의 옆에서 도움이 되어주고 싶은 마음도 있었다. 내 상관과 동료들이 한 시간은 더 기다려주겠지 생각할 때 로레인이 벌떡 일어서며 말했다.

"이제 그만 잘래요."

"내가 뭐 잘못한 거라도?" 나는 다시 신경질적인 에드나의 말투로 돌아와 손목에 찬 메모랜더로 택시를 불렀다.

"내가 너무 감상적이었어요."

"그렇게 생각하지 말아요. 당신의 마음이 편해졌으면 좋겠어요."

로레인이 아플 정도로 내 팔을 꽉 잡았다.

"나도 그랬으면 좋겠어요. 조만간 또 이런 자리를 만들어도 괜찮을까요?"

"나는 혼자 있는 게 좋아요."

"그건 자기방어예요."

"인생의 대부분이 자기방어 아닌가요?" 나는 왼쪽 손목에 찬 작은 모니터를 흘긋 보았다. "택시가 왔네요."

나는 뒤로 물러섰다. 로레인은 슬프다는 말로는 부족한 표정을 지었다. 나는 잠깐 로레인을 껴안고 돌아서서 출입문을 향해 걸어가며 마지막 말을 남겼다.

"화요일에 영화관에서 봐요."

택시에 오르고 나서 나는 자신을 타일렀다.

'로레인과 지나치게 가까웠어. 어느 정도 거리를 두었어야 해.'

스트레스 해소방을 다녀온 덕분에 그동안 억눌려 있던 나의 다른 면이 드러나게 된 듯했다. 오늘 밤, 나는 몇 년 동안 내 삶에 존재하지 않았던 뭔가를 다시 갖게 된 느낌을 받았다. 그것은 바로……

욕망이었다.

제18장

이튿날 아침 케이틀린이 전격 모습을 드러냈다.

잠에서 반쯤 깨어났지만 아직 침대에 누워 뒤척거리고 있을 때 새비지 요원이 방해했다. 케이틀린이 30초 전에 비자사무소 밖으로 모습을 드러냈다고 했다. 케이틀린은 늘 몸에 지니고 다니는 자동소총을 어깨에 메고, 커피가 든 머그잔을 손에 들고 담배를 피우고 있다고 했다.

나는 아직 잠이 덜 깨 졸린 눈을 비비며 말했다. "나에게 영상을 보여줘."

침실 벽에 있는 화면이 켜졌다. 케이틀린은 공화국연맹 여성 특유의 복장인 검은색 재킷, 무릎길이의 검은색 치마 차림으로 입에 담배를 물고 있었다. 공화국연맹에서는 치마 밑으로 다리를 너무 많이 드러내면 안 된다.

나는 화면에 대고 말했다. "얼굴을 클로즈업해."

던힐 상표가 보였다. 케이틀린은 눈가에 밝은색 파운데이션을 짙게 바른 상태였다. 다크서클을 가리려고 한 게 틀림없었다.

잠을 못 자서 다크서클이 생긴 건가? 왜 잠을 못 자지? 왜 이리 이른 아침에 커피와 담배를 들고 밖에 나와 로저스와 해머스타인의 뮤지컬 곡을 부르지?

옥수수는 코끼리 눈높이만큼 자라고
종일 날씨는 맑을 것 같네
오, 아름다운 아침
오, 아름다운 날
아름다운 기분
뭐든 내 뜻대로 된다네

내 귀에 새비지 요원의 목소리가 다시 들려왔다. "그다지 도발적인 면은 없네요."

"목소리는 좋아. 우리가 지켜보는 걸 알고 저러는 거야. 6시 13분에 뮤지컬 공연을 하는 걸 보면 일부러 우리 잠을 방해하고 싶은 거야."

"공연을 멈추게 하려면 어떤 조치가 좋을까요?"

"케이틀린은 지난번에 우리가 연방공화국 영토 안으로 그녀를 끌어내리려다가 실패한 사실을 일깨워주면서 우리를 도발하는 거야. 앞으로도 우리의 시도가 번번이 실패하게 될 거라는 암시를 주고 싶어 하는 듯해. 하긴 현재 우리에게 가능한 시나리오가 없긴 해. 그나저나 케이틀린의 주소는 알아냈나? 공화국연맹 쪽에 있는 케이틀린의 집 주소 말이야."

"케이틀린의 주소를 알아내는 것보다 더 시급하고 중요한 일이 생겼어요. 우리 쪽 정보원인 칼슨 부부의 정체가 놈들에게 발각됐어요."

"빌어먹을! 언제?"

"이틀 전에요."

"왜 이제야 알게 되었지?"

"칼슨 부부가 우리 쪽 정보원이라는 사실이 들통난 이후 다른 정보원이 자취를 감췄어요. 라프렐 요원이 숨을 거둔 이후 제가 칼슨 부부를 담당했는데, 젭 칼슨이 기도회에 참석하려고 공화국연맹의 중립지대 영토로 가야겠다고 하기에 그러면 가는 길에 케이틀린의 집 주소를 알아봐달라고 했죠. 젭 칼슨이 말하길 공화국연맹 경찰국에 아는 사람이 있어서 케이틀린 파일을 빼내 주소를 알아낼 수는 있지만 돈을 대가로 지불해야 한다는 거예요."

"얼마나?"

"12만 5천 달러요. 젭 칼슨이 7만 5천 달러는 공화국연맹 경찰국 사람에게 주고, 5만 달러는 자기 계좌로 넣어달라고 하더군요. 젭 칼슨은 그 경찰국 사람이 믿을 만하고, 이중 첩자는 결코 아니라고 했어요. 그 경찰국 사람을 조사해봤는데 위험 요소가 전혀 보이지 않긴 하더군요. 그래서 브레이머 부장이 지출을 승인했죠."

"그다음에 일이 어떻게 됐는지 내가 추측해볼까? 이중 첩자가 절대 아니라던 그놈이 젭 칼슨을 배신했고, 덩달아 데비 칼슨의 정체도 발각되었고, 이제 성기에 전기 고문을 당하면서 공화국 연맹 경찰국에 연방공화국 정보를 다 털어놓고 있겠지. 칼슨 부부가 연방공화국 정보국과 오랫동안 은밀한 관계를 맺어 왔다는 사실이 발각되었을 테니까. 게다가 케이틀린은 연방공화국 정보국이 자기 집 주소를 찾고 있는 걸 보고받았겠네. 이 정도면 폭삭 망한 수준이야. 아주 잘하는 짓이야."

"그러게 말입니다. 정말 낭패입니다."

"진작 나에게 이 모든 사실을 보고했어야지. 이번 작전의 책임자는 나라는 걸 잊었어?"

"브레이머 부장이 이 모든 사실을 알고 있었습니다. 최고 책임자는 브레이머 부장이니까요. 라프렐 요원은 칼슨 부부를 정보원으로 쓸 때 팀장님에게 일일이 보고하지 않았을 텐데요."

"그렇지만 자네 역시 칼슨 부부를 이용해 케이틀린에 대한 정보를 빼내려고 했어. 케이틀린은 내 타깃이야. 그러니까……."

"저를 다른 요원으로 바꾸고 싶으면 브레이머 부장에게 요청하세요. 저는 기꺼이 따르겠습니다."

브레이머 부장이 또다시 나를 시험대에 올려놓고 흔들어대고 있었다.

'요원들을 괴롭히면 실패 가능성을 줄일 수 있다.'

브레이머 부장이 정보국에서 지금껏 일하며 써먹은 전략이자 방식이었다. 내가 만약 브레이머 부장의 위치에 있다면 모든 위험을 나 자신이 떠안을 것이다. 어쨌든 새비지 요원이 나에게 먼저 보고했더라면 지금과는 상황이 크게 달라졌을 수도 있었다.

"떠나고 싶으면 떠나. 난 안 붙잡아."

새비지 요원은 나의 냉랭한 반응에 당황한 기색을 보이지 않으려고 애썼다.

새비지 요원이 말했다. "팀장님도 아시다시피 저는 이번 작전이 성공적으로 마무리되길 바랍니다."

"자네가 방금 한 말이 사실이라면 앞으로 나에게 뭐든 숨기지 말고 보고해. 자네가 따로 브레이머 부장에게 어떤 명령을 받았는지 모르지만 그 문제는 나와 상관없으니까 앞으로 내 앞에서 그 얘긴 꺼내지도 마."

"지금껏 중요하다고 판단되는 일들은 팀장님께 다 말했습니다. 칼슨 부부의 정체가 발각된 건 브레이머 부장도 별로 염려하지 않는 눈치였고, 오히려 수수께끼 같은 말을 하더군요. '문 하나가 닫히면 다른 문이 열리리라'라고 하면서 칼슨 부부를 경찰국에 밀고한 남자와 연락해보라고 했어요."

나는 심리적 동요를 보이지 않으려고 애쓰며 말했다. "아, 그래?"

그러면서 생각했다. 이제 보니 그 경찰국 남자는 이미 우리 쪽에 포섭된 놈이었네. 브레이머 부장은 칼슨 부부를 일부러 버린 거야. 라프렐 요원이 전에 이런 말을 한 적이 있어. 젭 칼슨은 끊임없이 돈을 바라고, 데비 칼슨은 연방공화국에서만 구할 수 있는 최고급 프랑스 향수나 공화국연맹에서는 사용이 금지된 항우울제 콰조다인을 자주 요구한다고.

브레이머 부장은 그런 내용을 담은 라프렐 요원의 보고서를 읽고, 탐욕을 부리는 젭 칼슨과 콰조다인이 떨어지면 무슨 일을 저지를지 모르는 데비 칼슨을 제거한 게 아닐까? 공화국연맹 경찰국 내부 인물을 우리의 *끄*나풀로 만들고, 칼슨 부부를 배신하도록 새 판을 짠 게 아닐까? 칼슨 부부를 없애고, 공화국연맹 경찰국에는 승리감을 맛보게 한 다음 그 *끄*나풀이 더욱 탄탄한 신뢰를 얻을 수 있게 만들어 우리 정보국에 더 많은 정보를 제공하도록 하는 이중 스파이 전략을 쓴 게 아닐까?

내가 가정한 시나리오를 새비지 요원에게 들려주고 싶었지만 우선 브레이머 부장과 직접 이야기를 나누어보기 전까지는 한마디도 하지 않는 게 좋겠다고 생각했다. 새비지 요원도 나름 짐작하는 게 있어 보였다.

새비지 요원이 물었다. "오늘 밤에 한잔하실래요?"

"좋아, 늘 보던 곳에서 만나."

"네."

연방공화국 정보국은 편집증적인 조직이다. 우리가 가장 두려워하는 건 국경 너머에 있는 적이 아니라 내부의 적이다.

엔도르핀이 필요하다고 생각되어 실내 자전거를 오래 탔다. 자전거 페달을 밟는 동안 나는 로레인을 어떻게 할지 생각해보 았다. 로레인에게 메시지를 보냈다. 기분이 울적해 잠시 세상에 서 숨고 싶다고.

로레인과 친해지고 싶지만 연방공화국 정보국의 규칙에 어긋 난다. 국영 라디오 방송국의 내 상관 마일스 로치에게도 메시지 를 남겼다. 잠시 혼자 지내고 싶고, 방송 일은 그와 일대일로 상 의하고 싶다고 썼다. 마일스 로치에게 직접 말하고 싶었다. 마 일스 로치가 로레인에게서 내 얘기를 듣게 하고 싶지 않았다. 내 가 잠시 사라진 걸 두고 사람들이 이러쿵저러쿵 제멋대로 입방 아를 찧어대도록 하고 싶지 않았다. 집 안에 틀어박혀 내가 평론 할 영화만 보다가 지하 기지에 가서 새비지 요원을 만나 케이틀 린을 잡을 방법을 찾고 싶었다. 불현듯 짐을 꾸리고 가방을 싸 서 떠나고 싶었다. 나를 속박하는 굴레, 정보국에 충성해온 삶 에서 벗어나고 싶었다. 하지만 내가 정보국을 떠나려고 하는 순 간 나는 곧장 체포될 수밖에 없었다. 정보기관에서 일하는 요원 들에게는 마음대로 사라질 자유가 주어지지 않는다. 어디에 숨 어 있든지 결국 다 발각된다. 차라리 숨을 생각을 아예 포기하 는 편이 현명하다.

어딘가로 조용히 사라지고 싶다는 생각을 머릿속에서 아예 지워버렸다. 욕실로 들어가 샤워를 하고, 에스프레소를 내린 다음 브레이머 부장에게 보낼 장문의 보고서를 썼다. 칼슨 부부에 대해 새비지 요원으로부터 상세히 전해들은 이야기를 적고, 나도 공화국연맹 경찰국 내에 새롭게 심어둔 정보원으로부터 정보를 습득할 수 있는지 물었다. 보고서 쓰기를 마친 나는 혹시 빠진 게 있는지 예닐곱 번 거듭 읽어보았다. 내가 칼슨 사건의 내막을 짐작하고 있었고, 브레이머 부장만 알고 있는 정보를 마치 나도 진작부터 알고 있었다는 듯이 허세를 떨면 안 된다. 보고서에서 혹시 그런 허세를 떤 부분이 있는지 거듭 확인했다. 모든 검토를 마친 다음 '즉시 전송'을 눌렀다. 대개는 30분 안에 답신이 왔다. 오래 걸려도 45분 안에는 왔다. 하지만 오늘은 조용했다.

간밤에 내가 로레인과 함께 있었던 것에 대한 경고의 의미일까? '멍청한 짓이었어, 스텐글' 하고 말하는 무언의 질책일까? 다른 급한 일이 생겼나? 내가 보고서에 적어 보낸 사항들을 신중하게 고려하고 있나? 아니, 내가 왜 브레이머 부장의 반응에 이토록 신경을 곤두세우지? 왜 나는 권위 있는 사람들에게 인정받으려고 안달하지?

그날 브레이머 부장으로부터 아무런 연락도 오지 않았다. 나는 영화를 보고 나서 방송용 대본을 썼다. 칼슨 부부에 대한 보고서를 다 읽는 데 세 시간이 걸렸다. 칼슨 부부를 배신한 공화국연맹 경찰국 남자에 대해 최대한 많은 정보를 찾아 확인했다. 이름은 클레멘스 콘넬이었고, 유타주 출신이었다. 이전에는 모르몬교도였고, 통계학자이기도 했다. 첫 번째 부인이 허락을 구하지 않고, 자궁 내 피임 기구를 넣은 사실을 알고 정화 위원회에 신고할 정도로 투철한 기독교 신도였다. 나는 마지막 내용을 대여섯 번 거듭해 읽어보았다.

칼슨 부부는 도대체 왜 그랬을까? 피임한 배우자를 정화 위원회에 신고한 사람을 도대체 왜 믿었을까? 도대체 무슨 생각으로 그런 작자를 믿고 운명을 맡겼을까? 클레멘스 콘넬이라는 작자는 아무리 좋게 말해봐야 위험인물이라는 사실을 브레이머 부장은 알고 있을까?

21시, 지하 기지에 도착했을 때 나는 몹시 지치고 짜증난 상태였다. 새비지 요원은 나보다 먼저 와 맨해튼을 앞에 두고 앉아 있었다. 내가 도착하자마자 웨이터가 맨해튼 잔을 테이블에 내려놓았다.

새비지 요원이 말했다. "제가 그냥 시켰어요. 혹시 안 좋은 일이라도 있어요?"

"하루 종일 도저히 납득하기 어려운 일과 씨름했어."

"칼슨 부부 사건 말인가요?"

"자네, 이제 보니 독심술이 대단하네?"

"저도 그 일에 대해 납득이 되지 않아 여러 방면으로 추론해봤거든요."

"자네가 추론을 통해 얻은 결론은 뭐야?"

"팀장님이랑 같아요."

"자꾸 얼렁뚱땅 넘기려고 하지 마."

"저를 직급으로 누르시게요?"

"내가 팀장이니까 그럴 수 있는 권리가 있어."

"이제부터 제가 책임자입니다."

나는 말문이 턱 막혔다. "뭐라고?"

새비지 요원이 손목시계 스크린을 톡 쳤다.

"캐머런 요원에게서 받은 메시지를 그대로 전송했어요."

이 작전의 보안 위험 때문에 상부에서는 션 새비지 요원을 작전 책임자로 임명하고, 이 작전을 반격작전이라고 명명한다. 스텐글 요원은 위장 신분으로 계속 임하되 새비지 요원의 지시에 따른다.

나는 아무 말도 하지 않고 손목시계 화면을 물끄러미 쳐다보고 있었다. 새비지 요원이 확실히 나를 앞섰다. 브레이머 부장이 보낸 메시지도 있었다.

명령 체계를 조정했어. 자네는 위장 신분을 유지해. 그렇지만 자네가 작전을 지휘하고 필요한 업무를 수행하기에는 상황이 너무 복잡해. 새비지 요원이 설명할 거야. 강등 개념은 아니지만 자네에게 조언할 게 있어. 꼭 필요한 업무가 아니면 이번 작전과 관련해 만나게 된 사람들과 적당한 거리를 유지해. 오로지 눈앞에 놓인 임무만 생각해. 질문이 있으면 새비지 요원에게 물어봐. 이제 모든 얘기가 끝났으니까 더 이상 이 문제로 왈가왈부하지 마.

충격을 받았다는 말로는 부족했다. 사실상 강등이었다. 명령한 사람은 브레이머 부장이지만 일을 꾸민 사람은 새비지 요원이라고 봐야 했다. 새비지 요원은 차가운 시선으로 나를 주시하며 내가 이 소식을 어떻게 받아들이는지 관찰했다. 나는 낭떠러지로 떨어지는 기분이었다. 친구가 되고 싶은 여자와 잠시 시간을 보냈다는 이유만으로 강등되었다. 나는 맨해튼을 들어 한 모금 마셨다. 새비지 요원이 담배 케이스를 꺼내더니 내 앞으로 내밀었다. 수많은 영화에서 본 '총살형을 당하기 전 건네는 마지막 담배'가 오버랩되었다. 나는 영화의 장면들을 떠올리며 담배를 입에 물었다. 새비지 요원이 담배에 불을 붙여주었다. 나는 담배 연기를 두 모금 깊이 빨아들이고, 맨해튼을 홀짝이고 나서 새비지 요원을 바라보았다.

새비지 요원이 말했다. "내가 이번 작전의 책임자가 된 건 맞지만 팀장님이 강등된 건 아닙니다. 영화관 매니저와 저녁 식사를 했다고 문제 삼는 건 더더욱 아니고요."

빌어먹을! 새비지 요원은 다 알고 있었다. 나는 계속 아무 말도 하지 않고 담배만 피웠다.

"선배가 로레인 애플화이트와 계속 우정을 나누고 싶다면 반대하지 않습니다. 아니, 오히려 에드나라는 위장 신분에 잘 맞기도 하죠. 혹시 에드나가 가짜가 아닐까 하는 의심 어린 시선을 거두게 할 수 있다면 차라리 바람직한 일일 수도 있겠네요. 선배가 로레인을 갑자기 멀리하고 사라지면 의심만 사게 될 테니까요. 그래서 제가 선배가 로레인과 라디오 지국장에게 보낸 메시지 전송을 막았습니다."

"나를 위해 많은 배려를 해주어서 고맙다고 해야 하나?" 새비지 요원은 내 일거수일투족을 세밀히 관찰하고 있었다.

"선배는 앞으로도 계속 에드나 역할에 충실해야 합니다. 다만 혼자 지내고 싶다거나 중심을 잡을 시간이 필요하다는 식의 메시지를 보내서는 안 됩니다. 선배의 심리 상태가 불안하다는 걸 까발리면 곤란합니다. 그럴 경우 파괴적인 행동 패턴을 찾는 적들한테 빌미를 제공하게 될 테니까요. 중립지대에서는 모두가 감시 대상입니다. 브레이머 부장이 저를 책임자로 정하고 지하 기지에 머무르면서 지휘하도록 결정을 내린 이유입니다. 정보국에서는 저의 신분이 이미 적들에게 발각됐다고 생각하고 있어요. 적들이 저의 정체를 의심하고 있고, 그런 까닭에 저는 이 지하 기지에 남아 있어야만 합니다."

"성형 시술을 받고 신분을 바꿨는데 자네의 정체를 어떻게 알아냈을까?"

"칼슨 부부가 체포되기 전에 입수한 정보가 있어요. 공화국연맹 경찰국이 새비지 요원과 비슷한 연령과 체격의 남자를 찾고 있었다고 하더군요. 새비지 요원이 변장하고 중립지대에 투입되었을 거라 추측하고 있다는 뜻입니다. 저는 이전에도 중립지대에서 성형 시술을 받고 활동한 적이 있고, 그때나 지금이나 공화국연맹 경찰국의 의심을 받고 있다고 봐야겠죠. 성형 시술에 관한 한 공화국연맹이 우리보다 좀 더 앞서 있습니다. 우리는 홍채와 지문을 바꾸지만 공화국연맹에서는 성형 시술 없이 얼굴에 쓰기만 하면 전혀 몰라볼 정도로 바뀌는 가면을 개발했습니다. 아무튼 저와 연령이 비슷해 보이고, 키와 체격도 유사하면 일단 감시 대상이 된다는 게 문제입니다. 선배는 아직 위장한 신분이 노출되지 않았으니까 제가 지하 기지에서 작전을 총괄하고, 중요한 활동은 선배가 맡게 될 겁니다."

"중요한 활동이라면?"

"제가 말씀드리기 전에 선배가 예상한 활동이 있을 텐데요?"

나는 담배를 한 모금 깊게 빨아들인 뒤에 말했다. "나는 정보국이 칼슨 부부의 효용가치가 줄어든 대신 불필요한 문제를 야기할 우려가 있다고 판단하고 선제적인 조치를 취했다고 봐. 정보국 최고위원회는 칼슨 부부를 공화국연맹 경찰국에 넘겨 시선

을 돌리게 하려는 전략을 짜고, 클레멘스 콘넬에게 고발하도록
만들었겠지. 내 추론이 옳다는 가정하에 문제점은 클레멘스 콘
넬이 지난 몇 년 동안 칼슨 부부에게 정보를 제공한 사실이 노출
될 위험이 크다는 거야. 아니면…….”

나는 내 말을 더 강조하려고 잠깐 말을 멈췄다가 이었다.

“아니면 클레멘스 콘넬이 이미 예전에 공화국연맹 경찰국에
칼슨 부부를 고발했을 수도 있겠지. 칼슨 부부가 뇌물을 제공하
면서 정보를 빼돌리길 유도했다고 고발했을 가능성이 있다는 뜻
이야. 내 추론이 옳다면 클레멘스 콘넬은 경찰국의 지시를 받고
칼슨 부부에게 정보를 넘겼을 거야. 클레멘스 콘넬이 칼슨 부부
에게 정보를 넘긴 게 언제부터로 나와 있나?”

“일 년 반 전부터요.”

“그럼 일 년 반 전부터 공화국연맹 경찰국이 장난을 치고 있었
다고 봐야겠네. 우리에게 정보를 넘기는 척했지만 실제로는 허
섭스레기였을 거야.”

“선배의 추측이 정확하게 맞아요. 칼슨 부부는 클레멘스 콘넬
에게 속고 있었죠. 케이틀린에게도 속고 있었고요. 알고 보니
클레멘스 콘넬과 케이틀린은 한패였어요. 공화국연맹에서는 요
원들을 독자적으로 활동하게 해요. 아시다시피 공화국연맹의
이념적 바탕은 기독교 원리이고, 부부가 아닌 남녀 사이의 섹스
는 엄격히 금지하고 있죠. 클레멘스 콘넬과 케이틀린은 부부 사

이였어요. 일 년 전에 비밀 결혼식을 올렸죠."

"하나님 맙소사."

"네, 결혼식에 하나님도 있었을 겁니다." 새비지 요원의 농담
이었다.

"왜 우리는 까마득히 몰랐을까?"

"철저하게 비밀을 유지했으니까요. 정보국에서도 그 사실을
알게 된 지 아직 24시간이 안 지났습니다."

"어떻게 알게 되었는데?"

"공화국연맹 경찰국에 새 정보원을 두었어요."

"누구야?"

"나중에 알게 될 겁니다."

나는 의심스러운 눈빛으로 새비지 요원을 노려보았다. 새비지
요원이 나에게 뭘 바라는지 어렴풋이 알 듯했다.

"새로운 정보원은 중립지대의 공화국연맹 영토에 있지?"

"네, 맞아요. 그 여자는 클레멘스 콘넬을 미워하지만 케이틀
린을 더 미워해요."

"이유가 뭐야?"

"하나님께서 하시는 일을 우리가 어찌 알겠어요. 그 여자 암
호명이 '내부 기독교인'이에요. 브레이머 부장이 붙인 이름이죠.
그 여자가 나중에 모든 내막을 알려줄 거예요. 그 여자는 복수
하고 나서 공화국연맹에서 탈출하려고 해요. 그럴 만한 이유가

있겠죠. 우리가 복수와 탈출을 돕는 대가로 그 여자는 우리를 도울 겁니다."

"나는 왜 여태껏 그 여자 정보원에 대해 아무것도 몰랐을까?"

"하나님이 하는 일은 아무도 모르죠. 어쨌든 정보국 최고위원회에서는 라프렐 요원의 복수를 해주기로 결정했대요. 케이틀린은 계속 우리 손에서 빠져나가기만 하고, 그래서 이제부터 우리의 새로운 타깃은 클레멘스 콘넬입니다. 케이틀린의 남편 콘넬은 이제 죽은 목숨이라고 봐야죠. 암살 임무는 선배에게 맡기기로 했어요."

나는 아무 말도 하지 않았다. 담배를 마저 피우고 술을 한 모금 더 마셨다. 새비지 요원은 내 반응을 확인하려고 계속 나를 주시하고 있었다. 나는 가능한 한 포커페이스를 유지했다.

"이 임무가 조금이라도 마음에 걸리면 안 해도 상관없어요."

나는 술잔을 내려놓으며 말했다.

"내가 할게. 암살."

　새 정보원의 이름은 앤 파슨스로 나이가 마흔두 살에 인디애 나주 사우스벤드 출신이었다. 부모는 노트르담대학교 교수로 아버지는 경제학, 엄마는 심리학을 가르쳤다. 아버지는 독실한 가톨릭교도이고, 엄마 역시 가톨릭교도였지만 미국 분리 이후 공화국연맹에서 심리학 수업을 전면 금지시키는 바람에 심리학 교과 과정을 기독교 교리 수업으로 바꾸어 가르치고 있었다. 공화국연맹에서 가톨릭교도로 지내는 건 그리 쉽지 않은 일이었다. 공화국연맹에서 12사도가 인정한 사람들은 포도주를 마시고 오스티아를 씹을 수 있었다. 앤 파슨스는 청소년기에 카르멜회 수녀원에 들어갈지 고민했다. 그로부터 훨씬 뒤, 서른 살에 결국 다른 방식으로 종교와 관련된 일을 하게 되었다. 공화국연맹 경찰국에서 연구원으로 일하게 된 것이다.

　앤 파슨스는 공화국연맹 경찰국에서 클레멘스 콘넬을 만났다. 클레멘스 콘넬은 그녀보다 나이가 훨씬 많았고, 이미 결혼한 유부남이었다. 공화국연맹의 법은 혼외 관계를 금지했고, 경찰국 내부에서는 법을 더욱 엄격하게 적용했기에 두 사람의 밀회는 위험천만한 줄타기였다. 앤 파슨스가 임신했을 때 클레멘스 콘넬은 그녀를 설득해 임신중지 수술을 받게 했다. 공화국연맹에서 임신중지 수술을 받았다가 발각될 경우 사형이었다. 앤 파슨스는 골방에서 돌팔이 의사에게 임신중지 수술을 받게 되었고, 결과가 크게 잘못되었다. 가까스로 목숨을 구했지만 앤 파슨스는 영원히 아이를 임신할 수 없게 되었다. 앤 파슨스와 클레멘스 콘넬은 몰래 간직해온 비밀을 누군가에게 들키는 날에는 죽은 목숨이라는 걸 너무나 잘 알고 있었다.

앤 파슨스는 경찰국 기록실로 부서 이동을 요청했다. 기록실은 경찰국의 데이터베이스를 관장하는 부서였다. 다시 말하자면 채드윅 칩이 없는 시스템 역할을 하는 곳이라고 보면 되었다. 클레멘스 콘넬은 둘 사이에 있었던 일을 모두 없었던 것으로 하자면서 앤 파슨스에게 일방적으로 결별을 선언했다. 한편 그는 경찰국 내부의 우월한 지위를 이용해 앤 파슨스의 개인 파일에서 두 사람의 밀회와 임신중지 수술의 증거가 될 만한 기록들을 찾아내 영구 삭제해버렸다. 앤 파슨스가 그 사실을 알게 되어 따지고 들자 클레멘스 콘넬은 자기가 한 일이 아니라고 발뺌하며 오히려 그녀를 미친 여자 취급했다. 만약 경찰국 상관을 찾아가 그 일을 털어놓을 경우 정신병원에 집어넣겠다는 협박과 함께.

앤 파슨스는 분노가 극에 달했지만 마땅히 대처할 방법이 없어 때가 오길 기다렸다. 경찰국 기록실에서 일하면 경찰국 요원들이 어떤 수사를 담당하는지 내용을 훤히 들여다볼 수 있게 된다. 앤 파슨스가 경찰국 기록실에서 일하게 된 건 클레멘스 콘넬이 무슨 일을 하는지 들여다볼 수 있는 절호의 기회였다. 그결과 앤 파슨스는 그가 경찰국 비밀 요원인 케이틀린이 하는 일에 각별히 관심을 가지고 있다는 사실을 알게 되었다. 앤 파슨스는 중립지대에 있는 케이틀린의 아파트 건물 근처에 몰래 숨어서 클레멘스 콘넬이 나타나길 기다렸다. 어느 날 클레멘스 콘넬이 정말 그곳에 나타났다. 그는 오후 6시에 케이틀린의 집에 있다가 세 시간 뒤에 돌아갔다. 아파트 건물 앞에 보안 카메라가 세 대나 설치되어 있었지만 클레멘스 콘넬은 같은 아파트 건물에 집 하나를 임시 숙소로 빌려두고 있었다. 그의 가족이 캔자스주에 살고 있었기에 임시 숙소를 빌려도 의심받을 일은 없었다. 앤 파슨스는 케이틀린이 살고 있는 층의 감시 카메라가 제대로 작동하지 않으리라 확신했다. 공화국연맹에서 케이틀린 같은 상급 요원은 연방공화국 정보국 요원보다 훨씬 더 많은 자유가 부여되니까.

앤 파슨스는 케이틀린을 클레멘스 콘넬의 불륜 상대라고 확신했다. 일 년 뒤에 그녀는 자신의 확신을 뒷받침할 명확한 근거를 확보했다. 클레멘스 콘넬의 부인이 우울증으로 입원했다. 공화국연맹에서는 우울증을 사악한 병으로 취급했고, 나르시시스트나 그 병을 앓는다고 생각하기 일쑤였다. 그럼에도 공화국연맹에서 처방되는 항우울제의 양은 어마어마하게 많았다. 공화국연맹에서는 신경증을 앓게 되더라도 정신이 무너지면 안 된다. 정신이 무너졌다가는 끔찍한 일을 겪게 된다. 클레멘스 콘넬은 앤 파슨스가 자궁에 피임 기구를 넣은 사실을 알아낸 이후 정신병원에 입원시켰다. 이렇듯 극단적인 경우가 아니라면 공화국연맹에서 이혼은 허용되지 않았다.

클레멘스 콘넬의 대응에는 그런 계산이 깔려 있었다. 예상한 대로 클레멘스 콘넬은 이혼 수속이 끝나자마자 케이틀린과 조용히 결혼식을 올렸다. 두 사람은 같은 아파트 건물에 있는 각자의 집에서 계속 살았다. 경찰국 내부의 몇몇 사람을 제외하고 두 사람이 부부라는 사실을 아는 사람이 전혀 없었다.

앤 파슨스는 클레멘스 콘넬을 배신자로 규정했다. 그녀는 클레멘스 콘넬의 배신행위를 발견했을 때 길길이 날뛸 만큼 화가 치밀었지만 적당한 기회가 찾아올 때까지 참기로 마음먹었다.

클레멘스 콘넬은 아직도 앤 파슨스에게 경찰국 기록실에서 자료를 가져오라는 심부름을 시켰고, 일을 해주어도 고맙다는 인사조차 하지 않았다. 앤 파슨스는 심부름을 하다보니 클레멘스 콘넬이 조사하는 정보의 패턴을 알 수 있게 되었다. 그가 정확한 정보인지 반드시 확인하고 나서 상관에게 보고한다는 사실도 알아냈다. 앤 파슨스는 그가 한 달에 한 번씩 젭 칼슨이라는 사람을 만나 점심 식사를 한다는 사실도 알게 되었다. 그녀는 젭 칼슨의 기록을 조사했다. 젭 칼슨은 댈러스에서 성공한 사업가였고, 부인과 함께 기독교로 개종한 사람이었다. 클레멘스 콘넬이 젭 칼슨과 상관에게 전달하는 정보의 패턴을 분석한 결과 앤 파슨스는 칼슨 부부가 연방공화국을 위해 일하는 사람들이라는 걸 알 수 있었다. 클레멘스 콘넬이 몇 년 동안 칼슨 부부의 스파이 역할을 해온 동시에 공화국연맹 경찰국 상관들에게 칼슨 부부의 활동을 일일이 보고해왔다는 사실도 알게 되었다.

앤 파슨스는 그 모든 사실을 파악한 이후 연방공화국 정보국에 은밀히 연락했다. 어떤 경로를 통해 연락하게 되었는지는 내 앞으로 온 보고서에도 적혀 있지 않았다. 앤 파슨스가 정보국 공작원을 세 번 만났고, 중요 정보를 제공할 경우 공화국연맹에서 빼내줄 수 있는지 의사를 타진했다는 내용뿐이었다. 연방공화국 정보국 공작원은 정보의 중요도에 따라 탈출시킬 수 있을지 여부를 결정하게 된다고 대답했다.

앤 파슨스가 말했다. "칼슨 부부가 연방공화국 정보국 돈을 클레멘스 콘넬에게 전달해주고, 그는 그 대가로 그들 부부에게 정보를 제공하지만 사실상 공화국연맹 경찰국 상사들과 의논한 연후에 내보내는 사이비 정보입니다."

연방공화국 입장에서 보자면 대단히 중요한 제보가 아닐 수 없었다. 클레멘스 콘넬과 케이틀린이 부부라는 사실도 매우 가치가 큰 제보였다. 정보국 공작원은 앤 파슨스를 만나 매주 클

레멘스 콘넬과 잠자리를 하며 다시 밀접한 관계를 유지하라고
부추겼다.

앤 파슨스는 정보국의 의사를 적극적으로 받아들여 클레멘스
콘넬에게 메시지를 보냈다.

나쁜 과거는 잊고 새롭게 출발하자.
당신이 그리워.

클레멘스 콘넬은 허영심이 세고, 성욕이 무척이나 강한 사람
이었다. 그는 앤 파슨스에게 연락해 한잔하자고 했다. 앤 파슨
스는 아직 그에게 미련이 남았다는 사실을 밝히고, 종종 만나
밀회를 즐기자고 제안했다. 클레멘스 콘넬은 그 말을 신뢰할 수
없어 잔뜩 의심을 품고 무슨 꿍꿍이속인지 물었다.

"당신의 섹스가 내게는 최고였어. 내가 당신과 온전히 함께할
수 없다는 건 나도 알아. 같은 집에서 함께 살 수도 없겠지. 그
러니까 가끔 만나 즐기는 게 최선일 것 같아."

앤 파슨스는 영리한 여자였고, 클레멘스 콘넬의 사생활에 대
해 한마디도 묻지 않았다. 클레멘스 콘넬이 결정을 내리지 못하
고 망설일 때 앤 파슨스가 말했다. "걱정 마. 나는 당신 눈에 보
이는 곳에서 일하잖아."

열흘이 지났다. 클레멘스 콘넬이 한잔하자는 메시지를 보냈다.

결국 두 사람은 오후 3시에 클레멘스 콘넬의 아파트에서 함께 있게 되었다. 그렇게 시작된 만남이 이제 매주 계속되었다.

암호화된 보고서에 이렇게 적혀 있었다.

급변하는 상황이다. 클레멘스 콘넬이 16일 전에 젭 칼슨을 만나 가짜 정보를 건네주었다는 사실을 발견했다. 칼슨 부부는 체포되었다. 클레멘스 콘넬은 칼슨 부부를 몇 년 동안 잘 속여온 공로를 인정받았다. 클레멘스 콘넬이 우리를 속인 사실과 우리 타깃의 배우자라는 걸 고려할 때 72시간 이내에 그를 제거해야 한다. 스텐글 요원은 에드나 머스그레이브 신분으로 비자사무소에서 일일 비자를 발급받도록 한다. 공화국연맹에서 에드나 머스그레이브가 라프렐 요원 사살 현장의 목격자라는 사실을 알고 있을 가능성이 있지만 다른 의심을 사고 있지는 않기에 문제없이 일일 비자를 발급받을 수 있다. 공화국연맹에 가고 나서 오히려 미행이 붙을 수도 있다. 처음 몇 시간 동안은 특히 미행이 따라붙을 수도 있는 만큼 각별한 주의가 필요하다. 조만간 구체적 전술과 국경을 넘을 때 행동 요령, 공화국연맹 영토에서 무기를 구하는 방법을 자세히 알려줄 것이다. 우리가 찾고 있던 중요한 정보인 케이틀린의 주소를 앤 파슨스로부터 제공받았다. 클레멘스 콘넬과 케이틀린의 공동 주소이기도 하다. 기회가 왔을 때 케이틀린을 공격하지 말고 클레멘스 콘넬을 공격해야 한다. 클레멘스 콘넬을 사살해 케이틀린에게 충격을 주어야 한다. 클레멘스 콘넬을 제거해 연방공화국의 정보를 교란하고, 우리에게 추악한 방법을 쓸 경우 우리는 더욱 추악하게 대응하겠다는 본보기를 보여야 한다.

나는 왠지 의문점이 많았다. 가장 큰 의문은 케이틀린의 주소를 알면서도 왜 공격하지 않는지 여부였다. 정보국 최고위원회 사람들에게 따질 생각은 없었다. 오늘 아침 화상회의를 할 때 새비지 요원이 말했다.

"내가 책임자라고 했을 때 선배가 화내지 않고 받아들이는 모습을 보고 무척이나 감사했습니다."

"그런 일로 화내는 건 내 스타일이 아니야."

"아무튼 매우 중요한 임무가 선배에게 주어졌습니다. 차라리 저에게 암살 임무를 맡겼더라면 더 좋았을 겁니다. 케이틀린을 당장 처치하라고 명령하지 않는지 이상하겠죠. 저도 그래요. 혹시 짚이는 게 있습니까?"

"의문이 없진 않지만 명령에 따르기로 했어. 일일 비자는 언제 신청하면 되지?"

"클레멘스 콘넬은 당분간 자기 자리에 있어야 할 겁니다. 내일이 수요일이죠. 공화국연맹에서는 최소 48시간 전에 입국비자를 발부받아야 합니다. 공화국연맹 데이터베이스에 비자 신청자 이름을 넣으면 발급 여부가 곧장 가려지는데 왜 이틀 전에 비자를 신청하라고 하는지 모르겠더군요. 공화국연맹 놈들은 연방공화국 사람들이 자기네 땅을 마음대로 밟기 힘들게 만들어놓고 은근히 즐기고 있는지도 모르죠. 공화국연맹에 있는 우리 정보원은 돌아오는 월요일 15시 15분까지 준비를 마치겠답니다. 클레멘스 콘넬이 앤 파슨스를 만나는 시간입니다. 클레멘스 콘넬이라는 놈은 항상 계명을 어기면서 살고 있죠. 어쨌든 그날 클레멘스 콘넬을 기다리는 사람은 앤 파슨스가 아니라 선배여야 합니다."

모든 시나리오가 깔끔했다.

내가 말했다. "알았어."

"그럼 내일 중립지대에 가서 비자를 신청하세요. 월요일에 국경을 넘으려면 금요일까지는 비자를 받아야 하니까요."

"네, 알겠습니다, 감독님."

"에이, 그렇게 말씀하지 마시고요."

"작전 책임자인데 제가 깍듯이 모셔야죠."

"그럼 이제 작전 전략을 세워볼까요?"

"네, 좋습니다."

회의는 한 시간 후에 끝났다. 회의가 끝나고 나서 곧 트라일런 극장으로 갔다. 로레인은 매점 카운터 뒤에서 에스프레소 기계를 켜고 있었다.

내가 인사하고 커피를 받으며 고맙다고 말하자 로레인이 말했다. "벨츠메르츠(Weltschmerz)해 보여요."

'벨츠메르츠'는 삶의 고통이라는 뜻으로 독일 문학 작품에서 흔히 볼 수 있는 표현이다. 내가 명령받은 임무에 정신 팔려 있긴 했지만 인생 전반에 지친 건 아니었다. 그러다가 다시 생각해 보니 그 생각은 샘 스텐글이 가질 만한 생각이었다. 에드나 머스그레이브가 아니었다.

에드나는 얼른 마음을 고쳐먹었다.

오늘 아침에는 벨츠메르츠 비관주의에 빠진 인물을 연기해야지.

나는 로레인에게 물었다. "내 얼굴이 그렇게 형편없이 보여요?"

"그렇지는 않아요. 어제는 매우 즐거웠어요."

"저도요."

"언제 또 저녁 식사 자리를 만들어도 될까요?"

"어쩌면……"

로레인이 말했다. "수락했다고 받아들일게요."

"그래도 다음 주 중반까지는 어려워요. 할 일이 많아서요."

"이해해요, 다음 주 주말에 식당을 예약할까 하는데 어때요?"

"좋아요." 나는 정말로 우정을 원하는 마음도 있었고, 한편으로는 얼른 대화를 끝내고 싶은 마음도 있었다. 이제 보니 어두운 상영관에 나 혼자 앉아 있었다. 더블 에스프레소를 홀짝이며 고전적인 필름 누아르를 보았다. 간결하고 치밀한 대사, 확신에 찬 연출, 험프리 보가트의 연기, '돈이 만사를 좌우하는 세상은 타락한 곳이다'라는 시각이 돋보였다.

처음 개봉한 지 105년이 지난 이 영화를 세 번째 보았지만 여전히 경이로웠다. 이 영화 제작에 관여한 사람들은 오래전에 모두 고인이 되었고, 다시는 돌아올 수 없는 영혼의 세계로 사라졌다. 나도 로레인도, 브레이머 부장을 비롯하여 나와 함께 일하며 세상과 맞서 싸우는 사람들 모두가 언젠가는 저 너머로 사라진다.

내가 총알에 맞거나 언제 밀어닥칠지 모르는 돌연사로 죽는다면 사람들은 내 인생을 어떻게 생각할까? 그럭저럭 괜찮은 삶, 남긴 게 있는 삶, 부지런한 삶, 공익에 도움이 된 삶을 살았다고 생각할까? 작전을 짜고, 비밀리에 모의하고, 나에게 가까이 접근하는 사람은 무조건 내치며 살아온 게 아닐까?

악마와 계약하고, 받아들인 친구도 없고, 참된 연애도 없고, 그저 탈색된 섹스만 있는 폐쇄된 삶이었다. 로레인을 만나고 나서 나는 마침내 끔찍한 진실과 마주했다. 나는 지금 혼자서 잘 지내는 게 아니었다. 사실 아주 고독했다.

영화를 보고 나서 곧장 극장에서 나와 집으로 가서 원고를 작성했다. 방송 대본을 두 번 퇴고한 다음 녹음하고 나서 잠자리에 들었다. 이튿날 아침, 나는 신중하게 옷을 골랐다. 무릎까지 오는 진회색 울 원피스, 검은색 타이츠, 겨울 추위에 대비한 오버코트를 입었다.

이제 12월 초였고, 중립지대에는 눈이 자주 내렸다. 스키드로를 행선지로 예약하고 택시에 올랐다. 계속 마음이 초조해 눈을 감았다. 에드나 머스그레이브라는 인물이 되려고 애썼다. 나는 차들이 많이 다니지 않는 지점까지 왔고, 벙커처럼 생긴 비자사무소의 벙커용 콘크리트 건물을 향해 곧장 걸어갔다.

혹시 케이틀린이 와 있지 않을까? 케이틀린이 거기에 있다면 에드나 머스그레이브는 나의 위장 신분이라는 사실을 알아채지 않을까? 내가 적어도 라프렐 요원이 숨지던 장면을 목격한 여자라는 건 알겠지?

비자사무소에 비자를 신청하러 온 사람은 나밖에 없었다. 연방공화국과 공화국연맹이 서로 합의한 가족 방문을 제외하고 관광 비자 신청은 지난 몇 년 동안 계속 줄어들었다. 중립지대가 양쪽 해안에서 먼 거리에 있어 굳이 이곳까지 찾아오는 사람이 적었다. 그러다가 막심 레프코비츠의 공개 화형식이 있었고, 그 뒤로는 일일 비자로 공화국연맹에 갔다가 붙잡힐지도 모른다는 공포심이 사람들의 마음에 각인되었다. 연방공화국 사람들은 어느 누구라도 공화국연맹의 살아 있는 미끼가 될 수 있었다.

나는 손목에 찬 메모랜더에 연방공화국 여권을 표시하고 비자사무소 출입구 앞에 있는 스캐너에 댔다. 잠시 후 문이 열렸고, 작은 리셉션 공간이 나왔다. 공화국연맹 포스터들이 벽면에 잔뜩 붙어 있었다. 캔자스 평원의 절경, 찰스턴의 아름다운 풍광, 플로리다 팬핸들, 음악으로 흥겨운 내슈빌을 홍보하는 관광포스터였다. 그다음 공간으로 통하는 작은 문이 있었고, 검색대가 앞에 있었다. 양쪽 라펠에 십자가를 단 감색과 회색 유니폼 차림의 여성이 스미스앤드웨슨 38구경 권총을 차고 있었다. 여자가 의심에 찬 눈길로 나를 바라보았다.

"주머니에 금속 물건이 들어 있나요?"

이제 연방공화국에서는 휴대폰, 잔돈, 집 열쇠가 없었다.

"없습니다."

"이 비자사무소는 공화국연맹 영토입니다. 아무리 해롭지 않은 물건이라도 금속 소재 물건이 발견될 경우 공화국연맹 법에 따라 체포될 수 있습니다. 그러니까 다시 한번 묻겠습니다. 주머니에 금속 물건이 들어 있나요?"

나는 조심스레 내 주머니를 톡톡 쳐보았다. 그때 여자가 총에 손을 올리는 게 보였다.

너무 지나치잖아?

그렇지만 나는 그런 생각을 밖으로 표출하지 않으려고 애쓰며 여자에게 준비됐다고 말했다. 나는 검색대에 올라섰고, 다행히 삐 소리는 나지 않았다. 여자가 모니터를 뚫어져라 응시했다.

내가 실수하지 않아서 실망한 건 아니지?

여자가 이제 지나가라고 손을 흔들었다. 그다음은 모니터로 가득한 벽이 나타났다. 그 위로 공화국연맹 깃발이 보였다. 깃발 디자인이 1860년대 남군의 깃발과 유사했다. 그 양옆으로 십자가가 있었고, 예수님 초상화도 있었다. 예수님이 십자가에 매달려 괴로워하는 표정, 12사도 단체 사진을 확대한 액자도 걸려 있었다. 모두들 하나같이 로브를 입은 모습이었다. 그 모든 사진과 액자들이 비자사무소를 방문하는 사람들에게 '이 나라는 하나님의 집이다'라고 알려주고 있었다. 모니터 하나가 켜지더니 여자의 얼굴이 보였다. 활기차고 깔끔한 얼굴이었다. 흰 블라우스, 옅은 화장에 머리는 하나로 모아서 위로 올렸다. 여자의 목걸이에 작은 금 십자가가 달려 있었다. 라펠 한 쪽 옆으로는 공화국연맹 깃발 모양의 작은 배지가 있었다.

"안녕하세요. 에드나 머스그레이브 씨죠? 앞으로 오세요."

나는 모니터를 향해 다가갔다. 상반신만 보이는 영상의 인물이 나를 자세히 살펴보았다. 마치 모니터 바로 뒤에 그 여자가 앉아 있는 느낌이 들었다.

"저는 국경 담당 루시 밀스입니다." 텍사스 말투였다.

"만나서 반갑습니다." 내 목소리에는 불안감이 섞여 있었다. 에드나의 모습을 연기한 건 맞지만 지금은 내 마음이 불안했다.

"공화국연맹을 방문하시겠다니 정말 반갑습니다. 실제로 방문하는 날이 다음 월요일이네요?"

"네, 맞습니다."

"그렇게 깍듯이 대답하지 않아도 괜찮습니다. 신상 서류를 보니 직업이 영화평론가라고요? 하루 종일 영화를 보십니까? 네, 정말 좋은 직업이네요."

"네, 아주 좋은 직업입니다."

"또 너무 깍듯이 말하네요."

"제가 원래 공손한 성격입니다. 권위 있는 사람 앞에서는 특히 더 그렇죠."

"제가 권위 있는 사람은 아닌데요. 어쨌든 우리 부모님도 사람들을 공손하게 대해야 한다고 가르쳤고, 에드나 씨가 저를 그렇게 대해주어서 정말 고마워요. 어디 보자, 에드나 씨는 공화국연맹에 아는 분이 있나요?"

"없습니다."

"정말요?"

"자주 연락하고 지내는 사람은 없습니다."

"그래도 지인 중에 공화국연맹 출신이 있죠?"

"대학교 1학년 때 룸메이트가 사우스캐롤라이나주 찰스턴에서 왔습니다."

"이름은?"

"수지 리입니다."

"대학생 때 수지 리 집에 간 적 있나요?"

에드나의 신상을 조사했을까? 에드나 자료를 외울 때 수지 리라는 룸메이트가 있었던 건 확실히 외워 두었다. 그런데 혹시 공화국연맹에서 수지 리를 찾아내 대학교 1학년 때 룸메이트가 에드나 머스그레이브였는지 확인하지는 않았을까?

일부러 나를 헛갈리게 만들려고 던진 질문이야.

나는 도박을 걸었다. "아뇨, 찰스턴에는 한 번도 가본 적이 없습니다. 다만 매우 아름다운 마을이라고 들었습니다."

"네, 아름다운 곳이죠. 그런데 찰스턴은 행정단위가 마을이 아니라 시입니다. 찰스턴시."

"아, 실수했네요. 죄송합니다."

"사과할 필요 없습니다. 정말 예의 바르고 공손한 분이시네요. 그럴 만한 이유라도 있나요?"

홀로그램 같은 여자는 억지 미소를 짓고 앉아 있었다. 이번에도 나를 시험에 빠뜨리는 질문인가?

"긴장하는 타입이에요. 항상 다른 사람의 시선을 의식합니다."

"방송 대본을 쓸 때는 예외군요. 영화평이 과격할 때도 있던데."

"제가 보고 느낀 대로 쓰는 겁니다. 다만 저는 세상을 떠난 감독들을 주로 다루죠."

"그렇지만 세상을 떠난 감독들을 나쁘게 말하죠."

"이미 고인이 되었다고 비판하지 말아야 하는 건가요? 생존 여부와 관계없이 누구나 비판할 수 있지 않나요?"

뉴욕 사람답게 잘난 체하는 대답이었다. 지금 이 상황에서는 그리 현명하지 못한 답변이었다. 여자가 못마땅한 표정으로 입을 앙다물었다.

마침내 여자가 말했다.

"그러니까 찰스턴에 수지 리를 만나러 간 적은 없다고요?"

"그렇습니다."

여자는 잠시 아래를 보았다. 내 개인정보를 읽고 있는 게 분명했다.

여자가 물었다. "기독교도는 아니죠?"

"무신론자도 아닙니다."

"무슨 뜻이죠?"

"그냥 종교에 대해 아무 생각이 없습니다."

"공화국연맹을 방문하려는 진짜 이유는 뭐죠?"

"관심이 많아서요. 공화국연맹 사람들은 어떻게 살아가고 있는지 보고 싶었습니다."

"공화국연맹에 있는 동안 사람들을 만나 인터뷰하거나 기사를 쓸 생각인가요?"

"순전히 개인적인 관심 때문에 방문합니다. 일이나 다른 목적은 없어요. 혹시 영화박물관에는 갈지도 모르겠네요."

"멋진 박물관이죠. 매일 영화 상영회도 열고 있습니다."

나는 이제 말을 아껴야 할 것 같아 간단하게 대답했다. "가보고 싶네요."

"공화국연맹에 머무는 동안 어느 누구와도 자유롭게 대화할 수 있습니다. 다만 연락처 같은 개인정보는 절대로 교환해서는 안 됩니다."

"잘 알겠습니다."

"공화국연맹을 방문할 때 선물 지참도 금지합니다."

"선물할 사람도 없습니다."

"방문 전에 200연방달러를 공화국연맹 화폐로 환전해야 합니다. 환전한 돈은 공화국연맹에 머무는 동안 다 사용해야 하고요. 돈이 남으면 국경을 넘기 전에 공화국연맹에 모두 넘겨야 합니다. 공화국연맹 화폐를 연방공화국으로 가져가는 행위는 금지되어 있으니까요."

"잘 알겠습니다."

"늦어도 밤 11시 55분까지는 연방공화국으로 돌아가 있어야 합니다. 시간을 어기면 체포되어 최소 6개월 동안 구금시킬 수 있습니다. 공화국연맹에서는 방문 규칙을 어길 경우 엄격히 처벌합니다. 질문 있습니까?"

"공화국연맹에서 선물로 가져올 수 있는 물건은 어떤 게 있죠?"

"선물용 구입은 대부분 허용됩니다. 공화국연맹 국경 앞에는 주류와 담배를 파는 면세점이 있어요. 선물을 구입하려면 면세점을 이용하세요. 액수 제한은 없으니 연방공화국법에 따라 구입하시면 됩니다. 우리는 연방공화국법을 모르니까요."

이 여자의 직업상 연방공화국 국민이 외부에서 들여올 수 있는 물건의 한도를 정확히 알고 있을 것이다.

어디서 거짓말을 해.

그렇게 생각하면서도 나는 달리 말했다.

"공화국연맹 방문자가 반드시 알고 있어야 할 사항을 친절하게 알려주셔서 감사합니다."

"만약 공화국연맹에서 스파이 활동을 하거나 반정부 인사들과 접촉할 경우 큰 대가를 치르게 될 겁니다. 공화국연맹에도 연방 공화국처럼 문제를 일으키는 집단들이 있으니까요."

적의가 느껴지지 않는 평범한 어조였지만 그 말이 전하는 메시지는 분명하게 전달되었다.

마음대로 궤도를 이탈하면 죽어.

공화국연맹을 방문하는 사람들이 이런 직접적인 협박을 받았을 때 어떻게 반응하는지 보려는 전술이었다. 나는 겁먹지 않았지만 앞으로 내가 해야 할 일을 생각하자니 무서웠다. 나도 모르게 공포에 질린 모습을 보였을지도 몰라 몹시 긴장되었으나 정신을 집중해 말했다.

"저는 위험한 일에 휘말리길 바라지 않습니다."

"좋습니다. 여기서 잠시 기다리세요."

여자가 사라졌다. 비자 신청 구역에 감시 카메라가 많이 설치되어 있었고, 누군가 나를 계속 지켜보고 있는 게 틀림없었다. 여자가 3분이 지나도 오지 않아 나는 가방에 든 소설책을 꺼내 읽기 시작했다. 5분 만에 돌아온 여자는 내가 들고 있는 페이퍼백 표지를 훑어보며 작가와 제목을 소리 내어 읽었다.

"조지 엘리엇,《미들마치》. 10년 전에 학교에서 읽었어요."

"저도요. 요즘 다시 읽고 있어요."

여자가 서류 두 개를 내밀었다.

"하나는 입국 비자, 다른 하나는 출국 비자입니다. 잃어버리지 마세요. 국경을 넘기 전에 잃어버리면 들어갈 수 없습니다. 공화국연맹에 머무는 동안 출국 비자를 잃어버리면 최소한 하루 이상 억류되고, 벌금으로 5,000연맹달러를 지불해야 다시 비자를 받을 수 있습니다. 비자는 중립지대에서만 유효합니다. 중립지대 경계를 넘어가면 안 됩니다."

"그런 일은 절대로 없을 겁니다."

"제 설명을 아주 잘 이해했네요." 여자는 억지로 밝은 웃음을 지었다. "아름답고 위대한 공화국연맹에서 18시간 동안 즐겁게 보내시길 바랍니다. 하나님의 은총이 가득하시기를."

∞

주말에 로레인이 메시지를 두 번 보내왔다. 만날 수 있는지 묻는 메시지였다. 다정하면서도 선을 지키려고 애쓰는 마음이 느껴졌다. 두 번이나 보낸 메시지에 답이 없자 로레인이 나에게 전화를 걸었다. 나는 조금 망설이다가 전화를 받았다.

로레인이 말했다. "부담을 주고 싶진 않아요. 아주 좋은 아이디어가 떠올라 말해주고 싶었어요. 최대한 빨리 만나고 싶어요. 겨울이 되면 더 외롭겠네요. 에드나가 가까이 있으니까 더 그래요."

내가 말했다. "일에 파묻혀 지내고 있어서 만나기 힘들어요."

"혹시 이렇게 하면 어때요? 여기서 북쪽으로 두 시간 반 거리에 괜찮은 펜션이 하나 있어요. 레이크슈페리어 바로 옆이죠. 슈뢰더라는 작은 마을도 그 근처에 있어요. 마침 다음 시사는 수요일이고, 월요일까지는 정해진 시사가 없네요. 제가 렌터카를 빌릴게요. 펜션에 대형 스크린이 있는 홈시어터가 구비되어 있답니다. 그러니까 펜션에서 방송에 필요한 영화를 뭐든 볼 수 있고, 거기서 방송 대본을 써도 되고요."

나는 에드나 칩으로 로레인의 말을 들으면서 손목시계 화면으로 미네소타주 슈뢰더를 검색했다. 중립지대에서 멀리 떨어진 호숫가의 한적하고 아름다운 시골 마을이었다. 중립지대에서는 주거 허가를 받은 사람만 살 수 있지만 중립지대에 사는 사람이 사는 지역을 벗어나 여행을 떠나는 건 문제되지 않았다.

나는 로레인에게 펜션 정보를 메일로 보내달라고 말했다.

로레인이 말했다. "펜션 정보를 보면 틀림없이 마음에 들 거예요."

"침실은 두 개인가요?"

"반드시 물어볼 줄 알았어요."

"내가 그만큼 속이 훤히 들여다보이나요?"

"오히려 속을 알 수 없는 사람이죠. 그래도 내가 에드나에 대해 잘 아는 건 있어요. 당신은 늘 혼자 있을 시간과 공간을 필요로 하죠."

"나는 내가 뭘 원하는지 잘 몰라요." 나도 모르게 그렇게 말하고 나서 마음속으로 생각했다.

'괜찮아. 에드나라는 인물에게 딱 어울리는 말이야.'

"아시다시피 나는 늘 혼자 있을 공간이 필요해요. 여행은 같이 가더라도 침실은 따로 써야 하죠."

"너무나 당연하죠. 그 문제는 조금도 걱정하지 마세요. 부담 주지 않겠다고 약속할게요."

나는 웃으며 말했다. "걸스카우트처럼 약속할 필요는 없어요."

"아, 제가 걸스카우트 출신입니다. 펜션에는 침실이 두 개 있어요. 당신이 원하는 방을 쓰면 됩니다."

나는 로레인과 펜션에 못 갈 가능성이 컸다. 월요일 작전을 성공리에 완수할 경우 뉴욕으로 돌아가야 할 테니까. 내가 작전에 실패한다면 공화국연맹 경찰국에 체포되어 고문실로 끌려가거나 총에 맞아 죽거나 체포되기 직전에 자살용 캡슐을 먹어야 할 것이다. 그러니까 작전에 성공하든 실패하든 다시 로레인을 만날 수는 없었다. 내 깊은 곳에서 로레인과 계속 만나면 어떤 기분일지 알아보고 싶은 마음이 간절했지만.

내가 말했다. "다음 주말에 펜션에 같이 가요."

"아주 반가운 소식이네요."

몇 시간 뒤 나는 지하 기지에서 새비지 요원과 맨해튼 칵테일이 도착하기를 기다리며 담배를 피웠다.

새비지 요원이 물었다. "로레인이라는 여자에게 진심이세요?"

내가 새비지 요원에게 로레인에 대한 이야기를 털어놓은 적은 없었다. 이제 이 작전의 책임자이자 지휘관이 된 새비지 요원은 내 양쪽 관자놀이에 이식된 칩들을 통해 녹음된 내용을 모두 확인할 수 있다.

지금 새비지 요원은 나에게 질문을 던졌고, 나는 대답해야 할 의무가 있다.

나는 로레인에 대해 자문자답했다. "로레인에게 연애 감정을 느끼나? 어느 정도는 그렇다. 그런 감정을 느껴서 나 자신에게 놀랐나? 크게 놀랐다. 지금껏 여자에게 관심을 느껴본 적은 없었으니까. 로레인과의 관계를 발전시킬 생각인가? 전혀 아니다. 그럼 왜 로레인을 착각하게 만드나? 주말에 로레인과 같이 여행하겠다며? 전술이다. 로레인에게 내가 수요일까지 다른 일 때문에 정신이 없다고 믿게 하는 편이 좋겠다고 생각했다."

"어쨌든 로레인에게 관심이 있다는 얘기네요?"

"어쩌면 그래. 그런 관계가 일에 방해되는 건 나도 알아. 라프렐 요원에게 생긴 일도 분명하게 봤으니까. 다만 로레인이 나에게 먼저 접근했어. 나는 계속 거리를 두려고 했지. 아직까지 로레인 앞에서 욕망을 드러낸 적이 없고, 앞으로도 그럴 거야. 이렇게 뜨뜻미지근한 게 내가 연기하는 에드나의 캐릭터와 잘 어울려."

"무슨 말인지 잘 알았어요. 여긴 통신 차단 구역이니까 오프 더 레코드를 전제로 개인적인 질문을 하나 해볼게요. 혹시 사랑해본 적 있어요?"

"정보국에 들어오기 전에 한 번 경험했어. 새비지 요원은?"

"저도 한 번 있어요. 정보국에 들어오기 전에."

새비지 요원이 니켈 도금된 담배 케이스를 꺼냈다.

"담배 케이스가 골동품처럼 보여."

"아버지가 쓰던 거예요."

"고급 취향이셨나봐."

"꼭 그렇지는 않아요. 담배를 좋아해 하루에 마흔 개비를 피웠어요. 그러고도 여든다섯 살까지 살았으니 장수한 셈이죠. 아버지가 술에 취해 나에게 이런 말을 한 적이 있어요. '내가 유일하게 의지할 친구는 담배뿐이야'라고요."

"그 말이 진심이었을까?"

"진심이었을 거라 믿어요. 아버지는 육군에 입대했다가 제대한 이후 보험 세일즈맨으로 일했어요. 겉으로는 터프한 척했지만 속은 겁쟁이였죠. 특히 엄마에게는 그랬어요. 아버지는 2미터가 넘는 키에 체중이 130킬로그램이나 되는 거구였고, 엄마는 명문 대학을 나왔지만 집에서 가사를 전담하는 주부였죠. 아버지와 반대로 키가 140센티미터에 체구가 정말 작았어요. 아버지와 엄마는 체격 차이가 심했지만 엄마가 늘 아버지를 리드했죠. 두 분 모두에게 끔찍한 결혼 생활이었어요. 그나마 아버지는 우리 가정에서 두려움을 벗어던질 수 있는 힘을 얻었나봐요."

"아버지는 뭘 그리 두려워하셨는데?"

"자유를 두려워했죠. '넌 결코 행복할 수 없다' 하고 말하는 목소리에서 벗어나길 두려워했어요. 아버지는 전혀 어울리지 않는 결혼 생활 때문에 자기 자신이 망가지고 있다는 사실을 알면서도 벗어나려고 하지 않았죠."

"우리 할아버지도 그랬나봐. 해군에서 제대한 이후 광산 엔지니어로 일한 분인데 세상만사에 늘 화를 냈대. 나는 할아버지를 한 번도 만난 적이 없어. 내가 태어난 지 일 년도 안 돼 돌아가셨으니까. 아버지가 할아버지와 함께 찍은 사진을 봤을 뿐이야. 할아버지는 무척이나 엄한 사람이었대."

"선배 아버님도 엄했어요?"

"그리 엄하지는 않았지만 무척이나 고집스러웠지. 하긴 자기 고집 없는 사람이 어디 있겠어. 아버지는 정말 착한 사람이었지."

"지금도 아버지가 많이 그리우세요?"

"'많이'라는 말로는 크게 부족할 만큼 그리워."

"한 가지 물어봐도 될까요?"

"언제는 내 허락을 받고 물었어?"

"선배 아버지에게 다른 여자가 있었고, 둘 사이에 딸을 낳았다는 사실이……."

새비지 요원이 말을 멈추었다. 나는 담배를 한 모금 깊이 빨아 들이고 나서 말했다.

"사람은 누구나 감추고 싶은 방이 있어. 아버지는 커다란 잘못을 저질렀고, 자기만 아는 비밀 세계가 있었지. 아버지는 세상을 하직하는 날까지 그 사실을 숨겼어. 케이틀린의 존재를 알았을 때 나는 큰 충격을 받았다는 말로는 부족할 만큼 깜짝 놀랐으니까. 케이틀린이 라프렐 요원을 죽이는 모습을 보면서 얼마나 병적인 인간인지 확인했어. 이제 케이틀린에게도 종말의 시간이 다가오고 있다고 봐야지. 어느새 카운트다운이 시작되었어."

새비지 요원이 담배에 불을 붙이며 말했다. "브레이머 부장이 케이틀린을 죽이면 안 된다고 했어요. 선배한테 확답을 받아야 해요. 선배가 공화국연맹 영토로 들어가면 칩은 전파 방해로 무용지물이 될 거예요. 그렇게 되면 선배를 추적할 수가 없어요."

"그래서 뭘 어쩌라고? 내가 명예를 걸고 맹세라도 할까? 내가 먼저 케이틀린에게 총을 쏘지 않겠다고?"

"정보국 최고위원회에서 케이틀린을 살려두려는 이유가 있어요. 우리는 명령을 따를 수밖에 없고요."

"잘 알겠습니다, 감독님."

내 말에 새비지 요원은 얼굴을 살짝 찌푸리고 나서 담배를 깊이 빨았다.

"비자 신청 과정을 적은 보고서를 읽어봤어요. 간결하고 상세하게 되어 있더군요. 웃기려는 의도는 없었겠지만 건조하게나마 웃기더군요."

"웃길 의도는 없었어."

"영화박물관 얘기가 나오자 공화국연맹 안내인이 뭐라고 했었죠?"

"관광 명소라고 하더군."

"전혀 의심할 여지없이 관광 명소라고 하던가요?"

"공화국연맹 영화박물관을 검색해봤어. 월요일에는 16시 15분부터 〈최고의 이야기〉가 상영돼. 20시 39분이 되어야 끝나. 러닝타임이 대단히 긴 영화야. 1965년에 영화를 만들면서 러닝타임이 짧으면 예수님에게 실례가 된다고 생각했나봐. 러닝타임이 긴 영화라 오히려 내가 알리바이를 쉽게 만들 수 있을 거야."

"벌써 계획을 짜두셨어요?"

"이 작전의 감독은 바로 자네야. 나는 그냥 고용된 총잡이에 불과하지. 명령을 내리면 나는 그대로 따를 수밖에 없어."

∞

공화국연맹에서는 옷을 신중하게 골라야 한다. 지나치게 딱딱해 보여서도 안 되고, 지나치게 유행을 타는 옷차림도 안 된다.

공화국연맹 여자들은 치맛단이 무릎 위로 올라가는 스커트를 입을 수 없다. 일반인들에게 강요하는 복장 규정은 없다. 다만 공화국연맹 공직사회에서 높은 위치에 있는 사람들은 무조건 정해진 옷을 입어야 한다. 회색 슈트, 흰색 셔츠, 검은색 넥타이. 남자는 끈 달린 검은색 구두, 여자는 굽이 낮은 검은색 구두. 결혼은 중매 기관에서 승인해준 상대와 해야 한다. 여성 공무원이 아이를 원할 경우 아이가 열여섯 살이 될 때까지 직업을 가질 수 없다. 공화국연맹 공무원들 가운데 경찰국 비밀 요원들의 옷차림이 더 자유롭다. 경찰국 비밀 요원들은 일반인들 틈에 섞여서 지내야 하기 때문에 편안한 옷차림을 선호한다. 케이틀린이 라프렐 요원에게 자동소총을 난사할 때 입고 있던 검은색 바지 정장도 그녀가 선택한 자유 복장이었다. 정보국에는 케이틀린의 사진이 있다. 내슈빌에서는 데님 재킷, 데님 셔츠, 카우보이모자 차림이었다. 노스캐롤라이나의 아우터뱅크스에서는 남성용 버튼다운셔츠와 반바지를 즐겨 입었다. 중립지대에 있는 아파트에서는 검은색 진과 가죽점퍼를 주로 입었다. 뉴욕에서 쉬는 날에 입는 옷차림과 다를 바 없었다.

중립지대 사람들에게 올 블랙은 지나치게 대도시 느낌을 풍길 듯했다. 어쨌든 여기는 예전의 미드웨스트니까. 공화국연맹에 있는 동안에는 조금이라도 수상해 보이지 않는 게 최선이기에 옷을 사러 갔다. 진녹색과 파란색이 뒤섞인 타탄체크 울 스커트, 진회색 울 터틀넥 스웨터, 검은색 스타킹, 종아리까지 내려오는 보수적인 디자인의 겨울 부츠, 두툼한 울 더블 브레스티드 검은색 오버코트를 구입했다. 에드나의 취향을 고려한 옷이었다. 새비지 요원이 새로 구입한 복장이 적절한지 보고 싶다고 해서 화상 통화로 보여주었더니 좋다고 했다.

"탁월한 선택입니다. 에드나라면 중립지대에 있는 사람들이 이상하게 보지 않도록 모범생 옷차림을 하겠죠. 그런 옷차림이라면 공화국연맹 사람들도 전혀 의심하지 않겠네요. 내일 17시에 의료팀을 만나세요. 그다음 여기 지하 기지로 오셔서 한잔 하세요. 마지막 브리핑을 하고 뉴욕에 보고를……."

"지금부터 월요일 밤까지 술은 자제할 생각이야."

"아, 역시 책임감이 투철하시네요. 옳은 말씀입니다. 한 수 배웠습니다."

"월요일에 일이 잘 풀리면 돌아와 한잔 마실 수 있겠지."

"담배도 두 개비 피우고요."

"세 개비를 피울지도 몰라."

국경을 넘기 전에 정보국 칩을 빼고 가기로 결정했다. 공화국연맹 국경에서 채드윅 칩에 연결해 해킹할 수 있는 새로운 검색 시스템이 도입되었다는 정보가 정보국 보안과에 입수되었기 때문이다. 일일 비자를 발급받는 인터뷰 때에는 정보국 칩을 빼는 대신 끄고 갔다. 비자사무소에 있는 검색대에서도 혹시 생체 칩 주파수를 잡아낼 수도 있으니까. 정보국 칩은 크기가 아주 작고 금속 소재가 아니어서 금속 탐지기에는 걸리지 않는다. 다만 공화국연맹 검색대는 사람의 몸에서 나오는 통신 주파수를 감지할 수 있다. 나는 일일 비자 발급 인터뷰를 하러 가기 전에 정보국 칩을 껐다. 내가 만약 공화국연맹 영토에서 체포되면 내 몸을 해부해 구석구석 분석할 게 뻔했고, 그 경우 정보국 칩이 발견될 수도 있었다. 정보국 칩이 없으면 적국에서 앞이 보이지 않는 상태로 돌아다니게 되는 셈이었지만 그래도 미리 제거해두는 게 최선이었다.

일요일 16시 30분, 나는 체호프의 〈벚꽃 동산〉 낮 공연이 열리는 거스리 극장에서 연극을 보는 대신 옆 복도로 갔다. 엘리베이터 앞에서 지문을 대고 지하로 내려갔더니 골프 카트가 기다리고 있었다. 새비지 요원과 함께 의논하며 수많은 시간을 보낸 술집을 지나 자그마한 의료실에 도착했다. 입구에 홍채 인식기가 설치되어 있었다. 나는 턱받침에 턱을 대고 홍채 인식기에 눈을 댔다. 문 위에 달린 등이 녹색으로 바뀌면서 문이 열렸다. 안으로 들어서자 의사 가운을 입은 젊은 여자가 나에게로 다가오며 말을 건넸다. "스텐글 요원인가요?"

나는 고개를 끄덕였다.

"여기서는 말을 해야 합니다."

"샘 스텐글 요원입니다."

"계급과 요원 번호를 말씀하세요."

나는 둘 다 말했다.

"무슨 시술을 받으러 왔죠?"

"내일 공화국연맹에서 수행할 비밀 작전 때문에 정보국 칩을 제거하려고 왔습니다."

"다 확인됐습니다. 저는 맥날리라고 해요. 제가 시술을 맡습니다. 일단 샘 스텐글 요원의 건강 상태를 확인해야 합니다."

나는 처음 듣는 얘기였다.

"누구 명령입니까?"

"정보국 최고위원회에서 결정한 사안입니다. 내일 맡게 될 임무의 특수성, 임무 수행에 필수적으로 따라올 스트레스, 스텐글 요원의 나이를 고려해볼 필요가 있으니까요."

"여태껏 건강에는 전혀 문제가 없었어요. 체중이나 건강 상태도 최적을 유지하고 있고요."

나도 모르게 흥분한 말투가 흘러나와 곧바로 후회했다. 스트레스가 얼마나 큰지 드러내는 행동이었기 때문이다.

나는 최대한 사무적인 말투로 말했다. "미안해요. 내 나이가 많다고 생각해본 적이 없거든요."

"굳이 설명해주지 않아도 압니다. 나이를 먹는다는 사실 앞에서 누구나 마음이 편하지 않죠. 내일 임무에 대해 보고받았어요. 복잡한 임무를 수행하는 동안 스트레스를 받지 않는다면 오히려 경계성 성격 장애겠죠."

나는 진찰실로 가서 옷을 벗고 얇은 가운을 입었다. 내가 옷을 벗는 동안 맥날리는 진찰실을 나갔다가 남자 간호사와 함께 돌아왔다.

"이반 간호사예요."

몸이 근육질인 흑인 간호사가 나를 진찰 테이블로 안내하려고 내 어깨에 손을 올려놓았다. 손이 강철 바이스 같은 느낌을 주어서 놀랐다.

맥날리가 말했다. "먼저 칩을 빼내고 나서 전신 검진을 하는 게 좋겠죠?"

"네, 그러는 게 좋겠네요."

오른쪽 관자놀이에 총 모양 기구가 닿았다. 따끔하더니 곧장 몸이 마비됐다. 맥날리가 메스로 피부를 살짝 째고 초소형 진공청소기 같은 기구를 이용해 칩을 빼냈다. 상처는 머리카락으로 가리면 보이지 않을 정도로 작았지만 맥날리가 레이저로 봉합했다. 맥날리가 시술하는 동안 이반 간호사가 나를 잡고 있었다. 마취 주사를 맞을 때 따끔해 몸을 움찔하긴 했지만 그 이후로는 몸을 뒤척이지 않고 가만히 있었다.

맥날리가 말했다. "정말 잘 참으시네요."

"고맙습니다."

"이제 전신 스캔을 하고 나서 채혈한 다음 소변 샘플을 받으면 됩니다."

한 시간 뒤, 나는 채혈한 자리에 작은 반창고를 붙인 상태로 맥날리와 마주했다.

　"건강은 염려하지 않아도 되겠어요. 그래도 임무를 마치고 돌아오면 조용한 곳에서 2주일쯤 푹 쉬는 게 좋습니다. 스트레스 수치는 걱정할 만큼 높지 않지만 이 작전을 마치고 나면 반드시 휴식을 취하세요. 정보국 최고위원들이 보는 보고서에도 휴식 시간이 꼭 필요하다는 사실을 넣을 겁니다."

　"저는 평소 잠도 잘 자고, 운동도 열심히 하고 있어요. 건강에는 별문제가 없을 거예요."

　"그래도 예방 차원의 휴식이 필요합니다. 이번 작전에서 의료 문제는 제 책임입니다. 반드시 말씀드릴 게 있는데 자살 캡슐이 왼쪽 종아리에 들어 있어요. 어떤 검색에도 걸리지 않게 만들어졌죠. 적에게 붙잡힐 경우 곧장 캡슐을 꺼내 삼켜야 해요."

　나는 그 말을 듣고 불안감이 일었지만 내색하지 않았다. 조금이라도 겁먹은 모습을 보일 경우 브레이머 부장에게 보고될 테니까.

　나는 차분한 목소리를 유지하며 물었다. "최고위원회에서 내려온 명령인가요?"

　"네, 5초 안에 종아리에서 캡슐을 꺼내는지 연습해볼까요?"

　"잘 기억하고 있어요."

　"실제 상황처럼 연습해야 합니다."

　맥날리의 말투로 보자니 순순히 따라야 할 듯했다. 맥날리는 나에게 바지만 빼고 옷을 다 입으라고 말한 뒤 밖으로 나갔다가 잠시 후 다시 돌아왔다.

"내일 공화국연맹 국경을 넘어갈 때 어떤 옷을 입을 겁니까?"

"원피스에 검은색 타이츠를 입으려고요."

"아주 좋아요."

나는 수술용 장갑을 착용하고 종아리 아래쪽을 손으로 더듬으며 캡슐이 들어 있는 부위를 찾아보았다. 종아리에서 피부가 살짝 솟아 있는 곳에 엄지와 검지를 댔다.

맥날리가 물었다. "캡슐이 만져져요?"

나는 고개를 끄덕였다.

"캡슐을 짜듯이 꽉 누르면 캡슐 가장자리가 톱니 모양이어서 금방 피부를 뚫고 나와요. 캡슐이 나오면 껍질을 벗기고 곧장 입으로 가져가 깨물어 터뜨려야 해요. 적들은 해독제로 목숨을 살리려고 하겠지만 소용없을 거예요. 캡슐을 터뜨리면 7초 안에 심장이 멎게 되니까. 혹시 질문 있어요?"

"없어요."

"내일 아침에 타이츠를 입고 캡슐 있는 자리에 표시를 해두세요. 손톱 다듬는 가위로 타이츠를 살짝 잘라두면 되겠죠. 적에게 붙잡혔을 때 타이츠가 터진 부위를 당기면 구멍이 커져 쉽게 캡슐을 빼낼 수 있을 테니까요. 내일 무사히 여기로 돌아와 정보국 칩을 다시 심을 수 있게 되길 바랍니다. 일이 계획대로 진행

되지 않을 경우 캡슐을 꺼내 깨물면 적들에게 고문 받는 고통을 덜게 될 겁니다. 부디 캡슐을 쓸 일이 없길 바라요."

30분 뒤, 나는 지하 기지의 바에서 새비지 요원과 마주 앉았다. 술이 몹시 마시고 싶었지만 참는 대신 담배를 피웠다. 새비지 요원이 걱정스러운 눈으로 나를 마주 보고 있었다. 내일 살아서 돌아오지 못할 수도 있다는 걸 우리는 알고 있었다.

"기분이 어때요?"

"어떤 어려움이 닥치더라도 맞설 준비가 되었어. 새비지 요원이 지금 제2차 세계대전 당시 독일의 루프트바페에 맞서 싸우려고 출격하는 파일럿을 격려하던 영국 장교 같은 표정을 짓고 있다는 걸 알아?"

"저는 선배가 무사히 임무를 완수하고 돌아올 거라 믿습니다."

"내가 돌아오지 못하더라도 세상은 그대로일 테니까 너무 걱정하지 마."

"마치 실존주의자처럼 시니컬하게 말씀하시네요."

"이런 상황에서 그렇게 마음먹는 것 말고 달리 방법이 없잖아."

새비지 요원이 담배에 불을 붙이고 나서 말했다. "계획을 한 번 더 점검해볼까요?"

"계획은 어디까지나 계획이야. 내일 무슨 일이 벌어질지, 내가 살지 죽을지는 운명에 맡길 수밖에 없어."

　멀리서 어렴풋이 국경을 바라본 적이 있었다. 중립지대 재즈 바의 전망 좋은 자리에서 보이는 건 공화국연맹 비자사무소와 과거 베를린 체크포인트 찰리를 재현한 검문소, 국경을 따라 세워놓은 나무 벽뿐이었다. 실제로는 콘크리트 장벽이지만 연방공화국과 마주한 지역에는 태평양 연안 북서부에서 가져온 소나무 판재를 붙여놓았다. 나뭇결이 살아 있는 소나무 판재 때문에 4미터 높이의 벽을 바라보노라니 마치 거대한 스칸디나비아 사우나에 들어온 듯했다. 커다란 트럭이 지나갈 수 있을 만큼 넓은 철문은 한눈에 봐도 국경 출입구다웠다. 출입구 옆 샛길에도 높고 완강한 철문이 설치되어 있었다. 샛길의 철문은 보행자들이 출입하는 곳이었고, 검색대가 있었다. 나는 비자사무소에서 받은 QR코드 종이를 들고 이동했다. QR코드는 그렇다 하더라도 아직 종이를 쓰고 있어 놀라웠다. 공화국연맹 사람들은 아직 과거의 그림자를 잡고 있는 듯했다. 검색대에서 불빛이 두 번 번쩍이더니 위쪽에서 녹색등이 켜졌다. 지나가도 좋다는 신호였다. 비로소 출입문이 열렸고, 나는 좀처럼 느껴보지 못한 두려

움을 느꼈다. 카메라가 온통 나를 비추고 있었고, 마음을 가다
듬고 앞으로 나아가자 뒤에서 철문이 쾅 소리를 내며 닫혔다.

사방이 콘크리트 벽으로 둘러싸여 있고, 폭이 3미터쯤 되는 공
간이었다. 머리 위에서 형광등이 아주 밝게 나를 비추고 있었다.

국경을 넘어 공화국연맹으로 가는 사람들에게 겁을 주려고 입
구를 정신병원처럼 황량하게 만들었을까?

만약 그런 의도였다면 성공적이었다. 흔한 전쟁영화에 많이
나오는 대사처럼 나는 마음속으로 다짐했다.

'이제 후퇴는 없다.'

앞으로 가자 부스 세 개가 보였다. 부스마다 천장에 신호등
같은 등이 매달려 있었다. 하나의 부스에만 파란불이 켜져 있었
다. 나는 파란불이 켜진 부스로 갔다. 비자사무소와 똑같은 형
태로 텅 빈 화면들이 나를 기다리고 있었다.

목소리가 들려왔다. "에드나 머스그레이브 씨, 안녕하세요.
앞에 보이는 발 표시에 발을 대고 화면을 똑바로 쳐다보세요."

나는 시키는 대로 했다. 이제 화면에 얼굴이 나타났다. 이번
에는 오십 대 중반 남자였다. 비자사무소에서 본 여자처럼 회색
제복 차림이었다. 백발이 된 머리를 뒤로 깔끔하게 넘겼고, 여
자 제복과 마찬가지로 옷의 양쪽 라펠에 십자가가 하나씩 꽂혀
있었다.

"안녕하세요."

"공화국연맹을 방문하는 동안 반드시 지켜야 할 사안들이 뭔지 확실하게 들으셨죠? 혹시 질문 있습니까?"

"없습니다."

"술이나 담배나 음식물을 소지하고 있습니까?"

"아니요."

"선물을 소지하고 있습니까?"

"아니요."

"오늘 밤 11시 55분까지 국경 검문소로 돌아와야 한다는 걸 주지하고 계십니까?"

"네."

"다음 검색대 옆에 있는 카드 발급기에서 위치 확인 카드를 발급받으세요."

위치 확인 카드에 대해서는 이미 설명을 들었다. 공화국연맹에는 생체 칩이 없기 때문에 방문객은 위치 확인 카드를 들고 다니며 출입하는 곳마다 제시해야 한다. 그렇게 해야 공화국연맹 경찰국이 방문객의 위치를 파악할 수 있을 테니까.

"비자를 신청할 때도 들었겠지만 비자와 확인증을 분실하면 구금되거나 벌금이 부과된다는 걸 잊지 마세요."

"네, 잃어버리지 않겠습니다."

"공화국연맹에서 즐거운 하루를 보내길 바랍니다."

더욱 철저하게 물을 줄 알았는데 의외로 간단히 끝났다.

공화국연맹에서 이미 철저히 조사해 이상이 없었으니 나를 영토 안으로 들여보냈겠지. 그러니까 이건 요식적인 절차에 불과해.

나는 화면에 보이는 남자에게 미소를 지으며 고맙다고 인사했다. 그런 다음 또 좁은 통로를 지나갔다. 비자사무소처럼 벽면이 공화국연맹 국기, 예수, 12사도의 사진으로 장식되어 있었다. 철제 아치문 옆에 거대한 십자가가 있었다. 그 옆에 구식 컨베이어벨트가 있었고, 공화국연맹 군인이 가방을 내려놓으라고 말했다. 가방이 검색대를 통과했다. 그 옆에 카드 발급기가 있었다. 카드 발급기에서 한쪽에 금속 칩이 들어 있는 흰색 플라스틱 카드가 나왔다. 군인이 카드를 집어서 가져오라고 했다. 그다음에는 아치문 아래에 표시된 발 모양 그림에 발을 딛고 섰다.

"팔을 높이 올리세요."

나는 팔을 높이 올렸다. 30초가 넘도록 그 자세로 있었더니 팔이 아팠다. 팔을 내리라는 말을 들었을 때 나는 이런 절차가 왜 필요한지 따져 묻고 싶었다. 하지만 그저 미소만 지었을 뿐이다. 한참 동안 기다리다가 공화국연맹 군인이 손짓을 보냈고, 다가가서 가방을 받았다. 눈앞에 큰 철문이 있었다.

"이제 가도 좋습니다."

철문 앞으로 가자 문이 열리며 갑자기 황금빛 조명이 쏟아졌다. 눈부신 빛과 함께 하늘에서 울리는 저음의 목소리가 들려왔다.

"공화국연맹에 오신 걸 두 팔 벌려 환영합니다. 여긴 하나님의 나라입니다. 오늘, 하나님의 사랑과 빛을 가득 받으시길 바랍니다."

나는 앞으로 나가 황금빛 속으로 들어왔다. 마치 놀이동산에 온 듯했다. 차츰 눈부신 빛이 조금씩 줄어들기 시작했다. 또다시 하늘에서 목소리가 들려왔다.

"공화국연맹의 영토로 들어서기 전에 공화국연맹 박물관을 30분 동안 관람하시기 바랍니다. 우리 공화국연맹에 대해 잘못 들은 정보를 바로잡을 수 있는 기회가 될 겁니다."

공화국연맹 박물관에 대해서도 사전에 미리 설명을 들었다. 목소리가 시킨 대로 30분을 채우지 않고 나간다면 의심을 받는다고 했다.

나는 박물관을 둘러보았다. 역사는 실험으로 답을 얻을 수 있는 과학이 아니다. 역사는 해석이기에 자기 정당화의 수단으로 전용될 수도 있다.

공화국연맹 박물관에서 '기독교 국가'의 기원에 대한 이야기는 매사추세츠주를 세우고 '진정한 기독교 정부'를 만든 청교도들 이야기까지 거슬러 올라간다. 그 당시 보스턴의 모습을 재현한 모형이 있었다. 최초의 정착지를 만든 사람들이 열심히 일하는 모습, 매사추세츠주 주지사 조너선 에드워즈를 연기하는 배우가 홀로그램으로 나타나 축하 연설을 하는 모습을 재현한 모형이었다. 조너선 에드워즈는 이 새로운 나라가 '세상을 비추는 등불이 되리라'라고 말했다.

청교도들이 이교도와 기독교를 믿지 않는 사람들을 교살하고, 죄 없는 여자들을 마녀로 몰아 불태워 죽인 만행에 대해서는 아무런 언급도 하지 않았다. 식민지가 확장되고, 교역이 활성화되면서 정치와 종교가 분리되어야 한다는 주장이 터져 나오게 되었다는 이야기만 흘러나왔다. 미국의 독립을 위해 싸운 사람들은 헌법에 '하나님 아래 하나의 국가'라고 썼지만 사실 그 당시 미국을 세우는 데 큰 역할을 한 사람들 가운데는 볼테르 같은 프랑스 사상가들의 영향을 받아 무신론자가 된 사람들도 많이 포함되어 있었다. 그들의 종교관은 이신론이었고, 하나님이 우주를 창조하긴 했어도 관여하지 않기에 우주는 자체의 법칙에 따라 움직인다고 보았다.

그 옆에는 또 다른 홀로그램이 있었다. 루이지애나 주립대학 로스쿨의 로즈 교수가 미국 헌법에서 '교회와 정치의 분리' 조항이 미국인의 삶에서 기독교적인 측면을 영원히 제거하려는 세속주의자들의 음모였다고 설명하고 있었다. 두 개의 전시실이 남북전쟁에 할애되었다. 노예제도 같은 핵심 문제는 대충 넘기고 '각 주의 자치권과 결정권을 존중하고 미연방이 중앙 집중화되는 것에서 자유로울 것'을 내세운 남부의 주장만 강조되어 있었다. 남북전쟁 이후 재건 시대의 역사는 거의 다루지 않고 있었다. 남북전쟁에서 패한 남부를 북부가 착취했다는 내용 일색이었다. 1890년대 말에 생긴 성경 벨트를 다룬 전시실도 있었다. 그 전시실에는 1921년 테네시주에서 학생들에게 다윈의 진화론을 가르친 죄를 물어 교사 스콥스를 기소한 윌리엄 제닝스 브라이언을 추켜세우는 내용도 있었다.

박물관 전시실은 '세 번째 대각성'이라고 명명한 시기로 넘어갔다. 이 세 번째 대각성 시기는 텔레비전 전도사들이 전성기를 이루었던 1980년대를 가리킨다. 마침 기독교 친화적인 로널드 레이건과 조지 부시 1세의 재임 시기와 맞물린다. 조지 부시 2세가 신앙의 힘으로 알코올중독에서 벗어났다고 칭찬하는 대신 오바마와 바이든 집권 시기는 지옥으로 그려놓았다. 그 시기에 트랜스젠더와 동성애자 인권 운동이 절정에 달했고, 임신중지 수술이 폭넓게 허용되었고, 잘못된 성교육을 받은 젊은이들이 타락의 길을 걸었고, 누구나 쉽게 구할 수 있는 피임약이 무분별하고 문란한 성적 일탈을 부추겼다고 되어 있었다. 전통적인 이성 관계가 아니면 싸잡아 '타락한 성'이라 칭하면서, 동성 간의 결혼을 인정한 부도덕한 나라였다는 주장이었다.

도널드 트럼프관이 전시실 하나를 죄다 차지했다. 공화국연맹은 도널드 트럼프가 돈만 밝히는 타락한 인간이라고 비판하면서도 보수적인 판사 세 명을 대법관으로 임명해 임신중지 수술이 공공연하게 합법적으로 이루어지던 시대에 종언을 고하고 '하나님의 윤리로 돌아가는 길'을 닦았다고 칭찬했다.

마지막 전시실은 미국 분리의 공포와 감시 사회를 지향하는 연방공화국의 탄생을 다루고 있었다. 나는 공화국연맹 박물관이 역사를 달리 해석하고 있는 것에 대해 그다지 놀라지 않았다. 우리는 누구나 자기에게 맞도록 역사를 다시 쓴다. 모든 걸 바꾼 판단 실수나 과도했던 순간들에 대해 여전히 거짓말한다. 공화국연맹은 국민 중에서 덜 과격한 사람들을 벼랑으로 몰았다는 사실을 결코 인정하지 않는다. 마찬가지로 연방공화국은 여전히 우리가 감시받지 않는다고 설득하려 애쓰고 있다.

"안녕하세요, 혹시 궁금한 점이 있으면 물어보세요."

내 눈앞에 많아야 스물세 살쯤 되어 보이는 젊은 남자 하나가 서 있었다. 감청색 슈트 차림에 공화국연맹 국기 색의 보타이를 매고 있었다. 시간을 딱 맞춰야 하는 스케줄이 있어 밖으로 나가려고 할 때 바로 그 청년이 눈앞에 나타난 것이다. 급히 가야 할 곳이 있는 듯 초조한 모습을 보이면 의심을 살 수 있다. 청년이 달고 있는 명찰을 보니 이름이 타일러였다. 나는 타일러와 이야기를 나누었다. 와이오밍주에 위치한 작은 농장 집안에서 태어난 타일러는 와이오밍대학교에서 정치학을 전공하고 졸업한 뒤 곧장 이 중요한 일을 맡았다고 했다. 그는 상대방이 편안하게 느끼도록 말을 잘하는 편이었다. 타일러가 내 직업이 뭔지 물었다.

"영화평론가이고, 공화국연맹은 오늘 처음 방문했어요."

"제가 공화국연맹에서 정말 가볼 만한 가치가 있는 곳을 안내해드리고 싶어요."

"대단히 친절하시네요. 하지만 저 혼자 탐험할래요."

타일러가 원하던 답이 아니었을 텐데 환하게 웃으며 받았다. "매우 독립적인 여성이시네요."

"여행할 때 혼자 다니길 좋아해요."

"영화박물관이 정말 좋아요. 괜찮다면 제가 안내해드릴까요?"

"사실은 영화박물관도 오늘 들르기로 한 장소에 포함되어 있어요. 그냥 혼자 둘러볼래요."

"잘 알겠습니다."

"너무 깍듯이 대하지 않아도 괜찮아요."

"아닙니다. 저에게는 이게 편합니다. 제가 영화박물관에 전화해 연방공화국에서 온 영화평론가께서 방문하신다고 말해둘까요?"

이쯤 되면 타일러가 나에게 일부러 접근해 마음을 떠보고 있다는 느낌이 들었다. 이제 나는 시험에 들게 되었다. 타일러의 목적은 내 심리 상태를 불안하게 만들어 내가 이곳을 방문한 또 다른 목적이 뭔지 알아내는 것인 듯했다. 타일러의 의심을 피하려고 일일이 안내를 받을 경우 영화박물관을 둘러보면서 추진하기로 계획한 일들을 다 망치게 된다. 타일러의 제안을 거절하면 경찰국에 보고해 두 배의 감시를 받게 될 수도 있었다. 그 경우 역시 모든 계획이 어그러질 수 있다. 두 가지 중에서 무엇을 선택하든지 결과는 계획을 망치게 되어 있었다.

"영화박물관에서 오후 4시 15분에 시작하는 영화를 보고 싶어요. 영화가 끝나는 8시쯤에 만나 안내를 받을 수 있을까요? 시간이 어때요?"

"그 시각이면 영화박물관은 문을 닫아요. 오후 2시 30분은 어때요?"

문득 이 상황을 빠져나갈 방법이 떠올랐다.

"내가 관광하고 싶을 때 가이드를 해줄 수 있는 사람에게 연락할 방법이 있을까요?"

"우리 공화국연맹에서는 나중에 연락하는 방식보다는 미리 약속을 정해두는 걸 선호합니다."

"만약 내가 약속했다가 못 가게 되면 안내를 맡기로 한 사람은 시간을 허비하게 되잖아요."

"일단 약속을 정했으면 지켜야죠."

젠장맞을! 타일러의 말이 내 귀에는 협박으로 들렸다.

"좋아요, 그럼 오후 2시 30분까지 영화박물관에 갈게요. 누가 안내를 해줄 건가요?"

"가보면 아실 겁니다. 궁금한 점이 더 있으세요?"

"이제 가볼게요. 친절한 환대에 감사드려요."

"공화국연맹에서는 환대가 아주 중요합니다. 즐거운 하루 보내세요."

마치 그 말이 신호라도 되는 듯이 문이 열렸다.

내가 벌써 집중 감시를 당하고 있나? 아니면 타일러가 리모컨 같은 걸 사용해 문을 열었나?

빛이 쏟아졌고, 1980년대 할리우드 영화에서 천국을 상징할 때 나오는 음악이 울려 퍼졌다. 아까 울렸던 목소리가 다시 들려왔다.

"현실에 존재하는 하나님의 왕국이 당신을 기다립니다."

불빛이 잦아들면서 눈앞에 펼쳐진 풍경이 보였다. 1920년대 중서부의 부유한 농장 마을을 재현한 곳 같았다. 빅토리아 양식의 주택들, 대여섯 개의 오래된 은행, 붉은 지붕과 벽돌로 지은 학교, 전구들로 장식한 간판이 걸린 극장이 눈에 들어왔다. 오늘 저녁 상영작은 에리히 폰 슈트로하임 감독의 〈탐욕〉이고, 피아노 연주가 라이브로 곁들여진다고 적혀 있었다. 내가 뉴욕 현대미술관에서 본 영화를 공화국연맹에서 상영한다니 조금 놀라웠다. 그 옆에 있는 재즈 클럽도 놀라웠다. 오후 1시에 첫 공연을 시작해 자정까지 계속된다고 적혀 있었다.

'뉴올리언스 최고 실력자들, 캔자스시티 최고 실력자들, 멤피스의 최고 실력자들로 이루어진 마마 블루스 아이즈.'

마마 블루스 아이즈라니, 절로 미소가 지어졌다. 길 아래 극장에서 오스틴 댄스 시어터의 〈메디아〉를 공연하는 것도 뜻밖이었다. 앞에 걸린 공연 사진들을 보니 무용단원들은 공화국연맹의 복장 규정에 상관없이 대개의 무용단처럼 검정 레오타드와 몸에 찰싹 달라붙는 탱크톱을 입고 있었다.

공화국연맹 관광청은 공화국연맹의 멋을 보여주는 데에 주력하고 있었다. 바리스타가 있는 커피숍, 최고의 켄터키 위스키와 텍사스 위스키를 판매한다고 자랑하는 주류 상점, 디자이너가 만든 카우보이 옷을 파는 곳, 거리의 반을 차지하고 있는 대형서점 유리창에 앞으로 2년 뒤면 '위대한 미시시피 작가이자 노벨상 수상자인 윌리엄 포크너의 탄생 150주년'이 된다고 알리며 '공화국연맹 문학의 거장 포크너를 읽으세요'라고 홍보하는 포스터가 붙어 있었다.

포크너가 공화국연맹 문학의 거장이라니? 포크너가 그 말을 들으면 어떤 반응을 보일까?

나는 손목시계를 흘깃 보았다. 통신 기능이 전혀 작동하지 않고 있었다. 시간을 표시하는 기능만 남아 있을 뿐 연방공화국과 연결되는 통신 기능은 전부 먹통이었다. 현재 시각 9시 43분이었고, 서점은 벌써 문을 열었다. 나는 3층으로 이루어진 넓은 서점으로 들어섰다. 나무 패널을 붙인 벽면 곳곳에 '공화국연맹의 주요 작가들' 사진이 걸려 있었다. 테네시 윌리엄스, 트루먼 카포트, 하퍼 리, 워커 퍼시, 유도라 웰티 등등의 작가들이었다. 일 층은 문학과 역사 서적 코너였다. 종교 작품 코너도 있었지만 공화국연맹의 멋이란 이미지를 유지하기 위해 일부러 숨겨놓은 듯 서가 뒤쪽 구석에 있었다.

2층으로 올라가 보니 다른 쪽 문학 코너가 있었다. 나는 그 코너의 서가를 둘러보았다. 허먼 멜빌이 있고, H.W. 롱펠로우가 있고, 나다니엘 호손이 있었다. 다만 짐작대로 《주홍 글씨》는 없었다. 어니스트 헤밍웨이와 F. 스콧 피츠제럴드, 레이먼드 챈들러도 있었다. 루이자 메이 알코트는 있었지만 해리엇 비처 스토는 없었다. 《엉클 톰스 캐빈》이 공화국연맹에 위협이 되는 책인지 의문이 들었다. 페미니스트 작가들의 책은 전혀 없었다. 동성애자 작가들의 책도 없었다. 그 대신 테네시 윌리엄스와 트루먼 카포트는 남부 출신이라는 이유로 일 층에 책을 진열해두고 있었다. 제임스 볼드윈, 랠프 엘리슨, 콜슨 화이트헤드 같은 흑인 작가들의 책도 없었다. 토머스 핀천이나 레이 브래드버리의 책도 없었다. 레이 브래드버리의 《화씨 451》이 공화국연맹에서 어떻게 읽힐지 상상이 되지 않았다. 옥타비아 버틀러의 책도 없었다. 또…….

공화국연맹에는 검열이 있었다. 이 서점에는 철학 분야 서적도 있고, 니체나 사르트르 같은 공공연한 무신론자들의 책도 구입할 수 있었지만 버트런드 러셀의 《나는 왜 기독교인이 아닌가》 같은 반기독교 서적은 전혀 찾아볼 수 없었다. 시 분야에서는 W. H. 오든이나 앨런 긴즈버그처럼 자신이 동성애자임을 밝힌 시인의 시집을 빼고 영미 문학계의 시집이 거의 망라되어 있어 무척이나 인상적이었다. 삼십 대 초반으로 보이는 여자 직원이 눈에 들어왔다. 차분한 녹색, 검은색 체크무늬 플란넬 셔츠, 길지만 세련된 검은색 울 스커트, 둥근 무테안경, 길게 땋은 갈색 머리의 주인공인 여자 직원의 목걸이에 아주 작은 십자가가 달려 있었다. 나는 이 서점에 관심이 많고, 열심히 구경하는 관광객으로 보이고 싶어 여자 직원에게 말했다.

"안녕하세요. 워커 퍼시에 대해 알려주실 수 있나요?"

여자 직원은 곧장 열심히 설명했다. "워커 퍼시는 정말 천재인 작가였죠. 저랑 같은 앨라배마 출신이고요."

여자 직원의 목소리에서 동남부 지역 억양이 짙게 묻어났다. 이름이 몰리라고 소개한 여자 직원은 2층 전체를 담당한다고 했다. 버밍햄에서 자랐지만 열 살 때 아버지가 밴더빌트대학교 교수가 되어 내슈빌로 이주했다고 했다. 아버지는 철학 교수였고, 몰리는 뉴올리언스 튤런대학교에서 철학을 전공했다. 중립지대에서 일한 지는 4년이 넘었다고 했다.

나는 몰리에게 중립지대에서 지내는 게 마음에 드는지 물었다.

"이 작은 도시에 뛰어난 예술가들이 많이 모여 있어요. 공식적으로는 중립지대라고 불리지만 우리가 달리 부르는 별칭이 있죠. 바로 캡타운입니다. 혹시 어디에서 따온 말인지 아세요?"

"가버나움 아닌가요? 갈릴리 호반의 옛 도시."

"와, 정말 놀랍네요. 연방공화국에서 오신 분 같은데 그야말로 대단히 박식하십니다."

나는 내 소개를 하고 나서 일일 비자로 왔고, 이 서점의 매력에 푹 빠졌다고 말해주었다.

"그런 말을 들으니 기분이 정말 좋아요. 정말이지 이 서점에서 일하는 우리는 자부심이 대단합니다. 연방공화국에서 온 손님들을 매일 만날 수도 있고요. 중립지대로 바캉스를 올 형편이 되는 공화국연맹 사람들도 이 서점에 많이 옵니다."

그 말에는 씁쓸한 진실이 담겨 있었다. '공화국연맹에서 돈이 많거나 지위가 높은 소수의 사람들만이 중립지대로 바캉스를 올 수 있다는 뜻이네요?' 하고 질문을 던지고 싶었지만 정작 입으로는 다른 말을 꺼냈다.

"캡타운에 정착할 수 있는 주거 허가를 받아내는 건 대단한 행운이네요."

"저도 처음 주거 허가를 받고 나서 뛸 듯이 기뻤어요. 이곳은 대단히 문화적이고 역동적인 곳이니까요. 중립지대에서 활동하는 공연 단체 숫자만 해도 다섯 개나 됩니다. 시네마테크 하나에 재미있는 영화관이 세 개나 더 있어요. 재즈 클럽 두 곳, 뛰어난 챔버뮤직 악단도 있고, 일곱 개의 서점도 있어요. 다양한 문학 모임도 있죠. 외부 사람들은 공화국연맹에 검열이 있을 거라고 생각하지만 실제로는 그렇지 않아요. 외부 사람들이 생각하는 것보다 우린 훨씬 더 자유롭죠."

몰리가 이곳의 문화생활 목록, 캡타운에서 살아가는 게 얼마나 좋은지 열심히 설명했다. 나는 몰리의 설명을 듣는 동안 중립지대는 구약성서에 등장하는 약속의 땅 같은 곳이고, 공화국연맹에 매우 충성스러운 일부 사람들만이 이곳에 거주할 수 있는 특혜를 누리고 있다는 사실을 알 수 있었다. 일반적이지 않은 옷을 입고, 책벌레나 예술가, 창작자로 살아가더라도 공화국연맹의 기독교적 가치관과 보수적인 규범을 철저히 따르는 사람만이 중립지대에서의 삶이 허용되는 것으로 보였다.

몰리도 공화국연맹에 남달리 충성스러운 사람으로 인정받았겠지? 1960년대의 지적인 대학생 같은 옷차림을 하고 있는 것으로 보아 공화국연맹 정부의 충실한 대변인 역할을 하고 있다고 봐야 했다. 하긴 공화국연맹뿐만 아니라 연방공화국도 끊임없이 체제 우위를 선전한다. 에드나 머스그레이브는 공화국연맹에 비판적인 생각을 드러내서는 안 된다. 에드나는 무슨 일을 하느냐는 질문을 받고, 영화에 대해 글을 쓰고, 라디오 방송에 출연한다고 답변했다. 몰리는 그 말을 듣고 몹시 흥분했다.

"그럼 워커 퍼시의 《영화광》을 꼭 읽어보세요. 유한한 인간 존재가 삶의 의미를 찾으려고 할 때 다가서는 위기를 그린 뛰어난 걸작인데 많은 평론가들이 실존주의적이라고 평하는 소설입니다. 워커 퍼시 자신이 가톨릭으로 개종했고, 신앙에 대한 의문, 맹목적적으로 보이는 삶에 대한 의문을 항상 품고 있었죠."

몰리가 아래층으로 안내했다. 공화국연맹 문학 구역에 워커 퍼시의 코너가 따로 있었다. 워커 퍼시는 일곱 권의 책을 발표했는데, 그 책들의 다양한 판본이 책꽂이 두 개를 가득 채우고 있었다.

"장서를 수집하는 분이라면 《영화광》 초판 사인본도 보고 싶을걸요. 그 책은 희귀본 코너에 따로 있습니다. 제가 마지막으로 확인했을 당시 가격이 2만 달러였죠. 연방공화국 돈으로는 1만 5천 달러쯤 되겠네요."

"저에게는 너무 비싼 책이네요. 저는 주로 중고 페이퍼백을 사서 읽거든요."

"저는 큰 집이나 차에는 관심 없어요. 멋진 서가가 있고, 책을 좋아하는 사람이 옆에 있으면 그것으로 충분하죠."

"이 지역에서는 책을 좋아하는 사람을 어렵지 않게 만나볼 수 있겠네요."

몰리는 누가 엿듣지는 않는지 살피는 듯 슬쩍 주위를 두리번거리면서 나직이 말했다.

"여긴 나라에서 짝을 정해줘요. 내가 원하는 이상형을 나라에서 알고 있긴 해요. 책을 좋아하고 똑똑하고……."

"결혼 상대를 정부에서 정해준다고요?"

몰리가 고개를 끄덕이고 나서 속삭였다.

"이런 얘기를 나누면 안 돼요."

"그럼 이런 얘기는 이제 그만해요."

"고마워요." 몰리가 내 손을 살짝 쓰다듬었다.

나도 속삭였다. "부디 멋진 남자를 만나길 바라요."

그러자 몰리는 나를 향해 불안한 미소를 지었다. 몰리도 나처럼 체제에 끼어 옴짝달싹할 수 없는 신세가 된 걸 안타까워하는 듯했다. 우리는 모두 덫에 갇혀 있었다.

몰리가 책꽂이에서 책을 꺼내 나에게 건넸다. 표지가 조금 낡은 《영화광》이었다. 가격표를 보니 30연맹달러였다. 책값이 너무 비쌌다.

"선물로 드릴게요."

"그러지 않아도 괜찮아요."

"그러고 싶어요. 공화국연맹에서 좋은 기억을 가득 담고 가시길 바라요. 저에게 친절을 베풀어주셔서 무엇보다 감사해요. 나라가 분리되어 있어 예전처럼 어디든 마음대로 갈 수 없다는 게 유감이에요."

"나는 언젠가 또 바뀌게 될 거라고 믿어요." 거짓말이었다.

"낙관적인 태도가 마음에 들어요. 지금은 서로 다른 나라에 살지만 우리는 동포니까요."

"맞아요." 나는 또 거짓말을 했다.

∞

나는 혹시 미행하는 사람이 없는지 계속 주위를 유심히 살피면서 걸었다. 그렇다고 쫓기는 사람처럼 초조한 모습을 보이는 건 금물이었다. 길을 걷다가 혹시 뒤따라오는 사람은 없는지 수시로 주위를 살펴보았지만 발견하지 못했다. 길을 걸으면서 보니 캡타운 건축물이 무척이나 인상 깊었다. 미국 분리 이전이자 중립지대가 만들어지기 전, 이 지역은 미니애폴리스의 변두리에 속했다. 공화국연맹은 미국 분리 이후 중립지대의 캡타운을 체제 우위를 상징하는 곳으로 변화시키기로 결정했다. 그 결과 공화국연맹 정부는 1920년대의 미니애폴리스 도시 경관을 되살리기 시작했다. 중립지대의 캡타운에 과거의 미니애폴리스를 집약해서 넣으려는 의도였다. 20세기 초 건축양식을 반영한 교회 건물들이 곳곳에 세워졌다. 나는 아름다운 연주회장과 거대한 공공도서관 앞을 지나갔다. 도서관 정문 옆 바위에 '지식'이라는 단어가 큰 글자로 새겨져 있었다.

어떤 지식? 공화국연맹이 과연 사전 검열 없는 지식을 장려할 수 있을까?

나는 공화국연맹의 현대미술관을 방문했다. 19세기 고딕양식 첨탑들로 이루어진 건물이었다. 미술관에 들어설 때 벽면에 붙여놓은 표지판이 눈에 들어왔다. 예배실 위치를 화살표로 가리키는 표지판이었다. 나는 로레타 투생 회고전이 열리는 전시실로 갔다. 로레타 투생은 남부 출신의 대표적인 추상화가로 꼽히는 인물로 루이지애나에서 태어나 북부에서 학교를 졸업하고 다시 남부로 돌아왔다. 뉴올리언스에 작업실을 두고 화려한 마디 그라스 색과 고철로 3차원 형태 작업을 한 것으로 유명했다. 전시실 입구 벽면에 로레타 투생의 약력이 자세히 소개되어 있었다. 모두 합해 다섯 개의 전시실에 로레타 투생의 작품이 전시되어 있었다. 첫 번째 전시실로 들어갔다. 입구에 로레타 투생의 작업 과정에 대한 간단한 설명이 붙어 있었다. 깡통과 낚시 그물, 탄피를 사용해 제작한 금속 콜라주와 스프레이 페인트를 캔버스에 뿌린 다음 롤러를 사용해 색이 오묘하게 엇갈리는 물결무늬를 만들어낸 그림도 눈에 띄었다. 마치 최면을 거는 듯 정신을 홀리는 추상화들이었다.

로레타 투생은 주로 남부에서 작품 활동을 했고, 미국이 분리되기 전인 2032년에 사망했다. 작은 전시실에서 로레타 투생의 생애를 다룬 다큐멘터리를 상영하고 있었다. 그의 말년에 찍은 다큐멘터리였고, 제목은 〈로레타 투생, 남기고 싶은 생각〉이었다. 다큐멘터리를 촬영할 당시 로레타 투생은 아흔두 살에 키가 작고 마른 체구였지만 노인답지 않게 정신이 맑고 두뇌가 명석했다. 그는 줄담배를 피우면서 탁월한 관점으로 예술뿐만 아니라 다양한 사회문제들에 대한 의견을 피력했다. 그중에서도 미국 분리에 대한 그의 의견이 각별하게 다가왔다.

"1981년에 뉴욕에서 지냈는데 돌이켜보면 그때가 뉴욕의 전

성기였습니다. 뉴욕은 활기에 차 있었고, 월세도 대단히 싼 편이었어요. 우리는 무척이나 젊었고, 겁이 없었죠. 뉴욕에서 내 생애 첫 번째 전시회를 열게 되었어요. 매력적인 여성들을 만나 연애도 하고, 작품 활동도 열심히 했던 때였죠. 경제적으로 풍족하지 않았음에도 무엇 하나 부족하지 않았어요. 1988년이 되면서 특별한 이유도 없이 뉴욕에 대해 싫증이 나면서 갑자기 고향으로 돌아가고 싶더군요. 그래서 뉴욕 생활을 정리하고 남부로 돌아오게 되었죠."

다큐멘터리를 상영하는 전시실 뒤쪽에서 낯선 목소리가 들려왔다.

"여기는 당신 구역이라 당신이 유리한 걸 잘 알고 있을 거야. 그래도 똥통을 뒤집어쓰기 전에 조심해."

마치 가까이 있는 사람에게 들으라고 던진 혼잣말 같았다. 매사에 신중하고 조심해야 할 우리 공작원이라면 적절하지 않은 선택이었다.

내가 말했다. "시선을 앞으로 하고, 목소리를 낮춰요."

"나에게 이래라저래라 하지 마."

왼쪽에 앉은 여자의 모습이 눈에 들어왔다. 나이는 서른 살쯤 되어 보였고, 검은색 터틀넥 스웨터와 검은색 울 원피스 차림이었다. 여자는 여전히 내 뒤에서 앞으로 몸을 내밀고 있었다.

나는 나직하지만 엄하게 말했다. "의자에 등을 대고 앉아서 영화를 봐요."

그 말은 효과가 있었다.

"미안해."

"분명한 실수였어요. 내부 기독교인?"

"에드나 머스그레이브?"

"여긴 안전해요?"

"오늘은 미술관에 사람이 없어. 누군가 가까이 다가오면 내 손목시계 화면에서 경보가 울려."

"누가 경보를 보내요?"

"경비원."

"경비원의 신원은 확실해요?"

"내 애인이야. 당신들이 확인하고 괜찮다고 했잖아. 이번 작전이 성공해 당신들이 나를 여기서 빼내줄 때 내 애인도 같이 갈 거야. 그건 그렇고, 에드나가 당신 본명이 아닌 걸 알아."

"본명이에요. 지금 실수하는 거예요."

"듣는 사람이 아무도 없으니까 진정해. 당신이 전시실에 들어오기 2분 전에 내 애인이 훑듯이 확인했어. 어쨌든 공화국연맹은 촌구석이야. 우리도 화면이 있는 손목시계를 차지만 당신들처럼 일거수일투족을 감시받지는 않아."

"우리 쪽으로 억지로 오라고 한 사람은 없어요. 여기가 좋으면 그냥 살면 그만이에요."

"내 스스로 가기로 결정했어. 기독교 독재국가보다는 감시 국가가 차라리 낫지."

"이번 작전이 성공해야 갈 수 있어요. 그러니까 작전과 상관없는 말은 하지 말아요."

그제야 내 말이 제대로 먹힌 듯했다. 내부 기독교인의 표정이 잔뜩 굳어 있었다.

"미안해요."

"앞으로 한 번만 더 선을 넘거나 말할 때 사견을 넣거나 우리의 안전에 위협이 되는 말을 할 경우 살아 있지 못할 겁니다. 그냥 겁주려고 한 말이 아니니까 명심하세요."

"네, 조심할게요."

"이제 일 애기를 하죠."

내 자리 쪽으로 물건을 미는 소리가 들려왔다.

"스프링필드 헬캣 권총이에요. 숨기기 좋고, 탄창에 총알이 열두 발씩 들어가요. 소음 장치도 부착되어 있고요."

"소음 장치 길이는 얼마나 되죠?"

"0.5인치."

"12.7밀리미터라는 뜻인가요?" 내가 생각해도 너무 까다롭게 군다고 느끼며 말했다. 하지만 상대가 함부로 지껄인 말 때문에 받은 충격이 아직 가시지 않은 상태라 신경이 몹시 예민해져 있었다.

'에드나가 당신 본명이 아닌 걸 알아'라니?

"네, 12.7밀리미터. 미안해요. 일할 때 미터법을 써야 한다는 걸 깜박했어요."

'깜박하다니, 지금 장난해?'라고 소리치고 싶었지만 꾹 눌러 참았다. 오후에 합을 맞춰 일해야 하니까.

"여분의 탄창은 몇 개나 되죠?"

"두 개요."

"금속 탐지기는?"

"정부 건물, 공항, 학교를 빼고 금속 탐지기는 없어요. 공화국 연맹 안에서는 소지품 검사를 하지 않아요."

"정말 몰랐어요. 그럼 감시 장치가 아예 없다는 거예요?"

"조금 전에도 말했다시피 중요한 건물들을 빼고는 감시 장치가 없어요. 공화국연맹은 개인의 자유를 보장한다는 걸 널리 자랑하고 싶어 하거든요. 제 사견이 아니라 그냥 사실을 말하는 거예요. 코트 주머니에 스프링필드 헬캣과 여분의 탄창을 넣고 걸어 다녀도 걸리지 않아요. 이제 더 시간을 끌어서는 안 되니까 하는 말인데 안에 내용물을 꺼내고 포장지는 돌려줘요. 포장지에 정보가 적혀 있어요. 그놈 주소, 아파트 출입문 비밀번호, 아파트 구조 따위인데 당장 머릿속에 입력해두어요."

"케이틀린은 여기에 없는 게 확실하죠?"

"그건 확실해요. 케이틀린은 여기 없고, 그놈은 오늘 13시에

회의가 있어요. 그놈에게는 운전기사가 있으니까 늦어도 13시 30분까지는 아파트에 도착할 거예요. 운전기사는 그놈이 14시 45분에 나올 거라고 알고 기다리고 있을 거예요. 나오면 사무실로 다시 차를 몰고 가야 하니까요. 그놈은 휴대폰을 양복 재킷 왼쪽 안주머니에 넣고 다녀요. 휴대폰을 망가뜨려서는 안 돼요. 그놈도 화면이 나오는 손목시계를 차지만 사람들과 연락을 주고받을 때는 항상 휴대폰을 이용하죠. 운전기사 이름은 대니이고, 그놈을 처치한 뒤 그놈 휴대폰으로 대니에게 문자를 보내야 해요. 오늘은 집에 있겠다고 하고, 경찰국 상관인 카이저에게도 재택근무를 한다고 전달하라고 하세요. 그놈의 문자메시지 스타일도 정보에 넣어두었어요. 단문으로 쓰니까 흉내 내기 쉬울 거예요. '오늘은 여기까지', '집에 가도 돼', '내일 봐' 이런 스타일이에요. 그것만 잘 지키면 의심받을 일은 없을 거예요."

"그놈이 13시 30분에 도착한다는 걸 어떻게 확신하죠?"

"그놈은 나랑 떡칠 시간을 항상 따로 정해 놓아요. 13시 40분에 나를 만나기로 했어요. 옆에 다른 사람이 있으리라고는 꿈에도 모르겠죠."

"당신은 그 남자와 헤어진 적이 한 번도 없어요?"

"그놈은 케이틀린 스텐글과 결혼했어요. 승진에 이용하려고. 우리는 아직 몰래 만나고 있죠. 들키면 끝장이라는 사실을 그놈도 알고 나도 알아요. 그 생각을 하면 섹스가 더 화끈해지죠."

"케이틀린도 알아요?"

"케이틀린은 그놈에게 아무 말도 하지 않았대요. 그래도 알고 있을 거예요. 네, 틀림없이 알고 있을 거라고 봐요. 케이틀린도 그걸 이용하고 있어요. 왜냐하면 그 여자도 바람피우고 있을 테니까요. 아니, 적어도 그놈은 그렇게 생각하고 있어요."

"그 남자와 당신 사이에 있었던 일은 나도 알고 있어요. 그런데 왜 계속 만나죠?"

"사적인 말을 하지 말라더니 자꾸 옆길로 새네요?"

"나는 전체적인 상황을 입체적으로 파악해두려는 거예요. 당신이 이 작전을 위해 얼마나 희생했는지에 대해서도 알아야 하고요."

"희생? 분명 희생이라고 했어요? 그 새끼가 나를 강제로 끌고 가서 애를 지웠어요. 이 나라에서는 최악의 범죄 행위였죠. 돌팔이 의사가 내 자궁을 누더기로 만드는 바람에 나는 아이를 가질 수 없게 되었어요. 당신네 사람이 나에게 그놈과 다시 만나라고 했을 때 왜 받아들였는지 알아요? 지옥에서 빠져나오고 싶어서. 당신네 사람이 나를 여기서 빼내줄 테니까 먼저 그놈을 다시 만나 떡을 치라고 하더군요. 그놈의 약점을 잡아야 한다면서."

"의심을 사지는 않았어요?"

"지난 한 달 반 동안 일주일에 두 번씩 그놈을 만나 떡을 쳤어요. 그놈이 좋아 미치겠다고 하더군요. 그놈 마누라는 잠자리에서 그냥 기본만 한대요. 내가 또 말이 많았네요. 앞으로 2분 동안은 이 방에 우리밖에 없어요. 경비원이 사람들에게 이 방은 지금 청소 중이라고 말해두었거든요. 당신에 대해 한마디해주고 싶어요. 당신은 겉으로는 차가운 모습을 보이지만 마음속은 인간미가 흘러넘치는 사람이에요. 만약 당신네들이 나를 여기서 탈출시켜주겠다는 약속을 어길 경우 난 자살할 거예요. 괜한 협박이 아니에요."

나는 아무 말도 하지 않았다. 포장을 풀자 총이 나왔다. 오버코트 안주머니에 총을 집어넣었다. 여분의 탄창 두 개와 안내서는 다른 주머니에 따로 넣었다.

나는 포장지를 발로 차 뒤로 보낸 뒤에 말했다. "난 영화박물관에서 어떤 사람을 만나야 할지도 몰라요."

역사박물관에서 만난 청년은 나에게 영화박물관 큐레이터를 꼭 만나보라고 했다.

"완벽하네요. 영화박물관은 그놈 아파트에서 도보로 15분 거리에 있어요."

"임무를 마친 뒤에 총은 어디에 둘까요? 그 남자 아파트에 있는 동안 위치 카드는 어쩌고요?"

"공화국연맹에서 나를 빼내줄 수 있죠?"

"그 일을 맡을 사람은 따로 있어요. 연락책이 있잖아요. 그 연락책이 시키는 대로 하면 될 거예요. 그 문제에 대해서는 이제 그만 말해요. 일이 계획대로 잘 풀리면 무사히 빠져나갈 수 있을 테니까."

"당신네 사람들을 믿어도 될까? 아니, 믿을 수 있을까?"

"나는 당신을 믿어도 될까요? 그걸 어떻게 보장하죠?"

긴 침묵이 이어졌다. 내가 침묵을 깼다.

"총과 위치 카드를 어떻게 처리할지 계획은 세워두었어요?"

"조력자가 있어요. 암호명은 '뜨개질 공방'. 뜨개질 공방을 하는 여자인데, 그놈 아파트에서 9분만 걸어가면 가게가 있어요. 보고서에 공방 주소가 나와 있을 거예요. 12시 30분에 거기에 들러요. 길을 가다가 마음에 드는 가게가 눈에 띄어 호기심에 들렀다는 듯이 행동하세요. 뜨개질을 어떻게 하는지 궁금하다고 해요. 그 여자가 뜨개질 개인교습을 해주겠다고 말하면 좋다고 하세요. 그 여자가 위치 카드를 맡고, 그놈 아파트에 가는 방법을 설명해줄 거예요. 아파트에 가서 일을 마치고 다시 공방에 와서 위치 카드를 받고 총을 넘겨요. 그다음은 영화박물관으로 가요."

나는 부하나 정보원에게 지시받는 걸 싫어한다. 지금 이 경우처럼 작전을 완벽하게 수행하기에는 성격적으로 결함이 많은 정보원에게 모든 동선을 노출하면서 일일이 지시받아야 한다는 게 꺼림칙했다. 새비지 요원이 관리하는 정보원이었다. 이번 작전도 새비지 요원의 머리에서 나왔거나 정보국 최고위원회의 지침이 있었을 것이다. 나는 기분이 찜찜했지만 티를 내지 않았다.

"내가 미행당할 일은 없다던데, 누가 그랬죠?"

"내가 기록실에 있으니까 비자 자료를 봤어요. 당신은 의심 등급 2더군요. 의심 등급 5가 넘어야 감시 대상이 되죠. 어쨌든 미행하는 사람이 있는지 살펴봤을 텐데 아무도 없던가요?"

"아직은 아무도 없었어요."

"물론 미행이 붙을 수도 있겠죠. 그래서 뜨개질 공방이 필요했어요. 뜨개질 공방 주인의 본명은 버지니아예요. 결정적인 순간에 당신은 공식적으로 뜨개질 공방에 있어야 해요. 거기 가서 '여기가 뜨개질 공방인가요?' 하고 물어봐요. 그게 서로 통하는 암호예요."

나는 손목시계를 힐끔 보고 나서 말했다. "일이 뜻대로 잘 풀리길 바랄게요."

"당신 손에 달렸어요. 당신이 임무를 차질 없이 완수하길 바랍니다. 당신이 그놈을 죽이지 못하면 나도 여기서 못 나가요."

나는 계속 앞만 보고 있었다.

"나가게 될 겁니다."

"두고 보면 알 수 있겠죠. 다만 한 가지는 확실해요. 오늘 방아쇠를 당기는 사람이 나였으면 좋겠다는 거. 내 인생을 망친 새끼니까."

"내가 대신 방아쇠를 당길게요."

나는 그 말을 남기고 일어서서 밖으로 나갔다. 경비원이 문 앞에 서 있었다. 키가 크고, 머리를 길게 길렀지만 수염은 깨끗이 면도하고, 파란색 유니폼을 단정하게 입고 있었다. 경비원은 나를 보더니 아주 희미하게 고개를 끄덕여 인사했다. 이제 내가 여기 있다는 걸 알고 있는 사람은 두 명이다.

내가 이 두 사람을 믿을 수 있을까? 아니, 내가 어느 누구라도 믿을 수 있을까?

성인이 되고 나서 줄곧 품어온 의문이었지만 아직 그 해답을 얻지 못했다. 앞으로도 결코 얻기 힘든 해답이었다.

∞

계속 걷다보니 빨간 벽돌 건물들이 늘어선 동네가 나왔다. 집들이 하나같이 깔끔했다. 오페라하우스, 놀이터가 있는 작은 공원, 넓은 호수, 간밤에 내린 눈으로 덮인 목초지가 눈에 들어왔다. 벤치에 앉아 주변을 훑어보았지만 눈에 보이는 사람이 없었다. 이상한 생각이 들어 나무와 가로등을 살펴봤지만 감시 장치는 없었다. 나는 계속 주변 경치를 구경하는 관광객의 표정을 유지했다. 국경에서 받은 지도를 꺼냈다. 캡타운에 있는 도로와 관광 명소가 모두 표시된 지도였다. 미술관에 있을 때 그 지도 위에 보고서를 감추고 접어두었다. 나는 지도를 보는 척하며 보고서를 열심히 읽었다.

요점만 간결하게 짚은 보고서였다. 나는 가야 할 곳 주소(JW 부스스트리트 32번지), 출입문 비밀번호, 가야 할 길의 루트, 건물 단면도, 아파트 단면도를 머리로 외웠다. 뜨개질 공방의 주소도 외웠다. 내부 기독교도가 메모한 내용을 세 번에 걸쳐 꼼꼼하게 읽으며 빼놓지 않고 숙지했는지 거듭 확인했다. 정보국 요원은 기계처럼 꼼꼼하고 정확해야 한다.

지도를 접어 안주머니에 넣었다. 중서부에 때 아닌 한파가 밀어닥쳤다. 작년 이맘때 중립지대 기온은 평균 23도였는데 오늘은 영하 10도이고, 주말에는 더 추워질 거라고 했다. 이제 지구 환경은 예전 통계를 따르지 않고, 계속 변덕을 부려댔다. 호수 옆에 작은 카페가 있었다. 식사를 할 수 있는 넓고 긴 바와 칸막이 자리가 세 개 있는 레트로 감성 카페였다. 나는 코코아를 주문하고 나서 화장실에 갔다. 벽면을 두루 살피며 혹시 감시 카메라가 없는지 확인했다. 변기 칸으로 들어가 소변을 보았다. 총이 제대로 있는지 확인하려고 주머니를 더듬어보았다. 총은 그 자리에 잘 있었다.

자리로 돌아가니 코코아가 테이블에 놓여 있었다. 지친 표정의 오십 대 종업원이 말했다.

"휘핑크림을 올리는지 아닌지 몰라서 일단 안 올렸어요. 휘핑크림을 원하시면 올려드리겠습니다."

"없어도 됩니다."

"마시멜로는요?"

"이대로 괜찮습니다."

코코아는 단맛보다 우유 맛이 많이 났다. 추위를 녹이기에 알맞게 뜨거웠다. 지도를 펼치고 내가 가야 할 곳들을 집중해서 살펴보았다.

종업원이 말했다. "관광 오셨습니까?"

"네, 맞아요."

"어디서 왔는지 물어봐도 될까요?"

"저쪽 중립지대요."

"멀리서 왔네요. 그렇죠?"

은유적으로 말하자면 당연히 '그렇다'이다. 하지만 대답하지 않았다.

"분위기 좋은 카페네요."

"네, 손님이 오셔서 더 좋아요."

코코아를 다 마시고 지도를 접었다. 손목시계를 보니 11시 43분이었다. 카페에서 빈들거릴 수는 없어 계산서를 집어 들었다.

카페를 나갈 때 종업원이 말했다. "원하는 걸 찾길 바랍니다."

뜨개질 공방은 걸어서 10분 거리에 있었다. 시간이 남아 JW 부스스트리트를 산책했다.

심각한 표정 대신 미소를 지어야 해.

공화국연맹의 중립지대 영토에는 기독교 상징물이나 선전물이 보이지 않았다. 거리 이름은 링컨 암살자의 이름에서 따왔다. 이 거리에 케이틀린과 클레멘스 콘넬이 살고 있었다.

나는 두 사람이 사는 아파트 건물 앞을 지나갔다. 시카고 레이크 쇼어 드라이브 주위에서 볼 수 있는 고아한 건축물 스타일로 지은 아파트였다. 거리 양편으로 아파트 건물 네 채가 있었다. 네 채 모두 도어맨은 없고 아파트 공동출입문마다 보안 장치가 설치되어 있었다. 오른쪽으로 꺾어들어 뒷골목으로 들어갔다. 골목에 사람들은 아무도 없었고, 불났을 때 탈출구로 쓰이는 비상계단이 아파트 건물 뒤에 지그재그로 설비되어있는 게 눈에 들어왔다. 아파트 뒷문 위에 보안 카메라가 설치되어 있었다. 내부 기독교인의 보고서에 카메라에 대해 써놓았다. 나는 계속 걷다가 손목시계를 보았다. 뜨개질 공방에 가기로 한 시간까지 앞으로 30분이 남아 있었다. 눈앞에 붉은 벽돌 건물로 지은 침례교회가 보였다. 교회 앞에서 서성거리다가 보니 정문이 열려 있어 안으로 들어갔다.

반지르르한 목재와 검은색 석재를 사용해 꾸민 실내 모습이 눈에 들어왔다. 제단 위에 걸린 나무 십자가가 엄숙하면서도 다정한 분위기를 풍겼다. '엄숙하다'와 '다정하다'를 한 묶음에 두는 건 모순이지만 이 교회의 분위기를 달리 표현할 방법이 없었다.

오전 예배 시간이었고, 앞쪽 장의자에 서른 명쯤 되는 사람들이 앉아 있었다. 나는 뒤쪽 빈자리에 앉았다. 목사의 광적인 설교와 방언을 보게 될 거라 예상했는데 대체로 차분한 예배였다. 서른 살쯤 되어 보이는 젊은 목사는 갈색 슈트를 입고, 성직자용 칼라를 맨 옷차림이었다. 남부 억양을 쓰는 목사가 차분하고 명확한 목소리로 말했다.

"하나님이 언제 엄청난 고난으로 우리를 시험할지 알 수 없습니다. 우리는 살아가면서 맞닥뜨리게 되는 모든 일들에 대해 책임감을 갖고 임해야 합니다."

목사가 욥기를 인용했다. 나는 맨 뒤 의자에 혼자 앉아 스테인드글라스를 쳐다보았다. 십자가로 빛이 쏟아지고 예수님이 천국에 오르는 모습을 그린 스테인드글라스였다. 목사가 이번에는 히브리서 4장 13절을 읊고 있었다.

"하나님 앞에서는 아무것도 숨길 수 없고, 모든 것이 하나님의 눈앞에 벌거숭이로 드러나 있습니다. 우리는 하나님 앞에 모든 걸 드러내놓아야 합니다."

모든 종교가 그렇듯이 기독교 역시 죄책감에 뿌리를 둔다. 하나님은 너희들이 저지른 죄를 모두 알고 있다고 강조한다. 너희들은 하나님의 시야에서 절대로 벗어날 수 없다고 이야기한다. 나는 지금 하나님이 강조한 죄악 중에서 가장 나쁜 죄를 저지르려고 한다. 앞으로 두 시간 이내에.

클레멘스 콘넬은 공화국연맹이 적으로 간주한 인물에게 가차없었다. 여성에게도 절대로 좋은 남자가 아니었다. 클레멘스 콘넬의 부인 케이틀린은 공화국연맹에 반기를 든 사람들을 무자비하게 제거한 괴물이었다. 케이틀린은 내 동료를 죽였고, 이번에는 나를 타깃으로 하고 있었다. 케이틀린이 소시오패스여서 남편이 총에 맞아 죽어도 눈 하나 깜짝하지 않는 인물이 아닌 이상 클레멘스 콘넬을 죽일 경우 어느 정도 심리적 타격을 받게 될 것이다. 나는 케이틀린을 세상에 태어나게 만든 내 아버지에게 여전히 화가 났다. 그런 한편 케이틀린이 클레멘스 콘넬의 시체를 발견하고, 남편을 죽인 사람이 나라는 걸 알게 되길 바랐다.

목사가 잠언 15장 3절을 읊었다.

'주님의 눈은 어느 곳에서든지 약한 사람과 선한 사람을 모두 지켜보신다.'

잠언은 사람들이 계속 하나님에게 겁먹은 상태로 살도록 가르친다. 인간은 겁을 집어먹으면 자신감이 확연히 떨어지게 된다. 아무리 근본주의적이고 독실한 기독교 신자라고 해도 인간은 확신을 갖고 살기 힘들다. 확신은 우리의 삶에 들끓는 의심을 살짝 덮어놓은 베니어판에 불과하다. 잠언에서 말한 그 어느 곳을 의식하게 된 나는 주님이 나를 지켜보지 않아도 내 행동의 결과를 짊어지고 살아가야 한다.

내가 자리에서 일어나 교회에서 나갈 때 목사가 다가오더니 인사를 하고 나서 내 이름을 물었다.

나는 내 이름을 알려주고 나서 말했다. "설교 잘 들었습니다."

"또 만나게 되길 바랍니다. 하나님의 집이 곧 에드나의 집이라는 걸 잊지 마세요."

나는 찬바람이 쌩쌩 부는 거리로 나갔다. 거기서 한 블록만 걸어가면 뜨개질 공방이었다. 거리에는 카페, 레스토랑, 기도실 두 곳, 놀이방 따위가 있었다. 놀이방 문 위에 '가정은 성스럽다'고 새겨져 있었다.

뜨개질 공방 쇼윈도에 색색으로 칠한 나무 공들이 높이 쌓여 있었다. 나무 공에 뜨개바늘을 멋지게 꿰뚫어놓아 기하학적인 탑이 되었다. 다윗의 별이 연상되기도 했다. 문을 열자 안에서 목소리가 들려왔다.

"뜨개질하러 오셨어요?"

예순 살쯤 된 나이에 호리호리한 몸매, 길게 땋은 은발의 여자가 물었다. 진갈색 트위드 스커트와 진홍색 울 셔츠 차림에 목에 작은 금 십자가 목걸이를 걸고 있었다.

"길을 지나가다가 호기심이 일어 들어와 봤어요. 오래전부터 뜨개질을 해보고 싶었거든요. 여기가 뜨개질 공방인가요?"

여자의 표정이 살짝 굳어졌다. "네, 맞아요."

나는 여자의 눈을 똑바로 쳐다보며 말했다.

"얘기가 통했네요."

"나는 버지니아예요."

나도 자기소개를 했다.

"에드나입니다."

"에드나 씨는 뜨개질을 해본 적 있나요?"

"아뇨."

"정말 운이 좋네요. 예약 손님이 있었는데 방금 취소되었거든요. 그 대신 당장 한 시간짜리 입문 강습을 해드릴 수 있어요."

"강습비는 얼마죠?"

"75연맹달러입니다. 괜찮아요?"

"그럼요."

"뒤쪽에 작업실이 있어요. 강습에만 집중할 수 있죠. 강습비는 선금입니다."

나는 지갑에서 75연맹달러를 꺼내 건넸다. 버지니아가 영수증을 써주면서 혹시 나중에 필요할지도 모른다고 했다. 돌아갈 때 국경에서 200연맹달러를 어디에 썼느냐는 질문을 받을 수도 있으니까. 버지니아가 앞장서서 작업실로 갔다. 탁자 하나에 스툴 네 개가 놓여 있었고, 털실로 가득한 장이 있었다. 버지니아는 문을 닫고 스툴 하나를 가리켜 보이고 나서 한쪽 벽에 있는 작업대로 가서 1930년대 라디오를 틀었다. 오래된 스피커에서 빅밴드 스윙 음악이 흘러나왔다. 글렌 밀러의 〈진주 목걸이〉였다. 버지니아가 손목시계를 들여다보며 손가락으로 시계를 조작했다. 일 분쯤 지난 뒤에 버지니아가 말했다.

"여기는 감시가 심하지 않지만 앞에 카메라도 있고 감청 장치도 있어요. 제가 듣기로는 그쪽이 훨씬 감시가 심하다면서요? 미국이 분리된 이후 나는 그쪽 미니애폴리스에는 한 번도 가보지 못했어요. 아직 나는 미니애폴리스라는 지명을 고집하고 있죠. 이쪽 미디어들은 그쪽 사람들이 허구한 날 심하게 감시받으면서 산다고 하던데 어느 정도 편견이 개입된 정보라고 생각해요. 아, 내가 왜 이리 주절주절 말이 많지? 정말 많이 긴장했나봐요."

"너무 긴장하지 마시고 계획대로 하세요."

"정말 그래야겠어요. 위치 카드를 주세요."

나는 오버코트 주머니에서 위치 카드를 꺼내 버지니아에게 건넸다. 그녀는 위치 카드를 탁자에 올려놓았다.

"이제부터 에드나 씨는 여기에 머무는 것으로 되어 있어요. 내가 뒷문을 통해 터널로 안내할게요. 터널 안에는 출입증이 있어야 열리는 문들이 있어요. 가장 먼저 나타나는 문에서 에밀리라는 전기공이 기다리고 있을 거예요. 에밀리가 자기 출입증을 써서 아파트 건물 지하 입구까지 안내할 겁니다."

"에밀리는 그 일의 성격을 알고 있나요?"

"네, 아주 잘 알고 있어요. 에밀리는 돈을 받기로 되어 있고, 그 아이 입장에서 보자면 매우 액수가 큰 편이죠."

"에밀리가 왜 아파트 건물에 있는지 의심받지 않을까요?"

"에밀리의 출입증 기록을 확인하면 아파트 건물에 언제 들어가고 언제 나왔는지 다 추적할 수 있겠지만 상관없어요. 특별한 문제가 생기지 않는다면 아파트 4B호에서 무슨 일이 벌어졌는지 아무도 모를 거예요. 에밀리는 거기 6호에서 전선을 수리하고 있어요. 에밀리에게 작업 시간 약속을 잘 조정해보라고 했죠. 4B호에 사는 사람이 집에 올 시간에 맞춰 아파트로 가게 했어요."

"아파트를 빠져나올 때에는 어떻게 하죠?"

"아파트에 들어갈 때 이용한 지하 출입구로 가면 에밀리가 기다리고 있을 거예요. 에밀리가 출입증을 사용해 밖으로 내보내줄 거예요. 에밀리와는 거기서 헤어지면 됩니다. 에밀리는 평소에도 하루 종일 그 건물을 들락날락해요. 가끔 담배를 피우려고 밖에 나오기도 하죠. 그러니까 에밀리가 지하 출입구를 오가도 아마 의심하는 사람은 없을 거예요. 내일 사건이 드러나면 경찰국에서 에밀리를 불러 심문하겠죠. 거기까지는 에밀리도 잘 알고 있을 거예요. 에밀리라면 충분히 지혜롭게 대처할 수 있을 거라고 봐요. 또 질문 있나요?"

"지금 여기는 감시받지 않는다고 어떻게 확신할 수 있죠?"

"에밀리가 여기 전기 작업도 해요. 어제 콘센트가 이상하다고 둘러대고 에밀리를 여기로 불렀어요. 에밀리가 이 방에 혹시 감시 장치가 설비되어 있는지 면밀히 확인해주었어요. 그래도 혹시 몰라 라디오를 틀어놨어요. 감청이나 도청 장치를 방해하는 데 라디오가 좋다고 해서요. 혹시 모르니까 보험용으로 틀어놓은 거예요."

"감시 장치가 방해받을 경우 이상하게 생각할 텐데요?"

"공화국연맹에서는 그 정도로 세밀하게 감시하지 않아요. 그 쪽과는 다르죠."

나는 버지니아를 힐끔 쳐다보았다. 은근히 화나는 말이었지만 응수할 답변이 마땅찮아 그냥 참기로 했다.

"이제 가도 될까요?"

"한 시간 안에 돌아와야 해요. 한 시간이 넘으면 뜨개질 공방에서 왜 그리 오래 있었는지 수상하게 여길 테고, 그러면 일이 복잡해질 수도 있어요."

나는 작업실 옆문을 열고 밖으로 나갔다. 또 다른 문이 나왔다. 버지니아가 비밀번호를 입력해 문을 열어주었다. 좁은 계단을 내려가자 지하 세계가 펼쳐졌다. 무인지대에서 중립지대 우리 영토까지 이어지는 지하 기지와 달리 이 지하 세계는 마치 중세의 미로 같았다. 작은 돌로 쌓아 올린 벽, 흙바닥, 30미터 거리를 두고 달린 흐릿한 전구, 눅눅한 냄새가 두려움을 불러일으켰다.

이 어두운 길을 지나면 내가 다시는 빠져나올 수 없는 막다른 길이 나오는 게 아닐까?

걱정스러운 마음에 나도 모르게 본능적으로 손을 코트 주머니에 집어넣고 총을 쥐었다.

내가 나직이 물었다. "설마 터널이 무너지는 건 아니죠?"

"낮에 이 터널을 이용해 지나다니는 사람이 많아요. 2분쯤 가면 에밀리를 만나게 될 거예요. 그 정도면 제법 많이 걷는 셈이죠.

일이 끝나고 나서 에드나 씨가 이쪽으로 출발하면 에밀리가 나에게 연락할 거예요. 그러면 내가 다시 여기로 내려와 기다리고 있을게요. 이제 어서 가봐요."

버지니아가 내 어깨를 토닥여주며 말했다.

"틀림없이 잘될 거예요."

버지니아는 돌아서서 왔던 길로 되돌아갔다. 나는 구불구불한 길을 따라 더 깊은 어둠 속으로 걸어갔다. 일 분쯤 걷자 주위가 확 달라졌다. 벽이 갑자기 넓어졌다. 돌로 쌓아 올린 벽이 하얀색 페인트를 칠한 콘크리트 벽으로 바뀌었다. 조명은 형광등, 바닥은 녹색 리놀륨으로 변모했다. 모퉁이를 돌자 철문이 나타났다. 문 옆에 카드 인식기가 있었다. 그 문을 사이에 두고 양쪽으로 길이 나 있었고, 그 끝에 각각의 문이 있었다. 한쪽 문가에 여자가 서 있었다. 검은색 오버올에 검은색 파카 차림이었고, 어깨에 큰 공구 가방을 메고 있었다. 가슴에 작은 십자가 핀이 달려 있었다. 이십 대 후반인 여자는 내가 다가가자 고개를 까딱해 인사하고 나서 물었다.

"에드나 씨?"

나도 고개를 끄덕여 인사한 뒤 물었다.

"에밀리 씨?"

"어서 가야 해요. 그 남자가 방금 사무실을 나갔대요. 12분 안에 집으로 돌아올 거예요. 여기서 위층까지 가려면 족히 4분은 걸려요."

"에밀리 씨만 믿을게요. 앞장서세요."

"그 전에 확인할 게 있어요. 일단 건물 안으로 들어가면 에드나 씨 혼자서 위로 올라가야 해요. 나는 아래층에서 기다리고 있을 거예요. 에드나 씨가 방에 들어가고 나서 그 남자가 8분 뒤에 들어간다고 치면 그 뒤로 시간이 얼마나 더 필요할까요?"

"불과 몇 분이면 족해요. 특별한 문제가 있지 않는 한 그리 오래 걸리지 않을 거예요."

"그 남자가 아파트 안으로 들어간 이후 5분 이내로 밖으로 나올 수 있겠네요. 갈아입을 옷은 챙겨왔어요?"

"당연하죠."

"아파트에서 옷을 갈아입고 얼른 다시 내려와 나에게 총과 갈아입은 옷을 챙겨줘요. 내가 나중에 버려줄 테니까. 혹시 질문 있어요?"

나는 고개를 가로저었다.

"자, 이제 출발해요."

에밀리가 비밀번호를 입력하자 문이 열렸다. 나는 에밀리를 따라 문을 빠져나갔다. 3분쯤 걸어가자 또 다른 문이 나타났다. 에밀리가 또 다른 비밀번호를 입력하자 문이 열렸고, 'JW 부스 스트리트 32'라는 표지판이 눈에 들어왔다. 건물 지하에 세탁실, 전기실, 파이프와 발전기들, 직원 휴게실이 있었다. 휴게실은 다행히 비어 있었다.

나는 휴게실을 턱으로 가리키며 물었다. "내가 돌아왔을 때 휴게실에 누가 있으면 어쩌죠?"

"오늘은 아무도 없을 거예요. 이 지역을 책임지는 감독이 지금 다른 곳에 정신이 팔려 있거든요. 우리 팀원이 한 시간 반 전에 일부러 큰 누수를 만들었어요. 거기가 원래는 휴게실이었는데 지금은 감독이 자기 사무실로 쓰고 있죠. 부감독은 지금 올랜도로 휴가를 떠났고요. 그러니까 걱정할 필요 없어요."

나는 만전을 기해주어서 고맙다고 인사하고 나서 손목시계를 보았다. 7분 전이었다. 에밀리를 따라 직원용 엘리베이터로 갔다. 에밀리가 버튼을 눌렀다. 엘리베이터가 내려왔다.

에밀리가 말했다. "4B를 누르고, 내려서 오른쪽이에요. 비밀 번호는 알죠?"

"알아요." 나는 주머니에 있던 검은색 수술용 장갑을 꺼냈다. 겨울 장갑을 벗고 수술용 장갑을 꼈다. 총을 꺼내고 소음기를 확인했다. 총과 소음기가 잘 결착되었는지 살펴보았다. 이번에는 탄창을 꺼내 자세히 살펴보았다. 총에 탄창을 끼우고 코트 오른쪽 주머니에 집어넣었다. 이제 모든 준비가 다 되었다.

에밀리가 내 일거수일투족을 흥미롭게 지켜보고 있었다. 나는 다시 한번 손목시계를 보았다.

"6분 전이에요."

에밀리가 내 어깨를 토닥였다.

"깨끗이 끝날 거예요."

지금 내가 눈앞에 마주하고 있는 일은 처음부터 '깨끗이' 끝날 수가 없었다. 그나마 내가 재빨리 일을 마치고 나올 수만 있다면 절반쯤은 '깨끗이' 끝났다고 말할 수도 있을 것이다.

"고마워요."

엘리베이터 문이 닫히자 더욱 긴장되었다. 코트 주머니에 오른손을 집어넣고 총을 꽉 쥐었다. 엘리베이터가 4층에 도착했다. 엘리베이터에서 내렸다. 직원용 엘리베이터라 앞에 문이 있었다. 문을 나가자 복도가 나왔다. 복도는 예상외로 호화로운 모습이었다. 바닥에 푹신한 진홍색 카펫이 깔려 있었고, 판재를 붙인 벽에는 19세기 미국의 목가적인 풍경을 그린 판화들이 걸려 있었다.

나는 비로소 4B호 문 앞에 섰다. 커다랗고 위압적인 벚나무 문이었다. 비밀번호를 누르자 철거덕 소리가 났다. 어렵지 않게 문이 열려 안도했다. 총을 꺼내 들고 안으로 들어간 다음 조용히 문을 닫았다. 입구에 잠시 서서 집 안에서 움직임이 없는지 가늠해보았다.

클레멘스 콘넬이 나보다 먼저 온 건 아닐까? 혹시 가사도우미가 있지는 않을까?

나는 꼼짝도 하지 않고 문 앞에 서서 귀를 기울였다. 딱히 이상한 소리가 들리지는 않아 재빨리 거실로 갔다. 미국 식민지 시대 가구를 재현한 가구들, 두꺼운 카펫, 예수의 그림 앞에 놓인 십자가, 침실과 서재, 욕실, 주방, 벽장들을 차례로 훑어보았다. 손목시계를 보니 4분 전이었다. 보고서에서 읽은 대로 거실 바로 옆 통로에 벽장이 있었다. 살짝 열려 있는 벽장에 코트가 가득했지만 내가 안으로 비집고 들어갈 공간이 있었다. 놈이 아파트에 들어와 코트를 걸려고 벽장을 열면 나는 한 방에 놈을 죽일 수 있다. 놈이 코트를 벽장이 아닌 다른 곳에 대충 던져놓을 경우 나는 잠시 기다렸다가 놈이 멀찍이 있을 때 튀어나와 깜짝 선물을 안길 수도 있다. 벽장 문을 다시 찬찬히 살펴보니 3밀리미터쯤 열려 있었다. 나는 코트를 벗어 옷걸이에 걸고, 코트 왼쪽 주머니에서 스키 마스크를 꺼냈다. 가벼운 반투명 소재로 만든 검은색 마스크가 내 얼굴을 완전히 감춰주었지만 시야는 가리지 않았다. 코트 오른쪽 주머니에서 총을 꺼낸 다음 안전장치를 풀었다. 나는 비좁은 벽장 안으로 들어가 왼쪽 선반에 몸을 밀착시키고 섰다. 벽장 문을 닫았다가 아주 조금씩 밖으로 밀었다. 내가 들어와 처음 보았을 때와 똑같은 정도로 벽장 문이 열려 있게 만들었다. 심호흡을 하며 마음을 가라앉힌 다음 놈이 나타나길 기다렸다.

4분이 흘렀지만 아무런 인기척이 없었다. 5분이 더 흘렀고, 몸에서 땀이 나기 시작했다. 아주 비좁은 공간에서 스키마스크를 쓰고 있자니 답답하기 그지없었다. 뭔가 일이 크게 잘못되어가는 느낌이 들었다. 내 몸은 시간이 갈수록 땀에 흠뻑 젖어들었다. 그러다가 비로소 아파트 현관문이 철컥 열렸다. 사람 목소리가 들려왔다. 놈이 아니라 여자 목소리였다.

'어쩐 일이지?'

"내 입에서 사무실로 돌아가도 괜찮다는 말이 나올 거라고 생각하면……."

젠장! 젠장! 젠장!

놈이 내부 기독교인과 했던 약속을 막판에 취소하고 다른 여자를 불러냈나?

놈이 말했다. "아까 말했잖아. 오후 시간은 우리 차지라고."

"침실에서 만나, 베이비."

바닥에 뭔가 떨어지는 소리가 들려왔다. 옷? 코트?

놈이 말했다. "매일 나더러 주우래."

여자가 말했다. "그것도 우리 사이 약속이잖아."

놈이 키득거리며 웃고 나서 내가 있는 쪽으로 걸어오는 발소리가 들려왔다. 총을 들고 방아쇠에 손가락을 걸었다.

놈이 물었다. "뭘 좀 마실래?"

목소리가 큰 걸 보니 여자는 멀찍이 떨어져 있겠지?

"아니, 내가 빨리 먹고 싶은 건 당신이야."

마침내 벽장 문이 열렸다. 놈이 충격에 휩싸인 얼굴로 비명을 지르기 직전이었다. 놈의 입에서는 아무런 소리도 흘러나오지 못했다. 내가 놈의 머리통에 재빨리 한 방을 쏘았으니까. 세 발을 쏘았지만 소음기 덕분에 슉 소리만 났다. 소음기가 제대로 역할을 해내 다행이었다. 놈의 휘둥그레진 눈, 뒤로 튀어나가는 몸, 박살난 머리통, 바닥에 쓰러진 몸이 차례로 시야에 들어왔다.

"도대체 무슨……."

급히 달려오며 소리치는 여자의 목소리가 귀에 들려왔다. 불과 몇 초도 지나지 않아 나는 여자와 마주섰다. 여자는 자기 눈을 못 믿겠다는 표정을 지었다. 나도 그랬다. 내가 전혀 모르는 여자가 아니었다. 분명 케이틀린이었다.

케이틀린이 식식거렸다. "너구나! 너야!"

케이틀린이 숨이 끊어지기 전에 내뱉은 마지막 말이었다. 나는 이복동생의 얼굴에 다섯 발을 쏘았다.

제21장

나는 몇 년 전에 혹독한 훈련을 받았고, 일 년에 두 번씩 특수 훈련을 이수했기에 위기 상황에서 어떤 행동을 취해야 하는지 잘 알았다. 나는 훈련받은 대로 정확하게 행동하는 로봇이나 다름없었다. 케이틀린의 시체와 클레멘스 콘넬의 시체를 번갈아 내려다보았다.

옆집 사람이 혹시 이상한 소리를 듣지 않았을까?

나는 바깥 움직임에 귀를 기울였다. 다행히 문이 열리는 소리나 서둘러 다가오는 발소리는 없었고, 경보음도 나지 않았다.

욕실로 들어가 피가 많이 튄 스웨터와 바지를 벗었다. 국경을 넘어오기 전 스웨터와 바지를 두 장씩 구입해 백팩에 넣어두었다. 어깨에 메고 있던 백팩에서 새 옷을 꺼내 입고, 수술용 장갑도 새것으로 바꿔 착용했다. 피가 튄 옷과 장갑은 비닐 백에 따로 집어넣었다. 이런 일이 있을 경우에 대비해 비닐 백을 미리 챙겨두었다. 부츠에도 피가 조금 묻었지만 밑창에는 안 묻었다. 백팩에서 물티슈를 꺼내 부츠를 닦았다. 부츠에서 피를 다 닦아낸 다음 물티슈도 비닐 백에 넣었다. 총에서 소음기를 분리해 역시 비닐 백에 넣었다. 여분의 탄창도 비닐 백에 넣었다. 그런 다음 비닐 백을 백팩에 다시 넣었다.

　클레멘스 콘넬의 시체로 다가가 재킷 주머니를 뒤져 휴대폰을 꺼냈다. 보고서를 참고해 운전기사에게 메시지를 보냈다. 내부 기독교인이 나에게 알려준 단어들을 써서 집에 가라고 했다. 휴대폰을 다시 클레멘스 콘넬의 재킷 주머니에 넣었다. 벽장으로 가서 수술용 장갑에 피가 묻지 않았는지 확인한 다음 코트를 꺼내 입었다. 현관문 앞에 잠시 가만히 서서 밖에서 사람 소리가 들리지는 않는지 귀를 기울였다. 아무런 소리도 들리지 않아 재빨리 문을 열고 밖으로 나왔다. 소리가 나지 않도록 조심하며 최대한 살며시 문을 닫았다. 수술용 장갑을 낀 상태로 주머니에 손을 넣고 복도를 지나갔다. 옆문으로 나가 직원용 엘리베이터 앞에 서서 버튼을 눌렀다. 아무도 타지 않은 빈 엘리베이터가 눈앞에 멈춰 서길 고대했다. 내 바람대로 엘리베이터에는 아무도 타고 있지 않았다. 엘리베이터를 타고 지하로 내려갔다. 이번에도 엘리베이터 문이 열릴 때 눈앞에 아무도 없기를 바랐고, 역시 뜻대로 되었다. 지하 세계로 통하는 문을 향해 조심조심 걸어갔다. 문이 조금 열려 있었고, 열두 계단 아래에 에밀리가 서 있었다. 문을 나온 다음 문을 닫았다. 계단에서 발을 헛디뎌 하마터면 넘어질 뻔했지만 철제 난간을 붙잡으면서 겨우 균형을 잡았다. 에밀리 역시 잔뜩 긴장한 얼굴로 나를 기다리고 있었다.

에밀리는 내가 큰 충격에 빠져 있다는 걸 금세 눈치채고 나직이 물었다. "일이 잘못됐어요?"

케이틀린을 죽인 걸 에밀리에게 굳이 말할 필요는 없었다. 에밀리는 몰라도 되는 일이니까.

"다 잘됐어요."

나는 등에 메고 있던 백팩을 바닥에 내려놓은 다음 비닐 백을 꺼냈다. 수술용 장갑도 벗어 비닐 백에 넣었다.

"비닐 백을 어디에 버릴 거예요?"

"건물 안에 소각로가 있어요. 총만 빼고 나머지는 모두 소각로에 넣고 태워버릴 거예요. 총은 국경 부근에 있는 폐차장으로 보내 없애버리려고요. 폐차장 주인에게 1,000연방달러를 주면 뭐든 다 처리해줘요. 질문도 전혀 안 해요. 총기를 폐차할 자동차 안에 집어넣고 압축기로 찌부러뜨려요. 일이 확실히 마무리되었는지 제가 끝까지 지켜볼 거예요."

"정말 고마워요."

"얼른 뜨개질 공방으로 돌아가요. 길은 알고 있죠?"

"네, 알아요."

"괜찮아요?"

"괜찮아요." 나는 지나치게 밝은 목소리로 대꾸했다. 방금 전 나는 이복동생 부부를 쏘아 죽였다. 지금 내 심정을 이해할 사람은 아무도 없었다.

나는 에밀리에게 다시 한번 거듭 감사를 표했다. "여러모로 도와주어서 고마워요."

"돈을 받고 도와준 거예요. 돈이 목적이었으니까 고마워하지 않아도 돼요. 그렇다고 내 말에 너무 기분 나빠하지 말길 바라요."

"전혀 기분 안 나빠요. 오히려 마음이 홀가분해졌어요."

손목시계를 확인했다. 시간은 내 편이 아니었다.

"이제 가볼게요."

"나를 제대로 탈출시켜준다면 그쪽에서 만날 수도 있겠네요."

"행운을 빌어요."

나는 뜨개질 공방을 향해 걸어가기 시작했다.

아까 지나올 때 보았듯이 아파트 블록 지하는 벽과 바닥이 잘 정비되어 있고 조명도 밝았다. 이제 깨끗한 길을 뒤로 하고, 바닥은 흙길이고 벽에서는 돌이 부서져 떨어지는 어두운 미로를 향해 걸어갔다. 조금 걷다보니 갈림길이 나왔다. 나는 어느 쪽으로 가야 하는지 잘 기억하고 있었다. 왼쪽으로 가니 약속대로 버지니아가 기다리고 있었다.

버지니아가 말했다. "시간을 잘 지켰네요."

"늘 잘 지키려고 하죠."

버지니아를 따라 작업실로 돌아갔다. 버지니아가 의자에 앉으라고 손짓했다. 테이블 위에 손뜨개질로 만든 컵 받침이 놓여 있었다. 밤색 바탕에 파란 선으로 'X'를 넣은 단순한 디자인으로 솜씨가 무척이나 조악해 보였다. 컵 받침이 무슨 용도로 쓰일지 짐작되었다.

"이 컵 받침을 제가 만들었다고 해야 하는 거죠?"

"역시 눈치가 빠르네요. 검문소를 나갈 때 뜨개질 공방에서 왜 그리 오래 머물렀는지 물어보면 이 컵 받침을 꺼내 증거로 제시하세요. 물론 그런 요구를 받지 않을 거라고 생각하지만 혹시 모르잖아요. 저 역시 그런 질문을 받으면 당신이 뜨개질 공방에서 뜨개질을 배웠다고 말할 테니까."

"어느 누가 보더라도 초보자가 만든 컵 받침으로 보겠네요."

버지니아가 싱긋 웃으며 말했다. "초보자가 한 시간 안에 만들기에 적당한 크기고, 어느 모로 보나 솜씨가 투박해 보이니까 진짜 같잖아요."

"진짜가 아닌 건 뭐죠?" 나도 모르게 그 말이 튀어나왔다. 그 말을 하면서 온몸에 소름이 돋았다. 버지니아가 내 기분을 알아채고 어깨에 손을 얹었다.

"뭐든 털어놓으라는 말은 하지 않을게요. 이 자리에서 털어놓기에 적절하지도 않을뿐더러 아예 요구해서는 안 될 테니까. 자, 에드나 씨가 여기에서 머물 수 있는 시간이 아직 38분 남았어요. 우리가 차를 마시며 30분 동안 한담을 나눴다고 해서 이상하게 생각할 사람은 아무도 없을 거예요. 내가 허브차를 내올게요. 특별한 효과가 있는 허브라 마시고 나면 15분쯤 편안하게 잠들 수 있을 거예요. 잠에서 깨고 나면 족히 네 시간은 잔 듯 머리가 개운할 겁니다. 마음도 훨씬 더 진정될 거고요."

"제가 마음을 진정시키지 못하고 있는 것 같아요?"

"마치 외상 후 스트레스 장애에 시달리는 사람 같아요."

당연히 나는 큰 상처를 입었다.

'너였구나! 너였어!'

케이틀린은 마스크를 쓴 나를 알아보았다. 케이틀린이 남긴 그 마지막 말이 평생 내 머릿속에서 떠나지 않을 것이다.

나는 버지니아에게 말했다. "허브차를 마시고 싶어요."

"사실은 이미 차를 우리고 있었어요. 적어도 10분은 우려야 하거든요. 지금 다 준비됐으니까 머그잔에 차를 따라올게요. 내가 낮잠을 자는 작은 방이 있는데 거기에 싱글 침대가 있어요. 허브차를 마시고 나서 침대에 누워 잠시 눈을 붙여요. 15분 뒤에 내가 깨우러 갈 테니까. 틀림없이 기분이 상쾌해질 거예요."

15분 만에 기분이 상쾌해진다고? 과연 그럴 수 있을까?

"네, 그럴게요."

버지니아는 잔에 허브차를 따라 들고 따라오라고 손짓했다. 복도를 지나 방으로 갔다. 창문은 없고, 세면대와 샤워기, 변기, 작은 침대가 있었다.

버지니아가 물었다. "영화박물관에 몇 시까지 가면 되죠?"

"15시요."

"여기서는 미터법도 안 쓰고, 온도도 섭씨로 말하지 않아요. 시간도 15시가 아니라 오후 3시라고 하죠. 영화박물관은 여기서 5분 거리에 있어요. 낮잠을 자고 나서 샤워는 안 하는 게 좋겠네요. 머리가 젖어 있거나 샴푸 냄새가 나면 의심을 살지도 모르니까요. 오후 2시 40분에 깨울게요. 이제 허브차를 마셔요. 그 전에 침대에 앉아 옷을 벗는 게 좋겠어요. 마시자마자 효과가 나타나니까요."

버지니아의 말은 믿을 만했다. 허브차를 네 모금 마시자 졸음이 밀려들었다.

혹시 함정이 아닐까? 깨어나면 경찰국에 체포되어 있지 않을까?

언제나 경계심이 투철한 내 성격이 또다시 발동했다. 허브차를 한 모금 더 마시자 잠이 쏟아졌다. 이미 부츠와 치마, 스웨터를 벗어놓은 상태라 그대로 침대에 누워 담요를 머리까지 덮었다. 거짓말처럼 곧장 잠들었다. 다시 정신이 들었을 때 버지니아가 내 옆에 앉아 나를 흔들어 깨우고 있었다. 버지니아가 거품이 나는 음료를 건넸다. 소변 샘플 같은 색이었다.

"이 음료를 마시면 잠이 확 깨면서 기운이 날 거예요. 이제 10분 안에 옷을 입고 떠나야 해요."

기운을 북돋워주는 허브 음료를 마시자 거짓말처럼 잠이 깼다. 버지니아는 내가 옷을 입는 동안 방을 나갔다. 나는 소변을 보고 나서 세면대에 물을 받아 세수를 했다. 세수를 마치고 나서 얼굴에 파우더를 바르고, 입술에 립스틱을 칠했다.

잠을 부르는 허브차가 죄책감, 공포, 슬픔을 가시게 했을까? 버지니아는 정보국에서 지침을 내려받고 나에게 허브차를 권했을까? 내가 편한 마음으로 국경을 넘어 연방공화국으로 돌아가게 하려고?

허브 음료를 마신 나는 이제 뭐든 해결할 수 있을 것 같은 기분이 들었다. 지나친 자신감이었다. 하지만 안전하게 국경을 넘어 돌아갈 때까지 나는 기꺼이 그 자신감에 몸을 맡기기로 했다.

옷을 입고 거울을 보았다. 그럭저럭 봐줄 만했다. 버지니아가 방문 앞에서 나를 기다리고 있었다.

"이제 서둘러야 해요."

버지니아는 내가 뜨개질을 배운 증거로 제시할 컵 받침을 건네주었다.

"뜨개질 공방에 있었다는 증거를 요구하면 이 컵 받침을 제시하세요. 아무 일도 없으면 여길 방문한 기념품으로 간직하시고요."

"네, 정말이지 두루 감사합니다."

"내게 주어진 임무인걸요."

밖으로 나와보니 눈앞이 안 보일 정도로 눈보라가 심해 가방에서 모자를 꺼내 썼다. 눈보라 속에서 영화박물관을 향해 걸어가면서 생각했다.

눈보라가 심해 영화박물관 방문을 포기했다고 하고 곧장 국경을 넘어갈까?

내 본능이 계획대로 밀고 나가라고 설득했다. 나는 예정대로 관광을 하고, 영화를 보고, 레스토랑에서 식사를 하고 나서 국경을 넘어가기로 했다.

1950년대 건축양식으로 지은 창고 건물을 개조해 영화박물관으로 사용하고 있었다. 아니, 캡타운을 조성할 때 1950년대 분위기로 새로 지었을 수도 있었다. 영화박물관 정문 앞에 커다란 철제 조소 작품이 있었다. 영화 필름 릴을 형상화한 작품이었고, 공화국연맹 깃발이 한 가운데에 들어 있었다. 안으로 들어가자 확 트인 공간, 유리 천장, 벽돌 벽이 눈에 들어왔고, 커다란 플래카드에 'DW 그리피스의 국가의 탄생 전 : 영화의 여명기 공화국연맹 걸작'이라는 글자가 눈에 들어왔다. 현재 진행 중인 전시회 제목이었다. 2045년 크리스마스까지 연장 전시한다고 되어 있었다. 멜 깁슨 회고전도 눈에 들어왔다. '시대를 앞선 공화국연맹 영화인'이라고 적힌 플래카드가 보였다. 3층에서 멜 깁슨 추모 전시회가 열리고 있었다. 매표소 위에 오늘 상영할 영화 제목이 붙어 있었다. 멜 깁슨 감독의 〈패션 오브 크라이스트(The Passion of The Christ)〉, 조지 스티븐스 감독의 〈최고의 이야기〉였다. 2층은 상설 전시 공간으로 오늘의 주제는 '영화 속 예수님'이었다.

"에드나 머스그레이브 선생님이죠?"

내 이름을 부른 사람은 이십 대 중반의 젊은 남자였다. 사라진 시대의 대학생 같은 옷차림이었다. 녹색 코듀로이 바지에 파란색 버튼다운셔츠와 크림색 브이넥 스웨터 차림이었고, 페이즐리 무늬 보타이를 매고 있었다.

"네, 그런데요."

"저는 루이스 플랫입니다. 영화박물관 큐레이터 부관이죠. 영화박물관을 방문해주셔서 영광입니다. 연방공화국 국영 라디오에서 방송하시는 멋진 영화평은 아주 잘 듣고 있습니다. 영화박물관 사람들이 다들 좋아하는 방송이죠."

루이스는 연방공화국 라디오를 듣고 있다는 말을 할 때 조심스럽게 목소리를 낮췄다. 그 사실을 널리 알리고 싶지 않은 게 분명했다.

"제가 나오는 방송을 들어주신다니 기분 좋네요. 우리 쪽 방송은 전파 방해를 받는 줄 알았는데요."

"캡타운에서는 전파 방해가 없습니다. 공화국연맹의 윗사람들은 상대적으로 더 자유가 보장되는 나라로 보이기를 바라니까요. 눈보라가 몰아치는 궂은 날씨에 여기까지 오시다니 더욱 반갑습니다. 오후 4시 30분에 시작하는 조지 스티븐스 감독의 〈최고의 이야기〉를 보겠다고 하셨죠? 왠지 억지스러운 느낌이 드는 영화죠. 예기치 않은 웃음을 주는 장면이 많이 나오는 영화이기도 하고요. 존 웨인이 로마군 켄투리오로 나오고, 살 미네오가 예수님을 지키는 사람으로 출연해 뉴욕 특유의 억양으로 대사를 치는 건 정말 많이 어색하더군요. 제가 보기에 그 영화는 아주 인위적이에요. 십자가에 못 박히는 예수님의 이야기를 인형극처럼 만든 영화만 있는 게 아니라 멜 깁슨 영화도 있어요. 5분 뒤에 시작해 오후 6시 30분에 끝나요. 그 영화가 끝난 뒤에 제가 아주 좋은 레스토랑으로 모실 수 있으면 큰 영광이겠습니다. 저도 영화 평론을 하길 바라거든요. 공화국연맹에서 아직 발전이 더딘 분야죠. 선생님의 고견을 듣고 싶습니다."

얼른 머릿속으로 계산해 보았다. 차라리 더 좋은 선택일 듯했다. 공화국연맹에 남아 있는 시간을 조금이나마 줄일 수도 있었다. 저녁을 오후 8시 30분까지 먹으면 중립지대 연방공화국 영토로 늦어도 오후 9시 15분까지 돌아갈 수 있다는 계산이 섰다.

"좋은 생각이네요. 초기 오스트레일리아 영화 이후의 멜 깁슨은 제정신이 아니라고 생각하지만."

"멜 깁슨이 살아 있을 때 인터뷰하는 걸 봤는데 광신자 같더군요. 그런 광기가 있어야 예술가로 성공하나봐요. 아니면 그냥 광인이 되거나."

루이스가 거침없이 개인적인 의견을 말하는 모습을 보면서 나는 많이 놀랐다. 내 의견을 끌어내기 위해 미리 의도한 수작일까? 아니면 분단된 경계 너머에서 온 영화평론가와 대화하게 되어 마음이 몹시 들떠서일까?

"정치적으로나 사회적으로 편향된 시각을 가진 예술가의 문제는 그의 작품도 편향된 시각의 영향을 받을 수밖에 없다는 겁니다."

루이스가 나를 상영관으로 안내하며 말했다. "티켓은 제가 대신 구입해드리겠습니다. 제 선물입니다. 저녁 식사를 하면서 선생님과 가급적 길게 대화하길 기대합니다. 국경으로 몇 시까지 가셔야 합니까?"

"자정까지 가면 되지만 저녁 식사를 하고 나서 곧장 가려고요."

"한두 시간 더 머물다 가시면 안 될까요? 제가 이곳의 멋진 술집들을 잘 알거든요. 캡타운에도 멋진 술집들이 많죠."

1950년대 영화관 같은 분위기를 풍기는 상영관은 넓고 화려했다. 넓은 객석에 관객은 나를 포함해 네 명이 전부였다. 두꺼운 벨벳 커튼이 스크린을 가리고 있었다. 무대에 파이프오르간이 있었고, 체구가 자그마한 여자가 커다란 의자에 앉아 메들리를 연주했다. 스티븐 포스터의 〈스와니강〉, 〈켄터키 옛집〉 같은 곡들이었다. 빨간색 유니폼을 입은 판매원이 통로를 돌아다녔다. 판매원이 나에게 다가오더니 마실 음료가 필요하지 않은지 물었다. 나는 물과 에스프레소를 주문했다.

"에스프레소는 없고, 블랙커피는 있어요. 술 종류는 다 있습니다."

나는 '민트 줄렙 같은 남부 칵테일은 잘 만들겠죠' 하고 말하고 싶은 충동을 억눌렀다.

"블랙커피와 탄산수로 주세요."

내 옆에 앉은 루이스가 말했다. "선생님은 자제력이 대단하시네요. 저는 멜 깁슨 영화를 보기 전에 적어도 위스키를 두 잔은 마셔야 하는데요. 팔걸이에 설치된 호출 벨을 누르면 판매원이 오니까 술 생각이 나면 이용하세요."

호출 벨이라니, 정말이지 구식이었다. 연방공화국에서는 손목시계 모니터로 주문부터 결제까지 다 해결된다. 대면 접촉은 최소한으로 줄어들었다. 공화국연맹에는 채드윅 칩도 없었고, 시스템도 없었다. 어디로 가는지 일일이 기록되지 않았고, 사생활이 없는 상태로 살지 않아도 되었다.

옷차림이나 행동거지나 게이 티를 물씬 풍기는 루이스는 어떻게 공화국연맹에서 살아남게 되었을까? 그 어디보다 자유로운 캡타운에서 '꽃 보직' 자리를 지키고 있는 비결이 뭘까?

조명이 어두워지고 오르간 주자가 객석에 앉은 네 명에게 허리 굽혀 인사했다.

루이스가 말했다. "두 시간 뒤에 뵙겠습니다."

벨벳 커튼이 양쪽으로 걷히더니 〈패션 오브 크라이스트〉가 시작되었다. 멜 깁슨은 대사를 고대 언어로 촬영했다. 히브리어, 라틴어, 아랍어를 섞은 말이었다. 얀 브뤼헐의 그림이 연상되는 영상이었다. 원시적이고 미개한 고대 세계의 모습, 중동 지역을 통치하는 로마 장군 같은 소수의 특권층만이 문명 생활이라 부를 만한 삶을 누릴 수 있는 모습이었다. 예수님은 길거리의 '미친 예언가'로 처음 등장한다. 예수님의 눈빛은 하나님의 자식이라는 확신에 차 있다. 나는 멜 깁슨 감독이 이 고대 세계를 잔인하고 비인간적인 납골당으로 재현한 모습에 감명받았다. 하나님의 아들 예수님이 야만적인 세계에 희망을 부여하려고 민중들 앞에 구세주로 나서는 모습은 매혹적이었다. 예수님이 이제 곧 체포되겠다고 생각될 때쯤 옆문이 열리더니 판매원을 앞세운 정장 남자 두 명이 안으로 들어왔다. 판매원은 플래시를 들고 있었다. 플래시 불빛이 나를 비추었지만 나는 별로 당황하지 않았다. 정장 남자들이 내 앞에 서서 나를 노려보는 모습을 보고 나서야 뭔가 심상찮은 문제가 발생했다는 사실을 알게 되었다.

정장 남자 가운데 하나가 물었다. "에드나 머스그레이브 씨죠?"

나는 고개를 끄덕였다.

"같이 가시죠."

"누구세요?"

"나중에 다 설명할 테니까 잠자코 따라오세요."

"무슨 일 있어요?"

이번에는 다른 남자가 내 말을 받았다. 처음 말을 꺼낸 남자는 말랐고, 다른 남자는 뚱뚱했다.

"네, 심각한 문제가 생겨 댁에게 물어볼 말이 있어요."

"기꺼이 대답해드리죠. 다만 그 전에 내가 물어볼 말이 있어요. 당신들은 무얼 하는 사람들이죠?"

마른 남자가 말했다.

"경찰국에서 나왔습니다."

∞

그나마 좋은 소식은 두 남자가 내 손목에 수갑을 채우지 않았다는 점이었다. 그들은 내가 일어서기를 기다렸다가 순순히 따라오라는 몸짓을 했다. 두 사람은 내 양옆에서 몸을 밀착했다. 나는 침착해지려고 애썼지만 아무리 생각해도 단순한 문제가 아닌 듯했다. 그들은 나를 박물관 출입구 옆에 있는 사무실로 데려갔다. 안으로 들어가보니 회의실이었다. 덩치 큰 남자가 나에게 회의실 의자에 앉으라고 손짓하더니 하염없이 내 주변을 맴돌았다.

덩치 큰 남자가 말했다. "나는 스턴스 요원이고, 내 동료는 터틀 요원입니다. 여권과 신분증, 오늘 아침에 국경에서 받은 스마트 카드를 보여주세요."

그들이 보길 원하는 증명서를 한꺼번에 다 건넸다. 질문은 삼가기로 마음먹었다. 침착성을 유지하되 지나치게 조용히 있지는 말아야 한다.

나는 민간인 신분으로 여기 왔고, 영화를 보는 도중에 끌려와 심문받는 입장이야. 아무런 죄도 없는 민간인을 이렇게 예우하는 것에 화가 나고, 낯선 땅에서 이런 꼴이 되어 겁이 나기도 해.

"오늘, 공화국연맹에는 무슨 일로 왔습니까?"

나는 내가 어떤 사람이고, 무슨 일을 하는지 설명해주고 나서 오늘은 관광을 왔고 밤에 돌아갈 거라고 말했다.

"오늘 어디에 있었죠?"

그 질문에도 나는 사전에 준비한 대로 차분하게 대답했다. 그들은 내가 오후 12시 30분부터 오후 3시 사이에 어디에 있었고, 무슨 일을 했는지 캐내려고 눈을 반짝였다. 나는 교회를 방문한 뒤에 돌아다니다가 뜨개질 공방에 갔다고 했다.

터틀 요원이 물었다. "원래부터 뜨개질을 했습니까?"

"아뇨. 갑자기 눈이 올 것 같아 들어가 쉴 곳이 필요했어요. 그러다가 뜨개질 공방을 발견했죠."

터틀 요원은 21세기가 시작될 무렵 세상에 나온 모니터를 들여다보고 있었다.

"눈은 오후 2시 41분부터 내리기 시작했어요. 당신이 뜨개질 공방에서 나오기 직전이었죠. 그런데 왜 오후 12시 30분에 눈 때문에 뜨개질 공방에 갔다고 했죠?"

"저는 분명 눈이 올 것 같다고 말했는데요. 그때 눈이 오고 있었던 게 아니라요."

스턴스 요원이 말했다. "그렇지만 당신이 뜨개질 공방에 들어갈 때에는 눈이 내리기 훨씬 전인데요."

"시적 허용이죠."

스턴스가 말했다. "아니면 뭘 숨기려고 하거나."

"어쨌든 난 뜨개질 공방에서 뜨개질을 배우며 시간을 보냈어요."

"혹시 당신이 뜨개질 공방에 있었다는 증거를 보여줄 수 있을까요?"

나는 주머니에 손을 넣어 컵 받침을 꺼낸 다음 스턴스 요원에게 건넸다.

"당신이 이걸 직접 떴나요?"

"네, 부끄럽지만 직접 떴습니다."

두 사람은 컵 받침을 자세히 살폈다. 터틀 요원은 컵 받침이 퍼즐인 양 이쪽저쪽으로 잡아당겼다.

스턴스 요원이 말했다. "미리 준비해두었다가 가져온 게 아니라는 걸 어떻게 증명할 수 있죠?"

나는 조금 빈정대고 싶은 마음에 시니컬하게 말했다. "내가 늘 갖고 다니는 애착 담요가 아니라는 걸 누가 증명하죠?"

"지금은 심각한 상황이니까 그런 농담은 삼가세요."

"내가 왜 이런 질문을 받고 있어야 하는지 모르겠네요. 도대체 무슨 혐의로 이러는 겁니까?"

터틀 요원이 말했다. "현재 분명한 혐의점이 드러난 건 아닙니다."

"그럼 왜 영화를 보고 있는 사람을 끌어내 용의자 다루듯이 함부로 취급하는 겁니까?"

터틀 요원이 말했다. "용의자들을 한 사람씩 만나 용의선상에서 제외하고 있는 중입니다."

"나에게 범죄 혐의가 있다는 뜻인가요?"

스턴 요원이 물었다. "범죄인지 어떻게 알았죠?"

"지금 나를 범죄자 취급하고 있잖아요. 정말 무슨 일인데 그러죠?"

"심각한 범죄가 발생했습니다. 오늘 오후에 당신이 머물던 곳 근처에서요. 자, 오늘 공화국연맹에 와서 무엇을 했는지 순차적으로 자세히 말해보세요."

나는 차근차근 캡타운에 온 이후 내가 한 행동을 진술했다. 그들은 내가 공원 카페 종업원과 나눈 대화에 대해서도 자세히 물었다. 침례교회에서 설교를 들을 때 목사가 인용한 성경 구절이 뭔지도 물었다. 뜨개질 공방을 운영하는 여자의 이름도 물었다. 오전 11시 45분에 JW 부스스트리트 근처에서 왜 내 모습이 보였는지도 물었다. 나는 그저 동네를 둘러보고 있었다고 설명했다.

스턴스 요원이 말했다. "당신이 뒷길을 요모조모 살피는 모습도 목격되었어요."

"내 기억이 정확하다면 비상계단이 있는 뒷골목이 정말 신기해 살피러 갔어요. 마치 영화 세트장 같았거든요. 내가 하는 일이 그 분야니까 관심을 가질 수밖에요.”

터틀 요원이 입가에 비웃음을 흘리며 말했다. “영화평론가라고요? 영화를 보며 인생을 형편없이 보내는군요.”

“영화를 보지 않고도 인생을 형편없이 보내는 방법은 많아요. 영화를 제7의 예술이라고 하잖아요. 영화의 가치를 높이 사지 않는다면 여기에 왜 이렇게 아름다운 영화박물관과 상영관을 만들었을까요?”

“질문은 우리가 합니다.”

“대답은 내 마음대로 합니다.”

그런 대화가 오간 뒤로 그들과 나 사이에 서로 동등한 분위기가 형성되었다. 두 요원은 침례교회에 들어갔을 때 목사가 나에게 개인적으로 말을 걸었는지 물었다. 그런 다음 내 가방과 코트를 확인해도 되는지 물었다. 나는 아무런 이의를 제기하지 않고 가방을 건넸다. 그들은 가방 안에 든 물건들을 테이블에 쏟아놓고 하나씩 면밀히 살폈다. 지갑에 든 카드들도 모두 확인했다. 수첩을 펼쳐 안에 적힌 내용도 확인했다. 쇼핑 목록, 영화를 보다가 적은 메모 따위였다. 그들은 의심스러운 내용이 전혀 보이지 않자 실망하는 기색이 역력했지만 계속해서 내 코트 주머니도 뒤지고, 장갑, 휴대용 티슈, 아직 뜯지 않은 피셔맨스프렌드 박하사탕도 일일이 살폈다.

스턴스 요원이 말했다. “아버지가 평생 이 박하사탕을 드셨죠.

여기서도 이 사탕을 쉽게 구할 수 있었으면 좋겠어요."

"여기서는 이걸 안 팔아요?"

스턴스 요원이 고개를 끄덕였다.

"그럼 그 박하사탕이라도 가져가세요."

"안 됩니다, 뇌물 수수는."

"박하사탕 한 봉지를 뇌물이라니요? 그 정도는 그냥 선물이죠."

스턴스 요원이 터틀 요원을 힐끔 쳐다보았다. 터틀 요원이 어깨를 으쓱했다. '안 될 게 뭐 있어?' 하는 몸짓이었다.

스턴스 요원이 이제 나를 보며 말했다. "당신이 진술한 내용이 사실로 확인될 때까지 여기 계셔야 합니다. 한 시간 아니 어쩌면 더 많은 시간이 걸릴 수도 있습니다. 물을 가져다드릴까요? 청량음료나 커피도 드실 수 있습니다."

"읽을거리가 있었으면 좋겠네요. 루이스 플랫이라고 아주 친절한 청년이 있던데 그에게 책이 있을 거예요. 내가 책이나 영화 관련 잡지를 봤으면 한다고 전해주세요. 부탁합니다."

스턴스 요원이 박하사탕을 주머니에 넣으며 말했다. "걱정 마세요. 피셔맨스프렌드 박하사탕은 정말 맛있게 먹겠습니다."

터틀 요원이 스턴스 요원을 힐끔 쳐다보며 인상을 찌푸렸다. 스턴스 요원은 권위적인 분위기가 지배하는 경찰국에서 약간의 인간미를 보였을 뿐이었다. 스턴스 요원은 터틀 요원에게 '이제 예의를 갖추자' 하는 표정을 지어 보였다. 사실 그들이 나에게 예의에 어긋난 행동을 한 적은 없었다. 게다가 나는 그들의 동료 두 명을 죽였다. 그들이 찾고 있는 암살자가 바로 나다. 그들의 눈앞에 동료를 죽인 암살자가 있다. 나를 배신하는 사람이 없다면, 우리 공작원이 모르는 카메라가 아파트 건물에 숨겨져 있지만 않다면 나는 무사히 공화국연맹에서 **빠져나갈** 수 있다. 스턴스 요원이 박하사탕을 주머니에 넣는 모습, 그들이 그나마 나를 존중해주는 태도, 이런 모습들이 우리가 예전에 공동의 운명을 짊어진 국민이었다는 생각을 떠올리게 했다. 좀 전까지만 해도 그들은 직무상 어쩔 수 없이 나를 거칠게 대했을 뿐이었다. 서로 헐뜯고 싸우다가 이혼한 부부의 슬픔, 한때는 서로 더없이 밀착된 사이였지만 냉정하고 참담한 법정 싸움을 치르는 동안 영혼마저 피폐화된 부부의 심정, 이제 회복할 길 없이 초토화된 부부 사이를 보노라면 짙고 깊은 비탄에 **빠져든다.** 하지만 그 비탄을 공공연히 드러낼 수도 없다. 인간은 비탄에 빠지면 더없이 약한 모습과 함께 깊은 상실감에 젖어들기 때문이다.

루이스 플랫이 영화광들이 너무나 좋아해 마지않는 책《히치콕과의 대화》를 가져왔다. 위대한 프랑스 영화감독 프랑수아 트뤼포가 더 위대한 거장 알프레드 히치콕을 만나 영화 이야기를 나누는 책이다. 프랑수아 트뤼포는 자신이 집착하는 주제인 '인간은 왜 스스로 만든 고문실에서 살아가려 하는가?'를 두고 알프레드 히치콕과 깊이 있는 대화를 나눈다.

나는 루이스가 계속 내 옆에 있어주길 바랐지만 터틀 요원이 나가라고 했다. 터틀 요원은 본부에서 나를 놓아주라는 명령이 내려올 때까지 여기 머물러 있어야 한다고 나에게 다시 한번 말했다. 그들 중 하나가 밖에서 계속 경계근무를 서고 있을 테니까 화장실을 가야 하거나 목이 마르면 문을 노크하라고 했다.

나는 터틀 요원에게 몹시 억울하다는 듯이 말했다. "일일 비자를 받아 어렵사리 공화국연맹까지 왔는데 이렇게 허망하게 돌아가기 싫어요."

"어쩔 수 없습니다. 당신이 지나간 곳 근처에서 중대한 범죄가 발생했거든요."

나는 '내가 거기를 지나간 건 어떻게 알게 되었죠?' 하고 묻고 싶었지만 일거수일투족을 감시받는 연방공화국에서 온 사람이 던지기에는 너무나 가당찮은 질문이라는 생각이 들었다.

터틀 요원이 회의실을 나가더니 문을 잠그는 소리가 들려왔다. 나는 폭력적인 처우를 받고 있지 않을 뿐 꼼짝없이 감금된 거나 다름없었다. 몇 분 전만 해도 상황이 나에게 유리하게 돌아간다고 생각했는데 막상 이렇게 감금되고 나니 지나친 낙관이었다는 느낌이 들었다.

내가 의심받을 만한 증거를 발견한 게 아닐까? 내부 기독교인은 왜 JW 부스스트리트 32번지 근처 길거리에 카메라가 없고, 내 모습이 촬영되지 않을 거라고 장담했을까? 이제야 알게 되었지만 내부 기독교인의 말은 사실과 달랐다. 그가 연방공화국 정보국을 배신하고 공화국연맹 경찰국에서 시키는 대로 나에게 거짓말을 했을까? 아니, 내부 기독교인은 처음부터 공화국연맹 경찰국의 비밀 요원이 아니었을까?

뜨개질 공방부터 클레멘스 콘넬이 사는 아파트 건물까지 내 이동 경로를 경찰국에 알려준 사람은 버지니아일 수도 있어. 그렇다면 왜 공화국연맹 경찰국은 내가 두 명의 요원을 죽이도록 내버려두었을까? 아니면 내가 오히려 공화국연맹 경찰국을 도와준 셈일까? 공화국연맹 경찰국이 나는 전혀 모르는 이유로 케이틀린과 클레멘스 콘넬을 제거하기로 결정했는데 연방공화국 정보국 요원이 '그들을 죽이고 책임지게 만들자'고 결론지었을까? 터틀 요원과 스턴스 요원이 나를 살인죄로 체포하겠다고 하면 어쩌지?

내가 체포될 상황에서 선택할 수 있는 해결책은 하나뿐이었다. 끔찍하고 무서운 일이 벌어지기 전에 종아리에서 자살 캡슐을 꺼내 삼키고 죽는 게 최선일 듯했다. 한 시간이 지나도록 밖에서는 아무런 소리도 들리지 않았다. 문을 열고 내가 안에 있는지 확인하지도 않았다.

이 방에 카메라가 설치되어있는 게 분명해.

나는 평정심을 유지하려고 애쓰면서 프랑수아 트뤼포가 쓴 《히치콕과의 대화》를 읽기 시작했다. 나는 히치콕의 영화 〈북북

서로 진로를 돌려라〉를 다루고 있는 장에 집중했다. 30분 뒤, 문에서 노크 소리가 났다. 이미 나는 테이블 아래로 손을 내려 왼쪽 종아리를 더듬으며 캡슐이 있는 자리를 찾아 타이츠의 미세한 구멍을 손톱으로 조금 더 찢어놓은 상태였다. 그들이 나를 살인 혐의로 체포한다는 말을 꺼내는 즉시 5초 이내에 자살 캡슐을 입에 넣어야만 했다. 그리 쉽고 간단한 일이 아니었다.

터틀 요원과 스턴스 요원이 들어오자마자 곧바로 내 손목에 수갑을 채우면 어쩌지?

그들이 회의실 안으로 들어올 때 나는 손을 테이블 밑에 두어야 한다. 그들이 나에게 자리에서 일어나 양손을 등 뒤로 모으라고 하면 기침하는 척하면서 짧은 순간에 캡슐을 빼내 입에 넣어야 한다.

내가 어떻게 죽을지 궁리하자니 기분이 묘했지만 공화국연맹 경찰국에 잡혀가 온갖 고문을 당하고 끝내 화형당할 수도 있는 상황에 대비하지 않을 수 없었다.

20분쯤 지나 노크 소리가 들려왔다. 나는 엄지와 검지를 왼쪽 종아리에 대고 곧장 행동에 돌입할 수 있도록 만반의 준비를 갖추었다. 문이 열렸고, 내 눈앞에 나타난 사람은 루이스였다. 루이스는 샌드위치와 물이 담긴 쟁반을 들고 있었다.

루이스가 말했다. "많이 시장하시죠? 음식을 좀 가져왔어요."

배고파서 죽을 지경이었지만 무턱대고 먹을 수는 없었다. 음식을 먹고 나서 정신을 잃고 쓰러졌다가 몇 시간 후 감방에서 깨어나게 될 수도 있으니까.

"식욕이 나지 않아요."

"당연히 그러시겠죠. 차라리 술을 가져올까요? 와인이라도."

와인은 국경을 넘어가고 나서 마셔야지. 과연 넘길 수 있을지는 모르겠지만.

어쨌든 지금은 정신을 바짝 차리고 만반의 준비를 갖추고 있을 필요가 있었다.

"고맙지만 지금은 와인을 마시고 싶은 생각도 없네요."

"그 마음 이해합니다."

터틀 요원이 문을 열고 안으로 들어오더니 루이스 요원을 밖으로 내보냈다.

터틀 요원이 말했다. "음식을 왜 전혀 입에 대지도 않았죠?"

"난 채식주의자라서요."

"채식주의자도 물은 마시잖아요."

"그나저나 내가 여기서 얼마나 더 오래 붙잡혀 있어야 하죠?"

"이상 없다는 사인이 날 때까지요. 아니면 이상이 있다고 확인하거나."

한 시간이 더 흘렀다. 나는 문을 노크하고 화장실에 가고 싶다고 했다. 터틀 요원이 짐은 두고 나오라고 했지만 화장실까지 따라가겠다고 하지는 않았다. 소변을 보고 나서 수돗물을 틀어 많이 마셨다. 갈증이 심해 목이 바싹 타들어가고 있었다. 그나마 몸수색을 하지 않아 다행인 한편 놀랍기도 했다. 화장실에서 나왔을 때 터틀 요원 옆에 스턴스 요원도 와 있었다.

젠장맞을! 두 사람이 나를 기다리고 있다니?

지금 나한테 수갑을 채우면 캡슐을 뺄 기회가 없었다.

긴장하지 마. 겁먹은 티를 내면 안 돼. 스턴스 요원이 내 코트를 들고 있었다.

스턴스 요원이 코트를 건네주며 말했다. "코트 주머니를 확인해 보세요, 혹시 없어진 물건이 없는지."

나는 시키는 대로 했다. 다 제대로 들어 있었다.

터틀 요원이 가방을 건넸다.

"가방도 확인해보세요. 사라진 물건이 없는지."

가방을 확인해보니 역시 사라진 물건은 없었다. 가장 중요한 비자도 그대로 들어 있었다.

내가 말했다. "다 들어 있습니다."

터틀 요원이 말했다. "이제 가도 됩니다."

손목시계를 보았다. 오후 8시 30분이 되기 직전이었다.

"루이스 플랫 씨와 저녁 식사를 하기로 약속했다면서요? 가실 겁니까?"

"아니, 그냥 집으로 돌아가야겠어요. 이런 일을 겪게 될 줄 정말 몰랐습니다. 얼른 돌아가고 싶은 마음뿐입니다."

스턴스 요원이 말했다. "그 마음 충분히 이해합니다. 다만 저희들도 맡은 일을 해야 하는 입장이어서."

"이해합니다. 두 분에 대해 악감정을 느끼지는 않아요. 루이스 플랫 씨에게 작별 인사를 해도 될까요?"

터틀 요원이 말했다. "저희가 대신 전해드리죠."

스턴스 요원이 말했다. "아직 눈이 내리고 있습니다. 국경까지 모셔다드릴까요?"

설마 나를 엉뚱한 곳으로 끌고 가려는 수작은 아니겠지? 나는 자꾸만 의심에 빠져드는 마음을 추슬렀다.

지나친 억측은 하지 말자. 걸어가겠다고 하면 더욱 수상해 보일 거야. 나를 체포할 생각이라면 굳이 나에게 친절을 베풀 까닭이 없잖아.

"그렇게 해주신다면 정말 감사하죠."

터틀 요원이 운전하는 차는 캐딜락 SUV였다. 스턴스 요원이 뒷문을 열어주었고, 나는 안으로 들어갔다. 터틀 요원이 핸들을 잡고, 스턴스 요원은 조수석에 앉았다. 눈이 정말 많이 내리고 있어 앞이 제대로 보이지 않았다. 차에 최신 통신 장비가 있었고, 터틀 요원이 시동을 걸자 화면에 '경찰국'이라는 글자가 나타났다. 화면에서 비밀번호를 입력하라는 음성이 흘러나왔다. 터틀 요원이 비밀번호를 입력하자 시동이 걸렸고, 화면에서 흘러나온 목소리가 물었다.

"터틀 요원, 목적지를 말씀하세요."

터틀 요원이 대답했다. "480구역, 270B."

화면에 경로를 표시하는 지도가 나타났다. 나는 지도를 흘깃 보았다. 연방공화국 영토로 가는 국경이었다. 화면에 목적지까지 8분이 소요된다는 표시가 떴다.

터틀 요원이 눈보라가 치는 가운데 조심스레 차를 운전하는 동안 스턴스 요원이 나에게 물었다.

"애디론댁산맥에 가보셨어요?"

"두 번 가봤어요."

"내가 열 살 때 부모님이 처음으로 여름 캠프에 보내주었는데 애디론댁산맥에 있는 사라락 레이크였어요. 인생 최고의 여름이었죠. 호수에서 카누도 배우고, 나침반으로 숲에서 길을 찾는 방법도 배웠어요. 버스로 몬트리올에도 다녀왔는데 그때 프랑스어를 처음 들어보았죠. 몬트리올 올드타운에 있는 시장에도 가봤는데 그렇게 아름다운 건물들은 난생 처음 봤어요. 마치 프랑스에 온 느낌이었죠."

내가 기억하는 몬트리올은 역사 보존 지구를 빼고, 오래된 건축 유산을 모두 파괴해버린 자리에 고층 빌딩만 빼곡하게 들어선 도시일 뿐이었다. 토론토 역시 비슷했지만 지금은 내 주장을 할 때가 아니었다.

"프랑스는 좀 달라요."

"파리에 대해 알아요?"

"몇 번 가봤어요."

"파리에 가보고 싶은데 가까운 시일 내에 가기는 틀린 것 같아요."

이제 국경까지 얼마 남지 않았다. 터틀 요원은 얼굴을 돌려 스턴스 요원을 바라보고 나서 인상을 찌푸렸다. '왜 눈이 많이 내리는 악천후에 괜한 말을 꺼내 이 고생을 하게 만들어?' 하고 원망하는 듯했다. 눈보라는 갈수록 거세져 밖이 안 보일 정도였다. 터틀 요원은 내비게이션의 안내를 충실히 따라 사고를 예방했다. 만약 교통사고가 나서 공화국연맹에 발이 묶인다면 나에게는 최악의 상황일 텐데 정말이지 다행이었다.

터틀 요원이 헤드라이트 상향등을 켜고 국경으로 가는 길을 비껴나 옆길로 빠졌다. 문이 나오자 그 앞에 차를 멈춰 세웠다. 문이 자동으로 열렸고, 무장한 경비병이 나타났다.

터틀 요원이 시동을 끄고 나서 경비병에게 말했다. "이 분을 빨리 출국시켜야 합니다."

문을 통과하자 국경이 나왔고, 면세점이 눈에 들어왔다.

터틀 요원이 물었다. "혹시 연맹 달러가 남았어요?"

내가 고개를 끄덕이자 터틀 요원이 말했다. "면세점에 가서 다 쓰세요."

나는 면세점으로 들어갔다. 남은 돈으로 위스키 세 병을 구입했다. 판매원은 텍사스 위스키, 와이오밍 위스키, 그리고 당연히 켄터키 위스키를 추천했다. 밖으로 나오자 터틀 요원과 스턴스 요원이 기다리고 있었다.

터틀 요원이 말했다. "그럼 이제 가보십시오. 눈길인데 조심하시고요."

스턴스 요원이 말했다. "너무 오래 붙잡아두어서 정말 죄송합니다. 조만간 또 방문하세요."

"그럴게요." 거짓말이었다.

나는 국경 초소를 향해 걸어갔다. 터틀 요원이 초소에 있는 경비병에게 손을 흔들었다. '문제없으니까 얼른 보내드려'라는 뜻으로 보였다.

경비병이 터틀 요원을 향해 고개를 끄덕이고 나서 나에게 여권과 연방공화국 신분증, 입국할 때 받은 스마트카드를 달라고 했다. 그가 여권과 신분증을 훑어보며 면세점에서 무얼 구입했는지 물었다. 나는 위스키 세 병을 보여주었다.

경비병이 내 증명서들을 돌려주며 말했다. "이제 가도 됩니다."

문이 열렸고, 표시된 길을 따라 걸어갔다. 일 분쯤 걸어가자 빛이 환한 구역이 눈앞에 보였다. 손목시계 화면이 갑자기 살아났다. 이제 연방공화국 영토였고, 전파 방해는 사라졌다. 계속 걸어가자 검색대들이 나왔다. 연방공화국 국경수비대 여성 대원이 세련된 검정 바지를 입고, 귀환하는 나를 기다리고 있었다.

국경수비대원이 미소를 지으며 나를 검색대로 오라고 했다. 나는 위스키 세 병이 들어 있는 쇼핑백을 검색대에 내려놓고 손바닥을 앞으로 내보였다. 녹색등이 켜졌다. 이제 자유다. 이제 연방공화국에 돌아왔다.

나는 앞으로 걸어가며 생각했다.

이제 그 일은 머릿속에서 지워야 해.

그렇지만 나는 잘 알고 있었다. 몇 시간 전에 내가 저지른 일로부터 평생 자유로울 수 없으리라는 걸.

중립지대의 연방공화국 구역으로 향했다. 눈은 여전히 미친 듯이 내렸다. 〈맥주 없이 스트레이트로〉가 앞에 보였고, 나는 안으로 들어갔다. 지배인이 칸막이 자리를 권했다. 자리에 앉자마자 종업원이 메뉴판을 가져왔다. 나는 고칼로리 메뉴인 마카로니앤드치즈와 맨해튼을 주문했다. 무대에서 레온 트리오가 〈섬데이 마이 프린스 윌 컴(Someday My Prince Will Come)〉을 연주했다. 나는 손바닥에 얼굴을 묻었다. 몸이 떨려 자리에서 일어나 화장실로 갔다. 칸막이로 들어가 문을 잠그고 손으로 입을 막았다. 내 행동이 다 기록되고 있다는 걸 알았지만 정보국에서는 내가 사람들의 눈에 띄지 않도록 소리 내지 않고 조용히 감정을 정리하고 있다고 치부할 것이다.

어느 정도 마음을 진정시키고 나서 자리로 돌아갔다. 맨해튼이 놓여 있어 단숨에 마셨다. 메모랜더에 쌓인 메시지들을 읽고 싶었지만 애써 참았다. 마카로니앤드치즈가 나왔고, 반쯤 먹었을 때 재즈 트리오가 휴식 시간을 가졌다. 계속 음식을 먹고 있는데 옆에서 레온의 목소리가 들려왔다.

"우리 가게에서 이렇게 다시 만나니 반가워요. 쇼핑백을 보니 여행을 다녀오셨나봐요."

"네, 전부터 공화국연맹에 가보고 싶었는데 드디어 오늘 다녀왔어요."

"무사히 잘 다녀와 다행입니다. 오늘은 제가 살 테니까 음식 비용은 내지 마세요. 식사를 마치고 지하에 있는 술집으로 가시면 기다리는 사람이 있을 거예요."

"이제 곧 간다고 그 사람에게 전해주세요."

"그러죠. 이렇게 온전히 살아 있는 모습을 보니 정말 반가워요."

살아 있는 건 맞지만 과연 온전한가? 그럴 리가?

"고맙습니다."

　새비지 요원은 다른 데 정신이 팔려 있었다. 나는 칸막이 자리로 가서 새비지 요원 옆에 앉았다.

　새비지 요원이 말했다. "살아서 돌아온 모습을 뵙게 되어서 정말 좋아요."

　"짧은 시간에 정말 많은 일들이 벌어졌어. 머리가 멍할 정도야."

　"위에서 식사는 하셨을 테니까 술이나 한잔 해야죠?"

　"당연히."

　새비지 요원이 테이블에 놓인 모니터를 터치해 술을 시키고 나서 내가 있는 쪽으로 담뱃갑을 밀었다.

　"담배 피우세요."

　"술이 나올 때까지 기다릴래. 술은 무얼 주문했어?"

　"싱글 몰트 스카치를 시켰어요. 예정보다 두 시간 일찍 돌아오신 걸 보니 뭔가 사연이 있을 것 같은데요."

　"그래, 그럴 만한 일이 있었어."

　나는 면세점 쇼핑백에서 와이오밍 위스키를 꺼내 새비지 요원에게 건넸다.

"면세점에서 샀어."

"좋은 술이네요. 정말 감사합니다. 14년 전에, 잭슨 홀에서 열흘 동안 스키를 탔어요. 그때 와이오밍 위스키를 처음 마셔보고 팬이 되었죠. 혹시 내가 2031년에 여행한 내용을 기록한 문서를 보고 이 술을 고른 건 아니죠?"

"내가 그 정도로 꼼꼼하지는 않아. 머릿속에 숙지해둘 일들이 많아서 위스키까지 생각할 여력이 없었어."

스카치위스키가 나왔다. 새비지 요원이 마실 맨해튼도 나왔다.

새비지 요원이 잔을 들어 올리며 말했다. "임무를 완수하고 무사히 귀환한 걸 축하합니다. 일단은 임무를 훌륭하게 완수한 것으로 보여 정말 기쁩니다."

술을 한 모금 마셨더니 마음을 가라앉혀주는 효과가 있었다. 나는 새비지 요원에게 고맙다는 뜻으로 고개를 끄덕이고 나서 담배를 집어 들었다. 새비지 요원이 담배에 불을 붙여주었다.

"목표로 한 임무는 완수했는데 문제가 있어."

나는 30분이 넘도록 내가 공화국연맹에서 겪은 일들을 빠짐없이 들려주었다. 내 이야기가 끝날 때쯤 새비지 요원은 담배를 한 개비 더 피웠다. 나는 이야기를 마치고 나서 다시 새 담배를 물었고, 새비지 요원이 지포라이터로 불을 붙여주었다.

새비지 요원이 테이블 위 화면을 눌렀다.

"술이 더 필요하실 것 같아서 이번에는 더블로 시켰어요."

"그래, 잘했어."

새비지 요원이 말했다. "정말이지 힘든 일을 겪었네요. 공화국연맹 놈들은 늘 자기네들이 감시 없는 국가라고 선전하지만 길거리에 감시 장치가 그리 많은 걸 이번 작전을 통해 명백하게 확인하게 되었네요. 다만 한 가지 이해할 수 없는 일이 있어요. 선배가 감시 카메라에 찍혔다면 왜 선배를 그냥 놔주었을까요? 한 가지 더, 우리 정보원은 분명 케이틀린이 멀리 떠났다고 했는데 어떻게 거기에 남아 있었을까요?"

"영화박물관에 붙잡혀 있는 동안 몇 가지 시나리오를 생각해봤어. 첫째, 우리 정보원이 감시 카메라가 없다고 보고한 건 타깃이 사는 아파트 내부를 한정해 이야기한 걸 거야. 아파트 주변 거리까지 확인하지 않은 건 불찰이지만 그렇다고 거짓 정보를 제공한 건 아니었어. 둘째, 클레멘스 콘넬과 케이틀린을 한꺼번에 죽이고 싶어 하는 사람이 있다고 가정해보자고. 그가 케이틀린이 오늘 멀리 떠나 있을 거라는 말을 일부러 흘려 우리 정보원의 귀에 들어가게 한 게 아닐까? 가능성이 높은 추론이긴 한데 그렇다면 더욱 큰 의문이 하나 생기긴 하지."

나는 새비지 요원을 빤히 쳐다보았다. "내가 클레멘스 콘넬을 암살하러 간다는 정보가 샌 것으로 보이는데 누가 그 정보를 흘렸을까?"

새비지 요원이 나를 빤히 쳐다보았다. "저 역시 의문입니다.

선배가 왜 저를 그런 눈빛으로 쳐다보는지 이해해요. 이 작전에 대해 아는 사람은 저, 캐머런 요원, 브레이머 부장, 필 플렉 부국장, 정보국 최고위원 몇 사람뿐이니까요. 아무리 그렇다고 해도 우리 중에 이중간첩이 있다고 단정할 수는 없죠. 재즈 클럽의 레온도 선배가 영화평론가가 아니라는 사실을 알고 있어요. 그렇지만 레온은 충성스럽다는 말로도 부족할 정도죠. 저도 그렇고, 아까 말한 사람들도 다 그렇다고 볼 수 있어요. 물론 선배가 제 말을 반드시 믿어야 한다는 뜻은 아닙니다."

"나도 자네 말을 믿고 싶어. 그렇지만……."

나는 중도에서 말을 멈췄다. 일부러 그랬다.

"무슨 뜻인지 압니다. 선배는 저보다 10년은 빨리 정보국에서 일하기 시작했잖아요. 그동안 정보국 내부에서 배신자를 본 적 있나요?"

나는 고개를 가로젓고 나서 말했다. "정보국의 장점은 어느 누구라도 철저히 감시를 받는다는 거야. 매 순간 철저하게 지켜보고 있으니까 정보국에서 스파이 행위를 한다는 건 거의 불가능해. 그렇지만 모든 일에는 처음이 있는 법이니까."

"그러게요, 뭐든 처음이 있기 마련이죠. 제가 우리 엄마를 걸고 충성을 맹세하려는 건 아닙니다. 더구나 우리 엄마랑 저는 서로를 꼴 보기 싫어하니까요. 어쨌든 우리 모자 사이가 어떻다는 건 선배도 잘 알잖아요."

"말하고 싶은 요점이 뭐야?"

"요점은 없고, 의문만 있네요. 선배는 공화국연맹에 가서 타깃을 제거했고, 그게 사실은 누군가 파놓은 함정이었고, 그 사람은 손에 피 한 방울 안 묻히고 원하는 걸 얻었다고 칩시다. 그럼 그 사람은 왜 선배를 살려두고 이쪽으로 돌아가도록 내버려두었을까요? 그 사람은 케이틀린이 그 아파트에 있다는 걸 어떻게 알았을까요?"

"수수께끼 안에 미스터리가 있는 문제야. 한 가지 의문이 더 있어. 왜 나에게 케이틀린을 죽이지 말라고 특별히 명령했을까? 정보국 최고위원회는 왜 케이틀린을 살려두려고 했을까? 케이틀린을 죽일 수밖에 없었던 건 내부 기독교인의 정보가 잘못된 탓일까? 아니면 더 사악한 음모가 있을까?"

"모르겠어요. 선배가 내 말을 신뢰하든 아니든 저는 정말 아는 게 없어요."

"나는 일단 가능성을 다 열어두고 있어." 나는 담배를 눌러 끄고 나서 말을 이었다. "새비지 요원이 이 작전 책임자니까 본부에 보고하는 건 책임자가 알아서 해."

"아뇨, 선배가 직접 본부에 보고해야 합니다. 너무 피곤하면 내일 해도 괜찮습니다. 어쨌든 직접 보고하는 게 좋습니다."

나는 알고 있었다. 내가 지하 기지를 나가자마자 새비지 요원이 브레이머 부장에게 전부 보고하고 다음 지시를 기다릴 것이다.

"집에 가자마자 보고할게."

"제가 하라고 한 건 아닙니다. 어쨌든 보고서는 저에게도 한 부 주세요."

"새비지 요원이 작전 책임자인데 당연히 그래야지. 이제 가봐도 될까?"

"막을 사람 없어요. 그렇지만 일단 의료실에 가보시는 게 좋겠네요."

"지금 다녀올게. 술, 고마워."

"임무를 완수해주셔서 감사합니다. 케이틀린을 죽인 건 계획에 없었지만 어쩔 수 없는 상황이었죠. 어쨌든 이번 일에 대해 선배도 만족했으면 좋겠습니다."

상황이 이 지경인데 만족하라고? 새비지 요원은 나에 대해 잘 알면서 가끔 이런 헛소리를 한단 말이야. 나를 함정으로 몰아넣은 사람도 내가 지금 얼마나 복잡한 심경일지 잘 알고 있을 것이다.

"아무튼 임무가 끝나서 홀가분해."

새비지 요원이 말했다. "내일 연락드릴게요."

이제 나가 보라는 뜻이었다.

나는 의료실로 가서 마취 주사를 맞았다. 의사가 오른쪽 관자놀이에 정보국 칩을 다시 넣을 때 나는 눈을 감고 있었다. 짧은 시술이 끝나고 복도를 지나 거스리 극장으로 올라갔다. 오늘 공연작은 〈코리올레이너스〉였다. 피투성이가 된 잔인한 세 시간이 방금 막을 내렸다. 나는 엘리베이터를 타고 극장 로비에 나와 택시를 호출했다.

20분 뒤, 나는 택시를 타고 세인트폴에 있는 집에 돌아왔다. 코트와 부츠를 벗고 나서 냉장고에서 탄산수를 꺼냈다. 컴퓨터를 켜고 오늘 캡타운에서 벌어졌던 일을 세밀하게 기록했다. 나는 보고서를 쓸 때 객관적 사실에 집중했다. 글을 치장하지도 않고, 개인적인 감상도 넣지 않았다. 브레이머 부장을 비롯한 고위층 사람들이 이 보고서를 오늘 밤에 다 읽으리라는 생각이 들었다. 보고서를 보내고 나서 나는 옷을 벗고 뜨거운 물로 아주 오래 샤워한 다음 티셔츠와 파자마 바지를 입고 허브차를 우렸다. 차를 마시며 수면제를 먹고 나서 침대에 눕자마자 무려 아홉 시간을 잤다.

내가 눈을 떴을 때는 10시가 다 되어가는 시간이었다. 메모랜더에 브레이머 부장의 메시지가 와 있었다.

보고서 봤어. 이번 일요일에 뉴욕으로 돌아올 준비해. 전근 준비 사항을 곧 전달할게.

새비지 요원의 메시지도 있었다.

지난주에 친구랑 며칠 사라지고 싶다고 하셨죠? 승인됐습니다. 그래도 토요일 오후까지는 돌아와야 합니다. 어디로 가는지 자세한 사항을 알려주세요. 여행을 가 있는 동안에도 연락할 수 있어야 합니다.

침대에서 나와 실내 자전거를 한 시간 동안 타고 나서 역기도 들었다. 샤워를 마치고 아침을 천천히 먹었다. 메모랜더로 뉴스를 읽었다.

로레인에게서 메시지가 왔다.

클로드 샤브롤의 〈부정한 여인〉이 오늘 15시에 상영돼요. 당신과 함께 떠나는 여행이 정말이지 기대됩니다.

브레이머 부장을 비롯한 윗사람들은 내가 연애할까봐 아니, 연애할 가능성이 생길까봐 불안하겠지? 그래도 이 불장난의 상대가 여자라 그냥 묵인해주는 것일 수도 있어. 윗사람들은 내가 작전 때문에 힘든 때라 잠깐 불장난을 하는 것일 뿐 그 이상으로 발전하지는 않을 거라고 생각하겠지? 뉴욕으로 돌아가면 에드나 칩이 제거될 테고, 로레인과 나는 더 이상 연락할 수 없어. 내가 지금 로레인에게 몹쓸 짓을 하고 있는 걸까? 애초부터 내가 가짜 신분으로 로레인을 속이지 않았다면 어떻게 됐을까? 여행을 다녀와 로레인에게 이제 영원히 나를 못 만날 거라고 솔직히 말하면 어떻게 될까?

나는 밖으로 나가 오랜 시간 산책했다. 어제 내린 눈이 점점 지저분해지고 있었다. 하늘은 파랗고 태양이 환하게 빛나는 완벽한 겨울날이었다. 서점을 둘러보다가 옷 가게에 들러 꼭 필요하지는 않지만 스웨터를 하나 샀다. 카페에 앉아 이복동생을 생각했다. 우리가 다른 상황에서 만났더라면 함께 술을 마시며 서로에 대해 알아가고, 각자 아버지와 보낸 시간들을 이야기하며 유대감을 쌓았을까? 그렇지만 현실에서 나는 임무를 앞세워 케이틀린을 죽였고, 반대의 경우였다면 케이틀린 역시 크게 다르지 않았을 것이다.

세인트폴 카페에서 코코아를 저으며 유리창 너머로 도시의 겨울 풍경을 바라보았다.

나는 이 풍경을 볼 수 있지만 케이틀린은 볼 수 없게 되었어. 내가 모든 걸 **빼앗았어.**

케이틀린이 예수님을 구세주로 모셨으니 천국에 갔을까?

기독교에서는 영생을 말하지만 나는 죽음이란 종말이고, 영원한 어둠이라고 생각한다. 나는 태어난 이후에야 세계를 인식하고 알게 되었다. 나는 죽음이란 태어나기 전처럼 아무것도 모르는 무의 상태로 돌아가는 것이라고 생각한다. 죽음과 함께 세상이라는 무대에서 영원히 퇴장하는 것이다.

손목에 찬 모니터를 보았다. 영화가 시작되려면 한 시간이 남았고, 트라일런 극장까지 4킬로미터를 걸어가기로 마음먹었다. 바람을 쐬고 걸으면서 어제 있었던 일로 어수선해진 마음을 추스를 작정이었다. 영화관에 도착할 때쯤 어제 벌어진 일들을 머릿속 한구석으로 간신히 밀쳐놓을 수 있었다.

나는 자신을 다독거렸다. 위장 신분으로 사는 건 이제 며칠 안으로 끝나. 끝까지 잘 마무리하고 뉴욕으로 돌아가는 거야. 정보국에서 권하는 심리상담도 받아보고, 약도 복용하고, 휴가도 가야지.

이왕이면 파리나 로마 같은 곳으로 열흘 정도 떠나 있다가 오고 싶었다. 아버지 시대에는 여권만 있으면 항공기를 타고 어디로든 떠나 값싼 호텔에 머물며 소설 초고를 쓰고, 짧고 진한 연애도 할 수 있었지만 지금은 달라졌다. 일단 파리나 로마에 가서 열흘쯤 묵다 오려면 비용이 어마어마하게 많이 든다.

내가 영화관으로 들어갔을 때 로레인은 매점 카운터 뒤에 있었다.

"안녕하세요, 손님. 왠지 더블 에스프레소를 찾으실 것 같네요."

"잘 맞혔어요."

"펜션을 예약했어요. 호수가 내다보이는 전망이 기막힌 곳입니다. 침실 두 개에 벽난로도 두 개인 별채고요."

"침실이 두 개라니 잘되었네요." 나는 우리 사이를 육체적인 관계로 만들지 않는 게 최선이라고 계속 나 자신을 타일렀다.

"너무 압박감을 갖지 마세요. 다만 나는 희망을 버리지 않을 거예요."

내가 장난스럽게 눈을 굴리자 로레인이 손바닥을 내밀며 어깨를 들썩였다. 하지만 나는 이 자리에서 우리가 곧 헤어져야 한다는 사실을 분명하게 밝히기로 했다.

"집안에 문제가 생겨 일요일에 동부로 돌아가야 해요. 다시 중립지대로 돌아올 수 있을지 모르겠어요. 라디오 방송국에도 전근을 요청해두었어요. 부모님이 있는 웨스트체스터에서 직접 차를 운전해 다닐 수 있는 곳으로."

"집에 심각한 일이 생겼나봐요?"

"그래요, 제법 심각한 일이죠."

"혹시 기댈 사람이 필요하면……."

나는 손을 올렸다. "내가 일요일에 돌아가야 한다고 서둘러 얘기한 이유는 우리가 서로 연결될 가능성을 아예 차단하는 게 서로에게 좋겠다고 생각했기 때문이에요. 나는 여길 떠나야 해요. 내가 중립지대에 계속 남아 있더라도……."

로레인이 내 말을 잘랐다. "나랑 연결될 가능성은 없다는 뜻인가요?"

"나는 당신뿐만 아니라 어느 누구와도 연결될 가능성이 없어요. 나는 마음의 문을 열 수 없으니까."

"살아오는 동안 여자랑 만난 적 없어요?"

나는 고개를 가로저었다.

"내가 무서워요?"

나는 바닥을 내려다보면서 말했다. "나 자신이 무서워요."

로레인의 손이 내 얼굴에 와닿았다.

"외톨이라서?"

"늘 외톨이가 되는 걸 선택하니까."

로레인이 말했다. "나랑 이틀 동안 같이 지내기로 해요. 우리 사이가 더 이상 진전되지 않더라도 상관없어요. 침실은 따로 쓰고요. 당신이 일요일에 떠나는 걸 받아들일게요. 그래도 여행은 같이 가요. 누가 알아요, 혹시……."

나는 아무 말도 하지 않고 몸을 돌려 로레인이 놓아둔 에스프레소를 가지러 갔다. 컵은 아직 따뜻했다. 나는 생각했다.

위험할지 모르지만 에드나라면 도전할 수 있어. 에드나의 입장이라면 지금 많이 정직한 태도를 보인 거야. 적어도 내가 로레인을 먼저 유혹하지는 않았잖아. 나는 냉정하게 선을 그었는데 로레인은 아무렇지 않은 듯 선을 밟고 서서 나에게 역제안을 했어.

나는 늘 함께할 사람을 원했다. 하지만 사람을 만나기가 두려웠다. 사람을 만나는 동안 늘 탈출 계획을 세워두었다. 다만 지금은 사라지기 싫다는 생각이 가슴 한편에 자리 잡고 있었다.

"토요일 낮까지는 돌아와야 해요."

"걱정 말아요."

"그럼 좋아요."

로레인이 나를 보며 환하게 웃었다. "고마워요."

"뭐가요?"

"우리가 서로에 대해 좀 더 깊이 알 수 있는 기회를 잡았으니까."

∞

영화가 끝나고 나서 로레인은 프로그램 회의를 하러 가야 했다. 나는 로레인에게 메시지를 보냈다.

수요일에 만나요. 정말 기대되네요. 에드나.

택시를 불러 가장 가까운 스트레스 해소방으로 갔다. 티셔츠와 청바지를 벗고, 의자에 앉은 상태로 몸이 구속되고, 마스크가 내려와 얼굴에 찰싹 달라붙었다. 근엄한 목소리가 말했다. 내 스트레스 수치가 차트를 아예 벗어날 정도로 높다고 했다. 오늘은 아주 강력한 치료가 필요하고, 집에 돌아가면 24시간 동안 외부와 연락을 끊고 휴식을 취해야 한다고 했다.

내 상태가 시스템에 기록될 테니 새비지 요원도 내일 16시 30분까지 내가 연락을 못 받는다는 사실을 알겠지?

스트레스 해소방에서 두 배로 긴 치료를 받은 뒤에 대기 중인 택시를 타고 아파트로 돌아왔다. 나는 곧장 어두운 침실로 가서 잠이 들었고, 열네 시간을 잤다. 이튿날 눈을 떠 시계를 보니 10시였다.

약에 취한 기분이었다. 10분 뒤, 나는 에스프레소를 마셨다. 메모랜더가 켜지더니 새비지 요원의 얼굴이 화면을 가득 채웠다.

"아직 긴장이 안 풀렸어요?"

"이제 괜찮아."

"시스템에 괜찮지 않다고 나오는데요. 내 얘기를 들으면 조금이나마 기분이 좋을 거예요. 내가 상부에다가 선배가 어제 남부에서 아주 용감하고 침착하게 임무를 완수했다고 보고했어요."

"중립지대는 지리적으로 남부가 아니잖아. 그리고 난 그다지 용감하지 않았어."

"지나친 겸손은 독입니다. 종교에 미친 사람들이 사는 땅이면 저에게는 다 남부예요. 내일 그 여자와 여행을 떠날 거예요?"

"내가 툭 까놓고 물어볼게. 내가 로레인과 여행을 떠나는 게 잘못일까?"

"결론적으로 말하자면 선배에게 딱히 좋은 영향을 줄 것 같지는 않아요. 정보국 상부에서는 선배가 스텐글 요원으로 돌아온 이후 그 여자를 일절 만나지 않는다면 개의치 않을 겁니다."

"로레인에 대해 한 번 더 조사해봤지? 수상한 점은 없던가?"

"수상한 점을 발견했다면 이미 선배에게 그 여자와 여행을 가서는 안 된다고 했겠죠."

"로레인에게 일요일에 중립지대를 떠난다고 말했어."

"현명한 선택이었을까요?"

"그건 아니지만 그냥 솔직한 말이었어. 그것까지 거짓말을 하면 로레인에게 너무 큰 빚을 지게 되는 것 같아서."

"왜 떠나야 하는지 설명했어요?"

"그냥 두루뭉술하게 가족 문제라고 했어. 늘 써먹는 핑계지만 로레인이 꼬치꼬치 캐묻지는 않더군."

"로레인이 선배 머릿속을 꿰뚫고 있는지도 모르죠. 선배가 뉴욕으로 간 뒤에 그 여자가 두 사람 사이에 있었던 일을 소재로 단편소설을 한 편 쓸지도 몰라요. '이제 겨우 떼어냈네. 정말 다행이야. 난 애초부터 받아줄 마음이 없었는데 왜 나에게 자꾸 매달리지? 그 여자는 늘 매달릴 상대만 찾고 있을 거야. 자, 이제 또 다른 사람을 찾아봐야지. 이번에는 어느 여자의 애간장을 태우면서 나쁜 인간이 되어볼까?'"

새비지 요원, 이 나쁜 놈.

"여행을 취소할게."

"그건 선배가 알아서 하세요. 상부에서도 선배가 여행을 신청한 것에 대해 별말이 없어요. 그 여자 외모는 정말 괜찮던데."

"제발 그 요망한 입 좀 닥쳐."

"어쨌든 작전은 끝났고, 그 여자는 이상 없고, 호숫가에서 소중한 시간을 보내게 된 걸 축하해요."

"고마워."

"토요일 16시 이전까지 오시면 선배는 민간 항공기를 타고 뉴욕으로 가게 될 겁니다. 제가 윗사람들과 싸워 선배의 휴식 시간을 확보해두었어요. 앞으로 며칠 동안 푹 쉬세요. 뉴욕에 돌아가면 여러 가지 임무가 기다리고 있을 테니까 지금 아니면 제대로 쉴 시간이 없을 거예요." 새비지 요원은 그렇게 말한 다음 짓궂은 미소를 날리며 한마디 덧붙였다. "혹시 누가 알아요? 며칠 동안 그 여자와 로맨틱한 날들을 보내고 나면 스트레스 수치가 확 낮아질지."

"그럼 좋겠네."

∞

로레인에게 내가 사는 집을 알려주기 싫어 웨스트 메인 스트리트에 있는 카페 〈젤다〉에서 만나자고 했다. 비밀의 베일을 쓰는 건 내 특기였다. 나는 안쪽에 앉아 여행용 가방을 옆에 두고 에스프레소를 마셨다. 나는 튼튼한 하이킹 부츠를 신고, 옆 의자에 파카와 두꺼운 장갑, 인조 모피 모자를 올려놓았다. 마음이 몹시 초조해 나 자신에게 말했다.

'굳이 가지 않아도 돼. 아니, 가더라도 선을 넘지 않으면 돼.'

새비지 요원은 나를 몰래 훔쳐보지 않겠다고 약속했다. 하지만 새비지 요원의 말과 행동은 언제나 다른 세상에 있었다.

스콧 피츠제럴드의 아내 젤다. 어니스트 헤밍웨이의 말에 따르면 스콧 피츠제럴드가 조현병을 앓는 남부 출신의 아내 젤다와 진작 헤어지길 바랐지만 뜻대로 되지 않았다. 1930년에 젤다가 정신병원에 갇힐 때까지 그들 부부는 꼭 붙어 지냈다. 정신병원에 불이 났을 당시 젤다는 안에 갇히게 되었다. 젤다는 사라진 시대, 몰락한 남부의 매력적인 상징이었고, 곤경에 빠진 위대한 작가의 뮤즈였다. 스콧 피츠제럴드는 스스로 몰락을 자초했다. 우리 모두는 스스로 몰락을 자초한다.

폭스바겐 비틀이 카페 앞에 멈춰 섰다. 창가의 내 자리에서도 차에 탄 로레인이 보였다. 빨간색의 히피 스타일 비틀이었다. 나는 밖으로 나갔다. 비틀의 뒷자리에는 식료품 쇼핑백과 가방이 가득 들어차 있었다. 로레인이 차에서 내려 나를 힘껏 껴안았다.

로레인이 인사했다. "안녕!"

"이 차가 움직여요?"

"완전히 새롭게 개조했어요. 사륜구동으로 바꾸고 스노타이어도 끼웠죠. 애디론댁산맥 인근에는 벌써 눈이 40센티미터 이상 쌓였대요. 도로 제설 작업을 마쳤다니 그나마 걱정할 건 없을 듯해요."

로레인이 내 가방을 뒷자리에 넣었다.

나는 조수석에 앉으며 물었다. "쇼핑을 많이 했네요?"

"거긴 관광지라 식재료를 구하기 어려워요. 이왕이면 맛있는 요리를 해먹어야죠. 이번에도 내가 만든 요리를 먹어야 할 텐데 괜찮겠어요?"

"맛있게 먹을 자신 있어요."

"와인이랑 코냑도 준비했어요."

로레인이 차를 출발시켰다. 엔진 소리가 마치 잔디 깎는 기계 소리 같았다. 대화를 나누려면 크게 소리쳐야 할 정도였다.

"내가 이 중고차를 구입한 이유는 노스탤지어가 느껴지기 때문이에요."

"무슨 뜻이죠?"

"1970년대에 대학생이었던 당신 아버지도 분명 이런 차를 몰았을 거예요."

"우리 아버지는 대학생 때 형편이 어려워 차를 구입할 수 없었대요. 아버지는 저에게 가끔 비틀을 끌고 여행을 떠나고 싶다는 말을 한 적이 있어요. 내가 아버지 얘기를 가끔 했던가요? 별로 안 했던 것 같은데 어떻게 알았죠?"

"호기심이 생겨 당신 아버지가 쓴 책들을 찾아봤어요. 1970년대 삼부작도 봤고요. 제목이 뭐죠?"

"《모든 게 가능하다》요. 그때는 정말 그랬나봐요."

"삼부작 가운데 첫 편을 읽어봤는데 정말 재미있었어요. 다만 너무 오래전 이야기 같긴 하더군요."

"오래되긴 했지만 여전히 우리의 관심사와 맞닿아 있는 내용이기도 하죠. 문화전쟁은 그 당시에 시작되어 미국 분리 때까지 계속되었으니까요. 개인용 컴퓨터, 팩스, 아이폰이 생기기 전만

해도 스파이들이 전화를 도청하거나 녹음기를 숨겨두는 게 최첨
단기기를 이용한 첩보활동의 전부였다니까 말 다 했죠 뭐. 정말
오래된 얘기네요. 폭스바겐 비틀처럼."

"비틀은 아직도 멋있어요."

"나도 그렇게 생각해요. 아, 그리고 할 얘기가 있는데, 렌터카
임대료와 숙박비는 반반씩 내기로 해요."

"정말 좋은 제안이네요. 난 돈 많은 아버지가 없거든요."

"우리 아버지와 엄마도 어려운 환경에서 자랐어요. 그나마 두
분은 목표 의식이 뚜렷했다더군요. 아이비리그 출신 백인 변호
사라면 타고난 귀족으로 보일지 모르지만 무한 경쟁을 이겨내고
그 자리에서 살아남은 거예요. 우리 부모님은 사회 진화주의에
빠르게 적응한 사람들이었죠. 하지만 나에게는 존재하지 않는
부모였어요."

우리는 이제 고속도로를 달리고 있었다. 도로는 한산했다.

내가 물었다. "나에게는 존재하지 않는 부모라는 게 무슨 뜻
이죠?"

로레인은 나를 보지 않고 정면 도로에만 시선을 고정한 채 말
했다. "열일곱 살 때 강간을 당했어요. 그 개자식은 이름이 브래
드 제임스 3세인데 다섯 살 때부터 알고 지낸 사이였죠. 그 자식
부모는 우리 아빠의 오랜 고객이었어요. 대학교에 입학하기 일
년 전까지 나는 섹스 경험이 전혀 없는 처녀였죠. 그놈은 브래

드 제임스 3세라는 이름이 말해주듯이 특권의식에 찌든 고교생이었어요. 그야말로 질 나쁜 짓은 혼자 다 하고 다녔죠. 굳이 이런 말까지 하긴 싫지만 방금 동화책에서 튀어나온 왕자처럼 잘생긴 놈이었어요. 나는 아이들과 잘 어울려 놀지 않는 책벌레였죠. 브래드는 부모님들끼리 친하게 지내 그저 얼굴이 익숙했어요. 그 당시에 부모님이 나를 컨트리클럽에 자주 데려갔거든요. 나는 컨트리클럽에 가는 게 정말 싫었어요. 브래드는 내가 안중에도 없다는 듯이 굴었고, 부잣집 아이들만 다니는 사립기숙학교로 전학가기 전까지 학교에서 가장 예쁜 여자아이들을 만나 데이트를 즐겼죠. 그런데 신년 파티 때 어쩌다가 우연히 브래드와 한자리에 있게 되었어요. 우리는 어색하게 이야기를 나누면서 마리화나를 피우고 맥주도 마셨죠. 난 흠씬 취했고, 브래드가 뉴포트에 있는 여름 별장을 보여주고 싶다고 하기에 좋다고 했어요. 차로 한 시간쯤 걸리는 거리였죠. 브래드가 술을 진탕 마시고, 마리화나를 연달아 피운 상태로 운전을 했는데 어떻게 별장까지 갔는지 기억나지 않아요. 아무튼 무진장 넓은 별장이었고, 겨울이라 닫혀 있었죠. 오랫동안 난방을 하지 않은 상태라 집이 정말 추웠고, 브래드가 거실 벽난로에 불을 피우겠다고 했어요. 벽난로에 불을 피우고 집 안이 아늑해지자 제법 로맨틱한 분위기가 형성되었죠. 거기까지는 괜찮았는데 그놈이 갑자기 야수로 돌변하더니 내 몸을 붙잡고, 치마를 벗기고, 속옷을 찢고, 소파에 강제로 눕혀놓고 그 짓을 하기 시작했어요. 내가 그만하라면서 비명을 지르자 그 새끼가 뺨을 세게 때리더군요. 어찌나 세게 맞았는지 얼굴이 얼얼해질 지경이었죠. 나를 도우러 와줄 사람은 아무도 없었고, 아무리 비명을 질러봐야 계속 얻어맞기만 할 뿐이어서 그 새끼가 계속 그 짓거리를 하도록 내버려둘 수밖에 없었어요. 그놈이 나를 맘껏 짓밟고 내 몸에서 내려가고 나서야 나는 발작적으로 화가 나 별장에서 있었던 일을 다 까발리겠다고 소리쳤죠. 그 새끼가 몹시 당황한 표정을 짓더니 만약 내가 집으로 돌아가서 한마디라도 떠들어댈 경우 내 인생을 아예 끝장내주겠다고 협박하더군요. 가능한 수단과 방법을 다 동원해 내가 이 세상에서 아무 일도 못 하게 만들어주겠다고 하면서요. 그러더니 나를 집까지 데려다주겠다는 거예요. 너무나 끔찍했지만 집으로 돌아가려면 그 새끼 차를 얻어 탈 수밖에 없는 신세였어요. 한밤중이었고, 한겨울의 여름 휴양지는 그야말로 개미 새끼 한 마리 지나다니지 않는 암흑천지였어요. 그놈이 운전하는 차를 타고 뉴포트 메인 스트리트를 지나갈 때 경찰서 건물이 보이더군요. 차가 빨간 신호등 앞에서 멈춰 서길 기다렸죠. 마침내 빨간불이 되었을 때 차에서 뛰어내려 경찰서로 달려가 여경에게 모든 사실을 털어놓았어요."

로레인은 잠시 말을 멈췄다. 로레인의 이야기는 괴롭다는 말로 담아내기에는 턱없이 부족할 만큼 끔찍했지만 그녀의 목소리는 단 한 번도 흐느낌으로 바뀌지 않았다. 나는 아무 말도 할 수 없었다. 그저 조용히 있어주고, 이야기를 끊지 않고, 어설픈 질문을 던지지 않는 게 최선이었다. 로레인은 지금 아주 은밀하고 끔찍하고 참담하고 한편으로는 대단히 심오한 이야기를 하고 있었다. 그런 이야기를 할 때는 결코 방해해서는 안 된다. 나는 앞에 있는 도로만 바라보며 로레인의 다음 말을 기다렸다.

로레인이 다시 이야기를 시작했다.

"그때가 2022년이었어요. 미투 운동이 한창이던 때라 경찰도 감히 성범죄를 소홀히 다루지 못했죠. 그날 당직을 서던 여자 경관 이름이 리타 다바트였는데 로드아일랜드에 사는 이탈리아계 여성이었고, 정말 좋은 사람이었어요. 내가 강간당한 남자의 차에서 도망쳤다고 하니까 차종, 차의 색깔, 그놈의 이름을 확인하더니 당장 체포해오라고 순찰차를 보내더군요. 우리 부모님에게도 전화해주었고, 여전히 덜덜 떨고 있는 나를 달래주었죠. 리타는 이제 안전하다면서 성범죄를 잘 다루는 여경 마호니를 경찰서로 불러주었어요. 나는 병원으로 옮겨져 검사를 받았고, 마호니 형사는 세 시간 동안 계속 내 옆을 지켰죠. 마호니 형사는 내 진술을 듣고 나서 걱정 말라고 했어요. 병원 검사에서 온몸에 멍 자국이 나왔고, 얼굴에 폭행당한 상처가 있어 브래드 제임스 3세는 꼼짝없이 유죄를 받을 거라고 하더군요. 우리 부모님도 연락을 받고 경찰서로 달려왔어요. 아빠는 내 얼굴도 보지 않고 곧장 경찰서장을 만나 이야기를 나누기 시작했죠. 엄마는 평소보다 나를 훨씬 다정하게 대했어요. 나를 끌어안고, 엄마가 옆에 있으니 걱정 말라고 하고, 다 잘될 거라고 하고, 그놈은 죗값을 달게 받을 거라고 했죠. 그때 엄마의 휴대폰이 울렸어요. 아빠 전화였는데 엄마는 잠깐 실례하겠다고 말하고 밖으로 나가더군요. 몇 분 있다가 엄마와 함께 돌아온 아빠는 일 때문에 당장 프로비던스로 돌아가봐야 한다고 했어요. 엄마는 나를 도운 경관들에게 일일이 고맙다고 인사하며 고개를 숙였죠. 내가 밖으로 나가 차에 오르자 엄마가 나를 돌아보면서 말했어요.

'브래드가 경찰서에 출두해 진술하길 네가 그 녀석과 섹스하기로 합의하고 여름 별장에 함께 갔다던데 사실이니? 네 아빠 말로는 브래드가 섹스 경험이 없어 조금 거칠긴 했어도 너랑 서로 합의한 상태에서 섹스를 했다던데? 브래드는 경찰차 두 대의 호위를 받으며 프로비던스로 돌아갔다는구나. 그 녀석 아빠는 네 아빠 로펌의 가장 중요한 고객이야. 로드아일랜드주에서 가장 왕성한 활동을 하는 분이고.'

나는 엄마에게 소리쳤어요. '내 허벅지와 엉덩이에 생긴 멍 자국을 보고도 어쩜 그런 말을 할 수 있어요? 어느 한 군데 성하지 않고 죄다 피멍이 들었잖아요. 눈이 있으면 내 얼굴을 봐요. 손바닥 자국이 시뻘건데 엄마 눈에는 안 보여요? 그 새끼가 내 몸에 무슨 짓을 했는지 의사 진단서를 읽어줄까요?' 엄마가 나에게 정신과 상담을 받아보는 게 좋겠다고 하기에 나는 또다시 쏘아붙였죠. '난 정의로운 결론을 원해요.' 나는 집에 도착하자마자 방으로 들어가 문을 잠가버렸어요. 어느 누가 와서 문을 두드려도 일절 열어주지 않고 거부했죠. 음식도 전혀 먹지 않고 단식 투쟁을 했어요. 아빠 엄마가 나를 정신병원에 감금하려고 사람들을 들여보냈지만 면도칼을 손에 들고 손목을 그어버릴 거라고 위협하면서 버텨냈죠. 36시간 동안 음식물을 아무것도 먹지 않고 버티려니까 갈증이 심해 가끔 욕실의 수돗물을 마시긴 했어요. 얼마나 서럽던지 발작적으로 눈물이 나와 펑펑 울었죠. 부모님이 나를 사랑하지 않는다는 걸 확인했으니까요.

이튿날 18시에 마호니 형사가 문을 노크했어요. 아빠가 마호니 형사를 매수해 데려왔을 거라는 생각이 들어 그냥 꺼지라고 했죠. 마호니 형사가 그러지 말고 자기 말을 들어보라고 간절히 말해 문을 열어주었어요. 마호니 형사는 양손으로 쟁반을 들고 있더군요. 치즈 샌드위치와 아이스티가 쟁반에 놓여 있었어요. 엄마가 직접 만들었다고 하더군요. 너무나 배가 고파 음식을 먹었어요. 마호니 형사가 맞은편에 앉아 내 어깨에 손을 얹더니 내가 겪은 성폭행은 끔찍하다는 말로는 너무 부족하다면서 분노를 표하더군요. 그 새끼가 지금은 죄를 완강하게 부인하고 있지만 때가 되면 반드시 감옥에 집어넣을 거라고도 했어요. 마호니 형사는 나에게 이렇게 말했어요. '이 자리에서 솔직하게 말할게. 그

녀석 아빠는 프로비던스에서 최고로 막강한 유지이고 돈이 정말 많은 재력가라서 실력이 뛰어난 변호사를 다수 고용할 거야. 막강한 로펌의 변호사들은 이 사건을 자기들 뜻대로 비틀어 유리한 상황을 만들려고 수단과 방법을 가리지 않겠지. 그놈의 변호사들은 끝까지 네가 합의한 상태에서 섹스를 했다고 주장할 거야. 오히려 너를 평소 섹스를 밝히고, 수시로 남학생들을 유혹하는 아이로 만들려고 갖은 수단과 방법을 다 동원할 거야. 다른 학생들을 매수해 네가 평소에도 남학생들에게 먼저 꼬리를 치고 유혹했다는 증언을 조작해내겠지.'

내가 마호니 형사에게 소리쳤어요. '빌어먹을! 나는 그 새끼에게 당하기 전까지 섹스 경험이 전혀 없었단 말이에요. 낯가림이 심한 편이라 남학생들과 어울려 다닌 적이 전혀 없어 툭하면 놀림을 당했다고요.'

마호니 형사는 내 말을 굳게 믿는다면서 방금 전에 했던 얘기는 어디까지나 그놈 변호사들이 나를 증인석에 앉히고 내 명예를 어떻게 짓밟아버릴지 나에게 미리 알려주는 차원에서 해주었다고 하더군요. '로드아일랜드주에서 제임스 가문의 손길이 닿지 않는 곳이 없어. 그러니까 그놈 집안에서 최대한 금전적인 보상을 받아내면서 합의를 보는 게 최선이야. 법원에서 접근 금지 명령을 받아놓으면 그 개자식이 해코지를 못 하도록 막을 수 있어. 만약 엉뚱한 짓을 했다가는 당장 체포될 테니까.' 내가 싫다고 하자 마호니 형사가 또 말했어요. '법정 다툼으로 가봐야 그 놈은 결국 무죄 판결을 받고 풀려나게 될 테고, 너는 섹스하고 싶다고 먼저 말해놓고 마음을 바꾼 정신 나간 여학생 취급을 받게 될 거야. 피해자인 너는 아무런 보상도 받지 못하고 숨어 살아야 하고, 그 개자식은 아무 일도 없었다는 듯이 거들먹거리며 살아가는 꼴을 보고 싶어? 재판에서 지면 평생 아름답지 못한 소문이 너를 따라다닐 수도 있어. 너는 그런 사람들이 원망스럽고 꼴 보기 싫겠지만 네가 사는 사회가 원래 그렇게 생겨먹은 걸 어떡해. 와스프라면 교양이나 도덕을 중시하고 명예를 숭상하는 사람들로 보이겠지만 코너에 몰리면 누구나 다 비열한 짐승이 되지. 결국 힘없는 너만 희생양이 될 뿐이야. 너를 위해 진심으로 해주는 말이야. 정말 죽기보다 싫겠지만 맞서 싸우자니 상대가 너무 거물이야. 이럴 때는 눈물을 머금고 한 발 뒤로 물러서서 합의금을 최대한 많이 받아 챙기는 게 최선이야.'

마호니 형사가 돌아가고 난 뒤에 나는 이틀 동안 다시 방에 틀어박혀 지냈어요. 노크 소리가 나면 누군지 묻지도 않고 당장 꺼져버리라고 소리쳤죠. 사흘째 되던 날 아침에 나는 방을 나와 주방으로 갔고, 오트밀을 먹었어요. 그런 다음 엄마에게 문자메시지를 보냈죠. 두 시간 후에 가족회의를 열 테니까 다들 모이라고 했어요. 그런 다음 한 시간 동안 밖에 나가 달리기를 하고 돌아왔죠. 엄마와 아빠가 거실에서 나를 기다리고 있었어요. 엄마는 내 눈을 피했고, 아빠는 멀뚱하게 나를 바라보고 있었죠. 내가 말을 꺼내기도 전에 아빠가 먼저 말했어요. 브래드의 아빠를 만나 상의해봤는데 잘못을 인정하면서 유감을 표했고, 합의금으로 50만 달러를 주겠다고 했다더군요. 나는 눈을 부릅뜨고 아빠를 쏘아보며 지난 며칠 동안 궁리한 생각을 말했어요. '그 개자식은 내 순결만 앗아간 게 아니었어요. 그 새끼 때문에 이제 세상이 무서워졌어요. 제임스 집안은 프로비던스는 물론 로드아일랜드에서 제일 손꼽는 부자인데 50만 달러라니 너무 하네요. 지금 장난해요? 당장 2백만 달러를 내놓으라고 하시고, 법정 진행 비용도 그 새끼네 집에서 전액 부담하라고 하세요.'

아빠가 눈을 휘둥그레 뜨고 나를 바라보며 말하더군요. '넌 누구에게 그런 엉터리 같은 조언을 받았니?'

'조언해준 사람 없어요. 협상 테이블에서는 인정사정없는 철면피가 되어야 한다고 배웠어요. 나에게 그렇게 말한 사람은 프로비던스에서 제일 인정사정없는 개자식이죠. 바로 아빠요.'

'제임스 집안 사람들이 아무리 돈이 많아도 그 액수를 선뜻 내놓긴 힘들 거야.'

'아뇨, 반드시 내놓아야 할 거예요. 아빠가 그 작자들을 구워삶든지 협박을 하든지 돈을 내도록 만들 테니까요. 그 사람들도 제가 직접 나서길 바라지는 않을 거예요. 만에 하나라도 나를 정신병자로 몰아 이 상황을 빠져나갈 생각은 하지 않는 게 좋아요.

아빠가 변호사로 성공할 수 있었던 여러 가지 비리들을 내가 다 기록해두었어요. 내 눈으로 똑똑히 본 대로 잘 정리해두었죠. 특히 아빠가 로드아일랜드 마피아들을 어떻게 도왔는지 잘 알아요. 내가 쓴 진술서를 미국시민자유연맹에서 일하는 변호사에게 보냈어요. 만약 아빠가 나를 정신병원에 가두면 그 변호사가 내가 작성한 진술서를 득달같이 언론에 뿌리기로 했죠.'

아빠는 눈을 휘둥그레 뜨고 나를 바라보았어요. 엄마는 나에게 뺨을 세게 얻어맞은 표정이었죠. 아빠나 브래드의 아빠는 미국시민자유연맹과 얽히는 걸 질색했죠. 아빠는 내 말이 허풍이라면서 믿지 않으려고 하더군요. 그래서 내가 뭐라고 했게요? '그럼 어디 맘대로 해보시든지, 허풍인지 사실인지.'

아빠는 결국 항복했고, 나는 2백만 달러를 받아 챙겼어요. 미국시민자유연맹에 있는 그 변호사 이름은 랠프 맨하임이고, 조용한 스타일인데 협상 테이블에 앉으면 대단히 날카롭고 매서운 변론을 하는 분으로 유명하죠. 랠프 맨하임 변호사가 브래드에게서 모든 죄를 인정하는 자술서를 받아냈고, 그놈이 내 근처에 접근하거나 제임스 가문 사람들 가운데 그 누구라도 나를 비방하거나 괴롭히면 자술서를 언론에 공개하기로 했어요. 나는 제임스 집안에 요구해 10만 달러를 미국시민자유연맹에 추가로 기부하게 했죠. 랠프가 과묵한 금융 매니저를 소개해주어서 그 사람에게 2백만 달러를 맡겼어요. 그 돈은 지금까지 전혀 손을 대지 않고 있죠. 트라우마를 치료해줄 상담사도 만났어요. 대학을 졸업하고 나서 부모님과는 아예 연락을 끊었죠. 마호니 형사, 랠프 맨하임 변호사 그리고 작년까지 트라우마 치료를 해준 상담사를 빼고 내 얘기를 들은 사람은 당신이 처음이에요."

나는 손을 뻗어 로레인의 어깨를 어루만졌다. 로레인이 흐느끼기 시작했다. 그러다가 갓길에 차를 세우고 시동을 끄고 차에서 내리더니 토하기 시작했다. 나는 얼른 뒤따라 내려 로레인의 어깨를 어루만져 주었다. 로레인은 겨우 마음을 안정시켰다. 나는 로레인을 부축해 다시 차에 올랐다. 쇼핑백에서 생수를 꺼내 로레인에게 주며 마시게 했다.

로레인이 말했다. "미안해요."

"뭐가 미안해요? 정말이지 놀랍고 안타까운 얘기였어요. 어디에서든 꺼내기 쉽지 않은 얘기였을 텐데 솔직하게 들려주어서 정말이지 깊이 감동했어요."

로레인이 내 어깨에 얼굴을 묻고 한참 동안 눈물을 흘렸다. 나는 로레인의 등을 토닥이며 안아주었다. 로레인이 울음을 그치더니 눈을 비비며 말했다.

"내가 얘기하는 동안 한 번도 끼어들지 않아서 고마웠어요. 배려심이 느껴지더군요."

눈이 내리기 시작했다. 우리는 30분쯤 말없이 이동했다. 하늘이 더욱 어두워지기 시작했다. 고속도로에서 빠져나와 좁은 아스팔트 길로 접어들었다. 로레인이 말하길 이제 곧 펜션이 나온다고 했다.

"여기서부터 이 길을 계속 따라가면 돼요. 19시 전까지는 도착할 수 있겠네요. 도착하면 곧장 음식을 준비할게요."

"그럼 나는 바텐더를 맡을게요. 식탁 정리도 하고."

로레인이 미소를 지으며 말했다. "늘 착한 학생이 되어야 마음을 놓는군요."

"어릴 때부터 그렇게 자라서인가봐요. 부모님은 부부 사이가 원만하지 못해 허구한 날 다투었어요. 어린 나는 부모님이 행복하지 않은 이유가 혹시 나 때문은 아닌지 자주 자책했죠. 그러다 보니 문제를 일으키지 않으려고 애쓰는 게 습관처럼 되었어요."

로레인은 내가 더 이야기하길 기대하는 눈치였다. 그녀는 아주 비밀스럽고 끔찍한 얘기를 나에게 들려주었으니 그럴 만했다. 비밀을 털어놓으면 아주 특이한 효과가 생긴다. 즉시 친밀해진다. 오래전 정보국에서 면접을 볼 때 브레이머 부장이 물어본 이후 누구에게도 말하지 않은 비밀이 머릿속에서 떠올랐다. 처음에는 아버지만 알았는데, 그다음에는 브레이머 부장도 알게 되었다. 두 사람은 나에게 똑같은 조언을 했다. 그 조언대로 나는 내 안에 있는 어두운 방에 그 비밀을 숨기고 자물쇠로 잠근 다음 열쇠를 멀리 내던졌다. 로레인이 들려준 이야기를 들으며 나는 마음이 애잔해졌다. 로레인이 마음을 열고 얘기했으니 나는 비밀을 털어놓아야 할 빚이 생겼다.

"나는 20년 전에 어떤 남자를 자살하게 만들었어요."

마치 그 말이 선언하듯 내 입에서 튀어나왔다. 감상적인 어조도 아니었고, 후회하는 기색도 없었다. 그저 사실을 있는 그대로 무덤덤하게 진술하는 말투였다. 로레인은 아무 말도 하지 않고 내 말이 이어지기만을 기다렸다.

로스앤젤레스에서 대학원에 다니던 스물다섯 살 때 루시엔이라는 남자를 만났다. 루시엔은 부유한 집 아들이었지만 집안과 연을 끊고 법률 부조 협회에서 변호사로 일했다. 삼십 대 초반이었던 루시엔을 보자마자 나는 바로 이 남자라는 느낌이 들었다. 루시엔은 재미있고, 책을 좋아하고, 일에 진심인 사람이었다. 그는 범법 행위를 저질렀지만 변호사의 도움을 받을 돈이 없는 청소년과 젊은이들을 주로 맡아 변호했다.

"루시엔은 열정이 넘치는 사람이었어요. 밤늦게까지 와인을 마시면서 나랑 대화하길 좋아했죠. 친구 생일 파티에서 처음 만났는데 보자마자 반했어요. 우린 사귄 지 두 달쯤 되었을 때 우리 아버지를 만나려고 함께 뉴욕에 갔죠. 루시엔을 만나기 전에도 남자들을 몇 번 만나긴 했지만 아버지가 그다지 흡족해하지 않았어요. 루시엔을 만나본 아버지는 그의 정치적 견해, 나를 진심으로 아껴주는 모습이 마음에 들었나봐요. 주말이 되어 루시엔이 《뉴욕타임스》 일요판이랑 브런치로 먹을 베이글을 사러 잠시 밖으로 나간 사이 아버지가 블러드메리 두 잔을 만들어 나에게 건네면서 말했어요.

'루시엔이 너를 많이 좋아하는 게 눈에 보여서 기분이 좋아. 다만 그 아이의 마음 깊은 곳에 아주 약한 면이 보여. 기우일지 모르지만 혹시 어려운 일이 생기면 아예 극복해내지 못할 수도 있어.'

나 역시 루시엔이 지나치게 자책하는 경향이 있고, 우울해할 때가 있다는 걸 알고 있었지만 우리는 행복했어요. 우린 함께할 앞날을 계획했고, 나는 그의 아이를 낳아 키우고 싶었죠. 그러던 어느 날 멕시코의 옥사카라는 곳에서 석 달 동안 체류하던 아버지가 나에게 잠깐 들렀다가 가라고 했어요. 루시엔에게 같이 가자고 했더니 난감한 표정을 지으면서 중요한 재판이 두 건 있다고 하더군요. 나는 어쩔 수 없이 혼자 옥사카에 가서 아버지랑 즐겁게 지냈고, 루시엔과 매일 메시지를 주고받았어요. 집으로 돌아가기로 한 날 루시엔에게서 이메일이 왔어요. 몹시 유감이지만 함께 일하는 동료 변호사를 반년 동안 만나왔다면서 관계를 끝내자고 하는 거예요. 그 여자 이름은 로즈메리이고, 임신했다고 하더군요. 그는 이런 문제를 이메일로 전한다는 게 얼마나 비겁한 일인지 너무나 잘 알고 있지만 로즈메리를 사랑하고, 옆에서 지켜주고 싶다고 했어요. 그러면서 나를 이 세상 그 누구보다 사랑한다는 거예요.

내가 루시엔으로부터 충격적인 이메일을 받았을 때 마침 아버지가 옆에 있어서 천만다행이었죠. 아버지는 일주일 동안 더 함께 지내자고 했어요. 나는 제정신이 아니었고, 미친 듯이 울었죠. 아버지가 말했어요. '넌 총알을 잘 피한 거야. 널 사랑한다면서 미래를 함께하자고 입버릇처럼 말하더니 이런 짓을 하다니, 정말 놀랍고 끔찍할 따름이구나. 지금이 아니라도 언젠가 벌어질 일이었어. 당장이야 고통스럽겠지만 차라리 지금 겪는 게 나을 수도 있어. 사람 속은 알 수 없단다. 자기 자신의 마음속을 모를 때도 많으니까.'

나는 며칠 동안 잠을 이루지 못했고, 음식이 넘어가지 않았어요. 그러다가 결국 집으로 돌아왔고, 루시엔에게서는 아무런 소식이 없더군요. 나는 루시엔을 인생에서 완전히 지워버리기로 결심했고, 휴대폰, 이메일, 메신저를 전부 차단했어요.

몇 달 동안 나는 그저 관성으로 살아가고 있었어요. 아버지는 나를 볼 때마다 걱정을 많이 했죠. 어느 금요일 23시에 누군가 현관문을 노크했어요. 평범한 노크 소리가 아니라 문을 쾅쾅 치는 소리였죠. 문을 열었더니 루시엔이 문 앞에 서 있었어요. 잠을 못 잤는지 초췌하고 핼쑥한 모습이었죠. 로즈메리가 지난주에 유산을 했다는 거예요. 애초부터 잘못된 관계였대요. 그러면서 이제 내가 없으면 안 되겠다는 거예요. 나는 '당신이 뿌린 씨니까 당신이 거두어'라고 말해주고 나서 문을 쾅 닫아버렸죠.

루시엔이 일주일 내내 찾아와 현관문을 두드렸어요. 내가 어딜 가나 졸졸 따라다녔죠. 영화과 수업을 마치고 강의실 밖으로 나설 때, 아파트 근처 작은 슈퍼마켓에서 장을 보고 있을 때에도 그가 나를 따라왔어요. 어느 날 대학교 도서관 앞에서 나를 기다리고 있던 루시엔이 나에게 자살하겠다고 통보하듯이 말하더군요. 나는 경찰서를 찾아가 헤어진 애인이 스토킹을 한다고 털어놓았죠. 루시엔은 경찰에 체포되었어요. 나는 경찰서에 출두해 지금까지 있었던 모든 일을 털어놓았죠. 담당 형사가 루시엔을 하룻밤 유치장에 가두겠다고 하면서 계속 스토킹을 할 경우 어떤 결과가 주어질지 깨닫게 해주겠다고 하더군요. 담당 형사는 나에게 조언했어요. 법원에서 접근 금지 명령을 신청하고 영장을 받아두라고 하더군요. 나는 내일 아침에 곧장 법원을 찾아가겠다고 했죠. 이튿날 8시에 휴대폰이 울렸어요. 루시엔이 간밤에 법정대리인을 부르길 거부해 유치장에 가두었는데 목을 매달아 자살한 시체로 발견됐다는 거예요. 유치장 침대 시트로 목을 맸다고 하더군요."

나는 입을 다물고 어두워진 도로를 뚫어져라 바라보았다. 헤드라이트 불빛에 눈송이가 요란하게 춤을 추었다. 이윽고 로레인이 말했다.

"그 일에 죄책감을 느껴요?"

"내가 좀 더 다정하게 대했더라면 자살을 막을 수 있지 않았을까 하는 자책감을 느껴요. 매몰차게 꺼지라고 하지 않았더라면……."

"내가 그냥 솔직하게 물어볼게요. 그 남자가 갑자기 다른 여자를 만나고 있고, 그녀가 애를 가졌다고 했을 때 어떤 생각이 들었어요? 그런 사실을 이메일로 통보하듯이 전한 그 남자에게 가고 싶다는 생각이 들던가요?"

"우리 사이가 깨진 건 정말 서글펐지만 그런 생각은 전혀 들지 않았어요."

"그 남자랑 다시 잘해봐야겠다는 생각이 들던가요?"

"내가 그 정도로 포용력이 큰 사람은 아닌가봐요."

"세상에! 왜 그런 식으로 생각해요? 당신의 포용력이 결코 작아서 문제가 생긴 게 아니라 그놈이 배신한 거예요. 그놈이 당신과 함께 미래를 설계하다가 일방적으로 다 부수어버린 거예요. 당신 잘못은 추호도 없으니까 결코 자책할 필요가 없다고 봐요. 게다가 그놈은 당신을 스토킹했어요."

"어쨌든 낭떠러지 앞에 서 있는 사람에게 내가 너무 모질게 군 건 분명해요."

"당신 때문에 자살한 게 아니라 스스로 자초한 거예요. 그는 자신이 저지른 실수로 이성을 잃었고, 당신 아버님께서도 미리 알아봤듯이 정서적으로 불안정한 사람이었죠. 그가 자살한 걸 왜 당신 탓이라고 생각해요? 그 남자가 심하게 스토킹한 것을 경찰에 신고한 건 정말 잘한 일이에요. 그냥 내버려두었다가는 당신에게 무슨 해코지를 했을지 몰라요."

나는 아무 말도 하지 않았다.

로레인이 물었다. "그다음에는 어떻게 되었어요?"

아버지가 케임브리지로 와서 나와 함께 있어주었다. 루시엔 가족은 쉬쉬했고, 그와 사귀었던 여자는 전혀 연락이 닿지 않았다.

루시엔이 자살하고 나서 한 달쯤 지난 어느 날 논문 지도 교수가 나에게 말했다. "나는 대학교수로 일하기 전에 버지니아주 랭글리에서 CIA 요원으로 일했어. 아직도 나는 학교에서 인재를 발굴해 CIA나 다른 국가기관에 추천해주는 일을 하고 있지. 단도직입적으로 물어볼게. 자네는 대단히 분석적이고 두뇌 회전이 빠른 학생이야. 혹시 자네의 뛰어난 능력을 나라를 위해 쓸 생각이 있나?"

그때 나는 지도 교수의 말을 받아들였고, 새로운 인생을 시작했다. 하지만 내가 정보국 요원이라는 사실을 어느 누구에게도 밝힐 수 없었다. 나는 이번 주까지는 어디까지나 스텐글 요원이 아니라 에드나 머스그레이브로 살아야 한다.

"루시엔이 자살하고 나서 대학원을 자퇴하고 한동안 아버지와 함께 살았어요. 아버지의 친구 중에 돈 탤벗이라는 사람이 있었는데, 뉴욕 현대미술관 영화 프로그래머였죠. 나는 그분과 함께 영화 연구원으로 일하게 됐어요. 영화의 세계로 깊이 빠져들었고, 내가 하는 일이 마음에 들었어요. 그다음은 다 아는 대로예요."

나는 입을 다물었고, 로레인은 계속 차를 운전하며 나에게 혼자 생각에 잠길 여유를 주었다.

　마침내 로레인이 말했다. "그동안 그 얘기를 아무에게도 털어놓지 못하고 마음속에 담아두고 있었군요."

　"아버지를 빼고 아무도 몰라요."

　"루시엔 이후로는 한 번도 남자를 사귄 적이 없어요?"

　"잠깐씩 만난 남자가 두 명 있었는데 그다지 끌리지 않았어요. 루시엔처럼 길게 만난 사람은 아예 없었죠."

　"정말 안됐네요." 로레인은 내 손을 잡고 살짝 깍지를 꼈다. 그 손길이 좋았다. 혼자가 아니라는 안도감이 들었다. 로레인은 기어를 바꿔야 했기에 어쩔 수 없이 손을 빼냈다. 눈앞의 도로는 칠흑처럼 깜깜하고 눈이 계속 하염없이 내렸다. 얼마 가지 않아 차가 좁은 길로 접어들었다. 통나무집을 대여섯 채 지났을 때 드디어 호숫가 집이 나왔다. 호수 가장자리에 눈이 높이 쌓여 있었다.

　로레인이 말했다. "고맙게도 불을 켜놓았네요. 문도 열려 있었으면 좋겠어요."

　정말 문이 열려 있었다. 로레인이 조명을 더 켰다. 내 입에서 탄성이 흘러나왔다. 정말 아름다운 펜션이었다. 내장재는 모두 윤이 나는 나무였고, 가구는 스칸디나비아 스타일이었다. 커다란 벽난로도 있었고, 호수가 보이는 쪽 벽은 전부 유리로 되어 있었다.

　"아주 환상적인 펜션이네요."

　"괜찮아 보인다니 나도 기분이 좋아요."

로레인은 쇼핑백에서 와인과 샴페인을 여러 병 꺼낸 다음 양고기, 참치, 갖가지 채소, 파스타, 치즈 등의 식재료도 꺼내 냉장고에 집어넣었다.

"양고기는 내일 저녁에 먹는 게 좋겠어요. 조리하는 데 시간이 많이 걸리니까. 오늘은 참치, 채소와 콩, 호박을 곁들인 요리로 식사를 만들어볼게요."

"늘 편안하게 대접만 받다가는 응석받이가 되겠어요."

"그렇게 만드는 게 내 목적이죠. 자, 그럼 위층을 둘러볼까요."

계단을 올라가자 널찍한 침실이 나왔다. 침실에 딸린 욕실도 화려하고 넓었다.

로레인이 말했다. "당신이 이 방을 쓰세요."

"그래도 괜찮겠어요?"

"당연하죠. 나는 옆방을 사용하겠지만 이 방 주인이 초대하면 기꺼이 올게요."

"당연히 초대해야죠." 나는 그렇게 말하고 나서 몸을 돌려 로레인의 입술에 살짝 입을 맞추었다.

로레인이 나를 꽉 껴안으면서 속삭였다. "아까 그 이야기는 정말 마음 아팠어요."

"당신은 끔찍한 성폭행을 당하고 부모에게도 배신당했잖아요. 당신 이야기가 더욱 안타까웠어요."

"우리 지금 누가 더 끔찍한 일을 당했는지 견줄 필요는 없잖아요.”

그 말에 나는 웃음이 터져 나왔다. 이번에는 로레인이 내 입술에 가볍게 키스했다. 내가 더 진하게 키스하려고 하자 로레인이 몸을 살짝 뒤로 뺐냈다.

“시간은 많아요. 지금은 배가 고프니까 음식을 만들게요. 내가 요리하는 동안 목욕해요. 목욕을 마치고 내려오면 먹을 수 있도록 술과 안주를 준비해둘게요.”

로레인이 내 얼굴을 쓰다듬고 나서 내 머리카락을 장난스럽게 헝클어뜨린 뒤 침실에서 나갔다. 나는 방 안을 둘러보았다. 큰 침대, 벽장 네 개, 큰 서랍장 두 개가 있었다.

나는 세면도구 가방을 꺼내 들고 욕실로 갔다. 욕조 옆에 샴푸와 컨디셔너, 목욕 소금이 있었다. 나는 욕조의 수도꼭지를 틀고 수온을 체크했다. 목욕 소금을 한 움큼 욕조에 넣고 일단 침실로 돌아가 옷을 벗고 가운을 찾아들었다. 다시 욕실로 온 나는 욕조에 발을 담그고 뜨거운 물에 익숙해지길 기다렸다.

마침내 온몸을 물에 담근 나는 혼잣말을 했다. “나는 지금 세상에 숨었다.”

캡타운에서 있었던 일들이 주마등처럼 뇌리를 스쳐 지나갔다. 나는 갑자기 로레인에게 키스한 이유가 무엇인지 생각했다. 내 머릿속 다른 누군가가 말했다. ‘심각하게 생각하지 말고 지금 이 순간, 이 멋진 공간, 넓은 욕조와 뜨거운 목욕물을 즐겨. 아래층

에서 음식을 만드는 다정하고 친절한 여자만 생각해.'

내 마음속에는 로레인을 향한 사랑이 점점 커지고 있었다. 나는 손목에 찬 메모랜더를 흘깃 보며 시간을 확인했다. 스물두 건이나 쌓인 메시지는 일단 무시하기로 했다. 내가 시스템에 토요일 오후까지는 연락을 받을 수 없다고 부재중으로 설정해두었는데 의외로 메시지가 많이 와 있었다. 19시 30분에 욕조에서 나와 커다란 수건으로 몸을 닦고 나서 울 터틀넥 스웨터와 코듀로이 치마를 입었다. 얼굴에 살짝 파우더를 바르고, 입술에 립스틱을 바른 다음 아래층으로 내려갔다.

어느새 음식이 식탁에 차려져 있었다. 카나페가 있고, 아이스버킷에 샴페인이 있었다. 커다란 볼에는 양념에 재운 참치가 있었고, 도마에는 썰어놓은 채소가 가득했다.

내가 말했다. "세상에! 정말 부지런하네요."

"내가 주방에서 음식을 만드는 동안 욕실에서 호사스럽게 목욕을 즐겨서 미안하게 생각하죠?"

"뭐, 그렇지 않다고 부정할 수는 없겠네요."

"그럼 설거지를 하면 되잖아요. 이제 미안하다고 느끼지 말아요."

"좋아요."

로레인은 아이스버킷에서 샴페인을 꺼내 포일을 벗기며 말했다. "내가 샴페인 마개를 여는 동안 잠시 창밖에 펼쳐진 경치를 구경하고 있어요."

오픈 주방에서 거실을 지나 유리창 너머 세상을 보러 갔다. 어느새 눈은 그치고, 회색 구름 뒤로 보름달이 떠올랐다. 달빛을 머금은 호수의 모습이 마치 다른 세상에 온 듯이 아름다웠다.

로레인이 물었다. "밖으로 내다보이는 전망이 어때요?"

"그야말로 환상적이네요. 당신 덕분에 호사를 누리고 있어요."

"이제 겨우 한 시간이 지났을 뿐이에요." 로레인은 샴페인 두 잔을 들고 와 나에게 한 잔을 건넸다. 로레인이 잔을 들어 올리며 말했다. "우리 두 사람을 위해 건배."

나는 내 잔을 로레인의 잔에 부딪치며 말했다. "우리 두 사람을 위해 건배."

우리는 샴페인을 한 모금 길게 마셨다. 아주 차가운 샴페인이 목을 타고 내려갔다. 그런 다음 한 번 더 길게 마셨다. 나는 로레인을 보며 웃었고, 그녀도 나를 보며 환하게 웃었다.

"샴페인 맛이……."

나는 미처 말을 마치지 못했다. 무릎에서 갑자기 힘이 빠져 달아났다. 나는 앞으로 고꾸라지며 얼굴을 바닥에 찧었다. 세상이 갑자기 깜깜해졌다.

∞

눈을 떠보니 원래 있던 펜션의 거실이었지만 내 상황은 많이 달라져 있었다. 내 양손이 의자 뒤로 묶여 있었고, 수갑이 채워져 있었다. 상체는 온통 밧줄로 묶여 있었다. 머리와 얼굴을 아주 세게 맞은 느낌이 들었다. 아니, 실제로 세게 맞아 심하게 아팠고, 시야도 흐릿했다. 무릎 위에 뭔가가 놓여 있는 것 같아 내려다보다가 정신이 번쩍 들고, 시야가 또렷해지고, 비명이 터져나왔다. 로레인의 얼굴이 나를 올려다보고 있었다. 초점을 잃어 뿌옇게 흐려진 두 눈이었다. 누군가 로레인의 두개골에서 얼굴 살갗 전체를 도려냈고, 그때 두 눈이 그대로 얼어붙은 듯했다.

나는 다시 한번 소스라치게 놀라며 비명을 질렀다.

목소리가 들려왔다. 여자 목소리.

"겁먹었어? 그럴 만하지."

나는 고개를 들었다. 나를 정면으로 마주 보는 자리에 한 손에는 권총을 들고, 다른 손에는 불붙인 담배를 든 여자가 보였다. 얼굴에 꽉 조인 붕대를 풀었을 때 나타나는 것 같은 흔적이 눈에 들어왔다. 작은 의자에 앉아 있는 여자는 내가 사진이나 영상으로 수없이 보았고, 실제로도 한 번 본 적이 있는 사람이었다.

케이틀린 스텐글.

케이틀린은 경멸이 담긴 냉정한 눈으로 나를 바라보며 담배 연기를 깊게 빨아들이더니 내 얼굴을 향해 길게 내뿜으며 말했다.

"안녕, 언니."

제23장

케이틀린이 말했다. "언니는 생각보다 멍청하네."

내가 말했다. "그런지도 모르지." 내 얼굴이 온전한 상태가 아니라서 말이 어눌하게 흘러나왔다. 수갑을 어찌나 세게 조여놨는지 손목의 피부가 찢어질 것 같았다. 고층빌딩에서 추락할 때 느끼는 공포감이 지금 내가 겪는 상황과 비슷할 듯했다. 온몸이 아팠고, 케이틀린이 내 눈앞에 있어서 느끼는 혼란과 공포가 극심했다.

케이틀린은 내가 중립지대에 있는 동안 계속 내 옆에 있었다. 이제 케이틀린이 모든 패를 쥐고 있다.

"언니가 왜 멍청하다고 하는지 말해줄까? 첫째, 한 번도 나를 의심하지 않았다. 둘째, 언니가 철석같이 믿는 시스템이 해킹당해 개인정보가 조작될 가능성이 있다는 걸 고려하지 못했다."

나는 손가락을 꼼지락거리기 시작했다. 손목에 찬 메모랜더에 손가락을 대야 한다. 정보국 요원의 메모랜더에는 작은 비상 버튼이 있다. 버튼을 누르면 가장 가까이 있는 정보국 부대에 신호가 가고, 위험에 처한 요원의 위치가 전송된다. 하지만 메모랜더는 어느새 내 손목에서 사라진 상태였다.

케이틀린이 물었다. "이걸 찾았어?" 케이틀린이 내 메모랜더를 들고 있었다. "정보국에 비상 신호를 보내 구조를 요청하려고? 이 작은 물건이 어떤 역할을 하는지 우린 이미 다 알고 있어. 이제 영원히 사용할 수 없게 되었다는 뜻이야."

케이틀린은 그렇게 말한 뒤 내 메모랜더를 바닥에 떨어뜨리더니 부츠로 밟아 부숴버렸다. 나는 밧줄이 상체를 감고 있어서 앞으로 몸을 숙일 수조차 없었다. 수갑 찬 손목이 잘려나갈 듯이 아팠다.

"여기서 빠져나갈 수 있을 거라는 생각 자체를 고쳐먹어." 케이틀린은 담배 연기를 또 깊이 빨아들였다. "내가 묻는 말에 친절하게 대답해주고 나서 이 약을 먹고 사라져주는 게 최선일 거야."

케이틀린이 자살 캡슐을 손에 들고 있었다. 나는 내 왼쪽 다리를 보았다. 작은 상처에서 피가 흐르고 있었다. 케이틀린이 내 종아리에서 자살 캡슐을 빼내 가져갔다.

"내가 이런 것까지 알고 있다는 게 신기하지? 정보국 요원들이 임무 수행에 착수하면서 자살 캡슐을 종아리에 심는다는 걸 우린 이미 잘 알고 있었어. 고분고분 협조하면 이 자살 캡슐을 먹게 해줄 테니까 너무 실망하지 마. 오히려 나에게 감사해야 할 거야. 나는 언니가 우리 영토에 있을 때 체포할 수도 있었지만 그냥 내버려두었어. 우리 영토에서 체포되었더라면 어떤 일이 기다리고 있었을지 잘 알 거야."

나는 눈이 휘둥그레졌다. 어떻게 다 까발려졌지?

내가 일일 비자로 국경을 넘기 전부터 케이틀린이 내 일거수
일투족을 다 파악하고 있었다는 뜻이었다.

"연방공화국의 그 잘난 보안시스템을 다 뚫지는 못해도 에드
나 머스그레이브가 가명인 건 진작부터 알고 있었어. 뉴욕에 있
는 우리 정보원이 그러더군. 샘 스텐글이 정보국 본부에서 안 보
인다고. 내가 널 암살하려고 한다는 정보를 일부러 흘린 뒤였
어. 네 이복동생이 막심 레프코비츠라는 정보원을 납치한 배후
인물이고, 중립지대에서 작전을 수행하고 있다는 정보도 일부
러 흘렸지. 나는 너를 여기 중립지대로 끌어내고 싶었어. 바로
내 눈앞에 두고 게임을 하고 싶었으니까.

네가 비자사무소 앞에서 나를 본 것도, 내가 네 동료를 죽이는
모습을 본 것도 다 계획한 일이었지. 네가 나를 대신해 지저분한
연놈들을 처리하게 만든 건 내 계획이었어. 끝없이 바람피우는
그 개자식과 지난 반년 동안 붙어먹은 그 걸레를 처리해주어서 고
마워. 그년은 그놈 비서이기도 했지. 그 연놈들은 내 집 침대에서
뒹구는 게 훨씬 안전하다고 생각했을 거야. 가면을 쓰고 내 모습
으로 변장해 아파트를 드나들면 아무도 의심하지 않을 테니까."

"그게 가면이었어?"

케이틀린이 빙긋 웃으며 일어서서 내 앞으로 걸어왔다. 그녀가
담배 연기를 또다시 길게 빨아들인 다음 내 옆에 쪼그리고 앉아

종아리에서 캡슐을 빼낸 상처를 담뱃불로 지졌다. 내 입에서 고통스러운 비명이 터져 나왔다. 케이틀린이 나를 향해 씩 웃고 나더니 주방 싱크대로 가서 비누통 펌프를 누르고 정성껏 손을 씻었다. 담배꽁초는 내 종아리 살갗에 붙어 계속 바지직 타들어가고 있었고, 마치 전기 고문을 당하는 것 같은 고통이 이어졌다.

"그 연놈들을 죽여준 것에 대한 내 '감사 인사'야. 내가 묻는 말에 제대로 대답하지 않고 버티면 어떤 고통이 기다리는지 맛보기로 보여준 것이기도 하고."

내 입에서 끙끙 앓는 소리가 절로 흘러나왔지만 이를 악물고 참았다.

"그 여자가 어쩌다가 네 얼굴 가면을 쓰고 있게 되었지?"

케이틀린이 내 의자 쪽으로 다가오더니 권총 총열을 쥐고 총 손잡이로 내 옆머리를 세게 내리쳤다. 세상이 빙빙 도는 느낌에 시달리다가 바닥에 구토하며 비명을 질렀다. 자살 캡슐이 있었더라면 당장 빼내 씹었을 텐데 아쉬웠다. 케이틀린이 또 앞발을 휘두르려는 고양이처럼 내 주위를 맴돌았다.

"이런! 피에, 토사물에, 영 보기가 좋지 않네."

케이틀린이 주방 싱크대로 가더니 커다란 파스타 냄비를 수도꼭지 아래에 두고 물을 받았다.

"끓는 물을 던지느냐, 차가운 물을 던지느냐, 이것이 문제로다."

온수 수도꼭지와 냉수 수도꼭지, 둘 다 끝까지 틀어져 있었다.

싱크대에서 김이 피어올랐다. 케이틀린은 일부러 수도꼭지와 냄비 앞에 서서 내 시야를 가렸다. 나는 냄비에 어떤 물이 들어가는지 볼 수 없었다. 케이틀린이 양손으로 냄비를 들고 내 앞으로 다가왔다. 냄비에서 김이 모락모락 피어올랐고, 나는 비명을 지르기 시작했다. 제발 뜨거운 물은 쏟아붓지 말아 달라고 사정했다. 케이틀린이 냄비에 든 물을 던지기 직전, 나는 물을 피하려고 의자를 뒤로 기울여 쓰러졌다. 몸이 바닥에 내동댕이쳐지면서 어깨에 큰 충격이 왔다. 물이 머리와 눈에 쏟아졌지만 다행히 아주 차가웠다. 케이틀린이 부츠로 내 몸을 툭툭 차면서 내 주변을 맴돌았다.

"끓는 물을 조금 붓고, 그 위에 찬물을 많이 부으면 김이 나지. 상대가 겁을 집어먹게 만들 수도 있고."

"정말 유치하네. 왜 남을 괴롭히면서 즐거워해?"

"네가 내 남편을 죽였으니까."

"나 좀 바로 세워줄래?"

"내가 왜?"

"앉아 있는 자세가 심문하기에 더 좋잖아."

"심문 전문가라서 고견을 말해주는 거야?"

"적어도 나는 심문할 때 총으로 때리거나 물을 뿌리지는 않아."

"우리와 너희는 방법이 다를 뿐 잔인한 건 마찬가지야. 너흰 정신적으로 잔인하게 고문하잖아."

"신체적으로 고통을 주지는 않아."

"정신만 망가뜨리니까 괜찮다는 뜻이야?"

"이제 나 좀 일으켜줄래?"

오른쪽 어깨가 너무 아파 입이 덜덜 떨렸다.

"왜 내가 그런 친절을 베풀어야 하지?"

"넌 왜 나를 괴롭히면서 즐거움을 느껴?"

"네가 나를 평생 괴롭혔으니까. 이 순간을 몇 년, 아니 몇십
년 동안 기다려왔어."

케이틀린은 계속 내 주위를 맴돌며 수시로 내 머리나 배를 발
로 차려는 듯이 위협했다. 케이틀린이 담배에 불을 붙이고 나서
물었다.

"담배 피우지?"

"하루에 두세 개비."

"자제력 여왕 나셨네. 지금 한 대 피울래?"

"나를 또 재떨이로 쓸 생각이면 사양할게."

케이틀린은 계속 내 주위를 맴돌았다. 또 어떻게 괴롭혀줄지
생각하는 듯했다.

"이런 상태로는 내 입에서 아무 말도 못 들을 거야. 나를 바로
앉히고, 물기도 닦고, 마실 물도 주면 달라질지도 모르지."

"목욕물도 받아줄까? 촛불도 켜고? 욕조에 같이 들어갈까?
내 이복언니가 동성애자인 줄은 몰랐네."

"내 이복동생이 동성애자인 줄은 몰랐네."

"제법 재치 있네." 케이틀린은 그렇게 말하고 나서 내 의자를 바로 세웠다. 의자 무게와 내 몸무게가 더해져 꽤 무거웠는지 케이틀린의 입에서 끙 소리가 흘러나왔다.

"고마워."

케이틀린은 주방으로 가서 잔에 물을 따르고 행주를 집어 들었다. 그녀는 내가 있는 쪽으로 걸어오면서 소파에 놓인 담요도 가져왔다. 내 얼굴과 목을 닦고, 컵을 내 입에 대고 물을 마시게 했다. 담요도 내 몸에 둘러주었다. 젖은 물기를 없애지는 않았지만 그나마 몸이 좀 따뜻해졌다.

"담배 피울래?"

"수갑 좀 느슨하게 해줘. 손목 아파 죽겠잖아."

"수갑을 느슨하게 해주면 탈출 묘기를 펼치려고 그러지?"

"손에 피가 안 통하니까 정신 집중이 안 돼."

"그렇다고 죽지는 않으니까 담배나 피워."

케이틀린이 담배를 꺼내 불을 붙이더니 내 입에 물려주었다. 나는 담배 연기를 길게 한 모금 빨았다. 기침이 나면서 담배가 입에서 떨어졌다.

"칠칠맞지 못하게 왜 그래?" 그러면서 담배를 다시 내 입에 물려주었다. "어떻게, 내가 담배를 계속 잡고 있어?"

"수갑을 풀어주면 내가 잡고 피울게."

"어림없는 소리. 담배를 다 빨면 말해. 내가 입에서 빼줄게."

"아주 친절하네."

"나랑 친절과는 거리가 멀어."

나는 담배 연기를 깊이 빨아들이고 나서 케이틀린을 향해 고개를 끄덕였다. 케이틀린이 담배를 내 입에서 빼주었다. 나는 숨을 길게 내쉬었다. 케이틀린이 다시 내 입에 담배를 대주어서 또 한 모금 빨았다. 케이틀린이 내 입에서 담배를 빼냈다. 나는 입 안 가득 찬 연기를 내뿜었다.

"혹시나 해서 말해두는데 난 동성애자가 아니야."

"그렇게 강력하게 발뺌하는 사람들이 알고 보면 진짜 동성애자인 경우가 많지."

"개소리를 잘도 지껄이네. 죽는 게 무섭지도 않아?"

"이제 몇 시간 뒤면 어차피 죽을 텐데 말을 가려가면서 할 필요는 없잖아. 그래, 뭐, 동성애자가 아닐 수도 있겠지만 어쨌든 그런 분위기를 풍기는 재주는 있던데."

"내가 연기를 잘하거든. 그런데 넌 그쪽을 한 번도 시도하지 않던데 좀 더 탐구해봐."

"내가 한 번도 시도하지 않은 걸 어떻게 알아?"

"너에 대해 좀 알아. 아마 네가 생각하는 것보다 훨씬 많이 알 거야. 3년 동안 널 추적하고 기록했으니까."

"아, 정보국에 첩자가 있다는 뜻이네."

"아니. 우리도 첩자를 만들려고 시도해봤는데 성공한 적은 없어. 정보국 요원들은 죄다 신념이 대단하더군. 거기에 비하면 앤 파슨스, 일명 내부 기독교인 같은 사람은……."

젠장! 그것도 다 알고 있네.

"솔직히 충격이 컸을 텐데 티 내지 않으려고 애쓰네. 우리도 다 알고 있었어. 네가 내 남편과 그 여자를 죽이고 나서 몇 시간 뒤에 앤 파슨스가 연방공화국 영토로 몰래 빠져나갔지. 우리는 그 사실을 알면서도 그냥 놔주었어. 그 대신 약혼자는 체포했지. 그놈은 이제 다시는 햇빛을 못 보게 될 거야. 앤 파슨스랑 약혼자가 국경을 빠져나갈 자동차에 타기 직전에 약혼자만 붙잡았지. 우리는 사람들이 연방공화국 영토로 도망칠 때 어떤 길을 이용하는지 다 알고 있어. 그냥 보내주어도 상관없는 사람은 모른 척하고 빠져나가게 내버려두지. 우리는 누가 너희들 정보원인지 다 알고 있어."

"허풍이 심하네. 원래부터 그렇게 허세를 부려?"

"총을 들고 있는 사람 앞에서 함부로 입을 놀리면 안 된다는 걸 아버지에게 배웠을 텐데?"

"오만하게 굴면 안 된다고 아버지에게 배웠을 텐데? 아버지가 자주 말했거든. '오만은 자기 의심을 감추려는 수단'이라고."

내 입에서 비명이 튀어나왔다. 비명을 지른 뒤에야 총 손잡이로 세차게 얻어맞았다는 걸 깨달았다. 나는 또 까무룩 정신을 잃고 기절했다가 잠시 후에 회복했다. 얼굴의 통증이 심해 몹시 고통스러웠지만 이제 어떻게 하면 케이틀린의 성질을 건드릴 수 있는지 파악했다.

한참 뒤에 내가 말했다. "얼굴에 얼음 좀 대줘."

"직접 하든지."

"넌 정말 발달장애 아이거나 아버지에게 버림받았다고 세상 사람들 모두를 적대시하는 어린애에 불과해."

"아가리 닥치지 못해!"

"때리고 싶으면 때려. 얼굴이 부서져 네가 묻는 말에 대답하지 못하도록."

케이틀린은 내가 피우던 담배를 마저 피우고 나서 주방으로 가더니 새 행주에 얼음을 넣어왔다. 케이틀린이 방금 권총으로 때린 부위에 얼음을 댔다.

"내가 죽인 여자는 누구야? 그 가면은 원리가 뭐야? 가면 맞지?"

"설마 이 혁신적인 발명품을 몰랐단 말이야? 공화국연맹 경찰국 사람들은 그냥 촌뜨기 기독교인들이 아니야. 우리도 첨단 기술에 대해 해박해. 애틀랜타에 있는 에머리대학교 연구팀에서 알츠하이머 예방약을 만들었지. 그 정도는 너도 잘 알 거야. 그 덕분에 아버지가 오래 사는 동안 치매에 걸리지 않았으니까. 내 슈빌에 있는 밴더빌트대학교 안면 재건 팀에서는 얼굴을 붙였다 떼었다 할 수 있는 기술을 개발했어. 살아 있는 사람 얼굴을 바꿀 수도 있고, 실종 상태지만 사망 신고가 되지 않은 사람 얼굴을 만들어낼 수도 있어."

"로레인은 실종자야?"

"너는 이제 발설할 기회가 없을 테니까 사실 그대로 알려줄게. 맞아, 로레인은 실종자야."

"정보국에는 첩자가 없다고 했지만 그래도 경찰국 끄나풀은 있지? 그 사람이 필요한 정보를 해킹해 너희한테 전달하지? 정기적으로 정보를 전달하면 정보국 보안시스템에 걸리기 쉬울 테니까 아주 가끔 전달할 거야. 로레인 애플화이트는 청소년 때 가출했지만 아직 연방공화국 주민번호가 말소되지 않은 사람이었어. 가족이 실종 신고나 사망 신고를 안 했기 때문일 거야."

"일이 어떻게 돌아가는지 잘 파악하고 있네. 아주 분석적이야. 아버지가 너의 그 꼼꼼한 성격 때문에 많이 불편했을 거야."

"아버지는 내가 정보국에서 일하는 걸 싫어했어. 다만 내가 선택한 분야에서 열심히 일하고 있는 것에 대해서는 존중했지. 아버지는 뭐든 자기 분야에서 성취를 이루는 사람을 높이 평가했거든. 설령 아버지가 좋아하지 않는 일이라고 해도."

"네가 하는 스파이 짓?"

"너도 하는 스파이 짓."

"너도 알다시피 아버지는 내가 열두 살 때 연락을 끊었어."

"잘 알고 있어. 네가 아버지를 만나려고 뉴욕에 왔던 것도 알아."

"그 얘기는 듣기 싫어."

"그럼, 안 할게. 무슨 얘기를 할까? 가면 얘기를 더 해줘. 어떻게 얼굴에 딱 붙게 되지?"

"전용 케이스에 넣어서 냉장 보관해야 해. 얼굴에서 뗀 다음에는 한 시간쯤 형태를 유지할 수 있어. 아, 말하다보니 생각났네."

케이틀린이 로레인의 가면을 집어 들고 주방으로 가더니 냉장고 문을 열고 플라스틱 밀폐용기를 꺼내 가면을 넣고 뚜껑을 닫았다. 나는 그 모습을 흥미롭게 지켜보다가 물어보았다.

"여행 중인데 얼굴을 바꿔야 할 때는 어떻게 하지?"

"케이스가 제대로 냉각되어있는 상태면 여덟 시간 정도는 보관할 수 있어."

"가면을 쓰는 모습을 보여줘."

"싫어."

"가면을 그냥 쓰기만 하는 건 아니겠지. 아마도 특수 크림을 먼저 얼굴에 바를 거야. 가면을 쓴 다음에는 피부에 잘 붙어야 하니까 한 시간쯤 기다려야 하겠지?"

"길어야 30분이야."

"대단하네. 자, 이제 또 다른 추론을 해보자면 너는 나를 없애는 작전을 수행하려고 로레인 애플화이트로 신분을 위장하고 중립지대의 연방공화국 영토에 와 있었고, 네 남편은 기회는 이때다 하고 비서랑 바람을 피우기 시작했을 거야. 그런데 네 남편이 비서와 몰래 만나려면 비서 얼굴을 네 얼굴과 똑같이 만들어 아파트로 들어오게 하는 방법밖에 없었던 거야. 여기까지 내 추론이 맞아?"

"여기서 질문할 수 있는 사람은 네가 아니라 나야."

"그래, 알았어. 궁금한 게 있으면 뭐든지 물어봐. 나는 네가 내 이복동생이라서 관심이 많아. 공화국연맹 경찰국이나 정화 위원회는 네가 우리 연방공화국에 와 있는 걸 진작부터 알고 있었잖아. 그러면 네 남편이 자기들을 가지고 논다는 걸 진작부터 알고 있어야 하지 않나?"

케이틀린이 담배를 물고 불을 붙인 다음 나를 보며 말했다. "무슨 수작인지 다 알아. 조금이라도 더 시간을 끌어보려는 거지."

"그렇게 생각한다면 당장 나를 죽여. 그 총으로 쏘든지, 자살 캡슐을 주든지 당장 끝내버려. 나를 죽지 않을 정도로 살려놓고 괴롭히고 싶으면 더 때리든지."

나는 입을 벌렸다. 피가 새어 나왔다. 이가 깨진 자리가 혀로 느껴졌다. 케이틀린은 나를 보다가 키친타월을 가져와서 내 턱에 흐른 피를 닦아주었다.

"정화 위원회는 내가 연방공화국에 가 있는 걸 몰랐어. 정화 위원회와 경찰국이 그런 정보까지 공유하지는 않아. 경찰국에서는 내 남편이 자기 비서에게 내 얼굴과 똑같은 가면을 씌운 걸 오히려 좋은 일로 받아들였을 거야. 너희들이 보기에는 내가 여전히 중립지대 공화국연맹 영토에 있는 것으로 보일 테니까. 그러면 내가 연방공화국에서 위장 신분을 유지하기에 더 유리해질 테니까. 내 직속상관과 내 남편을 빼고, 내가 연방공화국에 있다는 사실을 아는 사람은 없었어. 게다가 내 가짜 신분이 누군지는 내 남편도 몰랐지. 넌 어때? 네 신분을 아는 사람이 직속상관과 내가 죽인 그 요원 빼고 누가 또 있지?"

"내 상관 이름이 뭔지 알아?"

"그건 내 영역이 아니야."

"나에 대해서 모르는 게 없잖아."

"네가 나에 대해서 모르는 게 없는 거랑 같지."

"나는 너에 대해 다 안다고 말한 적 없어. 너는 나를 몇 년 동안 추적했다며? 나는 몇 달 전까지만 해도 너라는 사람이 이 세상에 존재하는지조차 몰랐어. 몇 달 전에 내 상관이 깜짝 놀랄 비밀 정보를 알려주었는데 너에 관한 서사였지."

"아버지가 아무런 얘기도 안 했어?"

"아버지는 네 엄마랑 너에 대해 한마디도 한 적이 없어. 아버지는 소설가답게 여러 인생을 살았나봐. 너도 아버지를 닮았어."

"어떤 면에서?"

"가면을 여러 개 쓰고 살잖아."

"남 말 하시네. 샘 겸 에드나 씨가."

"인정할게."

"세상 사람 누구나 가면을 써."

"내 엄마도 그랬어. 아, 너도 잘 알겠네."

"네 엄마랑 떡치던 동료 의사 말이야? 캘리포니아 남부에서 달콤하게 살자고 약속했던 남자?"

"다 조사했구나. 그래. 엄마는 아버지와 나를 버리고 떠났어. 나는 그 일이 평생 트라우마로 남을 거야."

"아버지는 나를 버렸고."

"너도 아버지에 대한 트라우마가 있어?"

"아니, 나는 그런 말 안 했어."

"네 엄마는 어떤 분이었어? 좋은 분이었어?"

케이틀린은 고개를 가로저으며 담배를 재떨이에 눌러 껐다. 그녀가 담배 한 개비를 입에 물고 불을 붙였다. 이제 보니 줄담배를 피우는 골초였다. 말하기 껄끄러운 이야기가 나올 때마다 말보로 담배로 저절로 손이 갔다.

"나는 잘 몰라."

"연방공화국 정보국에서 내 엄마도 자세히 조사해 자료로 만들어놨어. 네 엄마에 대해서도 만들어놓았을 거야."

"우리는 교외 주택가에 살았어. 난 거기 사는 걸 싫어했지."

"네 엄마가 거기서 살자고 했잖아."

"너도 다 조사했네."

"아버지랑 너희 엄마랑 계속 싸웠어?"

"신체적인 폭력 행위는 없었지만 계속 다투었어. 해결되는 건 아무것도 없는데 서로 상대에게 소리를 버럭버럭 질렀지."

"그런 부부 싸움은 해결해주는 게 아무것도 없어. 서로 불행을 계속 이어가는 게 부부 싸움의 목적 같아."

"네 엄마도 아버지랑 계속 싸웠어?"

"말도 마. 엄마는 화가 많았어. 난 엄마에게 항상 따졌지. 왜 아버지를 자꾸만 밖으로 밀어내느냐고. 그래, 나는 아버지가 미워. 내가 아버지에게 바란 건 사랑이나 관심뿐이었어. 그런 나에게 좀 더 잘할 수도 있었잖아. 그렇지만 아버지도 무서웠을 거야. 우리 모녀를 잊고 싶었겠지."

"내가 아버지에 대해 아는데, 너를 그렇게 대한 것 때문에 많이 자책했을 거야. 그래, 맞아, 네 존재가 밝혀지면 내가 아버지를 멀리할까봐 두려웠겠지. 그래도 아버지는 그러면 안 되는 거야. 끝까지 네 편이 되어주었어야 해. 그건 아버지가 잘못한 거야."

"아버지는 미안했던지 나에게 매달 2천 달러를 보냈어."

"그 정도는 아버지에게 무척이나 큰돈이었지."

"나도 알아. 나에게 책임감을 느낀다는 걸 금전적으로 보여주고 싶었나봐. 너를 멀리한 것에 대해서도 미안한 마음을 표한 거고. 어쨌든 나라가 분리된 이후 아버지 돈도 끊겼어."

"네가 공화국연맹 경찰국에 들어간 걸 아버지도 알고 있었어?"

"몰랐을 거야. 연방공화국에서 들어오는 돈은 이제 못 받는다고 경찰국 윗사람들이 그랬어. 친부가 보내는 돈이라도 받을 수 없다고 하더군. 게다가 그 아버지의 또 다른 딸이 연방공화국 정보국 요원이니까."

"난 중요한 인물이 전혀 아니야."

"하긴 우리 같은 일을 하는 사람들은 죄다 소모품이지. 어쨌든 넌 정보국 서열이 제법 높잖아."

"그걸 알면서 왜 내 직속상관 이름은 몰라?"

케이틀린은 담배를 재떨이에 눌러 끄더니 가방에서 검은색 파우치를 꺼냈다. 파우치 안에 가느다란 금속 막대와 집게에 달린 버튼 두 개가 나왔다. 그녀는 버튼 하나를 자기 셔츠에, 다른 하나를 내 젖은 스웨터에 부착하더니 금속 막대를 테이블에 놓았다. 금속 막대를 한 번 눌렀다. 녹음 장치였다.

"이제 본격적인 심문을 하려고? 장비가 좀 구식이네."

"여기는 전파 방해를 받고 있어서 우리 공화국연맹에 통신을 보내려면 대화를 직접 녹음하는 수밖에 없어. 어쨌든 너의 그 오만방자한 말은 새겨둘게. 연방공화국은 통신망 안에 있기만 하면 그 머릿속에 있는 칩들을 통해 모든 상황이 다 전달되고 녹음되겠지. 그렇지만 지금은 내가 우리 쪽 영토로 돌아가기 전까지 우리가 나누는 대화를 그 누구도 들을 수 없어."

"언제 돌아가는데?"

"너에게서 필요한 정보를 빼낸 다음 너를 죽이고 나서."

"로레인 애플화이트 신분으로 일일 비자를 얻어서 돌아가겠네?"

"역시 똑똑해."

"내 시체는 어떻게 처리할 거야?"

"지하실에 미리 구덩이를 파두었어. 위는 바닥 나무로 덮어두었지. 어제부터 여기를 빌려 우리 팀을 불렀거든. 팀원들이 바닥 목재를 뜯고 콘크리트를 팠어. 겨울에는 여기에 아무도 안 와. 콘크리트를 깨고 부숴도 소리를 들을 사람이 없지. 내일 오전 9시에 다른 팀이 올 거야. 지하실로 네 시체를 가져가 구덩이에 넣고 콘크리트를 부을 거야. 바닥 나무도 다시 깔고, 작업하느라 나온 먼지나 쓰레기도 깨끗이 치워야겠지. 핏자국 하나 안 남길 거야. 네 입과 코에서 피가 엄청 많이 나오겠네. 자, 너는 이제 곧 영원한 세계로 떠나야 해. 미리 축하해."

"벗어날 방법은 없어?"

"정보국을 배신하려고?"

"그 질문에 그렇다고 대답하는 순간부터 나는 영원한 배신자가 되겠지. 어쨌든 내가 그렇다고 대답하면 넌 나에게 자유를 보장하겠다고 갖가지 약속을 하겠네. 그렇지만 너와 함께 공화국연맹으로 넘어갈 경우 어떤 일이 벌어질지 알아. 몇 년 동안 나를 가두고 세뇌하겠지. 그다음에는 네 남편과 남편의 정부를 죽인 혐의로 나를 재판정에 세울 거야."

"형기를 줄여줄게. 나도 그 정도 영향력은 발휘할 수 있어."

"징역 50년에서 30년?"

"우리에게 가치 있는 정보를 제공하면 이야기가 달라질 수도 있겠지."

"고맙지만 사양할게. 나는 결코 아무 말도 안 해. 그래, 얼마든지 두들겨 패. 내 손톱을 뽑아. 욕실로 끌고 가서 욕조에 물을 채우고 머리카락을 잡고 물고문을 해도 결과는 똑같을 거야. 넌 내 입에서 단 한마디도 들을 수 없어."

케이틀린이 담배에 다시 불을 붙였다.

"겁도 없이 큰소리치는 게 특기야?"

"그런 건 협상이 아니야, 케이틀린." 마침내 내가 케이틀린을 이름으로 불렀다. "양쪽 다 얻는 게 아무것도 없이 끝나는 협상은 없어. 아니, 이 경우에는 한쪽이 일방적으로 죽게 되는 거네. 그럼 나는 기꺼이 죽을래."

"누가 마음대로 죽게 내버려둘 줄 알아? 나에게 다 털어놓기 전에는 마음대로 못 죽어. 결국은 입을 열게 될 거야. 내가 입을 열게 할 테니까."

"드디어 내가 이복동생이랑 한 공간에서 마주하게 됐어. 넌 처음에는 나를 때렸지만 계속 때리지는 않았어. 권총으로 나를 때린 건 내가 아버지 얘기로 너를 화나게 했기 때문이야. 자, 이제 대화를 더 이어가기 전에 너에게 세 가지를 부탁할게. 첫째, 수갑을 좀 느슨하게 해줘. 이제 피가 안 통해서 손이 파랗게 되어가고 있어."

"다른 두 가지는 뭐야?"

"화장실에 가고 싶어. 그리고 마른 옷으로 갈아입고 싶어. 스웨터가 너무 젖어서 추워."

"그렇게 해주면 내게 돌아오는 건 뭐야?"

"인간답게 행동한 뿌듯함. 아니면 교환도 되겠지."

"무슨 교환?"

"너에게 약속할게, 우리 쪽에서 새로운 삶을 살 수 있게 해주겠다고. 그래, 정신교육은 다시 받아야 할 거야. 일 년쯤 교정시설에 가 있어야 할지도 몰라. 난 연방공화국에서 전향한 사람들을 어떻게 대하는지 잘 알아. 내가 약속하는데, 전향하기 전에 했던 일들로 벌을 주지는 않아."

"개소리는 집어치워. 나는 연방공화국의 정보국 요원을 쏴 죽였어. 여자 옷을 입고 코미디를 하는 놈을 납치할 때 현장에서 지휘한 사람도 나야. 연방공화국에서 보자면 나는 아주 악랄한 적이야. 그런데 나에게 잘 대해줄 거라고? 그게 무슨 헛소리야?"

"잘 들어봐. 내가 모시는 상관이 정보국 최고위원들에게 말할 거야. 과거는 없던 일로 하자고. 전쟁은 전쟁이야. 전시에는 누구나 이성적이라고 말할 수 없는 결정을 하게 되지. 우리에게 잘 협조해주면 넌 새 신분으로 새로운 삶을 살 수 있어."

"내가 계속 첩보원으로 일하고 싶다면?"

"안 될 게 뭐 있어? 지금 이 자리에서 확답할 수는 없지만 내가 정보국에서 일할 수 있게 애써볼게."

"그래 봐야 별 볼 일 없는 일을 맡기겠지. 내가 이중간첩이 아닌지 계속 의심할 테니까. 나는 연방공화국의 모토도 마음에 안 들어. 연방공화국은 표현의 자유가 있는 곳, 진보적인 곳이라고 떠들어대지. 그런데 알고 봤더니 너흰 밤낮없이 감시당해. 사생활은 아예 없어. 사생활을 보장해주는 체하지만 실질적인 자유는 전혀 없다니까. 예술가인 체하는 엘리트 부류들은 연방공화국 권력 구조를 비판하는 듯이 보이지만 정부에서 문화예술인들에게 지원해주는 온갖 보조금을 받아먹으면서 살고 있지. 그 인간들이 너희 정보국 요원들보다 훨씬 더 많은 걸 타협하면서 살아. 너는 이 게임이 어떤 한계 안에서 이뤄지는지 알고 있잖아. 너희들이 실제로는 얼마나 구속받으면서 살고 있는지 잘 알고 있잖아."

"수갑 좀 풀고 소변 좀 보게 해줘. 더는 견디기 힘들어."

케이틀린은 내 말을 듣고 잠시 생각하다가 담배를 눌러 끄더니 내 옆으로 다가와 내 머리에 총구를 들이댔다.

"지금부터 밧줄을 풀 텐데 총을 네 머리에서 떼는 일은 없을 거야. 약간이라도 수상한 짓을 하면 그대로 쏴버릴 테니까 그리 알아. 수갑을 좀 느슨하게 해줄 수는 있지만 풀어줄 수는 없어. 수갑이 살을 파고들지 않도록 해줄게. 그다음에 너를 욕실로 데려가 바지를 내리고 볼일을 보게 해줄 거야. 볼일을 보는 동안 나는 나가 있을 테니까 끝나면 소리쳐서 불러. 알았지?"

"잘 알았어. 고마워."

"젖은 스웨터를 갈아입게 하려면 잠시 네 팔을 자유롭게 풀어줘야 하는데, 그건 위험해서 안 돼."

"아직도 나를 못 믿어?" 나는 피 묻은 입술로 애써 억지 미소를 지었다.

케이틀린이 권총에 힘을 줬다. "앞으로도 절대 안 믿어."

"안타깝네. 나는 네가 시키는 대로 다 할 텐데."

"그럼 내가 밧줄을 푸는 동안 꼼짝하지 말고 가만히 있어."

케이틀린은 총을 왼손에 쥐고 매듭을 풀었다. 그런 다음 밧줄을 풀 때는 총을 다시 오른손으로 쥐었다. 상체를 아프게 옥죄던 밧줄이 풀리자 내 입에서 저절로 탄성이 흘러나왔다.

내가 말했다. "고마워."

케이틀린이 의자 뒤로 갔다.

"왼쪽 수갑을 두 단계 느슨하게 풀어줄게. 조금이라도 움직이면 손에 피가 안 통하게 확 줄여버릴 거야."

"나는 아무 짓도 안 할 거야." 그러나 나는 케이틀린이 수갑 열쇠를 꺼내 열쇠 구멍에 넣고 돌리려면 총을 바닥에 내려놓을 수밖에 없다는 사실을 알고 있었다. 양손으로 케이틀린의 얼굴을 세게 치면 수갑이 날아갈까? 수갑이 날아가고 케이틀린이 쓰러지면 어떻게든 의자에서 일어나 총을 발로 차고 달려가 먼저 잡을 수 있을까? 내가 케이틀린을 때려서 기절시키지 못할 경우 총을 먼저 잡은 그녀가 나를 쏘게 될 것이다. 그러면 모든 게 끝난다. 케이틀린에게는 내가 기꺼이 죽겠다고 큰소리쳤지만 나는 죽음을 면할 수 있다면 무슨 짓이든 할 각오가 되어 있었다.

수갑에 열쇠를 꽂는 소리가 들려왔다.

케이틀린이 말했다. "꼼짝도 하지 마."

"알았어."

수갑이 느슨해졌다. 수갑을 세 단계 넓히자 왼쪽 손목의 통증이 현저하게 줄어들었다. 오른쪽 손목에서도 탁 소리가 세 번 났다. 이제 오른손에도 피가 돌았다.

케이틀린이 말했다. "이제 일어서."

내가 말했다. "의자를 매달고 일어나라고?" 내 손은 여전히 의자 뒤에 묶여 있었다.

케이틀린이 오른손에 총을 들고 다가와 나를 겨누고, 왼손으로 내 왼쪽 겨드랑이를 잡고 나를 안아 일으켰다. 내가 일어서자 케이틀린은 의자를 발로 차 옆으로 밀었다. 나는 비틀거리는 걸음으로 앞을 향해 나갔다. 뒤로 꺾인 팔이 계속 아팠다.

"손이 앞으로 오도록 수갑을 바꿔줘. 부탁이야."

"안 돼."

욕실은 주방 옆에 있었다. 욕실에 들어서자 케이틀린은 변기 뚜껑을 열고, 내 청바지 단추를 끄르고 아래로 내렸다. 그다음,

욕실에서 나간 뒤 문을 쾅 달았다. 나는 간신히 변기에 앉았다. 가까이에 거울이 있었다. 나는 일부러 거울을 피했다. 용변을 다 마친 뒤에 내가 말했다.

"좀 도와줘."

나는 변기에서 일어나서 옆으로 조금 비켜섰다. 문이 열렸다.

내가 말했다. "밑을 닦아 달라는 건 아니야."

케이틀린이 입술을 비죽거리고 나서 내 청바지를 끌어 올려 단추를 잠그더니 나를 앞으로 민 다음 변기 물을 내렸다. 그러고 나서 손을 씻었다.

내가 말했다. "청결한 자만이 천국에 가리니."

"더럽게 재밌네."

"아버지 소설에 나오는 대사야. 물론 반어법으로."

"그 소설 제목이 《예수 재림》이었지 아마. 그 말을 한 사람은 화자고. 화자 이름이 뭐였더라?"

"수전 스틸."

"그래, 맞아, 수전 스틸. 월스트리트 생활도 버리고, 남편과 자식들도 버리고 텍사스 벽지로 사라지는 여자."

"기억력이 제법이네."

케이틀린은 내가 묶여 있던 의자로 나를 데려갔다. 내 몸을 뒤로 돌렸다. 한쪽 수갑이 풀렸다. 케이틀린이 재빨리 총을 집어 들고 나를 겨누었다.

"손을 앞으로 하고, 왼쪽 손목에도 수갑을 채워."

나는 시키는 대로 했다. 양손이 등 뒤로 묶여 있지 않아서 한결 편해졌다.

케이틀린이 말했다. "이제 의자에 앉아."

나는 의자에 앉았다.

"좀 있으면 밤 10시야. 밤새 시간이 있어. 너도 마찬가지지. 아, 그런데 너는 오늘 이후로는 밤을 못 보네. 양손을 앞으로 두게 해준 건 동정을 베푼 거야. 이제 네가 정보국에서 하는 일에 대해 내가 궁금해하는 걸 다 털어놔야 해."

"인간적으로 대해준 건 고맙게 생각해. 그렇지만 아까 말했듯이 내 입에서 아무 말도 못 들을 거야."

"말하게 되어 있어."

내가 물었다. "왜?" 그러나 이미 내 머릿속에서는 케이틀린이 나에게 무슨 짓을 벌일지 다 떠올랐다. 케이틀린이 자리에서 일어서더니 가방에서 아까와 다른 검은색 파우치를 꺼냈다. 그런 다음 주사기와 바늘, 주사약 두 개를 나에게 보여주었다.

"페노바르비탈 나트륨, 잘 알아?"

잘 안다. 악몽 같은 약.

"대답을 안 하네?"

"그래, 잘 알아. 우리 법무부에서는 5년 전에 금지한 약물이야. 너무 독한 약이거든."

"최후의 수단으로 효과적이야. 정맥에 50밀리그램를 주사하면 어떻게 되는지 알아? 온몸이 자기 뜻대로 안 움직여. 변을 조절 못해 똥을 싸지. 속이 텅 빌 때까지 토하기도 하고. 그다음 주사약 속에 들어 있는 진실을 말하게 해주는 성분이 효과를 발휘하지. 내가 무엇을 묻든지 다 털어놓기 시작할 거야. 한 시간 반 뒤에는 탈수증상이 나타나고, 괴로워하면서 천천히 죽음을 맞이하게 되지. 물 없이 사막에 뛰어든 멍청이 꼴이 되어도 말은 할 거야. 약의 성분이 말을 하게 만드니까."

나도 모르게 주사기와 주사약들을 뚫어지게 보고 있었다. 케이틀린의 입장에서는 애초에 나에게 약을 탄 샴페인을 먹였을 때 저 주사를 놓았으면 일이 더 쉬웠을 것이다. 진실을 말하게 해주는 주사로 나에게서 필요한 정보를 다 얻은 뒤에 나를 죽게 내버려두면 됐을 텐데 케이틀린은 주사를 놓지 않고 나와 대화를 나누었다. 케이틀린도 나처럼 이복 자매가 어떤 사람인지 궁금해 곧장 죽이고 싶지 않았을 것이다. 케이틀린은 대화를 원했고, 우리 사이에 존재하는 공통분모를 찾고 있었다. 그래서 나는 케이틀린에게 계속 말을 시켜야 했다.

"그 끔찍한 주사는 안 놔도 돼. 지금 내 몸 상태에 그 주사를 맞으면, 대답도 몇 번 못 하고 죽을걸."

케이틀린이 말했다. "그 정도 위험은 감수해야지."

"나에게서 뭘 알고 싶어?"

케이틀린이 의자를 앞으로 당기더니 녹음기가 잘 작동되는지 확인했다.

"너희들이 호텔이라고 말하는 연방공화국 정보국에서 일하는 사람들을 꼭대기부터 다 얘기해봐."

"아버지가 정보국에 대해 쓴 소설이 있었지. 그 시절에는 정보국을 호텔이 아니라 펜실베이니아라고 불렀어."

"나도 알아. 이제 아버지 얘긴 하고 싶지 않아."

"네가 아버지 소설 얘기를 먼저 꺼냈잖아. 《예수 재림》. 아버지가 쓴 책 중에서 가장 마음에 든 소설이야?"

"무슨 수작인지 다 알아. 이제는 안 먹혀."

"나는 막다른 길에 봉착해 있어. 도망칠 곳이 없지. 이제 다 포기했는데 굳이 왜 나를 심문하려고 하지? 내 질문에 다른 의미는 없어. 그냥, 아버지 소설을 몇 편이나 읽었는지 궁금했을 따름이야."

케이틀린이 담배를 한 대 물고 지포라이터로 불을 붙였다.

"나도 한 대 줘."

케이틀린은 잠시 생각하더니 총을 계속 나에게 겨눈 상태로 담뱃갑을 내 가까이로 밀었다.

"담배를 한 개비 빼물고, 그다음에 발로 차서 담뱃갑을 이리 보내."

나는 케이틀린의 말을 그대로 따랐다. 담뱃갑을 차서 보내자 케이틀린이 지포라이터를 바닥에 놓고 내가 있는 쪽으로 밀어 보냈다.

케이틀린은 총을 단단히 잡고 나를 겨눈 상태로 말했다. "지 포라이터로 담배에 불을 붙인 다음 뚜껑을 닫고 나에게 보내."

"알았어." 나는 시키는 대로 했다. 수갑을 등 뒤로 찬 것과 앞으로 찬 건 크게 달랐다. 수갑을 앞으로 찬 상태에서는 양손이 매여 있어도 담배를 집을 수 있었다.

나는 말보로 담배 연기 한 모금을 깊게 삼키며 말했다. "아까도 물어봤지만 아버지 소설들 가운데 가장 마음에 와닿았던 작품이 뭐야?"

"《지도도 없이》를 가장 좋아해. 그 소설을 읽었을 때 아버지가 나를 소재로 나에게 바치는 소설을 썼다는 생각이 들었어."

케이틀린의 존재를 알게 된 이후 나도 그 소설이 케이틀린의 이야기가 아닐까, 딸과 인연을 끊은 죄책감 때문에 쓴 게 아닐까 생각했다. 2027년에 나온 그 소설의 주인공은 십 대 후반의 여성이다. 주인공은 자신이 아직 아기일 때 익사 사고로 사망한 것으로 알고 있던 아버지가 사실은 아직 생존해 있고, 몹시 신경질적인 엄마가 그 사실을 계속 숨겨왔을 뿐이라고 확신한다. 주인공은 몇 년 동안에 걸친 노력 끝에 아버지를 찾아낸다. 주인공은 마침내 아버지와 얼굴을 마주하고 만나지만 크게 실망한다. 아버지는 딱히 흥미롭지도 훌륭하지도 않은 사람이었다. 아무런 개성이 없는 도시에서 혼자 살아가고 있었고, 평범한 회사의 사무직에 종사하는, 그저 하루하루 다람쥐 쳇바퀴 돌듯 살아가고 있는 사람일 뿐이었다.

주인공이 왜 엄마와 자신을 버리고 떠났는지 따져 묻자 아버지는 맥 빠지는 대답을 내놓는다. '그냥 그 생활이 나한테 맞지 않았어.'

주인공은 그동안 자신이 틈날 때마다 그려보았던 아버지가 실제로는 따분하고 폐쇄적인 사람이라는 사실을 깨닫고 큰 충격을 받는다. 그런 한편 자신의 엄마는 지성인이고 교양인이었지만 삶이 제대로 받쳐주지 않아 알코올에 의존하게 된 사람이라는 사실도 다시 깨닫는다.

내가 말했다. "슬픈 책이지. 그렇지만 그 소설의 아버지와 우리 아버지는 분명히 달라."

"넌 그렇게 생각하겠지. 너는 아버지랑 친했고, 네 엄마가 가족을 버리고 떠난 뒤로 아버지는 전적으로 네 편이었으니까. 네가 정보국 요원이 된 뒤로도 일주일에 두 번, 아니 세 번 정도 만났지? 네가 하는 일 때문에 아버지는 너에게 속마음을 다 털어놓을 수 없게 되었지만 너랑 늘 가깝게 지냈어. 너에게는 언제나 A플러스 아버지였지. 그렇지만 아버지는 마음에 비밀의 방들을 만들어두고, 그 방들을 철저하게 지켰어. 네가 아버지에게 다른 딸이 있다는 것도, 그 딸을 버린 것도 몰랐을 정도로."

"넌 마음속에 비밀의 방이 없어? 깊숙이 숨겨놓은 비밀이 없어?

나는 비밀이 있어. 내 직업 때문이 아니야. 오히려 내가 그런 사람이라서 정보국 요원이라는 직업에 끌렸다고 봐야지. 네가 아까 뭐라고 했어? 사람들은 누구나 가면을 쓴다고 했지? 음, 우리 아버지의 가면은 여러 개였지. 아버지가 네 편이 되어주지 않은 건 나도 마음 아파."

"아버지가 내 옆에 없었던 이유를 말해줄까? 아버지는 자신을 완벽한 아버지로 생각하는 딸에게 충격을 줄 수 없었기 때문이야."

나는 담배 연기를 더 깊게 빨아들인 뒤 말했다. "하나 더 물어볼게. 네 엄마가 이성적으로 행동했다면, 아버지를 속이고 임신하지 않았다면, 미국 분리가 일어나지 않았다면, 네가 공화국연맹 경찰국 비밀 요원이 되지 않았다면, 이런 일련의 상황이 중첩되지 않았다면 아버지가 너를 외면하는 일은 없지 않았을까? 그래, 맞아. 아버지는 내가 그 비밀을 알았을 때 어떻게 반응할지 몰라서 두려웠을 거야. 그때 나는 툭하면 화를 내는 사춘기였고, 엄마를 잃었고, 내가 아버지의 소중하고 예쁜 딸이라고 생각했으니까. 너도 그걸 바랐겠지. 아버지는 너를 부인했고. 그래서 세월이 지난 지금도 너는 분노하고 있고. 그래, 네 마음 이해할 수 있어."

"내 감정까지 함부로 주워섬기지 마."

"내가 가진 아버지를 너는 갖지 못했다는 이유로 너는 나를 미워했어. 너는 아버지가 배타적이고 나쁜 놈이라고 너 자신에게 증명하고 싶지? 그래야 사라지지 않는 상처를 치유하기 편할 테니까."

"아버지가 전적으로 네 편이었을까? 네 엄마가 떠난 뒤에도 아버지는 계속 다른 여자들을 만났어. 언제나 여자들을 유혹하는 데에는 선수였지만 그 누구에게도 충실하지 못한 사람이었지."

"그 말은 맞아. 엄마가 떠난 뒤로 아버지는 한 사람에게 충실한 관계를 버렸어. 기대가 컸던 결혼 생활을 잃어버려 너무 큰 상처를 받았겠지. 자기보다 어리고 못난 남자 때문에 버려졌다는 생각이 들어 너무 화가 났겠지. 그래서 두 가지 결과가 나왔어. 첫째, 아버지는 그 뒤로 어느 누구에게도 제대로 마음을 줄 수 없었어. 둘째, 그 대신 나에게 최고의 아버지가 되었지."

나는 내 말에 케이틀린이 어퍼컷을 제대로 맞았으리라 예상했다. 예상이 적중했다.

케이틀린이 담배를 눌러 끄며 말했다. "그런 말로 내 마음을 아프게 헤집어놓으려고?"

"오늘 네가 내 얼굴에 한 짓들을 생각하면 그 정도는 약과지."

"아버지가 쓴 소설들 가운데 세 권에 너에게 바친다는 서문이 있어."

"한 권은 아예 네 이야기야. 간접적이긴 해도 그렇잖아. 그래도 계속해. 아버지가 여자들에게 나쁜 짓을 했다고 계속 너 자신에게 주입시켜. 아버지 장례식 때 온 여자들을 봤어? 일흔 살부터 아흔 살까지, 죄다 노인이 된 여자들이었어. 그래, 아버지는 결혼을 두려워했지. 그래, 아버지랑 결혼하리라 생각했는데 아버지가 거부하자 크게 화난 여자들도 있었겠지. 그렇지만 내가 아는 진실을 말해볼까? 아버지는 좋은 사람이었어. 완벽하지 않았고, 결점도 많았지만 아버지는 자기만의 신조를 지키며 살았어. 다시 한번 말하자면 나에게는 최고의 아버지였지. 나는 운이 좋았어. 너는 운이 나빴고."

케이틀린이 자리에서 일어나 일 분쯤 거실 안을 서성거렸다. 그녀가 마침내 주방으로 가더니 코냑을 가져왔다.

케이틀린이 물었다. "마실래?"

"고마워."

케이틀린은 주방에서 잔 두 개를 가져와 각각 더블 샷을 따른 뒤에 잔 하나를 바닥으로 밀어 보냈다. 나는 잔이 발치에 닿았을 때 팔을 아래로 뻗어 잔을 잡았다. 그런 다음 케이틀린을 위해 잔을 높이 들어 올렸다.

"건배, 이복동생." 케이틀린이 고개를 끄덕여 답하며 잔을 높이 들어 올렸다. "강간당했다는 네 이야기, 아니, 로레인 이야기는 네가 실제로 겪은 일이었어?"

"조지아대학교에 다닐 때 실제로 겪은 일이야."

"너를 그렇게 만든 놈은 그냥 아무런 벌도 받지 않고 빠져나갔어?"

"나중에 죗값을 받았어."

"어떻게?"

"연방공화국 정보국은 어떤지 모르지만 공화국연맹 경찰국은 법의 심판을 받지 않은 개인에 대해 '살인 면허'를 내주지. 물론 죽여도 될 만큼 파렴치한 범법 행위를 저질렀다는 사실을 입증해야만 가능해. 그놈이 강간한 여학생은 내가 처음이 아니었고, 이후로도 그런 짓을 되풀이했어. 나는 2037년에 놈을 죽여도 된다는 살인 면허를 받아냈지."

"어떻게 죽였어?"

"그게 왜 궁금해?"

"그냥 직업적인 호기심이라고 해두지. 네가 복수한 이야기를 들으면 나도 기분이 짜릿할 것 같아."

케이틀린은 코냑을 마시고 나서 새 담배에 불을 붙였다.

"일단 그놈을 줄곧 감시했어. 나는 그놈이 올랜도로 출장을 떠나 자살하는 시나리오를 짜고 작전을 수립했지. 그놈을 감시하면서 출장을 떠날 때마다 총을 지참한다는 사실을 알게 되었어. 공화국연맹 사람들은 출장을 떠날 때 대부분 총을 지참하고 다니지. 나는 호텔 방에서 그놈을 기다렸고, 드디어 놈과 맞닥뜨리게 되었어. 내가 놈에게 총을 겨누면서 누구인지 밝혔지. 그런 다음 놈의 총을 빼앗았고, 호텔 편지지를 던져주고 유서를 쓰라고 했어. 유서를 쓴 그놈에게 속옷까지 다 벗고 침대에 누우라고 했더니 엉엉 울면서 살려달라고 매달리더군. 나는 죄를 뉘우치고 천국으로 보내달라는 기도나 하라고 소리쳤지. 나는 그놈이 엉엉 우는 소리를 빨리 그치게 하려고 왼쪽 관자놀이에 총구를 대고 방아쇠를 당겼어. 그런 다음 총을 그놈 손에 쥐여주고 호텔을 빠져나왔지.

경찰에 미리 다 얘기해두었기 때문에 부검은 필요하지 않았어. 내가 놈이 오른손잡이인 걸 깜박하고 왼쪽 관자놀이를 총으로 쏘았지만 살인 면허를 받아놓은 상태라 문제 될 게 없었지. 어차피 유서도 있었기 때문에 그놈 가족들에게 자살했다고 알리고 수사를 종결했어."

"그놈을 죽이고 나니까 기분이 어땠어?"

"마음의 상처가 좀 나아졌느냐고? 아니, 전혀. 이제 그 일을 잊어버리고 살아갈 수 있게 됐느냐고? 여전히 머릿속에서 사라지지 않아. 그놈이 죽어서 내가 만족했느냐고? 그건 좀 그래. 자, 이제……."

케이틀린은 뒷말을 잇지 않았다.

"한 가지 더 물어볼게. 넌 하나님을 믿어?"

"공화국연맹 경찰국에 있는 사람들은 모두 예수님을 주님으로 받아들였어."

"형식적인 것 말고 진심으로 믿어?"

"내가 믿고 싶은 걸 믿어. 다 그렇지 않아? 믿음에는 증거가 필요 없어. 너도 나를 로레인이라고 믿었잖아. 로레인이랑 사랑에 빠졌고. 전부 허상에 불과했지만."

"넌 로레인 역할을 할 때 나에게서 아무런 감정도 못 느꼈어?"

"로레인은 내가 쓴 가면일 뿐이야. 네가 사랑을 기대하면서 여기까지 오게 하려고 연기를 했지. 너는 그 자살한 남자를 끝으로 아무도 사랑한 적이 없어?"

나는 고개를 끄덕이고 나서 말했다. "그 뒤로 내 안에서 뭔가가 말라 죽어버렸어."

"그러다가 로레인이 나타난 거네. 내가 연기를 기막히게 했나봐. 너의 그 단단한 벽을 허물게 했으니까. 네 사랑을 망쳐서 미안해."

"그래도 네 덕분에 수십 년 동안 잊고 지낸 감정을 다시 느낄 수 있었어. 어찌 보면 고마운 일이었지. 로레인이 가면을 쓴 가상 인물이고, 그 가면 뒤에 있는 사람이 나를 죽이려고 온 이복동생이니 아주 무시무시한 이야기일 수도 있고, 아예 말도 안 되게 뒤죽박죽인 이야기일 수도 있네."

"넌 내 남편과 나를 죽였다고 생각했지? 그것도 뒤죽박죽이 된 이야기야."

"클레멘스 콘넬을 사랑했어?"

"그런 걸 왜 물어?"

"대답하기 곤란해?"

"서로를 이해했다고 할 수는 있지만 사랑한 건 아니었어. 우리가 왜 결혼했는지 너도 이유를 알잖아."

"클레멘스 콘넬이 유부남이었고, 넌 죽음을 놓고 도박하길 좋아했어."

"게다가 중립지대에 와 있는 이유를 만들기에 좋았지. 어쨌든 내가 연방공화국 영토에 위장 신분으로 잠입해 있는 사이에 그놈이 그렇게 빨리 다른 여자를 침대에 끌어들일 줄은 몰랐어."

"남자는 다 그래. 우리 아버지가 다른 여자랑 있는 걸 애인에게 들킬 때마다 그렇게 말했대."

"한 사람에게 충실하지 못한 건 아버지의 본능이었겠지. 클레멘스 콘넬도 그렇고. 문제는 내가 비자사무소에 있는 것처럼 꾸밀 때 네 동료가 나에게 달려들어 어쩔 수 없이 죽여야 했을 때……."

"총알을 수백 발이나 쏜 게 마음에 걸려?"

"너 역시 클레멘스 콘넬과 그 여자에게 총을 많이 쐈잖아."

"그 여자 이름이 뭐야? 이름이 있을 텐데?"

"케이틀린 스텐글. 넌 케이틀린 스텐글을 죽이고 있다고 생각했잖아. 덕분에 내 손을 더럽히지 않고 잘 처리했어. 고마워."

"그 여자의 진짜 이름이 뭐냐니까?"

"말 안 해줄래."

"왜?"

"넌 네가 나를 죽였다고 생각했으니까."

"넌 하나님을 안 믿지?"

"내가 아까 대답하지 않았나?"

"넌 신정정치를 좋아하지 않아. 공화국연맹에서 조금이라도 성공하려면 독실한 기독교 신자가 되어야 한다는 사실도 좋아하지 않고."

"넌 감시 국가를 좋아하지 않아. 그래도 연방공화국에는 표현의 자유가 있다며 자신을 속이고 있지. 그렇지만 사실은……."

내가 말을 막고 끼어들었다. "사실은, 네가 연방공화국 쪽으로 오면 자유의지로 살 수 있다는 걸 알게 될 거야."

"끝없이 감시당하며 살아야 한다는 사실도 알게 되겠지."

"공화국연맹이 우리를 수시로 위협하니까 안보를 유지하려면 그 정도 대가는 치러야지."

"너희들은 툭하면 자유 운운하지만 아주 미세한 것조차 규제 받으면서 살고 있잖아. 예전에 '진짜 미국인'으로 불리던 사람들은 깔보면서."

"진짜 미국인이라니? 케케묵은 개소리야. 그 말은 80년 전에 닉슨 대통령이 '침묵하는 다수' 같은 헛소리를 하면서 시작되었지. 닉슨이 거짓말을 한 거야. 동부 서부 해안지대에는 교육을 너무 많이 받은 엘리트주의자들이 많아서 문제야. 나 같은 무신론자들은 너희가 개인적으로 하나님을 믿든지 말든지 신경 안써. 그렇지만 미국 헌법을 만든 선각자들의 생각에는 깊이 동의해. 종교와 정치를 분리해야……."

케이틀린이 내 말을 가로챘다.

"우리는 서로 감시하지는 않아. 머릿속에 칩을 박아 넣고 돌아다니지도 않지. 우리는 개인의 자유를 존중하고……."

"신성 모독으로 몰아 사람을 화형시키지. 동성애자 남성을 화학적으로 거세하고."

케이틀린이 소리 질렀다. "내가 선택했어. 내가 어디에 살지 나 자신이 선택한 거야."

"왜 하필 공화국연맹을 선택했어? 북부 사람인 아버지가 너를 버려서? 넌 우리 체제에 맞아. 그게 네가 선택할 길이야. 내가 약속하는데……."

"네가 뭐라도 돼? 넌 그냥 너희 조직에서 작은 부품으로 쓰이는 보잘것없는 도구일 뿐이야. 네가 뭘 약속할 수 있지?"

"넌 우리 쪽에서 보면 거물이고 내 동생이니까 유리한 환경을 조성할 수 있어."

"배다른 동생이지."

"엄밀하게 말하면 그렇지. 그래도 이제 세상에 남아 있는 핏줄은 우리 둘밖에 없잖아."

케이틀린이 코냑 병을 집어 들고 잔에 따르려 했지만 우리는 두 번째 잔을 마실 수 없었다. 난데없이 문이 활짝 열리더니 새비지 요원이 튀어나왔다. 새비지 요원의 손에 권총이 들려 있었다.

나는 소리쳤다. "안 돼!"

케이틀린이 내 메모랜더를 밟아 부술 때 미처 몰랐던 사실이 있다. 메모랜더에는 갑자기 꺼지거나 부서졌을 때 구조 신호를 보내는 기능이 있다. 동료들이 위치 추적을 할 수 있도록 위치 신호를 보낸다. 새비지 요원이 구조 신호를 받고 내 위치를 파악했다. 그런 다음 총을 들고 습격해왔지만 케이틀린이 좀 더 빨랐다. 케이틀린이 총을 집어 들고 새비지 요원을 향해 네 발을 쏘았다. 총을 맞은 새비지 요원의 머리가 터졌다.

"꼼짝 마!"

새비지 요원이 데려온 특수부대 대원들이 들이닥쳤다. 방탄복 차림에 방탄모를 쓴 군인 네 명이 케이틀린을 향해 총을 겨누었다. 케이틀린은 권총을 던지고, 식탁 위에 있던 것들을 집어 들었다. 군인이 쏜 총알이 케이틀린의 왼팔을 맞혔다.

내가 소리쳤다.

"사격 중지! 사격 중지! 이 사람……."

나는 생포해야 한다고 주장하려 했지만 미처 말을 꺼내기도 전에 케이틀린은 자살 캡슐을 입에 넣고 꽉 깨물었다. 그런 다음 나에게 마지막 한마디를 남겼다.

"미안해."

나는 케이틀린을 향해 소리쳤다.

"안 돼!"

하지만 너무 늦었다. 자살 캡슐은 제 역할을 다했다. 케이틀린 스텐글은 자살 캡슐을 깨물고 앞으로 고꾸라졌고, 바닥에 닿기도 전에 숨이 멎었다.

제24장

나는 앰뷸런스에 실려 중립지대로 옮겨졌다. 그전에 나는 현장을 책임진 특수부대 대원들에게 응급처치까지 필요하지는 않다고 말했다.

"정보국에서 반드시 앰뷸런스로 모시라고 했습니다. 공화국 연맹 경찰국 요원이 남긴 녹음 파일은 구출 작전을 지켜본 브레이머 부장에게 잘 전송했고요. 그분이 메시지를 전달하랍니다."

나는 소리를 버럭 지르고 싶었다.

'케이틀린은 내 동생이야.'

하지만 이제 내가 내뱉는 말 한마디, 내 행동거지 하나하나가 모두 분석 대상이 되리라는 걸 잘 알고 있었다.

"스텐글 요원이 아주 힘든 상황에서도 모범적으로 행동한 점을 높이 산다고 합니다. 혹시 메모랜더가 부서졌을 때 새비지 요원이 군인들과 함께 들이닥칠 거라 예상하셨습니까?"

"그러기를 바라고 있었죠. 계속 말을 시켜 시간을 끌어야 한다고 생각했어요."

"새비지 요원이 미리 이곳의 위치를 파악하고, 가까이에 숙소를 빌려 펜션을 지켜보고 있었다는 사실을 알고 있었습니까?"

나는 아무 말도 하지 않았다.

새비지 요원이 늘 나를 지켜보고 있었군 그래. 성급히 들이닥치지 않았더라면 목숨을 잃지 않았을 텐데. 새비지 요원은 기습 작전이 최고의 방어라고 생각했을 거야. 펜션을 포위했지만 손을 들고 나오라고 말하는 작전으로는 성공을 장담할 수 없을 거라 믿었겠지. 케이틀린이 나를 죽이고 창문으로 총을 난사할 거라고 생각했을지도 몰라. 새비지 요원은 케이틀린이 라프렐 요원을 어떻게 죽였는지 잘 알고 있었으니까. 하지만 새비지 요원은 로레인이 케이틀린과 동일 인물이라는 걸 몰랐어. 구조 신호가 뜨고, 내가 위험에 처했다는 사실만 알고 있었을 뿐이야. 그런 까닭에 호기롭게 문을 뚫고 안으로 들이닥칠 수 있었던 거야.

새비지 요원은 다혈질이지만 충성스러운 사람이었다. 좋은 동료이자 내가 신뢰했던 인물이었다. 함께 있으면 늘 즐거웠는데 이제 이 세상 사람이 아니었다.

앰뷸런스가 도착하기를 기다리는 동안 특수부대는 철수하고, 이 지역 정보국 요원이 현장 지휘를 맡았다. 스테빈거라는 이름을 가진 삼십 대 남성이었다. 스테빈거는 여태껏 자기가 맡았던 최악의 사건은 아내를 죽이고 캐나다로 도주하려는 남자를 체포한 것뿐이라고 했다.

케이틀린의 주머니에서 수갑 열쇠를 찾아낸 스테빈거가 내 수갑을 풀어준 뒤 말했다. "정말이지 특별한 사건이네요." 나는 일어서려고 하다가 다시 주저앉았다. 스테빈거가 나를 부축해 침실로 이동한 다음 침대에 눕혔다. 그가 부하에게 내 얼굴에 댈 얼음주머니를 가져오라고 지시했다.

그때 내가 말했다. "주방에 있는 냉장고에 비닐 팩이 있을 거예요. 그 안에 공화국연맹 경찰국 요원이 썼던 가면도 들어 있어요. 지난 몇 달 동안 공화국연맹 경찰국 요원이 그 가면을 쓰고 변장해 우리 쪽에 잠입해 있었어요. 가면을 냉장 상태로 유지하면서 오늘 밤 안에 중립지대에 있는 정보국 과학수사팀에 넘겨야 해요. 본부에도 빨리 보고하고요."

"잘 알겠습니다. 저, 물어볼 게 하나 있는데, 공화국연맹 경찰국 요원들은 자살 캡슐을 지참하고 다니지 않는 것으로 알고 있습니다. 자살은 기독교 윤리에 어긋나니까요. 공화국연맹에서는 자살이 법으로 금지되어 있지 않나요?"

"맞아요. 그 자살 캡슐은 내 종아리에 있던 건데 그 경찰국 요원이 빼냈어요. 나를 먹이겠다고 협박하더니 결국 그녀가 먹게 되었네요."

케이틀린의 자살과 새비지 요원의 죽음은 정말이지 끔찍하다는 말로는 부족했다.

이제 나는 이 죽음의 그림자에서 평생 벗어나지 못하겠지?

스테빈거가 말했다. "얼른 약을 가져올게요. 진통제가 필요하면 말씀하세요.”

“술이 있으면 좋겠어요. 그리고 문제가 되지 않는다면 식탁 위에 있는 담배도 좀…….”

“담배가 규칙에 위배되긴 하지만 융통성을 발휘해야죠. 금방 가져오겠습니다.”

치아가 여러 개 깨졌고 입도 아팠다. 코를 만져보았다. 이제 보니 코뼈도 심하게 부서졌다. 스테빈거 요원은 코냑을 커다란 잔에 따라 내게 가져왔다. 담배와 라이터, 재떨이로 쓸 수 있게 물을 조금 채운 컵도 가져왔다. 나는 말보로를 피우면서 코냑을 마셨다. 눈물이 흐르려 하는 걸 겨우 참았다. 담배를 다 피우고 나서 한 대 더 피워 물었다. 의료팀이 도착했다. 의료팀은 어떤 절차가 필요한지 정보국에서 브리핑을 받은 게 틀림없었다.

과묵하고 점잖은 사십 대 후반의 의사가 들어왔다. 의사는 담배 연기를 보더니 못마땅한 표정을 지었지만 딱히 뭐라고 지적하지는 않았다. 내 얼굴 상태를 본 의사의 눈이 휘둥그레졌다.

“진정제를 놓겠습니다.”

“상처가 심합니까?”

“네, 대단히 심합니다.”

나는 들것에 실려 앰뷸런스로 옮겨졌다. 간호사가 내 상체를 일으켜 세우더니 젖은 옷가지를 벗기고 가운을 입혔다. 의사가 이제 팔에 주사를 놓아주겠다고 말했다. 진통제와 진정제를 섞은 주사라고 했다. 앰뷸런스 문이 닫히는 걸 본 기억이 난다. 주 삿바늘이 따끔했던 것도 기억난다. 그다음은 칠흑 같은 어둠이 었다.

정신이 들었을 때 깜짝 놀랐다. 얼굴에 붕대가 감겨 있었고, 눈 부위만 살짝 뚫려 있었다. 게다가 입에 꽂힌 튜브로 숨을 쉬고 있었다. 나는 튜브를 뺄고 비명을 지르기 시작했다.

달려오는 발소리, 어깨에 닿은 손, 낯선 여자의 목소리가 이 어졌다.

"스텐글 요원, 여기는 중립지대에 있는 보안 의료 시설입니다. 진정하세요. 닷새 동안 붕대를 감고 있어야 해요. 영양분은 정맥주사로 공급됩니다. 욕창이 생기지 않도록 잘 살피고 있으니까 너무 걱정하지 마세요. 나중에 담당 외과 레지던트가 와서 자세히 설명해줄 겁니다. 깨어 있고 싶으면 고개를 끄덕이세요. 진정제를 맞고 잠들고 싶으면 손가락 하나를 세우세요."

나는 손가락 하나를 세웠고, 이내 어둠 속으로 침잠해 들어갔다. 한참 후에 다시 정신이 들었다. 여전히 붕대에 감겨 있었지만 튜브로 숨을 쉬지는 않았다. 혀로 입 안을 더듬어보았다. 이가 제대로 있었다. 간호사는 지난번에 본 사람이 아니었다. 명찰에 카마이클이라고 적혀 있었다.

"잠을 깨셨군요. 물을 드릴까요?"

나는 고개를 끄덕였다. 빨대를 꽂은 플라스틱병의 물은 차가웠다. 마른 목에 찬물이 들어가자 기침이 났다.

간호사가 말했다. "천천히 드세요. 몸이 물에 익숙해지려면 좀 더 시간이 필요해요."

며칠 만에 처음으로 말을 해보려고 시도했다.

"이가 새로 생긴 거 같아요."

"맞아요. 다른 것들도 새로 생겼어요. 아직 붕대에 감겨 있지만 우리가 매일 붕대를 새로 갈아주고 있고, 잘 치유되어가고 있어요. 예전에 미드웨스트라고 불리던 지역에서 실력이 최고로 손꼽히던 성형외과 선생님이 치료해주셨죠. 알스버그 박사님이라고, 사흘 전에 시카고에서 급히 날아와 수술을 해주셨어요. 코를 재건하느라 정말 애를 많이 썼죠. 원래 있던 코를 다시 볼 수 있을 거예요. 오른쪽 턱뼈도 골절됐는데 최신 외과수술로 조각난 뼈들을 다 맞췄어요. 수술한 상처들이 제대로 자리 잡으려면 최소한 48시간이 더 필요해요. 수술은 만족스러울 만큼 잘됐어요. 조각난 뼈들을 이어붙이려고 미세한 핀들이 삽입되었는데 그 자국은 4주에서 길어도 6주면 다 사라질 거예요. 그 사이 구멍을 메워 안 보이게 하는 특수 크림을 발라둘 겁니다. 치아는 위쪽 앞니 두 개, 아래쪽 앞니 한 개와 송곳니가 빠졌는데, 임플란트 시술로 유명한 선생님을 모셔서 빨리 끝냈어요. 지금 한번 보실래요?"

"붕대를 풀 때 한꺼번에 볼게요."

"코네티컷주와 매사추세츠주 경계에 있는 의료기관으로 내일 옮길 겁니다. 회복하는 동안 그 의료기관에서 머물 거예요. 거기서 홍채와 지문도 되돌려놓을 거고요. 원래의 모습으로 돌아가는 겁니다.”

　그날 밤, 달걀과 토스트를 조금 먹었다. 임플란트를 한 치아는 단단히 고정되었다. 입술의 꿰맨 자국이 느껴졌다. 아직 얼굴뼈가 자리를 잡아가고 있는 중이라 만져볼 수 없었다. 진통제와 진정제를 정맥주사로 맞았고, 정신이 계속 들락날락했다. 내가 손으로 얼굴을 만져 얼굴뼈를 주저앉혀버리는 환상에 시달렸다. 새비지 요원의 머리가 터지는 장면도 계속 떠올랐고, 케이틀린이 자살 캡슐을 삼키고 경련을 일으키는 모습도 자주 나타났다.

　끔찍한 환상에 시달리다보니 진정제를 먹어야 잠이 들었다. 나는 중립지대 동쪽 끝에 있는 군용 비행장으로 실려간 게 기억났다. 동행한 간호사는 비행기가 이륙하기 전에 진정제를 주사했다. 정신이 들자 침대였다. 방이 온통 새하얗고, 창밖으로 키 큰 소나무들과 자작나무들이 보였다. 숲은 눈으로 살짝 덮여 있었다. 얼굴에 붕대가 감겨 있었지만 이전보다 헐렁했다. 팔에는 여전히 주삿바늘이 꽂혀 있었고, 시야가 서서히 또렷해졌다. 집중 치료실보다 회복실에 가까운 병실이었다. 뉴잉글랜드 병원의 멋이라고 표현해도 될 만큼 온통 흰색의 옷장, 서랍장, 책상, 흔들의자, 침대가 비치되어 있었다. 침대 옆 벨을 누르자 남자 간호사가 들어왔다. 마른 몸매, 작고 둥근 안경, 흰색 간호사

유니폼 차림에 차트를 들고 있었다.

"스텐글 요원님, 깨어난 모습을 보게 되어서 정말 반갑습니다."

"아직 진정제에 취해 있어서 정신이 몽롱해요."

"현재의 몸 상태가 어떤지 가늠할 수 있다는 것 자체만으로도 회복되고 있다는 증거입니다. 저는 스텐글 요원님의 담당 간호사인 테드 고든입니다. 이 병원에 계시는 동안 불편한 점이 없도록 최선을 다해 모시겠습니다. 쾌적한 몸 상태로 퇴원할 때까지 편안하게 지내실 수 있도록 해드리는 게 제가 맡은 역할입니다. 의사 선생님이 오늘 붕대를 풀어주시면 목욕을 하실 수도 있지만 당분간 얼굴 상처는 계속 조심해야 합니다. 상처가 제대로 아물려면 일주일이 더 필요하다니까요. 잠들기 전에는 진정제를 복용하고, 취침하는 동안 옆으로 돌아누워 얼굴이 눌리면 안 되기 때문에 특별한 침구를 사용하게 될 겁니다. 예정대로 치료가 잘되면 일주일 후에는 진정제나 특수 침구 없이도 주무실 수 있게 됩니다. 목욕을 먼저 할까요? 아니면 아침 식사를 먼저 할까요?"

"목욕을 먼저 하고 싶어요." 테드 간호사가 가끔씩 스펀지로 등을 닦아주었지만 목욕하지 않은 지 일주일은 족히 지나 기분이 찜찜했다.

"제가 목욕을 시켜드려도 괜찮을까요? 목욕할 때 담당 간호사가 옆에 있어야 해서요."

내 몸은 아직 깨지기 쉬운 상태라 누군가 옆에서 지켜보아야 했다.

"누군가 꼭 있어야 하는 게 규정이라면 받아들일 수밖에요."

테드가 먼저 욕실로 들어갔고, 이내 수도꼭지를 트는 소리, 욕조에 물이 쏟아지는 소리가 들려왔다. 잠시 후 테드가 쟁반을 들고 돌아왔다. 쟁반에는 수술용 가위, 장갑, 약병, 거울 등이 놓여 있었다. 테드가 내 손을 잡았다. 나는 테드가 이끄는 대로 침대 가장자리에 걸터앉았다. 수술용 장갑을 착용한 테드가 가위를 집어 들더니 내 머리카락이 잘리지 않도록 조심하며 붕대를 천천히 잘랐다.

"붕대를 풀 준비가 되셨죠?"

나는 고개를 끄덕였다.

"자, 갑니다." 테드가 붕대를 벗겼다. 이제야 미라 같은 모습에서 벗어나 제대로 숨을 쉴 수 있었다. 뺨에 닿는 바람의 느낌이 좋았다.

"안 좋아요?"

테드가 온갖 각도에서 나를 면밀히 관찰했다.

"중립지대로 작전을 수행하러 가기 전에 찍은 사진들과 비교하면 정말 대단하네요. 그렇지만 판단은 스텐글 요원님께서 직접 하시길 바랍니다."

테드가 내 얼굴 앞에 거울을 대주었다. 나는 최악의 상황을 생각하며 눈을 감았다. 다른 사람이 생각보다 괜찮다고 말해줄 때 나는 그다지 신뢰하지 않는 편이었다. 일단 마음을 굳게 다지고 나서 눈을 떴다. 오른쪽 눈 밑에 아직 검은 멍 자국이 그대로 남아 있었고, 아랫입술에는 아직 봉합 자국이 남아 있었다. 오른쪽 뺨에 바늘 자국이 무수히 많았다. 무심결에 만지려고 하자 테드가 내 손을 잡았다.

"아직 만지면 안 됩니다."

"아, 그래요?"

"흉터가 보이면 손대고 싶은 게 사람의 본능이죠. 바늘 자국은 곧 사라질 겁니다. 봉합한 부위는 며칠 내로 아물 테고요. 멍 자국도 당연히 없어집니다."

나는 애써 미소 지었다.

"수술 결과가 만족스러워요."

"문제없이 나을 겁니다."

나는 몸의 상처와 함께 마음속 고통이 낫기를 바랐지만 가능할지 자신이 없었다.

"좋은 소식이 하나 더 있습니다. 팔에 꽂은 주삿바늘도 뺄 겁니다. 더 좋은 소식은 이제 식사를 해도 됩니다."

팔에서 주삿바늘을 빼는 동안 고개를 돌려 다른 곳을 보았다. 팔이 자유로워지니 한결 기분이 좋았다.

"이제 목욕해도 되나요?"

테드가 목욕 가운을 가져다주었고, 내가 옷을 갈아입는 동안 돌아서 있었다.

"욕조 앞에서 가운을 벗고 체중계에 올라가세요."

테드는 계속 돌아서 있었고, 체중계는 음성으로 몸무게를 알려주었다. 52킬로그램.

"체중이 6킬로그램이나 빠졌네요."

"당분간 영양 보충을 많이 하셔야겠네요. 자, 욕조에 들어가시는 동안 저는 돌아서 있겠습니다. 욕조 안으로 들어가는 게 힘들거나 물이 너무 뜨거우면 말씀하세요."

테드가 거품 목욕을 준비한 건 나름 영리한 선택이었다. 내 알몸을 거품이 자연스럽게 가려줄 수 있으니까. 조심스럽게 욕조에 발을 들여놓았다. 물이 조금 뜨거운 편이었지만 견딜 만했다. 한동안 계속 침대에 누워서 지낸 상태라 몸의 중심을 잡기 힘들었다. 욕조에 들어가 자리를 잡고 앉았다. 거품이 목 부위까지 찼다.

테드가 쟁반을 들고 가까이 다가왔다.

"머리를 감기 전에 우선 얼굴에 보호용 크림을 발라야 합니다. 하루 네 번 발라야 해요. 앞으로 일주일 동안 샤워는 안 됩니다."

테드가 내 얼굴에 크림을 발랐다. 크림이 금세 굳어 딱딱해졌다. 테드가 샤워기로 내 머리를 적시더니 샴푸를 바르고 거품을 냈다. 머리를 감기는 테드의 손길이 부드럽고 섬세했다. 10분 뒤, 테드는 뜨거운 물수건을 나에게 건네며 얼굴에 7분쯤 덮고 있으라고 했다. 그래야만 의료용 크림 마스크가 떨어져 나간다고 했다. 그다음은 그가 왼쪽 팔에 대형 수건을 걸쳐두고 있을 테니까 욕조에서 나와 몸에 두르면 된다고 했다. 욕조에서 몸을 일으키기 쉽지 않았지만 가까스로 일어나 오른쪽 다리를 먼저 밖으로 내민 다음 왼쪽 다리를 뒤이어 내밀었다. 테드의 팔에 걸린 대형 수건을 집어 들고 몸을 감쌌다. 테드는 거울 앞에 놓인 의자로 나를 데려가 드라이어와 브러시로 머리를 말려주었다.

"잠옷을 가져올게요."

내 몸에 꼭 맞는 줄무늬 잠옷이었다. 테드는 잠옷을 건넨 다음 욕실 밖으로 나갔다. 내가 잠옷을 갈아입고 밖으로 나가자 청소 도우미 두 명이 침대 시트를 갈고 진공청소기로 바닥을 청소하고 있었다.

테드가 나에게 물었다. "욕실을 다 쓰셨죠?

"네, 다 썼어요."

"그럼 욕실도 청소하겠습니다."

이제 보니 방에 테라스도 있었다. 눈 덮인 숲 쪽으로 나 있는 테라스에 작은 소파와 흔들의자, 작은 책상과 걸상이 비치되어 있었다. 테드가 손목에 찬 모니터를 두 번 눌렀다. 아침 식사가 왔다. 오트밀과 스크램블드에그, 토스트, 커피를 보자 군침이 돌았다. 제대로 된 음식을 맛본 게 언제였는지 기억이 가물가물했다. 오트밀을 한 입 떠먹는 순간 목이 막힐 뻔했다.

"음식을 편안하게 드시려면 아직 좀 더 시간이 필요합니다."

여전히 뿌연 내 머릿속에서 수많은 질문들이 떠올랐다.

여기는 병원인가, 요양원인가? 내가 퇴원해도 되겠다고 의료팀뿐만 아니라 정보국 고위층에서 결정을 내려야 나갈 수 있는 건가? 중립지대에서 내가 저지른 실수 때문에 정보국에서 영원히 파면될까? 정보국에서는 지금도 내 정신상태를 진단하고 있겠지? 임무를 수행하던 도중에 입은 부상을 보상하느라 이렇게 좋은 대우를 해주는 건 아니겠지? 내가 좋은 대우를 받고 있다고 믿게 만들어 내 속마음과 정신상태를 체크해보려는 심산이겠지?

오트밀을 또 한 스푼 떴다. 식욕이 맹렬하게 돌아왔고, 이제 미친 듯이 배가 고팠다. 내가 식사하는 동안 테드는 조용히 앉아 내가 음식을 무리 없이 소화해내고 있는지 점검했다.

테드가 나에게 커피를 한 잔 더 따라주며 말했다. "언제 여기서 나갈 수 있을지 궁금하죠? 아주 건강한 상태라는 판단이 내려져야만 나갈 수 있어요. 얼굴에 외상이 있는 경우 심리적으로 크게 위축되기 마련이죠. 스텐글 요원님이 자신 있게 일상을 누릴 수 있다는 판단이 설 때까지 입원해 있는 게 좋아요."

"퇴원한 이후에 통원 치료를 받아도 되지 않을까요?"

"회복 과정에는 심리상담도 포함되어 있습니다. 심한 폭력을 당한 뒤에 나타나는 트라우마를 전문으로 다루는 상담가가 진행할 겁니다. 상담 내용은 정보국 요원 평가팀으로 보고가 됩니다."

나는 무덤덤하게 말했다. "다 준비됐어요."

"퍼스널트레이너도 올 겁니다. 건강한 몸을 되찾으려면 회복 치료 과정이 중요하니까요."

이튿날 아침, 평가가 시작되었다. 나는 스무디를 마시고 나서 헬스 장비가 잘 갖춰진 체육관으로 갔다. 나를 담당하게 된 퍼스널트레이너의 이름은 로드였다. 한 시간 반 동안 로드의 지도에 따라 운동했다. 첫날은 가벼운 운동으로 시작했지만 일주일이 지나고 나서부터 강도 높은 운동이 진행되었다. 9시 30분에 아침을 먹고, 심리상담을 받았다. 내 담당인 프랑크텔러 박사는 사십 대 후반의 여성으로 매우 열정적인 태도로 나를 상담했다. 매일 한 시간씩 이번 작전으로 벌어진 일들에 대해 이야기하고, 재활 과정을 어떻게 이겨내고 있는지 상담했다. 나는 원래 내 이야기를 잘 꺼내지 않는 성격이었지만, 감정을 최대한 배제한 채 많이 이야기할수록 정보국 고위층으로부터 내 심리 상태에 대한 신뢰를 더 많이 얻어낼 수 있으리라 판단했다. 하지만 내가 감정적으로 흐를 때도 있었다. 프랑크텔러 박사가 나에게 케이틀린에 대해 물어보았을 때다. 프랑크텔러 박사는 케이틀린이 로레인이라 속이고 나에게 접근한 사실 때문에 커다란 배신감을 느꼈는지 물었다.

나는 프랑크텔러 박사를 주시하며 말했다. "혹시 유원지에서 거울의 방에 가보셨어요? 눈앞에 자기 모습이 보이지만 사실은 변형된 이미지일 뿐이죠. 안전해 보이는 사람, 나에게 로맨틱한 관심을 보이는 사람에게 끌리는 건 인간의 본성입니다. 게다가 나는 무려 25년 동안이나 로맨틱한 관심을 받아보지 못했거든요. 그런데 그 사람의 모습이 거울의 방에서나 보게 되는 변형된 이미지라면 기분이 어떻겠어요? 어쨌든 나는 새비지 요원에게 로레인과 저의 관계를 충분히 설명하고 양해를 구했습니다. 새비지 요원에게는 숨긴 게 없어요. 나는 규칙을 어기지 않았습니다."

"케이틀린이 새비지 요원을 죽이고 나서 자살 캡슐을 먹었을 때 기분이 어떻던가요?"

나는 잠시 멈칫했다가 프랑크텔러 박사를 정면으로 마주 보며 말했다.

"케이틀린을 구하고 싶었어요. 그 아이와 이야기를 나눌수록 우리 편으로 끌어들일 수 있겠다는 믿음이 생겼거든요. 새비지 요원은 내 안전을 최우선으로 생각해 기습적으로 펜션 안으로 진입했어요. 그렇지만 케이틀린은 새비지 요원을 죽인 순간 틀림없이 다 끝났다고 생각했겠죠."

"스텐글 요원님도 그렇게 생각해요?"

"전혀 아닙니다. 케이틀린은 몇 시간 동안 저와 대화를 나누었어요. 그 정도면 저랑 대화하길 바란 것으로 보입니다. 저 역시 케이틀린과 대화하고 싶었어요. 우리는 둘 다 자매라는 공감을 원했죠."

나에게 일련의 작전 보고를 듣는 일은 폴슨 요원이 맡았다. 시간은 매일 13시부터 16시까지, 장소는 책이 가득 꽂힌 책장이 여러 개 있고, 발 받침대가 앞에 놓인 커다란 녹색 가죽 안락의자 두 개가 비치된 서재에서 이루어졌다. 최대한 내가 편안한 상태로 보고할 수 있도록 배려해준 셈이었다. 폴슨 요원은 매일 똑같은 옷차림으로 나타났다. 검정 슈트, 흰 셔츠 차림에 줄무늬 넥타이를 매고 있었고, 키도 몸집도 중간이었다. 갈색 머리카락은 가늘어지고 있었고, 뿔테 안경을 썼다. 그의 태도는 그리 다정하지도 적대적이지도 않았다. 목소리 톤을 올리는 법이 없었고, 대단히 꼼꼼하고 절차에 충실한 사람이었다. 그는 서류, 내부 보고서, 진행 일지, 부서 평가, 정리된 보고서, 시스템 데이터에 대해 잘 파악하고 있었다. 나에 대해서도 아주 많이 알고 있었다. 과학수사를 뛰어넘을 만큼 철저한 조사가 이루어졌고, 그 지난한 과정이 3주 동안 열다섯 번이나 계속되었다. 폴슨 요원은 내가 중립지대에 도착한 순간부터 호숫가 펜션에서 벌어진 혼란스러운 결말, 중립지대에서 했던 내 행동과 말들에 대해 자세히 청취한 다음 해당 기간의 타임라인을 만들었다. 폴슨 요원이 주관적인 의사를 개입시킨 경우는 없었다. 그는 어떤 일에도 사사로운 감정을 개입시키지 않았다. 다만 질문 방식이 사람을 지치게 만들었다. 내 대답이 그가 바라는 만큼 충실하지 않다고 생각되면 처음으로 다시 돌아가 구체적이고 명확한 답변을 요구했다.

내가 있는 의료 시설에는 레인이 하나 있는 자그마한 수영장이 있었다. 폴슨 요원에게 보고를 마친 이후에는 혼자 수영을 하며 떨어진 체력을 보충했다. 이 의료 시설에서 나 말고 다른 환자를 본 적이 없었고, 수영장은 내가 독차지했다. 폴슨 요원의 집요한 질문에 답하느라 진이 빠진 날에는 한 시간 가까이 수영하며 스트레스를 풀었다.

처음에 나는 폴슨 요원의 질문에 에두르지 않고 솔직하고 객관적으로 답변하겠다고 마음먹었다. 하지만 내 판단이 잘못된 건 아닌지 계속 의심이 들었다. 폴슨 요원이 불 보듯 명확한 사안에도 계속 집요하게 질문을 던질 때마다 짜증이 일었고, 그럴 때마다 피식 비웃음이 나기도 했다. 폴슨 요원이 계속 나에게 대답하기 애매한 질문을 던지는 목적이 나를 불안하게 만들기 위한 전략이라는 걸 모르지 않았다. 나는 최대한 냉정을 유지했고, 분노를 터뜨리지 않았고, 끝까지 자제력을 발휘했다. 나는 가끔 뉴욕 깍쟁이 면모를 내보이긴 했지만 프로페셔널의 자세를 잃지 않았다. 폴슨 요원은 나를 좋아하지 않았고, 높게 평가하는 것 같지도 않았다. 폴슨 요원이 작성하는 보고서는 마라톤과 견줄 수 있었다. 작전을 수행하고 나서 이런 보고 과정을 무수히 거쳐야 정보국에서 진급 대상이 될 수 있었다. 애초에 내가 정보국에서의 진급 과정을 얼마나 엉터리로 보고 있었는지 새삼 깨달았다.

폴슨 요원이 조사 보고서를 작성하기 시작한 지 셋째 주에 접어들었다. 그는 나에게 왜 새비지 요원을 만날 때마다 칵테일을 두세 잔씩 마시고 담배를 두세 개비씩 피웠는지 물었다.

내가 말했다. "현장에서 위험한 작전을 수행할 때 뒤따르는 긴장감을 해소하려고 술과 담배를 조금 이용했을 뿐입니다. 그렇다고 술 담배에 전적으로 기댄 적은 없습니다."

나는 조사를 받으면서 이 안락한 감금 생활이 끝나면 나를 강등시킬 거라 예감했다.

폴슨 요원과 열다섯 번째 조사를 마친 날, 브레이머 부장이 나를 찾아왔다.

그날, 폴슨 요원은 케이틀린이 죽는 순간에 벌어진 현장 상황에 대해 일곱 번에 걸쳐 꼬치꼬치 캐물었다. 한 번 떠올리기도 끔찍한 그 상황을 일곱 번에 걸쳐 디테일하게 반복적으로 설명하려다보니 스트레스가 이만저만이 아니었다. 나는 조사를 마치고 수영장에서 한 시간 동안 수영했다. 조사받느라 억눌린 화를 해소할 방법이라고는 수영밖에 없었다. 지칠 때까지 수영을 하고 나서 방으로 돌아갔더니 브레이머 부장이 문 앞에서 기다리고 있었다.

브레이머 부장이 아주 희미하게 미소를 지으며 말했다. "스텐글 요원, 오랜만이야."

나는 긴장한 기색을 보이지 않으려고 웃으며 인사했다. "안녕하십니까?"

브레이머 부장은 늘 입는 검정 슈트, 흰 셔츠, 검정 넥타이 차림이었다. 몇 달 전에 보았을 때와 체중은 크게 달라지지 않은 듯했다. 여전히 위험할 정도의 비만이었다.

"안색이 좋아 보이네. 여기 사람들이 잘 보살펴주나봐?"

"최상의 보살핌을 받고 있습니다."

"얼굴은 전과 조금도 다르지 않고 그대로야."

"수술이 정말 잘됐습니다."

"죽을 고생을 했는데 그 정도 대우는 받아야지. 모처럼 자네와 저녁 식사를 하려고 왔으니까 시간을 내줘."

나도 모르게 미소가 지어졌다. "당연히 시간을 내야죠."

"옷을 차려입을 필요는 없어. 벌써 18시 반이니까 구내에서 먹는 게 좋겠어."

브레이머 부장이 손목에 찬 모니터를 톡 쳤다. 턱시도를 입은 레스토랑 지배인이 나타나서 말했다.

"클럽에 칵테일을 준비해두었습니다."

긴 복도를 지나 다른 건물로 갔고, 거기에 클럽이 있었다. 거대한 계단, 아치형 천장, 1955년 아이비리그 클럽 같은 장식, 푹신푹신한 안락의자들, 늦겨울 추위에 맞서 활활 타오르는 벽난로가 차례로 눈에 들어왔다. 어느새 지배인이 카트를 끌고 와 있었다.

"자네를 담당하는 의사와 간호사들에게 미리 확인해두었어. 오늘 저녁에 술과 음식을 얼마나 먹어도 되는지. 마티니 한 잔에 와인 반 병 정도면 괜찮을 것 같다고 하더군. 뉴욕에 있는 우리의 단골 스테이크하우스에서 스테이크도 구입해왔어. 다들 자네 안부를 묻기에 작전 때문에 다른 곳에 가 있는데 이제 곧 뉴욕으로 복귀할 거라고 말해두었지. 우리 부서 사람들도 다들 자네가 돌아오길 눈이 빠지도록 기다리고 있어. 어쨌든 오늘은 최상급 스테이크를 가져와 여기 주방장에게 맛나게 구워오라고 했지. 자, 그럼 엑스트라 드라이로 진 마티니에 레몬 한 조각?"

"좋죠."

우리는 세 시간 동안 마티니를 마시고 테스토스테론 넘치는 음식을 먹었다. 마블링이 돋보이는 스테이크, 커다란 감자구이, 마늘 버터에 볶은 버섯, 뉴욕 치즈케이크가 모처럼 입맛을 돋우었다. 브레이머 부장이 스테이크 하우스에서 선물로 받아온 바롤로 와인도 마셨다. 브레이머 부장이 정보국의 최신 소식을 들려주었다. 라프렐 요원과 새비지 요원 자리를 채우기 위해 새로운 요원 두 명을 뽑았다고 했다.

"특수부대 대원들이 케이틀린의 녹음 파일을 보냈잖아. 자네를 심하게 때린 다음 심문하려고 켠 그 녹음기에 녹음된 내용 말이야. 자네가 케이틀린에게서 대화를 이끌어내고, 아무 말도 하지 않겠다고 버티고, 정보국 기밀을 밝히지 않으려고 케이틀린에게 배짱을 부리고, 자매 사이라는 걸 강조하면서 케이틀린을 서서히 자네 편으로 끌어들이는 방식은 정말이지 기막혔어. 내가 장담하지만 정보국 최고위원들 가운데 자네 팬이 되려는 사람들이 제법 많을 거야. 필 플렉 부국장이 나에게 직접 말하더라고. 자네를 곧 승진시키겠다고."

"감사합니다."

"자네와 상담하는 프랑크텔러 박사와 허구한 날 까다로운 질문을 퍼부어 자네를 곤혹스럽게 만드는 폴슨 요원도 자네가 정신적으로 매우 굳건하고, 아주 힘들고 폭력적인 상황에서도 대단히 침착하고 지혜롭게 난관을 헤쳐나갈 수 있으리라 믿는다고 했어. 폴슨 요원이 깐깐하게 굴었던 것에 대해서는 자네가 이해해줘. 아주 디테일한 구석까지 병적인 집착을 보이는 걸 좋아할 사람은 없겠지만 우리 조직에서는 그런 사람이 꼭 필요하지. 폴슨 요원을 상대하는 태도를 보면 그 사람이 얼마나 태도가 굳건하고 인내심이 강한지 알 수 있어. 자네는 지금까지 아주 잘해냈어. 어제 폴슨 요원이 방대한 보고서를 제출했는데 내용이 충실해 앞으로 많은 예시가 될 거야. 그 보고서에서 폴슨 요원은 자네를 흠잡을 데 없이 완벽한 프로페셔널이라고 추켜세우고 있어. 자네가 로레인 애플화이트라는 여성에게 호감을 느낀 척하며 접근한 것도 자네가 위장하고 있던 인물의 캐릭터에 최대한 맞게 연기한 거라고 분석했더군. 자네의 출중한 연기 덕분에 그 여자에게 접근할 수 있었고, 자네는 우리가 오랫동안 벼르던 남자와 그의 조력자도 제거할 수 있었지. 케이틀린으로 변장한 여자 이름은 나디아 브라운이야. 그 여자는 단순히 클레멘스 콘넬의 정부만은 아니었어. 공화국연맹 경찰국에 있던 우리 정보원 여러 명의 정체가 그 여자에 의해 발각되었고, 모진 고문을 당한 끝에 처형당했지. 그 여자는 케이틀린으로 오인받아 무고하게 죽은 게 결코 아니야."

이제 나는 식후주로 30년 된 아르마냐크를 마시며 말했다. "솔직히 고백할 게 있습니다. 저는 정말로 케이틀린을 살리고 싶었습니다. 녹음 파일에서 이미 들으셨겠지만 케이틀린을 우리 쪽으로 전향시키려고 무진 애썼죠. 솔직히 케이틀린이 죽어서 괴롭습니다. 이런 기분을 느끼게 될 줄은 미처 몰랐죠."

브레이머 부장은 잔에 남은 아르마냐크를 단숨에 마시고 나서 한 잔 더 따랐다.

마침내 브레이머 부장이 나에게 말했다. "자네가 그런 기분을 느끼는 건 전혀 이상한 일이 아니야. 폴슨 요원도 프랑크텔러 박사도 자네가 슬픈 감정을 보였다고 했어. 이제 자네에게는 가족이 전혀 없게 되었지. 그렇다고 내가 여기서 '정보국이 자네 가족이야' 같은 말은 하고 싶지는 않아. 정보국에 발을 들여놓으면 평생을 함께하게 되지. 하지만 75세로 정년 퇴임하기 전에 그만둔다면 그 이후로 살아가는 데 어려움이 많을 거야. 어쨌든 자네는 정보국을 떠날 생각이 없지?"

나는 브레이머 부장의 눈을 똑바로 쳐다보았다.

"전혀 없습니다."

"그래, 그런 대답을 들으니까 기분이 좋아. 자네가 얼마나 외로운지 알지만 우리 일이 어떻게 돌아가는지 잘 알잖아. 라프렐 요원이 어떻게 죽었는지 직접 봤잖아. 인증된 앱으로 성욕을 채울 수 있고, 자네가 정말 좋아하는 사람이 생기면 우리가 인정할 수도 있어. 그 상대가 남자든 여자든 상관없지만 정보국의 감시 대상이 되는 건 피할 수 없지. 그건 상호 약속이니까. 지금 내가 한 얘기는 자네도 이미 다 알고 있을 거야."

"상호 약속, 인정합니다."

"자네가 어서 뉴욕으로 돌아오기를 기다리고 있어. 자네는 정말 뛰어난 요원이야. 누구나 얽매이는 사랑이라는 환상 때문에 다 팽개치지 마."

나는 아르마냐크를 홀짝였다. 브레이머 부장이 주머니에서 담배 한 갑을 꺼내 나에게 건넸다.

"담배 한 대 피워. 그 대신 늦어도 3주 뒤에는 출근해야 할 텐데 그때는 담배를 끊고 와."

"하루에 많아야 세 개비밖에 안 피웠습니다."

"하루에 한 개비로 줄여."

우리는 클럽에서 배불리 식사를 한 뒤에 소화를 시킬 겸 자리를 옮겨 식후주로 아르마냐크를 마시고 있었다. 테이블에 재떨이와 라이터가 놓여 있었다.

"여기에서 얼마나 더 있어야 합니까?"

"내가 퇴원 서류에 사인했어. 내일 뉴욕에 있는 자네 아파트로 옮겨줄 거야."

"반가운 소식이네요. 혹시 제가 해외여행을 신청하면 승인해줄까요?"

"허가해줄 거야. 보안이 문제가 되는 곳만 아니라면."

"저야말로 문제는 피하고 싶습니다."

"외국에 나가 2주일쯤 쉬다가 와."

"베를린에 가보려고 합니다."

브레이머 부장이 조금 놀란 듯 아무런 대꾸도 하지 않다가 말했다. "그런 일을 겪은 뒤에도 자네의 그 아이러니한 생각이 여전한 걸 보니 다행이네."

∞

벨리즈나 자메이카 같은 곳으로 가서 해변에 앉아 선탠을 하고 느긋하게 책을 읽을 수도 있었다. 전에도 그랬듯이 정보국의 신원 조사를 통과한 사람과 동행할 수도 있었다. 하지만 나는 거친 잿빛의 도시 베를린을 여행지로 선택했다.

독일도 2035년에 극우당이 의회를 장악할 뻔했다. 네오나치를 표방하는 '독일을 위한 행동'이 그해 선거에서 33퍼센트의 지지를 얻었다. 의회 다수당으로 내각을 구성할 수 있는 득표였다. 그러자 기존 의회의 좌파와 우파 의원 모두 힘을 합쳐 '독일을 위한 행동'을 불법단체로 규정하는 법안을 통과시켰다. 나치 신봉자들을 지지한 33퍼센트의 유권자들은 격분했다. 다른 유럽 국가들은 독일 의회가 통과시킨 그 법안 때문에 의회민주주의의 기반이 흔들린다고 아우성쳤다.

당시 설립된 지 얼마 되지 않은 공화국연맹은 독일과 외교 관계를 단절했다. 하지만 2년이 지난 뒤 국교 회복을 위해 나섰다. 독일은 중요한 무역 상대국인 만큼 국교 단절 상태를 계속 이어갈 수는 없었다. 공화국연맹은 독일의 극우파가 중도주의자들과 좌파 연합에 무너지는 모습을 보는 게 달갑지 않았다. 그 반면 모건 채드윅은 독일의 조치에 박수를 보냈다. 그렇지만 채드윅 칩을 독일에 팔지는 못했다. 독일은 공공장소에 빈틈없이 설치한 보안 카메라로 만족했기 때문이다. 영국은 채드윅 칩을 도입했다. 캐나다는 남서쪽 국경에 맞닿아 있는 공화국연맹을 견제하기 위해 채드윅 칩을 받아들였다. 동유럽 국가들 대부분도 마찬가지였다. 중국과 러시아는 각각 독자적으로 생체 칩을 개발했다. 아시아와 남미 대부분의 국가들과 오스트레일리아도 독자 노선을 택했다. 불안정하지만 아직 어느 정도 힘을 발휘하고 있는 유럽연합 국가들은 대부분 채드윅 칩 도입을 주저했다. 어쨌든 프랑스를 비롯한 유럽 국가들은 보안을 위한 감시 설비를 다 갖추어놓은 상태였다. 국민을 감시하는 데에 쓰이는 보안 설비는 전혀 없다고 주장하는 나라는 뉴질랜드, 아이슬란드 같은 섬나라들뿐이었다. 물론 공화국연맹도 그렇게 주장했지만 우리 정보국에서는 그들이 국민들에게 자유를 많이 부여한다고 선전할 뿐 비밀리에 모든 국민들을 감시 카메라로 들여다본다는 걸 잘 알고 있었다.

연방공화국과 독일은 무역과 안보에 있어서 돈독한 관계를 유지하고 있었다. 베를린에 있는 동안 내 생체 칩은 그대로 작동할 테고, 내가 계속 정보국의 감시를 받게 된다는 뜻이었다. 요양 시설에서 풀려나 브루클린에 있는 집으로 돌아온 바로 이튿날 브레이머 부장이 나에게 메시지를 보냈다. 브레이머 부장은 하필 히틀러의 생일에 내가 다시 출근하게 되었다며 4월 20일에 출근하라고 했다. 베를린 여행 신청도 승인되었고, 정보국 출장팀 소속 멜라니 구스 요원이 연락할 거라고도 했다. 멜라니 구스 요원으로부터 곧장 연락이 왔다. 우리는 메모랜더로 영상 통화를 했다.

구스 요원은 내 개인정보와 관심사에 맞춰 프렌츠라우어베르크라는 부촌에 아파트를 임대했고, 이튿날 20시 15분에 출발하는 비행기도 예약했다고 알려주었다.

"베를린에는 9시 15분에 도착합니다. 비자도 준비됐어요. 베를린에서는 마음껏 다니셔도 됩니다. 혹시 비상 상황이 발생하면 메모랜더로 통신이 이뤄질 겁니다. 베를린에 있는 우리 대사관에 정보국 지국이 있습니다. 돌아오는 항공기는 베를린 시간으로 4월 18일 17시에 출발하고, 뉴욕에는 19시 15분에 도착합니다. 정보국 도움이 필요한 상황이 발생할 경우 어떻게 해야 하는지 아시죠? 우리가 스텐글 요원의 도움이 필요할 경우⋯⋯ 아니, 그럴 일은 없으리라고 봅니다."

봄을 맞은 베를린의 잿빛 하늘에서 가끔씩 햇빛이 밝게 비추었다. 낮이 길어서 20시까지 밝았다. 정보국에서 구해준 아파트는 마음에 들었다. 인테리어는 현대적이고, 주위는 조용했다. 창문으로 놀이터가 보였다. 놀이터는 늘 아이들과 아이 엄마들로 북적거렸다. 나는 아이 엄마들을 흥미롭게 지켜보았다. 대부분 이십 대나 삼십 대 초반으로 모두들 활달하고 건강해 보였다. 아마 다들 직장도 있을 것이다. 요즘은 직장이 있으면 출근해야 한다는 고정관념을 가진 사람은 드물었다. 남편들도 재택근무를 하며 함께 아이를 키울 수 있었다.

이 여자들도 업무와 육아로 지친 하루를 정리하는 저녁 시간에 배우자와 함께 커다란 스크린으로 텔레비전이나 영화를 볼까? 풍족한 삶을 살고 있다고 느낄까? 모험을 꿈꿀까? 틀에 박힌 가족 모델에서 벗어난 새로운 삶을 꿈꿀까? 위험과 긴장이 있는 삶을 바라는 사람이 있을지도 모른다. 하지만 처지를 바꿔 나 같은 삶을 살게 되었을 때 다른 의미로 갇혀 있다는 느낌을 받지 않을까? 마찬가지로 나는 왜 내가 배우자와 자식과 함께하는 삶에서 등을 돌렸는지 후회될 때면 나 자신에게 말한다.

'누구나 자신의 선택을 후회하는 동시에 감사하며 살아가고 있어. 나도 저렇게 살 수 있었는데 하며 꿈꾸는 삶은 지금 내가 살고 있는 삶의 반대 지점에 있지. 이 세상에서 완벽하게 자유로운 사람은 없어.'

그런 깨달음으로 모든 게 설명된다. 우리는 서로 다르면서도 비슷한 방식으로 살아가고 있고, 누구나 저마다의 덫에 갇혀 있다. 그 덫을 만든 사람은 그 누구도 아닌 자기 자신이다.

베를린에서 나는 오페라를 보고 싶어 베를린 필하모니에 가고, 베를린 콘체르트하우스에 가고, 재즈 클럽에 가고, 영화관에 가고, 갤러리에 가고, 카페에 갔다. 영어 서적을 파는 서점에서 책을 사서 읽었다. 오랜 시간 산책하다가 홀로코스트 추모비에서 콘크리트 석관들 사이를 이리저리 돌아다녔다. 나도 땅속에 묻혀 있는 기분이었다. 동독 비밀경찰의 악명 높은 교도소인 호엔쇤하우젠에도 갔다. '우리는 전부 알고 있다'가 비공식적인 슬로건이었던 동독 비밀경찰은 공포와 협박을 이용해 동료와 친구, 남편과 아내가 서로를 감시하게 만들었다. 동독 정부에 반대하는 말을 했다는 이유만으로 범죄자가 되어서 교도소에 갇히고 취조실과 감방에서 심한 고문과 폭행을 당해야만 했다. 나는 그 취조실과 감방을 보았다. 전체주의 체제가 1989년 몇 달 사이에 산산조각이 났다. 마우어파크에도 가보았다. 베를린 장벽이 있던 곳을 녹지대로 만든 곳이었다. 그곳에 서서 동독 권력자들이 반파시즘을 막는 장치라고 불렀던 콘크리트 장벽의 잔해를 보자 '나는 지금 예전의 무인지대에 있구나' 하는 생각이 들었다. 과거에는 철조망이 쳐 있었고, 동쪽에서 서쪽으로 달아나려고 하는 사람이 있을 경우 무조건 총으로 쏴죽이라는 명령을 받은 저격수들이 끝없이 감시하던 곳이었다.

인간은 모두 수정란에서 시작되듯 분열은 인간의 천성이다. 개인적이든 집단적이든 인간의 역사는 분열과 파열의 긴 대하소설이다. 모두들 커플로 분열되고, 가족으로 분열된다. 국가로 분열된다. 우리는 서로 상대를 탓한다. 가까이에 있는 사람이나 멀리 있는 사람들을 적으로 만들고 함께할 수 없다며 문을 닫아 잠그는 건 역사적으로 내려오는 인간의 조건이다.

살아가는 건 나뉘는 것이다.

길을 건너 베를린 장벽 박물관에서 한 시간을 보냈다. 최후의 방법, 경찰국가가 할 수 있는 최악의 억압, 냉전의 참상을 알리는 역사적 교훈을 주는 곳이었다. 독일인들은 세상을 향해 저지른 참상을 되새기는 기념물들을 아주 잘 만들어두고 있었다. 어느 전시실에 두 여자의 모습이 담긴 사진이 있었다. 그 아래에

붙은 설명을 읽었다. 두 여자는 자매였다. 이제 곧 베를린 장벽
이 쌓일 철조망을 사이에 두고 서로 손을 맞잡으려 애쓰고 있는
사진을 보자니 케이틀린에 대한 생각이 머리에 가득 들어찼다.
케이틀린과 나는 철조망을 사이에 두고 서로 반대편에 있었고,
우리는 서로 가까워지고 싶었다. 그런 깨달음이 점점 커지고 있
었는데 예기치 않은 결말이 찾아왔다. 내 상실감을 무엇으로 극
복해야 할지 알 수 없었다. 어느새 슬픔에 목이 메고 눈물이 차
올랐다. 나는 사진에서 몸을 돌렸다. 눈앞에 어떤 남자가 서 있
었다. 삼십 대 중반, 검은색 셔츠, 검은색 진, 검은색 부츠, 검
은색 테 안경, 숱이 많은 검은 머리. 목에 건 신분증에는 '베를린
장벽 박물관 해설가'라고 적혀 있었다.

남자가 물었다. "무엇을 도와드릴까요?"

독일어로 말할 줄 알았는데 남자는 영어로 말했다.

"아무도 도울 수 없는 일이에요." 그렇게 말해놓고 나는 곧장
후회했다. 자제력을 잃은 말이었으니까.

"정말이지 안타까운 일이네요. 베를린에는 무슨 일로 오셨죠?"

"휴가를 내고 쉬러 왔어요."

"바다 건너에서 오셨어요?"

"네, 당신은 어디에서 오셨어요?"

"애틀랜타."

나는 곧장 몸이 굳어서 말했다. "애틀랜타에는 언제 마지막으

로 있었나요?"

"12년 전이죠. 미국이 분리되기 직전. 베를린으로 이주해 영주권을 얻었어요."

나는 남자가 목에 건 신분증을 다시 보았다.

"여기서 하시는 일이……."

"목에 걸고 있는 신분증에 적힌 그대로 베를린 장벽 박물관 해설가입니다."

"무엇을 해설하세요?"

남자가 빙긋 웃었다.

"예전에 여기 베를린 장벽이 세워졌을 때 일어난 일들에 대해 설명해줍니다. 독일이 동서로 나뉘고 베를린 장벽을 세우게 된 이유를 자세히 들려주고 있죠. 그러고 보니 아직 제 이름을 말하지 않았네요. 제 이름은 던컨입니다."

"저는 에드나예요."

"무슨 일을 하십니까?"

"영화 평론을 하고 있어요."

"정말 재미있는 우연이네요. 제가 홈볼트대학교에서 20세기 미국 역사를 영화를 통해 가르치고 있거든요."

"대학교수세요?"

"전임 교수가 아니라 외래 교수죠. 학생들을 가르치는 틈틈이 관광객들을 상대로 베를린 장벽의 역사에 대해 해설해주며 살아가고 있습니다. 혼란스러운 미국을 생각하면 베를린이 아주 나쁜 도시는 아닙니다. 실례지만 여행 허가는 어떻게 받으셨어요?"

"연방공화국 사람들은 해외여행을 자유롭게 다닐 수 있어요."

"정부로부터 아주 신뢰받는 일부만 그런 게 아닌가요?"

나는 또 긴장했다. 이제 돌아설 때였다.

"만나서 반가웠어요. 이제 가봐야 합니다."

"미안합니다, 미안해요."

"뭐가요?"

"제가 쓸데없는 질문을 너무 많이 했어요."

"두 가지밖에 안 물었잖아요?"

"당신을 불편하게 할 의도는 아니었습니다. 요즘 동포를 별로 만나보지 못해 나도 모르게 말이 많았어요."

이제 우리는 동포가 아니라고 말하고 싶었지만 나는 입을 꾹 다물었다.

던컨이 물었다. "혼자 오셨어요?"

"네."

"이 박물관을 안내해주고 싶은데 시간이 없으시다니 아쉽네요. 오늘 저녁에 저랑 한잔하실래요? 제가 너무 마음만 앞서가나요?"

던컨은 매력적인 남자였고, 외로운 사람이라는 걸 직감으로 느낄 수 있었다. 타국에서 사는 외로움보다 더 깊은 쓸쓸함이 느껴졌다.

나도 모르게 물었다. "만나는 사람이 있지 않나요?"

"독일 여자와 8년을 함께 살았는데 두 달 전에 헤어졌어요. 둘 사이에 아니카라는 딸도 있어요. 이런, 제가 정말 말이 많네요."

"함께 살던 사람과 헤어진 직후에는 말이 많아지는 게 당연하죠."

"당신은요?"

"저요? 뭘 물어보신 거죠?"

"미국에 만나는 사람이 있나요?"

"바로 본론으로 들어가시네요."

"외로워서요. 오늘은 누가 옆에 있었으면 좋겠어요."

사람들은 서로 이렇게 이어진다. 뜻밖의 만남, 끌리는 순간, 가벼운 시시덕거림, 한잔하자는 제안에 마음이 흔들린다. 그 뒤로 어떤 일이 생길 수도 있고, 아닐 수도 있다. 하지만 나는 섣불리 동조할 수 없다.

던컨의 진짜 정체는 뭐지? 이 사람이 나에게 해를 끼칠 가능성은 없을까?

나는 이제 누구를 만나든지 일단 의심하고 본다.

내가 던컨과 나누는 대화를 듣고 있는 사람들이 있다면 그들은 나를 어떻게 평가할까?

이제 나에게는 사생활이 없다. 끝없이 감시받고 있다.

나는 돌아서며 말했다. "이제 가볼 데가 있어서요." 그런 다음

두리번거리며 문을 찾았다.

던컨이 말했다. "제가 일을 마친 뒤에 같이 한잔하는 건 어때요?"

안 돼요. 당신을 믿을 수 없어요. 아니, 아무도 믿을 수 없어요.

하지만 나는 그 생각을 입 밖으로 꺼내지는 않았다.

그저 등을 돌리고 거리로 나서며 나 자신을 타일렀다.

잘했어. 신중하게 잘 처리했어. 던컨이 전혀 문제없는 사람일 수도 있지. 그저 정말로 외로워 말을 붙였을 수도 있어. 하지만 언제나 그 반대인 경우를 생각해야지. 방심하면 안 돼. 빨리 끊어야 돼. 혼자가 되는 게 제일 좋아.

우리는 그렇게 살아가야 해.

〈끝〉

거울 같은 미래 소설

미국이 반으로 나뉜다면? 더 엄밀히 말하면, 미합중국을 이루는 50개 주가 두 패로 갈려 두 개의 공화국이 된다면 어떻게 될까? 《원더풀 랜드》는 이렇게 분단된, 가까운 미래의 미국이 배경이다. 분단된 미국의 한쪽은 '연방공화국'이라 불리고, 다른 한쪽은 '공화국연맹'이라 불린다. 공화국연맹은 기독교 근본주의가 바탕이 된 사회다. 12사도가 지배하는 공화국연맹은 소수자와 여성을 억압하고 중세 시대처럼 공개 화형으로 죄인을 처벌한다. 한편 연방공화국은 민주공화국으로서 미국을 되살리고 문화와 예술의 융성을 꾀하는 사회다. 이 두 사회는 평화롭게 공존하지 않는다. 서로 자기 체제가 옳고 정당하다고 주장하며 첩보전이 끊이지 않는다. 이 첩보전이 소설의 기둥 이야기다.

주인공은 연방공화국 정보국 특수 요원 샘 스텐글이다. 중년에 접어든 여성 샘 스텐글은 공화국연맹 경찰국 특수 요원에게 생명의 위협을 받는다. 적국 첩보원의 제거 대상이 된 샘 스텐글은 그 상대 첩보원을 먼저 제거하는 임무에 뛰어든다. 먼저 죽이지 않으면 죽임을 당하게 된 상황. 그러나 놀랍게도 먼저 죽지 않으려면 먼저 죽여야 하는 그 대상이 자신의 이복 자매임을 알게 된다. 샘 스텐글은 그때껏 존재조차 몰랐던 이복 자매 케이틀린 스텐글과 서로 총구를 겨눠야 한다.

샘 스텐글이 케이틀린을 찾아서 떠나는 곳은 분리된 미국에서 단 하나, 중립지대로 남은 지역이다. 통일 전 독일의 베를린처럼 이 중립지대에서는 한정적으로 양쪽을 오갈 수 있다. 샘은 이곳에 에드나라는 신분으로 위장 잠입해서 케이틀린의 행방을 추적한다. 과연 샘은 임무를 무사히 마치고 살아서 돌아올 수 있을까? 같은 아버지 밑에서 태어난 자매를 거리낌 없이 죽일 수 있을까?

가까운 미래를 다룬 SF이자 첩보 스릴러인 이 소설은 스릴과 반전이 가득한 세계로 독자를 이끈다. 화자인 주인공 샘 스텐글을 따라가다보면 자신도 모르게 어느새 샘 스텐글이 되어 긴장하고 분개하고 슬퍼하고 안도하며 소설에 빠져든다.

한편으로는 미래의 역사를 통해 우리 사회도 돌아보게 된다. 미국 분열의 씨앗은 트럼프의 집권에서 뿌려진다. 그리고 보수당인 공화당은 자신에게 유리하게 선거구를 변경하고 부재자 투표를 없애는 등 유권자 억압을 통해 전체주의의 기틀을 만든다. 연방대법원의 대법관들도 보수주의자로 채워진다. 2032년에는 '여자가 전적으로 집안 살림만 맡는' 가정에 세금 혜택을 주고, '아이를 출산하지 않은 35세 이상의 여성'과 LGBT가정과 이민 가정을 뜻하는 '일반적이지 않은 가정'에는 세금을 더 부과하는 정책도 내세운다. 이런 상황에서 등장한 채드윅이라는 인물은 '부자와 가난한 사람의 차이가 크지 않은 곳, 여성이 임신중지권과 자기 선택권을 정당하게 되찾는 곳, 동성애자와 트랜스젠더 형제자매들이 동등한 권리를 갖는 곳, 정부가 나서서 차별을 종식시키는 곳, 교육과 건강과 주거를 사회보장의 핵심 요소로 여기는 곳, 예술이 엘리트주의가 아니라 국가 이미지의 중요한 요소이며 국민 개개인의 훌륭한 스승으로 인정되는 곳'인 나라를 만들겠다고 말한다. 이것이 결국 공화국연맹과 연방공화국으로 나뉘는 바탕이 되었다.

채드윅이 지도자인 연방공화국은 채드윅 자신의 말처럼 여성과 소수자가 차별받지 않는 나라지만 안전과 편의를 위해 국민들이 마이크로칩을 생체에 이식한다. 공화국연맹에서는 연방공화국 국민이 생체 칩으로 일거수일투족을 감시당하니 연방공화국이야말로 '자유'가 없는 곳이고 공화국연맹이 진짜 '자유' 국가라 주장한다. 그러나 '자유'가 넘친다고 자랑하는 공화국연맹에서는 중세 시대 잔인한 형벌을 가하고 여성과 소수자를 차별하며 낡은 기독교 교리에서 벗어난 인간 행동을 모두 위법이라 여긴다. '자유'라는 단어는 이렇게 훼손된다. 이 소설 속에 그려지는 '분리 직전 미국'의 상황과 작금의 우리 한국 사회가 겹쳐 보이는 것은 굳이 자세히 말하지 않아도 누구나 느낄 것이다.

또 한 가지, 더글라스 케네디의 소설들을 꿰뚫는 주제 중 하나
는 '선택'이며, 이 소설도 예외는 아니다. 케이틀린 스텐글이 아
버지에게 외면당했을 때 분명 그에게는 선택권이 있었다. 아버
지가 자신을 멀리한다 해도 굴하지 않고 뉴욕 가까이에 있는 대
학교에 들어가 자기 길을 찾아갔다면 불행한 삶으로 치닫지는
않았을지 모른다. 그러나 케이틀린은 자신이 아버지에게 버림받
았다고 생각하며 그런 아버지와 이복언니를 미워하고 증오하며
이들과 반대되는 삶, 언젠가 복수하는 날만 바라며 사는 삶을
택했다. 삶을 막다른 길로 이끄는 것은 언제나 자기 자신이라
고, 죄책감이나 원망, 후회가 원동력이 되면 그 삶은 어느새 막
다른 길에 이르고 만다고 더글라스 케네디는 말한다.

조동섭